反转小概率先生

莲沐初光 —— 著

长江出版社
CHANGJIANGPRESS

图书在版编目（ＣＩＰ）数据

反转小姐和小概率先生／莲沐初光著.
— 武汉：长江出版社，2022.2
ISBN 978-7-5492-8068-1

Ⅰ．①反… Ⅱ．①莲… Ⅲ．①长篇小说－中国－当代

中国版本图书馆 CIP 数据核字（2021）第 253146 号

反转小姐和小概率先生／莲沐初光　著

出　　版	长江出版社	
	（武汉市解放大道 1863 号　邮政编码：430010）	
选题策划	天河世纪	
市场发行	长江出版社发行部	
网　　址	http://www.cjpress.com.cn	
责任编辑	李　恒	
印　　刷	香河县闻泰印刷包装有限公司	
版　　次	2022 年 2 月第 1 版	
印　　次	2022 年 2 月第 1 次印刷	
开　　本	880 mm×1230mm　1/32	
印　　张	10.5	
字　　数	330 千字	
书　　号	ISBN 978-7-5492-8068-1	
定　　价	48.00 元	

此心犹记江沙岸，轻舟不愿过群山。

我爱你这件事不会反转，我们一生一世也不会是小概率。

目录

引子

我说话很晚。

四岁那年，我还说不出一个完整的句子。全家上下都很着急，带我拜访了许多名医，但都无济于事。

后来，杨轻舟站在我面前，对着我甜甜一笑。他那时候只有桌子高，但是眼睛里已经长出了星星。我觉得星星真好看。

于是，我就说了有生以来的第一个词——哥哥。

再后来，我就学会了人生中的第一句话。

我说，我喜欢小舟哥哥。

说完之后，我就打了一个重重的喷嚏。

从那之后的十几年的人生，我跌入了一个怪圈。

只要我打一下喷嚏，生活就会发生反转，往相反的方向发展。前一秒钟是灿烂阳光，后一秒钟就可以是大雨倾盆。

有时候我在想，截至目前，没有发生反转的只有我说过的那一句话——

我喜欢小舟哥哥。

杨轻舟，我说话很晚很晚，可是我爱你很早很早。

——江群群

日月失辉，灯灭火熄，我也能认出你

1

那天，江群群觉得没有一件事是正常的。

突然坏掉的美颜灯，直播间的 logo 掉落在地上摔成两半，品牌方提供的衣服不知道被谁烧坏了一个洞。

还有，迟到的女明星。

"羽清还没来吗？她经纪人怎么说？"直播间里乱成一团。

助理带着哭腔："还有 8 分钟……梅梅子，羽清的经纪人电话打不通！"

梅梅子快炸了："继续打啊！经纪人电话打不通就打经纪公司啊！这还用我说吗？"

梅梅子是直播间的主播，主打活力四射的人设，以可爱幽默的风格走红全网。此时的她仪态全失，焦急得像一颗被爆炒过的小梅干。这次直播对她来说非常重要，因为重要的嘉宾——知名女星羽清迟迟未到。

直播间乱成一团。

"天啊，怎么办啊？今晚的直播广告已经发出去了！全网 10 亿用户，天价啊！"

"羽清不来，我们就要延迟直播的时间，这样怎么完成任务啊？"

"梅姐，要不要跟商家商量下？"

"你去商量？你赔坑位费？你有钱？"

梅梅子发火，于是助理继续去协调，团队的其他人已经七嘴八舌地商量起了应急预案。

"要不然开场我们卖个关子，先放羽清的人形照行不行？"

"要梅梅子跟一个人形照互动，有点惊悚……"

"那你说怎么办！"

"我提议！聊点羽清的影视作品……她不是有部剧马上要开机吗？"

"还没官宣，都是小道消息，万一女主不是她，你想粉丝们说我们遛粉是不是？"

……

江群群怔怔地看着眼前的兵荒马乱，弱弱地提起手中太空银的羽绒服："那个……5 号链接的衣服破了个洞。"

没有人理睬她，大家都在崩溃同一件事——大明星羽清还没来。

江群群站在角落里，望着忙碌的众人，有些不知所措。

"喂，5 号链接的衣服破了！"她大喊。

依然没人理她。

江群群无奈，她只是一个来协助卖货的小主播，出场二十分钟，五千块钱。本来她的想法很简单，二十分钟嘛，眨巴眼的工夫，拿钱走人。可是现在明显麻烦很大——今晚邀请的大明星羽清居然迟到，所有人都成了热锅上的蚂蚁。

江群群在心里叹气，在口袋里掏了掏，拿出了一卷透明胶布。她用牙齿撕下一块胶布，小心将那个洞粘了起来。因为面料是太空银，和胶布色泽贴合，丝毫看不出异样。

"先凑合吧。"江群群将羽绒服穿在身上，心里想着反正这件衣服也不过是展示二十分钟而已。

江群群开始对着直播间墙壁的镜子整理妆容。她今天化的是一个充满元气的苹果雀斑妆，两边扎了小辫子，显得俏皮又可爱。只是这个眼线，似乎太粗了……

她拿起棉签，刚打算把眼线修改一下，几名模特就从外面进来，挤到镜子前修妆。

"天啊，我的睫毛膏糊掉了！"

"等等，让我补个口红……"

叽叽喳喳，犹如雀群。

江群群翻了个白眼，自觉地往旁边挪了挪，同时心里涌上一股不祥的预感。果然，一个小模特打开一盒蜜粉，动作粗暴地用粉扑蘸取蜜粉，就要往自己脸上扑。

"啊——"江群群鼻子痒痒，一个喷嚏几乎要打出来。她皱眉后退，死死捏住自己的鼻子，蹲下来控制自己。

小模特奇怪地看着她。

"她怎么了啊？莫名其妙的，我补个粉而已。"

江群群努力控制住，从口袋里拿出一张口罩戴上，然后才从地上站起来。补粉的小模特已经有些生气了："喂，你有必要这样吗？矫情！"

"补粉的请离我远点。"江群群不客气地说，"我不能打喷嚏的。"

"真当自己是豌豆公主啊，还不能打喷嚏，看把你娇贵的。"小模特翻了个白眼，"你粉丝多少啊，有三百万吗？"

江群群仔细辨认了一下面前的小模特，蹭过戛纳红毯，买的通稿满天飞，微博粉丝的确过了三百万，不过都是买的。

"我不是买粉咖，粉丝不多，一百多万吧。"江群群反击。

"你什么意思！讽刺我买粉？你有证据吗？"小模特恼羞成怒，将蜜粉盒打开，就要倒出里面的蜜粉。

"我没证据，不过我警告你——"江群群后退一步，盯着那张艳丽的面孔，一字一句地说，"我打喷嚏的后果非常严重，什么坏事都有可能发生。"

"什么？"小模特讥讽地笑，"别以为我不知道你底细，你不就是个穿搭博主吗？真当自己是棵菜……"

她还没说完，一只手冷不丁地从旁边伸过来，一把将蜜粉盒夺下来。

江群群和小模特震惊地看着来人。

化妆师丽姐捏着那盒蜜粉，严肃地看着两人："在这里吵什么吵，羽清不来，能不能直播还是个问题。"

小模特还要争辩，却看到丽姐脸色严肃，只能将后半句话咽了下去。丽姐脾气温和，向来是一个和事佬。如果她生气，那说明事情非常严重。

"去这边，我给你补。"丽姐将小模特拽走。

尽管直播间里声音嘈杂，江群群还是听到了丽姐对小模特的叮嘱。

"你惹她干什么啊？她要是打了喷嚏，真的会发生很糟糕的事！我可不想失业！你看羽清没来，我都怀疑是不是她什么时候打喷嚏了……"

这句话的音量不大不小，其他几名模特应该也听到了，立即好奇地打量江群群。

江群群转过身，继续整理眼线，却不由得苦笑。

如果没有意外，这应该是她最后一次出现在梅梅子的直播间。

倒不是因为人际不和，而是因为她自从跟梅梅子的直播间合作之后，就总是打喷嚏，然后祸事不断。

没错。

丽姐说的那个玄乎的传说——她的一个喷嚏可以引起一场灾难，有80%的真实性。

只要她打喷嚏，眼前的事情就会发生反转，大部分是反转成悲剧或者灾难。所以她江群群，是世界上最害怕感冒的人。

如果她感冒了，那真的可能会发生世界末日。

2

江群群修好眼线，看了看墙上的时钟，直播的时间还差一分钟。

梅梅子那边已经商量好了对策，就是要搬羽清的人形照过来，让梅梅子跟人形照进行互动。

令人哭笑不得的是，羽清一米六五，人形照是等身高定制，所以梅梅子要跟人形照互动的话，就必须站着直播。相对应地，美颜灯和桌面的高度也要进行调节。

"好，都准备好了吗？现在是 3、2……"梅梅子准备直播。

就在这时，门"哐"的一声被撞开，助理带着哭腔大喊："羽清，来了！"激动之情犹如公主驾到。

江群群扭头，看到羽清戴着黑超，顶着一头海藻般浓密的秀发，气场强大地走过来，赶紧让到一边。

羽清是前两年走红的新生代小花，凭借一支单曲霸了两个月的音乐榜，又运气开挂地接了一部爆红的电视剧，一时间红得发紫。只是去年一整年她都没有新的单曲推出，也没有播剧，人气就有所下滑。

娱乐圈就是残酷，一个女明星要时不时地有头条和作品出现，才能维持自己的人气。

可是羽清的人气再下滑，对于直播卖货来说，也是足够了。

直播间里的人看到羽清，都像看到了诺亚方舟，立即上前嘘寒问暖。羽清没有为自己的迟到解释半句，只是高冷地坐到主位上，摘下墨镜递到身后的经纪人手中。

助理们赶紧七手八脚地调节美颜灯和桌面的高度。

"羽清姐，要不要喝口水，还是咱们立即开始直播？"梅梅子讨好地问。

羽清点点头，又摇摇头。所有人都不明白她到底什么意思，却又不敢问。

江群群皱了皱眉头，她觉得羽清的状态不太对。

"还剩最后一分钟了，那羽清姐，我们这就开始了！助理……快最后调试一下设备……好，直播倒计时，10，9，8，7……"梅梅子宣布。

"直播开始！"

紧张的直播立即开启，直播间的人气直线飙升。

梅梅子和羽清简单互动一下，就开始了带货。羽清兴致不高，一件衣服介绍个两三句就不再说话了，基本上是梅梅子主控全场。

即便是这样，直播间的销量也不低。江群群不由得暗叹一声，明星就是明星，带货能力就是比网红要强一些。

"好，接下来是我们 5 号链接的羽绒服，跟我们主推的款是同一个设计师，大家可以跟你自己的好闺密一起买，穿姐妹装走在大街上很亮眼，对不对？"梅梅子回头看了一眼江群群。

江群群早已准备好，穿着那件太空银的羽绒服走到镜头前，露出一个甜甜的微笑，然后开始摆模特动作。

"哇，这个效果真的是不错，约会、上班都可以，下面配一条鲨鱼裤会非常时尚的，绝对能让你成为聚会里的吸睛亮点。"梅梅子想让羽清参与进来，"羽清，你还有什么其他的搭配建议吗？"

羽清怔了怔，似乎在回忆脚本上的台词："我觉得下面配一条鱼尾裙，其实也未尝不可。"

她走到江群群身边，抚摸着面料："太空银的面料，其实配休闲裤也是很好看的。"

江群群微微一怔，觉得羽清的这两个建议实在是有些欠思考。潮人风的羽绒服配鱼尾裙和休闲裤？这搭配也太违和了吧？

梅梅子也觉得很尴尬，干脆把重心转移到江群群身上："哈哈，这件衣服非常显瘦，流苏裙，你可以转过身让大家看看背后的效果。"

与此同时，梅梅子和江群群都没发现——羽绒服肩膀上的胶布翘起了一条边。

羽清看到衣服肩膀上的胶布，怔了怔，伸手捏住胶布。而此时的江群群没留意，按照梅梅子的指令，快速转过身——

"刺啦"一声，胶布扯动那个洞，撕出了一个长条，雪白的鸭绒立即飞得漫天都是。

"啊——"所有人忍不住尖叫。

江群群还没反应过来，就重重地打了个喷嚏。

她的脑袋嗡嗡作响，脑中的念头呈现出一个大红的警告标语：完了！

这算是能够载入史册的直播灾难了吧？

梅梅子呆若木鸡，似乎无法承载面前的状况。直播间的其他工作人员也都是倒抽冷气。

白鸭绒悠然而落，似乎在宣告破败的现实。

江群群怔怔地望着那些白鸭绒，忽然深呼吸一口气，重新堆起笑容。

"哇，这都是真正的白鸭绒！各位粉丝，我凑近了给你们看一看，百分百白鸭绒，冬天穿上绝对保暖……"江群群抓起一把白鸭绒凑到镜头前，语气里充满了营销感。

梅梅子这才反应过来，赶紧帮腔："是的，我们直播间卖的羽绒服从来都是货真价实，大家放心购买。"

"梅姐，要不你再把这边袖子剪开，让大家看看里面的填充。"江群群从桌子上拿起剪刀，继续做戏。

梅梅子动作自然，拿着剪刀将羽绒服的另一边剪开，一边掏出里面的鸭绒，一边说："我们直播间卖的羽绒服就是敢直接剪开！不管你怎么剪，里面是百分百白鸭绒。"

她俩一唱一和，很快就把一场直播事故大事化小。

"点5号链接购买，大家购买前不要忘记领券哦！点击这里领券，大家看到了吗？"江群群开始了熟稔的套路。她用眼角余光看了一眼羽清，发现羽清怔怔地站在原地，似乎还没有从刚才那场变故里反应过来。

羽清再不过来一起直播，就要露馅了。

直播频道里的留言也有些怀疑："羽清怎么不说话？是被吓到了吗？"

"刚才那是故意撕开的，还是真的事故？"

"哇，羽清神游了，不是吧？"

……

留言越来越歪，江群群赶紧把羽清拉到镜头前："羽清小姐姐，你以前穿过这个牌子的羽绒服吗？"

羽清还是双目无神，半晌才点头："穿过。"

"是不是很保暖？"江群群尴尬中还不忘活跃气氛。

羽清木然点头。

"好，5号衣服最后五十件抢拍开始！让我们一起倒计时，10，9，8，7……"梅梅子也感受到了直播气氛的诡异，提前开始倒计时。

江群群跟着喊数，小心翼翼地看了一眼羽清。这一看不打紧，江群群觉得，任何形容词也无法描述此时的诡异——

羽清，居然流泪了。

那双被媒体誉为"最美桃花眼"的眸子里，突然流出了两行晶莹的泪水。

"啪嗒"一声，其中一滴落在江群群的手背上。

桃花泪，滚烫如火。

3

在众多主播的帮衬下，这场诡异的直播终于结束了。虽然不算翻车，但也算一个不小的瓜。

不用打开微博，江群群也知道微博热搜榜上肯定有一条 #羽清直播落泪# 的话题，下面聚集了成千上万猜疑的粉丝。

羽清从直播结束后就没离开，一直待在化妆间里不出来。现在，直播间的气氛异常压抑，梅梅子低着头坐在化妆镜前，几个小模特正围在她身边安慰。其他的工作人员有的垂头丧气，有的在刷微博关注动态。

江群群推门进去的时候，正听到两个工作人员在偷偷议论："羽清那边到底啥情况啊？还走不走？"

"好像刚才跟经纪人吵架呢，现在谁也不敢去问。"

"你说出了这个事，换谁心情能好啊？衣服当场破掉，商家会投诉吧？"

"你别乌鸦嘴，天还没塌呢……"

江群群不敢惊动任何人，找到坐在角落的丽姐，小心翼翼地提起报酬："丽姐，我得回去了，今天的钱……"

"哦，结算是吧？我马上。"丽姐转身去翻手机。

然而，梅梅子却猛然抬起头："流苏裙，你不能走！你得去跟羽清道歉！"

江群群心头"咯噔"了一下。

流苏裙，是她的网名。

江群群是一名大四学生，误打误撞成了一个小网红。起初，她只是想在社交平台上分享一些穿搭心得，于是开辟了一个"流苏裙"的账号，没想到自己的可爱风 Q 版设计图迅速吸引了一些粉丝，现在粉丝高达百万。很快，女装和护肤品的广告商找上门来，她也能接到一些直播任务。

可是吊诡的是，以前的直播任务她都完成得很好，偏偏在梅梅子的直播间里出了各种状况。

"为什么要我道歉？5号衣服不是我撕坏的，到我手上的时候就破了个洞，当时及时和你们反馈了，但你们没有人理我！"江群群有些气愤。

"一万。"

"这不是钱的问题！"

"两万。"

江群群觉得和梅梅子交涉简直是对牛弹琴，转身就要走。梅梅子快步上前，将手拍在门板上，语气沉重："现在羽清那边情绪非常不好，经纪人也劝不动，必须有个人出来负责任。"

"所以就让我当背锅侠？"

"流苏裙，你能不能识大局？如果能安慰好羽清，你受点委屈又怎么了？关键是还给你两万块钱！你不会真以为自己是豌豆公主了？"之前和她吵嘴的小模特突然站出来，对江群群横眉冷对。

小模特的这副嘴脸，跟要用蜜粉刺激江群群打喷嚏的时候一模一样。

江群群乜斜着小模特："那你打算当个豌豆硌硬我？不好意思，钱我不要了，不奉陪。"

"你你你……"小模特气得说不出话来。

江群群一甩头，转身就去开门。就在这时，她听到身后的小模特咬牙切齿地说："明明就是你的责任，你的喷嚏能引来灾难！"

你的喷嚏能引来灾难，九个字，每一个字都砸在江群群的心上。

她转过身，震惊地看着小模特。小模特求证地看向丽姐："丽姐可以证明，每一次流苏裙打喷嚏，周围都会发生不好的事！"

丽姐满脸尴尬，但她并不否认。

江群群脸色煞白，但嘴上还在强装："你别编造谣言，打喷嚏能引灾，这是封建迷信。"

"是不是迷信你心里清楚。直播的时候，羽绒服破掉之前，你是不是打喷嚏了？"小模特咄咄逼人。

江群群哑口无言。

"所以，导致直播翻车的人，就是你！你还走什么走？"小模特有理有据。其他工作人员也跟着点头。

梅梅子更是咄咄逼人地盯着江群群，按着门板的手纹丝不动。看来，她是不打算让江群群离开了。

江群群皱起眉头，内心一阵阵地绝望。

这都是……什么人啊？

4

江群群被一帮人押到化妆间门口。

门开了，羽清的经纪人 Amanda 从门里走出。经纪人 Amanda 是个眼神淡漠的高冷御姐，她扫了一眼门口的众人，不耐的神情愈发浓重。

梅梅子语气十分讨好："Amanda，流苏裙来道歉了，她承认这次事故的责任都在她，希望羽清能原谅她。"

江群群顿时火大，刚想说什么，被梅梅子揪了下袖子。

Amanda 抽了根烟，颐指气使地说："原谅什么原谅，羽清现在哭得停不下来！"

江群群忍不住问："直播的时候，我和梅梅子都尽力补救了，谁都看不出来羽绒服本来就是破的，网友也肯定都以为我们是展示鸭绒，所以我不理解羽清到底在哭什么。她哭，真的是因为直播事故吗？我看她来的时候就心情不好，说不定她是因为其他的事情哭呢。"

Amanda 扫了江群群一眼，冷哼一声："嗬，你还挺有理啊？"

"曼达姐，别跟她计较，流苏裙这个人性子直，说话就这样……"梅梅子赶紧解围，同时使劲晃着江群群的袖子，提醒她不要再说。

江群群将手一甩，倔劲上来："我说的都是实话。"

上热搜的是羽清的眼泪，又不是直播事故！把责任都推到她身上，也太过分了吧？

Amanda 明显被激怒了，目光变得尖锐，忽然把手中的香烟往江群群的脸上按去。江群群来不及反应，只感到灼烫感猛然逼近，下意识地抬手挡脸，可是也已经来不及了。

眼看，香烟的灼热就要落到她身上。

千钧一发的时刻，忽有一人劈手将 Amanda 的香烟攥住，狠狠往旁边一丢。香烟在半空中划出 道火红色的弧线，狼狈地被扔在地上，无力地迸出了星点般的小火花。

"啊！"尽管没被烫到，江群群还是抱着脸尖叫了一声。

梅梅子和众人也吓得缩着脖子，大气不敢出一声。Amanda 看一眼被扔在地上的烟头，再抬头恼火地看着来人："你谁啊你！"

"不管我是谁，这都是法治社会。把烟头按在别人脸上，是违法的。"来人应该是个年轻男人，声音出奇的清亮好听。

只是这声音，江群群太熟悉了，她曾经在少女的梦里，揣摩过千万遍。

她怔怔地放下双手，怔怔地看着斥责 Amanda 的年轻男人。果然是……杨轻舟，那个她曾经日思夜想，又害怕见到的人。

杨轻舟穿了一件风衣款的黑色羽绒服，右手戒备地放在腰腹部，似乎在防备 Amanda 再做出任何出格的行为。不过 Amanda 应该没有胆量再点上一支烟，因为杨轻舟足足高她一个头，五官的过分优秀丝毫没有影响到他强大的气场。他属于皮相和骨相都很优秀的男生，眉骨高挺，眉下是一双深邃如黑曜石的眼睛，皮肤瓷白但冷峭。额前的碎发将他的眼睛挡住一半，但淡漠至极的眼神却十分有震慑力，Amanda 望着他，居然没有立即反驳。

而江群群也在此时确定，她没有认错人。

就算这世上日月失辉，灯灭火熄，她也能立即认出他来，因为她连他的呼吸都记得。

江群群不由得一阵恍惚，应该有两年没见他了吧？

说起杨轻舟，他绝对是江群群生命中浓墨重彩的一笔。她记得很清楚，他看着她的时候，眼睛里曾经长出了星星。

让她印象最深刻的那个夏天，是高一那年。有一天，他突然拽过她的语文课本，翻开一页，在空白处写：此心犹记江沙岸，轻舟不愿过群山。

江沙岸，轻舟和群山，完美地融合了杨轻舟和江群群的名字。

往事随风，不可追。

很快，Amanda 的反驳打断了江群群的回忆。

"别威胁我，这件事必须有人负责！"Amanda 恶狠狠地盯着江群群，"羽清肯定是吓坏了，才会在直播的时候掉眼泪。说实话，我从没见她这样失态过。你们能想象吗？片酬 8000 万元的女明星，现在已经哭了 40 分钟了！她的状态再不调整过来，可能影响她一周的通告，下周我还要给她接一部女一号的 S 级项目，这是多大的损失！"

杨轻舟淡淡一笑："所以，我来，就是为羽清小姐进行心理咨询的。"

"羽……什么？她什么时候约了心理咨询，我怎么不知道？你是骗子吧？"Amanda 无比震惊，往化妆间的方向看了一眼。

杨轻舟拿出手机，放到 Amanda 的面前："她几天前已经通过网络向我进行咨询，真正决定面谈的时间是半个小时前。你对此不知情，可见你只是她的经纪人，不是她的朋友。"

Amanda 一把夺过手机，发现羽清的确预约了心理咨询，脸色更难看了。

"不可能！她有事应该第一时间和我说！是我将她一手捧红，我给了她多少资源……"Amanda 气得结结巴巴，同时也难以置信，"怎么能对你这么个外人说？"

杨轻舟眯着眼睛，将手机不客气地抽了回去。

Amanda 似乎想到了重点，狠狠盯着杨轻舟："她给你多少咨询费，我出双倍，请你立即回去！羽清是公众人物，她不能对任何人倾吐心事。"

"不好意思，我不接受贿赂。"

"你这种人我见多了。不管羽清今天给你说了什么，你都会立即把她的八卦卖给狗仔队。我奉劝你，别打这种主意。"Amanda 很强势。

杨轻舟语带嘲讽："别对我的人品妄加揣测，我是有职业操守的人，不会乘人之危。"说着，杨轻舟就要打开化妆间的门。

Amanda 死死攥住门把手："你不许进去！"

杨轻舟皱起眉头。

江群群看着两人僵持，居然鬼使神差地喊了一声："杨轻舟！"

杨轻舟扭头看她，目光平静，并没有久别重逢的喜悦。

江群群的脸上立即火辣辣起来。她暗自懊恼自己多嘴，将自己再次搅进了这场闹剧里。她犹豫地说："杨轻舟，要不算了，你把咨询费退给羽清小姐，咱们走吧。"

杨轻舟声线微凉："你是知道的——知难而退，不是我的作风。"

"你们俩认识？这么巧，肯定有古怪吧？"Amanda 瞬间找到突破口，"说吧，你们是不是里应外合？我告诉你，我曼达姐可不是好惹的……"

小模特趁机落井下石："你们大概还不知道吧？流苏裙打喷嚏之后，就会发生不好的事……"

"居然有这种事？我说我这几天怎么有些肝火旺……"

"这个心理咨询师也有点问题！"

"梅梅姐，不能把报酬给流苏裙，先别让她走！"

其他人七嘴八舌地乱嚷起来。

杨轻舟仿佛没听到 Amanda 等人的聒噪一般，只是静静地看着江群群。江群群心头五味杂陈，怔怔地和他四目相对。这一刻，他们眼中只有彼此，没有别人。他们位于风暴的中心，却也无视整个世界的压迫。

"你回去吧，羽清是不会见你的。"Amanda 下了逐客令。

就在此时，房门"呼啦"一声被打开，羽清站在门口，眼角犹带泪痕，冷冷地看着众人。Amanda 赶紧轻咳一声，迎了上去。

"羽……"

"杨医生，请进来。"羽清打断了 Amanda 的话，Amanda 不知所措地拂了下头发。

"羽清，你怎么能对一个外人……"Amanda 试图劝说羽清，但羽清居然一把将杨轻舟拉进房间里，"砰"的一声关上了房门。

Amanda 讨了个没趣，恨恨地站在门外。

梅梅子小声地问："曼达姐，还要让流苏裙道歉吗？"

"闭嘴。"Amanda 脸色十分难看，拿起手机，手机正有来电，"又是娱记！给我找间休息室，我要处理点事情。"

丽姐赶紧带 Amanda 离开。Amanda 的高跟鞋敲在地板上，咚咚咚的响声震撼着每个人的耳膜。

其他工作人员也都识趣地四散离开。江群群还站在原地，怔怔地看着紧闭的房门，脑中不断循环播放羽清拉杨轻舟进门的那一幕。不知道为什么，她心里酸酸的。

不会是，吃醋了吧？

"他还挺帅的，是你的谁啊？"梅梅子瞟了一眼江群群，语气里带着试探。

江群群面无表情，想了想，回了一句。

"是我的高中同学，也是我的债主，我欠他……好多好多钱。"

梅梅子吃惊，眼神里充满了"卖惨是吗？我是不会相信的"的怀疑意味。

江群群心情寥落。

算起来，她和杨轻舟称得上半个冤家，是她对不起他。所以杨轻舟是她的债主，也不算撒谎。

5

短短几个小时，关于＃羽清为什么会在直播落泪＃的话题，热衷推理的网友们又有了新的解读。

有人扒出了一段视频，那是羽清多年前跑龙套的时候，被某导演训斥的场景。网友们一致认为，羽清一定是想起了心酸的职业生涯，才会伤心得掉眼泪。于是，羽清的粉丝聚集在某导演的微博下面各种谩骂，话题热搜继续发酵。

为了公关，经纪公司和 MCN 公司的人忙得马不停蹄，最清闲的人反而是江群群。反正夜已深，这个点也回不了学校，她干脆在休息室里拉了一张椅子，外套一盖就睡了。

大概凌晨五点钟，外面下起了雨。

江群群在一片淅沥雨声中醒来，愣了好一会儿，才发现手机在裤兜里振动。她带着一股浓浓的起床气接听："喂？哪位？"

"你在哪儿？"杨轻舟的声音传来。

江群群的睡意顿时全无，她一骨碌坐起来，讷讷地回答："二楼最东边的……休息室。"

"我马上带你走。"杨轻舟言简意赅地说，"你收拾一下。"

"啊？可是梅梅子不让我走，一定要让我负责……"江群群的话刚说到一半，电话就被挂断了。江群群微微叹了口气，心口止不住地狂跳起来。

江群群穿好衣服走出门，看到杨轻舟利索地上了楼梯。因为熬夜，他眼角的红血丝非常明显。

看到江群群，他将手中的牛皮纸袋递给她："你的五千块钱。"

"梅梅子居然会给你？"江群群看着牛皮纸袋发愣。

杨轻舟勾了勾唇角："你也太老实了，她说不给就不给？直播的视频我看了，跟你没有关系。"

"那羽清为什么哭？"

杨轻舟没说话，转身下了楼，同时从口袋里掏出了一把车钥匙。

江群群赶紧跟了上去，为了避免气氛尴尬，强笑着找了个话题："你都不知道，我约的上午八点半见论文导师。幸好你开车来，这个点到学校我还能睡个回笼觉。"

说这句话的时候，她心里紧张万分。

其实，是明天上午八点半见导师。江群群实在不知道自己为什么要撒这个谎话。

他没说话，只是"嗯"了一声。

两人很快就走到地下停车场，气氛依然沉闷。

江群群小心地看了他一眼，只觉得他整个人被黑风衣包裹住，只有脸庞白白的，居然有几分像暗夜刺客。气氛压抑，江群群觉得再不开口，这名刺客下一秒就会"嗖"地向自己飞来一把暗器。

于是她绞尽脑汁，又找了个话题。

"我下周要跟学校老师去一个剧组，给演员们设计服化道。我这个专业，刚开始就是多看……哦对了，那个剧是刺客题材，你这身打扮有点像刺客哦！"江群群没话找话。

因为她的声音大了点，所以头顶的感应灯立即"啪"的一声亮了。

杨轻舟猛然停住脚步，扭头看她："刺客？"

"啊，是啊，最近很流行这种带点武侠色彩的古装剧嘛。我学的戏剧影视美术设计嘛，能去实习很不错了……"江群群有些诧异。

江群群在大学里所学的专业，是戏剧影视美术设计。顾名思义，这个专业是专门给影视剧组进行美术设计的。当然，刚开始她只能打杂，等到经验丰富，她就可以给演员做一些造型设计，协助导演画画故事板，建组之后给演员化妆，等等。

杨轻舟上前一步，江群群顿时感受到一股强大的压迫感。她怔怔地看着那张脸，身体忍不住后仰。

"你要去的剧组，是不是《风雨秋》？"杨轻舟问。

江群群惊讶："你怎么知道？"

杨轻舟倒抽一口冷气，盯着她，右手按了下车钥匙，不远处的一辆黑色汽车立即"啾啾"地解锁，亮起了车灯。

"上车。"他居然拉起了她的衣袖。

江群群的心脏又没出息地狂跳起来。她几乎是被杨轻舟塞进副驾驶座，然后车门被狠狠地关上。

杨轻舟坐在驾驶座上，侧脸严峻冷漠。

江群群小心地看他："怎，怎么了？"

"你去《风雨秋》剧组的时候，带我一起。"杨轻舟说。

"啊？你不是学心理学的吗？你现在对剧作感兴趣了？"

杨轻舟纠正她："不感兴趣，只是因为工作。"

江群群脑海中灵光一闪，随口问："莫非羽清失恋了，前男友就是《风雨秋》的男一号林海玥，你要去找他？"

杨轻舟看她："你怎么知道？"

江群群尴尬地笑了笑："我不懂心理学，但是我……经常看娱乐新闻。"

关于羽清和林海玥，之前已经有无数娱记捕风捉影过，两人不过是没有正式承认彼此罢了。两人刚开始是同一家公司的练习生，后来羽清的事业如火箭飙升，人气暴增，而林海玥的发展则太过四平八稳。在这种情况下，林海玥心理不平衡，提出分手也是有可能的。

"到底怎么回事？是林海玥提了分手吗？"江群群想起羽清的眼泪，的确充满了委屈。

杨轻舟这才点了点头，抽出一张名片给她。江群群接过，看到上面印着某某心理咨询平台，"杨轻舟"三个字的名字十分显眼。

"我还以为，是因为我打喷嚏……"江群群抽了抽嘴角。

"整件事和你没有任何关系。"杨轻舟说，"我安抚了羽清的情绪，并答应她，帮她去剧组找林海玥。江群群，我需要你的帮助。"

江群群顿时有了一股不祥的预感："羽清让你找林海玥，干什么？"

不会是往林海玥的脸上泼一杯奶茶吧？

"不是报复。"杨轻舟仿佛看穿了她的内心，"羽清说，她要林海玥最后对她说一段情话。她还是舍不得这段感情。"

江群群若有所思："长痛不如短痛，我觉得什么'最后的情话'就算了，连信任都没有，谈何感情。"

"是啊，连信任都没有，谈何感情。"杨轻舟的眼神忽然变得很古怪。

江群群没有察觉，还在自顾自地说："你就应该拒绝她，然后让她慢慢从失恋中走出来。"

"我答应了。"

"啊？"

"不仅答应了，我还答应羽清，林海玥对她说的情话，总字数不少于500字。"

江群群睁大了眼睛："啊？你答应了？"

"我答应了。因为这已经是我遇到过的最正常的客户了。"杨轻舟两手按在方向盘上，低头轻笑，脸上线条顿时柔和许多，"我的客户，比这个奇葩的多得是。"

江群群下意识地说："这还算正常？客户是失恋的女明星，这样的客户只有你能碰上了，你是巧合大神嘛！"

巧合大神，是杨轻舟的外号，是因为他总是遇到小概率事件。比如，考试总是能碰到自己复习过的题目，刚回到家外面就开始下雨，或者刚撑开伞，雨就停了。

再比如今天，他来给女明星做心理咨询，恰好遇到了高中同学，也恰好制止了一场小冲突。

他就是天生有这种能力，总是遇到小概率事件。

"嗬，你还记得我这个外号啊？两年不见，我还以为你都忘了。"杨轻舟语带嘲讽地说。

江群群尴尬："怎么会忘了？我们……从很小的时候，就认识了。"

她和杨轻舟的关系，算得上青梅竹马。

"既然情分还在，那你就帮我这个忙，带我去剧组，我要见到林海玥。"杨轻舟说。

"对不起，我觉得……羽清提出的诉求，是不可能实现的。就算你实现了，也没有任何意义。"江群群强笑着说。

杨轻舟歪了歪唇角："咱俩一个能反转现实，一个总是碰到小概率事件，没资格说'不可能'这种话。"

江群群挠了挠后脑勺，无力反驳，但仍然没有答应。

"既然你不愿意，那就算了。"

杨轻舟一踩油门，车子飞快地离开了停车场。

6

凌晨五点多，清洁工清扫着落叶，白领们打着哈欠赶公交车、地铁，整个都市开始伸懒腰。

雨渐渐停了，在车窗上留下小水滴。江群群望着车窗外，却对着玻璃上倒映的杨轻舟发呆。

两年不见，他变得有点陌生。以前的他，绝对不会用这种嘲讽高冷的语气跟她说话。

读高中的时候，杨轻舟几乎对她言听计从。因为知道杨轻舟容易遇到小概率事件，有一天，江群群突发奇想，在放学后拉着杨轻舟去买彩票，结果真的中了两百块钱。

中奖是小概率事件，可是在杨轻舟这里，是必然发生的事情。

江群群兴奋地一拍杨轻舟的肩膀："有你的！巧合大神没白叫！"

那两百块的奖金，被他们拿去买了螺蛳粉和麻辣烫。当她和杨轻舟凑在一起大吃特吃的时候，她觉得那简直是人间至味。

那时候，她抱着他的胳膊说，我真羡慕你，永远都不用为钱的事发愁。

结果杨轻舟摇摇头说，不，以后我会用自己的能力去赚钱，这个能力我不会再轻易使用了。

她当时对杨轻舟满满的崇拜，却忘了问他为什么。

为什么他明明有运气，却非要靠才华？毕竟遇到小概率事件，总好过她一打喷嚏就要反转现实走向吧？

回忆不可追，此去经年，世事总是透着苍凉。

江群群正在心里感慨，忽然听到杨轻舟说："紫辰大学，到了。"

她如梦初醒，看到紫辰大学的大门，赶紧开车门："困了，没注意到地点了，谢谢你啊，回见。"

结果江群群一只脚迈了出去，才发现安全带还绑在身上。她伸手去解，杨轻舟却先她一步，将安全带的扣子"咔嗒"一声打开。

江群群下意识地扭头，刚想说谢谢，却发现他的身体前倾，自己这么一扭头，两人的鼻尖差点碰触到一起。眨巴了下眼睛，她和杨轻舟同时发现彼此的距离近得太过暧昧，顿时红了脸，一句话也说不出来。

"现在还困吗？"他比较冷静一点，还能问出一句话来缓解气氛。

"不，不困了。"江群群捏着眉心，此时的她比任何时候都要清醒。

杨轻舟点头，坐直身体，目视前方。

"虽然你拒绝了我，但我还是希望你能考虑一下。"

还没放弃让她带他去剧组？

江群群叹气，只能用一句客套话做告别："我会考虑的，再见。"

她说完，转身下了车，轻轻关上车门。

黑色汽车慢慢驶走，进入了马路对面的华西大学。江群群怅然若失地望着车影，心里有些失落。

杨轻舟就读的华西大学，就在紫辰大学的对面。但是她躲着他足足两年，一面没见。

7

江群群和杨轻舟的故事用一个关键词来概括，就是青梅竹马。

四岁那年，江群群见到了杨轻舟，他站在江群群面前笑，才五岁的他像个懂事的小大人。

可是他很快就离开了江群群，据说是去别的省上学去了。等江群群再次见到他的时候，已经是小学三年级。

大人们都说，杨轻舟懂事极了，对谁都彬彬有礼，于是妈妈放心地让他领江群群去小区的游乐区玩。

结果一到游乐区，他就原形毕露，带着江群群跳沙子坑，爬绳网，钻假山洞，弄得江群群和他都脏兮兮的。

最要命的是，当他们从小区水池中间的踏板桥上走过的时候，江群群打了个喷嚏。

事情就在这一刻发生了反转，水池中的喷泉忽然喷涌而出，晶莹剔透的水线从头顶漫天地洒落，将江群群全身淋得湿透。几秒钟后，整个小区都能听到江群群的号啕大哭。

杨轻舟在桥的对面向江群群伸出手："快过来，我扶着你！"

江群群当时被喷泉吓坏了，只顾着哭，一点都不肯往前走一步。杨轻舟干脆走到江群群身边，扯着她的手就往外走。江群群的心立即安定下来，乖乖地跟着他走到池边。

他也被喷泉淋得湿透，水珠从他的刘海滴落，他的眼睛更明亮了。

因为浑身湿透还吹了风，第二天江群群就发烧了。杨轻舟被揍了一顿，斥责声从隔壁房间传来，隐隐传入江群群的耳朵。江群群开始担心杨轻舟，可能他从今往后都不会跟她做朋友了。

谁知，杨轻舟第二天就出现在江群群的床前，递给她一个装满巧克力的罐子。江群群放心地笑了起来。

小孩子都贪甜，一颗巧克力就可以收买，更何况是一罐。

江群群和杨轻舟就这样一起长大，一起上小学，一起读初中。因为他比江群群大一岁，所以也高了一届。为了能够和他读同一届，江群群做出了一个艰难的决定：跳级！

以江群群的成绩，能在班里排个中上等就不错了，更别说跳级了。但是为了能和杨轻舟读一个班级，江群群发了疯地学习，用头悬梁锥刺股来形容都不为过。以至于妈妈心疼地劝江群群别学了，问她是不是为了学习，不要命了。

江群群在心里说，我是喜欢一个人，不要命了。

期末考的时候，江群群在心里默默祈祷，不要遇到难题怪题。可是偏偏不如江群群愿，数学的最后一题超纲了。

江群群目瞪口呆，心里充满了绝望。不做这道大题，她就无法保证自己能跳级成功。

就在这时，杨轻舟来到窗外，对着江群群做了一个加油的手势。江群群刚想回应，就忍不住打了个喷嚏。

阿弥陀佛，事情就在这一刻发生了反转。监考老师忽然拿起试卷说，最后一题超纲，不会的同学可以空着，不会扣全分。

江群群高兴坏了，如果这一题能少扣些分，她就能跳级成功。

江群群终于成功跳级到了五年级，和杨轻舟转入同一个班级。当走进教室，坐在杨轻舟身边的时候，江群群别提有多高兴了。

结果，班主任的第一句话就让江群群的人生从巅峰跌入谷底。

他问杨轻舟，你的成绩完全可以直接读六年级，要不要参加一次小升初试试看？

杨轻舟犹豫了，似乎要答应班主任的提议。江群群委屈地哭了起来。她是铆足了劲才跳级成功，要是杨轻舟又跳了一级，她要怎么做，才能继续追上杨轻舟呢？

班主任吓了一跳，问江群群到底怎么了。江群群抽泣着，一句话也说不出来。杨轻舟也紧张起来，胡乱地抽出一张纸巾给江群群擦眼泪，然后对班主任说，我不跳级，江群群就在这里，我哪里也不想去。

因为这句话，江群群破涕为笑。

杨轻舟是一个称职的竹马，每天和江群群一起上下学，陪她一起做数学题，还会偷偷写给她测试考的答案。他们无比默契，最终成了别人口中的一对——

兄妹。

……

情况就是这么令人崩溃。

江群群不知道是哪里出了问题，更让她郁闷的是，江群群和杨轻舟的外号也是同一个玄学风格——江群群的外号叫"反转猫"，杨轻舟的外号叫"巧合大神"。

那时候，江群群一打喷嚏就会发生反转的"超能力"已经远近闻名。至于杨轻舟的"巧合大神"的外号，这都源于他的各种巧合事迹——

高中的早读课，班主任明令禁止迟到，但杨轻舟总是能够踩着最后一秒钟踏进教室，让班主任无话可说；校园运动会上，杨轻舟总是能够领先第二名两秒钟；学霸榜上，杨轻舟常年占据第一的位置，但和第二名仅仅有一分之差。

甚至，杨轻舟去超市买饮料，总是可以买到"再来一瓶"。种种小概率事件，几乎都集中在杨轻舟的身上。

江群群曾经妥协过，他们之间如果是兄妹，那就当个兄妹吧，只要她在杨轻舟心里有一席之地就可以，只要这世上有一个"反转小姐与小概率先生"的幸福故事就可以了。

但是，现实狠狠地打了她的脸。

反转和小概率，并不会让人幸福。她和他的特殊能力，造成了一股命运旋涡，让他们此生不得安宁。

8

江群群回到宿舍，倒头就睡。可能是因为发生的事情太多，短短一个多小时里，她做了许多个梦。

梦里，杨轻舟不再高冷，而是坐在教室的窗边，对着她温和一笑，说，群群，来我这里坐。

她高兴得几乎掉眼泪，三步跨作两步地飞奔到杨轻舟身边坐下。教室里没有其他人，清亮的天光洒在他们身上，一切美好得不像话。

江群群大着胆子，轻轻搂住杨轻舟的脖子。他吓了一跳，但没有抗拒，脸颊泛起一片潮红。

这世上最美好的事情，就是他近在咫尺，触手可及。

可是她刚凑过去，就听到杨轻舟在耳边说，带我去剧组，帮我见到林海玥。

江群群刚要拒绝，鼻子忽然有些发痒，赶紧将头扭到一边。下一秒钟，她重重地打了个喷嚏。

她惊恐地捂住鼻子，然后看到杨轻舟变了脸色。

"不会发生坏事的！我保证！"江群群赶紧解释，可是一团大雾袭来，将杨轻舟整个人包裹在其中，她什么也看不清楚。

江群群赶紧拨开浓雾，可就在这时，浓雾中伸出一双手，接着响起一个女声："反转猫，你干什么啊？别乱摸！"

她睁开眼睛，发现杨轻舟和浓雾都不见了，自己居然抱着室友周溪。周溪伏在她身体上方，双手被她紧紧攥住，正在挣扎。江群群吓得一个激灵，赶紧将周溪放开："你到我床上干什么？"

周溪一甩头发，没好气地说："你做梦了吧，反转猫？闹钟响得人头疼，我想让你关掉，你居然抓着我往床上拖。"

周溪是校花，此刻，她的一双桃花眼嫌弃地瞪着江群群。江群群顿时觉得自己是一个猥琐男。她倒抽冷气，捏了捏自己的脸，发现自己刚才的确是做梦。

"对不起对不起。"江群群赶紧关掉脑中的画面。

"还有一件事，你上热搜了。"周溪将手机扔过去，"恭喜你涨了很多粉丝，真有你的。"

"什么粉？"江群群太阳穴突突一跳，有一股不祥的预感。她点开手机，屏幕正停留在微博 APP 上。只见微博热搜上有一条 # 流苏裙欺负羽清 # 的话题，她顿时两眼一黑。

"你是不是太刚了？把羽清惹哭了。"周溪啧啧地说。

江群群赶紧点开自己的微博，果然发现私信和评论已经布满了水军。她的铁粉甚至已经和水军开启了骂战。

"这，这是……"江群群额头上冒出一层冷汗。她仔细想了想，心头猛沉："是Amanda！"

Amanda必须为直播失误找一个背锅侠，梅梅子肯定不能动，而她就是那个最容易欺负的对象。江群群想通了这个逻辑，恼火得一塌糊涂。

"你快点发个声明啊，不然你账号还要不要？"周溪表面上关怀，语气里却带着几分幸灾乐祸，"早就说了，让你聘用我当你的公关……"

"我没做错任何事，为什么要发声明？"江群群狠狠心，将手机一关，"等他们骂够了就不骂了。"

周溪目瞪口呆，半晌才对着她竖起大拇指："够淡定的。"

她想了想，又说："不过，反转猫，你打个喷嚏试试？说不定事情反转了呢？"

江群群翻了个白眼。

"喷嚏，不是说打就能打的。"

9

说是淡定，但其实江群群心头如同一团乱麻。

她一整天都昏昏沉沉的，草草吃了两口饭就去图书馆查资料。等出了图书馆，热搜果然下了，就是黑粉还在蹦跶。

江群群一夜难眠，第二天发现话题还在发酵。她心烦意乱关掉手机，跟着几个同学去见了论文导师，记录了半页论文修改意见。

临走的时候，论文导师忽然喊住她："江群群，你怎么有气无力的？是不是论文上遇到什么困难了？"

江群群摇头："谢谢老师关心，我挺好的。"

"有什么事需要我帮忙吗？"

江群群挤出一个苦笑，摇了摇头。有成千上万的网友在骂她，这事谁都帮不上忙。

论文老师没察觉到她的异常，还在继续说："有事你就说，一定要把论文写好，我打算把你的论文申请优秀论文的。"

"谢谢老师。"江群群丝毫没有欣喜之情，只想着赶紧离开。

走出教室，江群群靠在教学楼的墙壁上，后背已经是密密匝匝的凉。她鼓起勇气打开手机，登录微博，果然看到无数网友在微博下面逼着她道歉。

可是她到底哪里做错了？

每个人都认为自己是正义的，可以零成本地在网络上发泄自己的愤怒。人们只相信眼睛看到的片面和侧面，从来没有耐心去了解完整的事实真相。

江群群决定还是发个声明，躲着不说话只能显得自己心虚。她点开文字编辑器，硬着头皮编写声明。

刚写了两行，一个陌生电话打了进来。江群群手指一晃，不小心接听了电话，里面立即传来一个男生的谩骂。

"流苏裙，阴阳人当惯了是吧？为什么欺负羽清？奉劝你赶紧向羽清道歉！不然的话，我们……"

黑粉？

江群群吓得赶紧将电话挂断。教学楼里有暖气，可是她却浑身冒着寒气。

这一次，她真的是低估了网暴的力量，羽清的粉丝已经从四面八方涌来，不是当当键盘侠那么简单，还有人摸到了她的电话号码！

她吓得六神无主，在犹豫是要报警，还是直接更换号码。就在她惊惶的时刻，又一阵电话铃声响起，她浑身打了个激灵。

来电号码依然很陌生。

江群群下意识地想要挂断电话，那个来电却主动挂断了，接着一条短信跳了出来："我是杨轻舟，接电话。"

杨轻舟……

江群群犹豫地按照那个号码拨打回去，电话很快就被人接听，一个熟悉的声音传来："喂，你终于开机了。"

"有什么事吗？"江群群开口，才发现声音里有一丝哭腔。

杨轻舟很干脆："我已经和羽清联系上了，她会帮你做一次澄清。如果还没用的话，我会公布录音文件。"

"什么文件？"江群群震惊了。

"回头。"他言简意赅。

江群群还在琢磨他的意思，却意外地发现手机被挂断了。她茫然回身，发现杨轻舟正推开教学楼一层的玻璃大门，往自己这边走来。

她愣住了。

两年没见的人，昨天匆匆一面，今天蓦然出现在紫辰大学，正卷着满头满脸的冰霜雪气向自己走来。

不远不近，只有十来步。

他今天穿的是一件冲锋衣样的深蓝色棉服，恰到好处地凸显出他五官的冷峻，也让他没了昨天的职场成熟，多了一些青春独有的青涩气质，引来了众人的瞩目。

几个路过的女生目不转睛地盯着他看，然后小声地议论。

江群群一时间没顾上跟他打招呼，目光落在杨轻舟手中的资料袋上。杨轻舟走到她面前，将资料袋递给她。

"这是什么？"江群群打开资料袋，发现里面是一个 U 盘。

"去帮你要钱的时候，我让梅梅子亲口承认，直播事故不是你的责任，顺便录了个音。"他说。

江群群猛然一怔，震惊地抬眼看他。

"也就是说，那个时候你就预判到，我会惹来麻烦？"

杨轻舟微微皱眉："我可不是单纯为了你，我是出于职业习惯才录音的。"他顿了顿，"再说，我也需要你帮忙，我们就做个交易吧。"

江群群眨巴了两下眼睛，试探地问："你不会是要我……帮你去剧组？找林海玥录个 500 字的情话吧？"

"对。"他很干脆。

"可是这件事也太难办了吧。"江群群发愁，"林海玥是出了名的傲气，他怎么可能照我们说的做呢？"

杨轻舟冷笑，面无表情地将 U 盘从她手里拿走。他的手指触碰到她的手，江群群只感觉到那一块皮肤立即灼烫起来。

他往前走了一步，江群群立即感到一股无形的力量重压而来。他垂眸看着她，一字一句地问："难道，你现在还有选择？"

的确……没有选择。

一边是水深火热的舆论，另一边是难以完成的任务。江群群很快缴械投降："要不，我只答应带你去剧组，至于能不能完成，我不能保证。"

"不行。"他干脆地拒绝，将 U 盘塞到口袋里。

江群群彻底屈服，举起双手："行行行，我尽量想办法，你是大神，我什么都答应你。"

"那就说定了，下周见。"杨轻舟冷冷地笑了笑，和她握了握手，转身就快步离开。

江群群望着他的背影，那身姿俊朗非凡，大长腿笔直挺拔，三步并作两步地就走出了教学楼。

她低头，打开手掌，掌心里是那个 U 盘。

第
二
章

这世上最美好的事情，就是他近在咫尺

1

宿舍里，江群群坐在书桌前，电脑上插着那个 U 盘。她打开 U 盘里的音频文件，一段杂音过后，和电脑连接的音响喇叭里，立即传来了人声。

这是前天凌晨的时候，杨轻舟和梅梅子等人的谈话录音。

"……是不是流苏裙的责任，我们还没有一个讨论结果，这钱我不能付。"录音里，梅梅子的声音里带着强势。

杨轻舟的冷笑声传来："欲加之罪，何患无辞，你们如果想要认定是流苏裙的责任，那你们可以有一千个理由。直播事故是不是流苏裙的责任，你们心里最清楚不过了。我只问一句，直播中是谁哭了？"

梅梅子和 Amanda 没接话，死寂一般的沉默。

"另外，我想提醒你们，我刚才安抚了羽清的情绪，她答应我会正常工作。就凭这个功劳，你们也要卖我一个面子吧？"

Amanda 愤怒的声音立即响起："你威胁我？羽清到底跟你说了什么？我警告你，别乱说话！否则我告你诽谤！"

杨轻舟呵呵笑了两声："好的。"

Amanda 似乎松了口气："你没给羽清录音吧？"

"录了。"

"你！"

"作为一名心理咨询师，录音是我的工作习惯。"杨轻舟嘘了一口气，"不过，你要是太过分，网上的瓜可能变成瓜田。"

"你敢！难道你不怕死？"Amanda 恶狠狠地说。

"网友们都会变成吃瓜的猹。"

Amanda："……"

只听梅梅子在旁边劝说："杨老师，你别这样，你要是那样做的话，你和我都承担不了后果。"

"呵呵，后果？"杨轻舟只有冷笑声，"你们的甩锅，会给流苏裙引来网络暴力，从而导致她情绪消沉低落甚至抑郁。对于我来说，最差的后果不过如此。"

录音文件再次陷入了一片死寂。

过了许久，也没有声音再传出来。江群群还以为录音播放完毕，正挪动鼠标要关掉录音文件，却听到电脑中突然传出了声音。

那是 Amanda 咬牙切齿地问话："你这样为流苏裙出头，难不成你是她的男朋友？"

江群群吓了一跳，差点把鼠标扔出去。

她屏住呼吸，赶紧将音响的音量调大许多。可是音频仿佛卡住了一般，杨轻舟久久没有回答。

就在她打算把这段回放的时候，忽然听到了杨轻舟的嗓音："还在等我回答？"

这句话仿佛是穿越时空和介质，直接对她说的。江群群猛然远离音响，身子靠在椅背上。

音频进度条继续前进。

"好眼力啊你们。"他模棱两可的声音里稍带鼻音，听起来居然有一丝丝性感。

好眼力啊你们。

这是承认了，还是讽刺？

录音就在此时播放完毕。

江群群心跳如雷，返回去将这三秒钟的录音足足听了几十遍。等她回过神来，她的脸已经烧得滚烫。

他到底，什么意思？

2

江群群拿着这个音频文件来回地听，自己也不知道要不要发出来，结果还没等她想好，羽清倒是先发了微博。

羽清先是向直播节目的有关工作人员道歉，并亲口承认自己得了轻微抑郁症，正在努力调节。然后一众粉丝又是心疼又是安慰，于是＃抑郁症＃的话题就上了热搜。

江群群微博底下的键盘侠没有道理再攻击，纷纷散去，有几个还算有良心地跟她道了歉。江群群转发了羽清的微博，祝福她早日康复，一场风波就这样平息了下去。

她坐在电脑前，长长地舒了一口气，但同时心头涌起疑虑：这到底是怎么回事？真的是羽清良心发现，想要来拯救她的？

就在这时，手机响起。

江群群拿起手机，接听，里面传来了杨轻舟的声音："看到微博了吧？你不用发音频了，我已经说服了羽清。"

"你说服的？"

"对，我答应她，把林海玥对她说的情话字数，从500字提高到700字，不算标点符号。"

江群群："……"

"所以你答应我的事情，必须完成。"

江群群勉强地笑了笑，以缓解气氛："不是，根据我对林海玥的了解，羽清只是林海玥鱼塘里的一条鱼，他就是个海王。"

一个海王，在热恋期还可能甜言蜜语。眼下都分手了，他怎么会对羽清说 700 字的情话?

没用的深情比草贱，不会感动任何人。

男人没那么复杂，不联系就是不思念，不回复就是想断交。可惜失恋中的女人没有理智，给他找了一大堆理由去洗白。

杨轻舟沉默了两秒钟，忽然问："你知道，羽清为什么找我做咨询吗?"

"嗯……不知道。"

江群群老老实实地回答。她也很纳闷，羽清一个大明星，会找杨轻舟这个素人做心理咨询，塌房的风险非常大。

"因为逆反心理。她之前匿名找到的所有的咨询师，都只会顺着她说话，告诉她要相信林海玥对她还有爱，这世上还有光，还有希望。而只有我，不断地戳破真相。"他说。

江群群猛然坐直："你的意思是说……"

"她根本就不是找我做咨询，而是想要说服我，林海玥还是爱她的。在处理这个问题上，她犹如一个十四岁的小女生。"

江群群举着手机，不知道说什么好。

"江群群，帮助一个人从十四岁成长到十八岁，是一件挺有成就感的事情，"杨轻舟说到这里，补充了一句，"下周见。"

"哎，你……"江群群还想说什么的时候，发现手机已经挂断了。

她望着黑掉的屏幕，忽然仰头哀号了起来。

"你到底看不看娱乐八卦啊?"

林海玥其人，也就是在羽清，以及粉丝眼里是个美好的少年而已，在其他人眼里就是个恶棍。

3

林海玥其人，仗着有几分家底，骂哭过导演，轰走过编剧，得罪过一票演员，要不是有一张被老天爷追着喂饭吃的脸，签约的公司早就雪藏他了。最近一两年，可能是前女友羽清事业上升让他很没有面子，林海玥收敛上进了许多。但饶是如此，本性也难移，他时不时被人爆出说脏话粗话、抽烟、打架等黑料。

要不是因为林海玥跳舞酷帅，能恰如其分地将这些黑料美化成真性情，他早就没戏约了。

江群群每天昏昏沉沉的，琢磨究竟怎么才能把林海玥这个臭石头搞定。可是她琢磨出了一百种方法，又无奈地一一放弃。

如果林海玥是一个能被她搞定的人，那么他的经纪公司就不会头痛了。

就在她苦恼的时候，周溪从外面进来，手里拎着几个购物袋。

"看我刚买的衣服，漂亮吗？"周溪哼着歌，给她看自己刚买的衣服。

江群群扫了一眼："还不错，借我出一期穿搭视频哈。"

"才不！女人的衣服展示过一次，还叫新衣服吗？"周溪赶紧将裙子抱在怀里，脸上浮现出了喜色，"这些都是我的战袍，我要作战的。"

"你又看上谁了，校花大人？"江群群随手拿起杯子喝水。

周溪羞涩一笑："杨轻舟。"

江群群呛了口水，剧烈地咳嗽起来。

"大概是昨天吧，我在校门口碰见他了，还聊了两句。他说他来我们学校图书馆找份资料……"周溪说着说着，脸红了，"以前都是我去对面的华西大学找他，这段时间忙，他居然用这种借口过来看我，真是让人怪不好意思的。"

江群群面无表情地喝完了杯子里的水。

如果说杨轻舟是巧合大神，那么他的这种特质应该曾经传染到江群群身上。就是这么巧合，江群群的舍友之一，就是同为高中同学的周溪。还有一个更巧合的事情是，周溪同样暗恋杨轻舟。

"那……祝你成功。"江群群没有戳穿周溪的幻想。

周溪倒是收起笑容，小心地看着江群群："反转猫，你跟杨轻舟真的一点事也没有？要是你对他有心思，我就……"

江群群歪唇一笑，扭头问："你就主动放弃？"

"哦，那倒不会。"周溪脸皮很厚，"我就让他给你介绍个男朋友，然后祝福你。"

江群群对这番言语翻了个白眼。

"说真的,你真的对他没心思?"周溪看着江群群再次试探道,"这两年你没见他,我去华西大学找他的时候也会提起你,他总是面无表情。我想,他可能也是拿你当妹妹吧,所以你就别浪费心思了。"

"哦,妹妹。"江群群冷笑一声,"这倒是没有。"

"啊?"周溪紧张。

"他啊,拿我当债主的。"江群群半开玩笑地说着,随手将一本书扔到床铺上,然后爬着扶梯上了床。

周溪松了口气,忽然想起了什么,又是羞涩一笑:"对了,告诉你一件事——下周咱们不是去《风雨秋》剧组吗?杨轻舟昨天告诉我,他也去!"

江群群本来在整理床铺,闻言扭头看周溪。

周溪好奇:"你怎么不惊讶?"

江群群揉了揉太阳穴,到底还要她如何惊讶,为这事她都头疼一整天了。

"看你整天心不在焉的,也不好好回答我。昨天姜礼浩还问起你,说怎么都见不到你人影。哦对了,他这次要跟组,就是《风雨秋》这个剧,你说巧不巧……"周溪还在八卦。

江群群迅速捕捉到了关键信息:"你说姜礼浩?戏文专业的姜礼浩?他是《风雨秋》的编剧?"

"啊,是啊,你不是给他做过项目PPT,还给他画过故事板吗?"

江群群激动地道:"我知道他,我是说,他居然是这个剧组的编剧?"

"主笔编剧临时有事,所以跟组改稿的任务就落到他头上了。"周溪怀疑地看着她,"怎么了?你又在盘算什么?"

江群群一拳头砸在手心里:"有救了。"

真是想睡觉有人扔来一个枕头,姜礼浩简直是及时雨。

她拿起手机,给杨轻舟发了一条短信:"我想到帮你解决问题的办法了,下午三点,紫辰大学校园餐厅见面。"

4

校园餐厅要比食堂精致一些，但没什么个人风格，像是另一个自习室。

推开玻璃门，排列整齐的餐桌以及角落里的小书架很有学习氛围，就差把校训写在墙上。

杨轻舟到达的时候，江群群正坐在圆拱形的白色窗户下面，微微卷翘的发尾，小黑点复古连衣裙，让她很轻易就从这个环境里跳脱出来，成为一抹独特的色彩。

他不由自主地就弯起了嘴角。

然而下一秒钟，再往前走上几步，杨轻舟发现坐在江群群对面的居然是一个陌生男生，正和江群群相谈甚欢。

他蹙起眉头。

那抹色彩的独特不见了，显然多了一个败笔。

江群群没有感到气氛的陡然冰冷，扭头看到杨轻舟，热情地招呼："你来啦？这里这里，来，我给你介绍一下。"

杨轻舟心里愈加不舒服，毕竟她之前明明是一副蔫了吧唧的样子。

"这位是我们大学戏剧影视文学专业的同学，姜礼浩。"江群群介绍说，"他同时也是《风雨秋》的跟组编剧。"

杨轻舟打量姜礼浩，这是个书生气很浓厚的男生，戴着黑框眼镜，穿着黑白格子的棉布衬衫，脸上带着文艺青年的标配——骄傲和不羁。

"你好，我是群群的同学。我也大四，不过我已经跟着导师写了几部剧，《春天纪事》就是我写的。"姜礼浩向杨轻舟伸出手来。

杨轻舟眉心一跳。"群群"这个称呼，惹到他了。

他与之握手："没看过。"

世界为之停顿一秒。

"哦哦，我还写过一个院线电影，《年轻的你在黎明》，去年的爆款。"姜礼浩有些尴尬。

杨轻舟呵呵一笑。有一种简历式的自我介绍，就比如眼下这个小伙子，一共说了两句话，但是每一句话都包含了自己的成就。

他勾了勾唇角，继续一脸云淡风轻。

世界"咯嘣"一声，有了裂纹。

眼看火药味四起，江群群赶紧解围："别光站着说话，坐啊！是我找的姜礼浩，让他来帮咱们。"

杨轻舟坐下，觉得"咱们"这两个字莫名让自己心情好了许多。姜礼浩深呼吸一口气，大概是努力劝说自己心平气和。

"是这样的，群群跟我说……"姜礼浩一抬眼看到杨轻舟的目光又变得冷峻起来，赶紧改口，"江群群跟我说了，你想让林海玥说出700字的情话，但是我说真的，这件事并不比竞选美国总统容易多少。幸好我是《风雨秋》的跟组编剧，所以我有个办法，给剧本加词，正好剧情有这么一段……"

姜礼浩操作手机，点开一个文件。

江群群赶紧接上："这是导演的工作表，第三场戏就是林海玥向女主角告白。本来这个台词只有200字，不过姜礼浩可以帮忙把台词增加到700字。"

杨轻舟扫了手机一眼："把台词发我吧。"

江群群愣了愣，把那一页台词截图，发给了杨轻舟。

杨轻舟低头看手机，半晌没说话。江群群生怕他再次毒舌，在旁边继续碎碎念："虽然这台词不是对羽清说的，但也就这一个办法了。我觉得，这已经是林海玥能做到的最大限度了。"

姜礼浩表示认同，同时露出了一副大功臣的表情。

杨轻舟哼笑一声："这就是你想的好办法？如果失败了呢？"

"如果失败，那这世上没有第二个办法了。"姜礼浩大概是赌气，"还有，我并不觉得会失败，成功的概率是80%。"

"是啊，我也觉得这是唯一的办法。"江群群笃定。

杨轻舟看着江群群："不是还有20%的失败概率吗？"

"那20%几乎不可能……"姜礼浩抢过话头。

"毕竟80%不是经过统计的概率，只是一个预估的概率，不是吗？"杨轻舟也抢下话头，"如果失败了呢？"

杨轻舟的目光咄咄逼人。

江群群索性心一横："如果失败了，我随你处置。"

杨轻舟收回视线，开始看菜单。

江群群的心凉了一半，低头看微信有新消息，居然来自距离自己 0.5 米的姜礼浩：这真的是你朋友吗？不是仇家什么的？

江群群："……"

仇家不至于，可能结下过梁子。

5

江群群被杨轻舟说得底气全无，但她思来想去，觉得这个计划不能说万无一失，但也是瘸子里的将军。

她也想过找配音老师去模仿林海玥的声音，奈何羽清深爱林海玥，肯定对他的声音摸得门清。找配音老师配一句话没毛病，但要是配上 700 字，肯定会被羽清听出破绽来。

姜礼浩倒是非常自信，私底下拍胸脯："群群，我办事你放心，肯定顺利完成。"

江群群也只能先信着他了。

时间过得飞快，一眨眼到了下周。

剧组开工早，大概凌晨五点，江群群和导师就连夜去了剧组。十几个师生包了一辆大巴车，天不亮就进了组。

杨轻舟也在人群中，不过他在姜礼浩的安排下，混在编剧组里。他今天戴了一副黑框眼镜，穿着普通的衬衫和牛仔裤，江群群差点没认出来。

她凑过去："我差点没认出来。"

杨轻舟戴上鸭舌帽："穿平常点，不然太引人注意。"

江群群心想：这个人仿佛在炫耀。

不过江群群必须承认，如果杨轻舟穿着像平常那样，他就会吸引来众人的目光，那样混入剧组的计划就失败了。

一行人到了剧组，在场务的分配下，分别去到各自的岗位上当起了螺丝钉。今天有一组宣传照要拍，所以江群群跟着导师去美术组，清点和检查服装造型，配合化妆师进行妆造调整。

好不容易忙完，江群群匆匆赶到拍摄点。今天第三场戏，就是林海玥对着女主角说情话的重头戏。

拍摄点人很多，工作人员忙里忙外。江群群踮起脚尖，看到林海玥穿着戏服，正拿着剧本背台词。

"群群，这边。"姜礼浩小声地招呼她。

杨轻舟就在姜礼浩身边。江群群看见，他的脸色好像瞬间变差了。

她还以为杨轻舟是因为自己才心情不佳，猫着腰凑过去，小声问："快开始了？"

"对了几遍词了。"姜礼浩说。

江群群点头，望见人群中央的林海玥口中念念有词，一段台词隐约飘进耳朵里："我是真的喜欢你……"

不知为何，她忽然觉得鼻子有些发痒。

她赶紧捂住鼻子，而旁边的杨轻舟也发现了异样："怎么了？"

江群群死死捂住鼻子，扭头就往外跑。恰好此时，导演喊了准备。她心里一慌，一个没忍住，"阿嚏——"打了个喷嚏。

世界开始变化，就从这一刻。

江群群震惊地转过身，发现除了杨轻舟，其他人都没注意到她。杨轻舟皱着眉头，走到她身边："你上哪儿去？"

"我打喷嚏了。"她惊恐。

杨轻舟面无表情："那又怎样？"

"只要我打喷嚏，就会发生不好的事。"江群群十分紧张。

杨轻舟哼了一声，低声问："那又怎样？只要这坏事没发生在你身上，不就行了？"

江群群六神无主："你真的觉得无所谓？"

"无所谓。"

另一边，林海玥抽了抽鼻子，忽然觉得哪里不对劲，但是他也说不上来，场务已经狠狠地按下了场记板。

"咔！"

他淡淡一笑，看向面前千娇百媚的女主角。那是今年刚火起来的小花，以清新文艺的荧幕形象走红，粉丝们爱称她为晶妹。

林海玥上前两步，抱住晶妹的肩膀，眼中满是深情。

"1234567，7654321……"他深情地说出了一串数字。

江群群："？？？"

他难道不应该说姜礼浩给他写的台词吗？

除了江群群和姜礼浩，所有人的表现都很正常，并没有觉得林海玥的表现有什么问题。晶妹也配合林海玥，眼中稍带泪光，与林海玥深情对望。此时此刻，应该是她的演技巅峰。

江群群小心地看杨轻舟："坏事如果是这个，你还无所谓吗？"

杨轻舟："当然有所谓，你没帮上忙，还是欠我人情。"

江群群："……"

一段拍完，导演收工，工作人员开始收拾工具，准备下一场戏。

姜礼浩目瞪口呆："哎？这就说完了？怎么只说数字？"

一个工作人员经过，见怪不怪地瞪了姜礼浩一眼："谁让你写那么一大段台词？反正后期也要配音，念数字又怎么了？"

姜礼浩气急败坏，转而看到江群群后，赶紧躲开目光。江群群可怜巴巴地看向杨轻舟："我实在是，没办法了。"

言下之意，欠你的，我还不上了。

杨轻舟淡看她一眼："还有个办法。"

"什么？"

"我想当群演。"他说得理所当然，"你，陪我。"

江群群满脑袋问号。

群演？这都是什么跟什么啊？

6

冬日暖阳。

影视城里非常热闹。

这是一场武打戏，林海玥从魔教手中救下晶妹，然后伸手撒下一把白色花瓣后，飞天逃走。自己的信徒则一拥而上抵抗魔教，掩护自己离开。魔教和信徒们踩着一地落花，展开了一场激烈的搏斗。

"行了，这条过。"导演拿着喇叭喊。

群演们立即松懈下来，江群群穿着黑色戏服，疲惫地走向休息点。

群演是个苦差事，拍摄的时候要卖力，不开拍的时候就蹲在一旁随时待命，大部分时间都是风吹得着，雨淋得到。

江群群捂着饥肠辘辘的胃部，望见领饭的地方围得水泄不通，有些郁闷。正憋屈着，她忽然看到杨轻舟一手拿着一个盒饭，从远处走来。到了跟前，他将其中一个盒饭递给江群群："给，快吃吧。"

"一眨眼工夫，你速战速决啊？"江群群毫无形象地在路边蹲下来，打开盒饭，闭上眼睛满足地抽了抽鼻子。

杨轻舟将一块鸡腿放到她饭盒里："是我让你受累，当然不能再让你跟着饿肚子。"

"你要是真对我好，就放我走吧。"江群群用鸡腿骨指着远处的林海玥，"就那厮，正眼不看我们，根本就不会答应咱们的请求。咱们在这儿蹲一个月都没用啊！"

杨轻舟轻轻哼笑："要不了一个月。顺利的话，今天晚上就能见分晓。"

"今天晚上……你要干什么？"江群群有一种不祥的预感，抓了抓衣领，"我提前说好，我不参与美人计的。"

杨轻舟眯了眯眼睛，气氛开始变得微妙。

"在你心里，我就是这种人？"他冷意森然。

"喀喀，我就是提前打个预防针，万一……你是那种人呢？"江群群干笑，"行，相信你的人品，你不会怪我说错话吧？"

"会。"

"……"

杨轻舟伸手，将江群群饭盒里的那只鸡腿拿了过来："鸡腿还我。"

江群群吃惊，赶紧用筷子去拦，却拦了个寂寞。

杨轻舟报复性地咬下一块鸡腿肉，转过身不再搭理江群群。江群群对着他的背影翻了个白眼。

"小气。"

7

深夜收工之后，江群群拖着疲惫的身体回了宾馆。这里的群演一般是租房，或者是合租、群租，像她和杨轻舟这种一人开一间的，简直是奢侈浪费。

虽然说条件不咋的，被子和床总是散发着一股奇怪的味道，但是江群群只想扑上去睡到自然醒。

"晚安，希望明天能结束任务。"江群群向杨轻舟挥手。

杨轻舟却看了看手表："别睡，先来我房间。"

说着，他从口袋里掏出房卡，在门上一刷，发出了"嘀——"的一声。打开房门后，他看着江群群，示意她进来。

江群群捂住领口："你不会真的是那种人吧？"

杨轻舟白了她一眼，将她一把拉进房间，然后把门关上。江群群正在紧张，他扔给江群群一副眼镜和一只口罩："戴上。"

眼镜和口罩都是黑色的明星款，江群群惊讶："这是？"

"当然是执行任务，找林海玥录音。"他指着她的脸，比画了一下，"你要乔装打扮。"

江群群无语。

"做群演几天，也不是没有收获，我知道林海玥的下榻酒店了。咱们马上去，不过要准备一下。"

"咱们都不知道房号。"

"所以要蹲点。"

江群群垂头丧气，觉得自己面临着一个艰巨的任务。

杨轻舟伸手拉开拉链，忽然意识到了什么，扭头对她说："我要换衣服了。"

"哦哦，我也回去准备。"江群群赶紧转过身，脸红了。

8

夜乌沉沉的，周围安静极了。

宾馆门口的地上，堆积着一些应援杂物，都是追星的小孩子们留下的。江群群耷拉着脑袋，踩着应援杂物，跟着杨轻舟走进宾馆。前台的服务员昏昏欲睡，所以他们很轻易地就走上二楼。

安全通道的二楼，阴冷阴冷的。杨轻舟抬头看了看四周，确定没有摄像头了，才蹲了下来。

至此，江群群终于提出了内心的疑问："咱们今天要……捉奸啊？"

杨轻舟回头看她，黑色口罩蒙着她的脸，所以看不清表情，只能说那双眼睛里有些异常情绪。

江群群赶紧举手投降："知道了，你不是那种人。"

"我是。"他很干脆。

江群群："……"

杨轻舟拉开衣服，掏出一台照相机："知道怎么用吧？"

江群群抱着照相机，苦笑："知道也没用啊，这根本就不是林海玥的下榻酒店。你没看门口的应援都是找天王巨星'Lucky'的？"

"是他。"

"不可能，我之前瞄过他经纪人的通告，是另外一家，距离这里大概一千米。"江群群绝望地民工蹲。

"等会儿你就知道了。"

杨轻舟在宽大的衣服里掏啊掏，居然又掏出了一台苹果电脑。他蹲坐在地上，打开电脑，开始操作起来。

江群群睁大眼睛："你是哆啦A梦啊？怎么什么都能从衣服里变出来？"

"我是哆啦噩梦。"杨轻舟一边说，一边飞快地操作电脑。

江群群翻了个白眼。这个人，毒舌起来连自己都不放过。

只见杨轻舟一番操作，电脑屏幕突然出现了监控画面。江群群睁大眼睛："你，你这是……堵人？"

"侵入了酒店的监控系统。"杨轻舟言简意赅地说，"你不是早就猜到我要捉奸吗？那么惊讶干什么？"

江群群摸了摸鼻子："我只是真的没想到，你是这种人。"

"哼，毕竟是半个社会人。"杨轻舟在台阶上挪动几下，换了一个比较舒适的坐姿。

江群群看着他的侧脸发呆，他的睫毛还是那样长，俊朗的侧脸还是有几分文艺青年的味道。可是此时此刻，杨轻舟在她心目中接了地气，有几分狗血电视剧的味道了。

9

等待的滋味不好受，江群群很快就打起了瞌睡。

她东摇西晃地，终于找到了一块如同棉花般柔软的地方，沉沉地睡去。忽然，耳边响起一个简短声音："出来了！"

江群群猛然惊醒，这才发现梦中的棉花居然是杨轻舟的肩膀。她顾不上羞涩，抹了把脸，就看到电脑的监控画面里，一个熟悉的身影出现了。

这不是林海玥吗？

只见林海玥戴着大口罩和鸭舌帽，穿着黑色外套，鬼鬼祟祟地从房间里出来，身后还跟着一个身材娇小的美女。美女紧走几步，追上林海玥，两个人鬼鬼祟祟地往外走，十指紧扣。

"他在七楼。"杨轻舟查看了下监控。

江群群结结巴巴："他，他真的来这个酒店了？"

说话时，她脑中电光石火闪耀。看林海玥身后的美女，很像是在影视城另一个剧组拍摄的犀犀。

他俩什么时候有一腿了？

可能是余情尚在，犀犀送那名男子走到电梯口的时候，忽然一把抱住他，死死不肯松开。

简直是大型的撒狗粮现场。

"差不多了。走，上去。"杨轻舟将录下的视频用U盘拷贝出来，放在口袋里，快速收好电脑，就往走廊的门口走去。江群群赶紧打开照相机，跟着杨轻舟跨步出了安全通道。

杨轻舟站在电梯前静静地等待。终于，液晶板上的数字在7楼停顿下来，他这才伸手按下下行键。

可能是和美女依依惜别，7楼的数字至少停了十秒钟，才缓缓降下。江群群紧张兮兮，将照相机对准电梯口，声音发抖："杨轻舟，我等会儿拍到犀犀的脸，她会不会扇我巴掌啊？"

"你想多了。"

"可是传闻都说她很泼辣……"

"我是说，你负责拿着相机就好，不需要拍谁。再说，犀犀也不会在电梯里。"

"啊？"

杨轻舟认真地说："每一个发泄完欲望的雄性动物，都不愿意雌性再靠近自己，犀犀再不舍得林海玥，也只能被打发回房间去。"

江群群想了想，言之有理。

就在这时，电梯门开了，果然只有林海玥一个人。

他抬起熬得通红的眼，看到举着照相机的江群群，和满脸肃杀的杨轻舟，顿时惊呆了。

"你们干什么？"他惊问。

杨轻舟走进电梯，语气不容抗拒地说："聊聊吧。"不等林海玥回答，他扭头对江群群说："别拍了，最精华的已经拍下来了，不是吗？"

江群群赶紧收起相机。最精华的部分在电脑的监控视频里，她举着的照相机，的确像一个摆设。

林海玥劈手就要夺相机，杨轻舟伸手拦回他的胳膊："抢夺他人财物，是犯法的。"

"你们偷拍我，侵犯我隐私权，我要告你们！"林海玥愤怒。

杨轻舟微微一笑："你可以告。"

林海玥反而没了底气。他今天躲过多人耳目，偷偷潜入犀犀下榻的酒店私会，这个是不争的事实。如果犀犀是单身倒也还好，关键是犀犀"官宣"过男朋友，她跟自己过夜就等同于出轨。

在这个社会，无论男女艺人，一旦有了道德污点，那就是千夫所指，热搜预订。如果真的要把这事搬上法庭，反而是主动给营销号喂饭，营销号会逮住这个机会，从律师函的声明开始炒作，一直关注到下判决书。

林海玥脑中盘算着利弊，手心开始冒汗。

"是羽清让我来的，其实我们也不想撕破脸。"杨轻舟说着，递过去一张写有自己手机号码的纸条。

林海玥拿着纸条，又惊又怒："是她？不是，我都跟她说了分手了，她还想怎样？"

杨轻舟沉默。

这沉默看在林海玥眼里，是非常恐怖的。女人仇恨起来，是不顾一切。她会不会趁机爆他和犀犀的料，毁了他刚刚起步的事业？

"叮——"的一声，一楼到了。

杨轻舟给江群群使了个眼色，歪了歪头，示意她跟着自己离开。两个人一言不发地离开，更是留下一团悬念。

林海玥彻底慌了。他此时此刻倒是希望杨轻舟跟自己狮子大开口，只要他出价，他就能砍价。可是杨轻舟一句话不说，这是摆明了真的要爆他的八卦？

"明天晚上，聊聊吧，你告诉羽清，她要做什么我都配合。"林海玥的语气软化许多。

杨轻舟很满意："那你想好了，就打我名片上的电话。"

林海玥眼中露出恐惧，看着两人离开。

江群群莫名觉得好爽。等出了宾馆，她大大地喘了口气："天啊，你怎么知道他和犀犀有一腿？"

"今天没犀犀什么戏份，她来剧组探班了。我就在旁边观察了一下。"杨轻舟竖了竖衣领，"有人讲了个笑话，所有人都笑了起来，然后我看到犀犀和林海玥对视了一眼。你要知道，当所有人都在笑的时候，人会下意识地看向自己爱慕的人。"

"那你怎么知道他们在这里私会？"

"我猜的。林海玥的经纪人管他很严，整个剧组都住一层酒店，耳目太多，所以林海玥大概率是不能把犀犀带回自己房间了。如果是这样的话，那我就来犀犀的酒店堵他。"

江群群发愣："这也算？太考验运气了吧？"

"也不算考验运气。"他忽然站住，认真地看她，"爱和咳嗽，都是掩盖不了的。一对恋人，是会为了片刻的欢愉，选择铤而走险。"

夜风吹起他额前的发，那双眼睛里瞬间布满沧桑。

江群群抿了抿唇，点了点头。

爱和咳嗽，无法掩盖。

也如同她的喷嚏，是没法忍住的。

10

因为任务完成了一半，所以第二天不用去影视城接活，江群群睡了一天的懒觉。

但这个懒觉睡得不够踏实，她一直怀疑，自己真的把林海玥这个圈内出了名难搞的主，给搞定了？

直到晚上八点钟，她在影视城附近，一个隐秘的咖啡馆里见到了恨不得包成木乃伊的林海玥，才明白——

真的把他搞定了。

"对于男人而言，事业才是他的全部，捏住事业的软肋，等于捏住七寸。"杨轻舟望着往这边走来的林海玥，淡淡地说。

江群群心虚地喝了一口咖啡。

虽然说他们师出有名，但这毕竟是威胁，她有些惴惴不安。

果然，林海玥坐下后，第一句话就带着气："你们要多少钱？"

杨轻舟没接他的话茬："羽清还爱着你。"

"我说过了，我跟她早分手了，是她纠缠我！"林海玥没好气地说，"兄弟，开个价吧，我买你手里的料。记住别太高，不然我跟你鱼死网破，你也捞不到好处。"

杨轻舟拿出一张纸："这个是她的条件。"

林海玥拿过去看了一眼，满脸作呕的表情："啥玩意儿？"

"700字的情话，一字不多，一字不少。她要你最后跟她讲一遍，然后我会想办法，让她放弃你。"

林海玥半信半疑："你难道不该开价吗？"

"如果你对着这个读了，"杨轻舟依然不接他的话茬，推过去一个录音笔，然后从包里拿出昨天那个照相机，"我就把这个照相机给你。"

看到那个照相机，林海玥的脸色变了。

"照做吧，就这么点要求。"杨轻舟的语气异常温柔，循循善诱，然而正是这样的语气，才让人浑身不舒服。

林海玥气得胸口起伏，却不得不拿起录音笔，抓起那张纸，生硬地念了起来。

杨轻舟打断他："用点演技。"

林海玥想发作，但看了看那台照相机，还是忍耐着，换了一种声情并茂的声音念了出来。江群群在旁边听了一分钟，不得不佩服杨轻舟的耐心。这700字的情话虽然透着一股直男风，但并不是从网络上拼凑的字句，一听就是杨轻舟亲自执笔。

他能把这个写700字，也真是厉害。

就这样断断续续念了5分钟，林海玥终于念完，将录音笔扔给杨轻舟。

杨轻舟检查了音频，确定没有问题，才将照相机给了林海玥。林海玥立即翻看起照相机。

"走。"杨轻舟起身，拿外套。

江群群赶紧跟着往外走。就在这时，林海玥忽然咬牙切齿道："这里面什么都没有，你要我？"

"啪"的一声，林海玥一脚踢翻了板凳。咖啡馆里没有其他客人，服务员立即向这边看过来。

杨轻舟面上浮着淡淡的笑容："本来嘛，里面就什么都没有。"他装作茫然的样子问，"不过，你觉得里面应该有什么啊？"

林海玥一把揪起杨轻舟的领子，额上青筋暴起："我劝你别要花招！你拍了什么，赶紧交出来！"

"喂喂，这里有摄像头，你别乱来啊！"江群群紧张。

杨轻舟抬了下手，示意江群群放轻松，才说："林海玥，我从头到尾，都没有拍过你的隐私。"

"你信不信我报警，说你跟踪我？到时候我要曝光你，我要让我的粉丝去人肉你，让你别想混下去！"

杨轻舟笑得更开："可以，不过你会被当作报假警。我建议你仔细回想一下，我和你从见面开始，有提过我要用你的隐私照片，威胁你这件事吗？"

林海玥愣了。

他迅速在脑海中复刻了一下昨天的画面，在电梯里他和杨轻舟的所有对话。

——你们干什么？

——聊聊吧。别拍了，最精华的已经拍下来了，不是吗？抢夺他人财物，是犯法的。

——你们偷拍我，侵犯我隐私权，我要告你们！

——你可以告。是羽清让我来的。

林海玥此时才发现，杨轻舟从头到尾都没有提过"我拍到了你和犀犀的照片"这件事，而是在诱导他去猜测最坏的结局。

没有偷拍，没有威胁，没有交易！

就算报警，这也顶多是一起男女情感纠纷事件，而没有涉及任何违反法律的事情。

林海玥两眼发直，松开了手，踉跄两步后退，然后扶住桌子一角。江群群赶紧抱住杨轻舟的胳膊，将他往旁边拽。

"没事，别怕。"他轻拍她的手背，出声安慰。

林海玥还不死心，忽然抬起头："如果你什么都没干，那你为什么要用相机和我做交换？还不是因为，你用这个相机拍了我的隐私，才……"

"这个相机是我花4000块钱买的微单，我想让你录音，当然要送你一个礼物。二手的，别嫌弃。"杨轻舟一脸无辜，耸了耸肩膀，"我之所以用这个和你做交易，是昨天刚进电梯你就盯着这个照相机看。我还以为，你对我这个相机感兴趣呢……"他佯装恍然大悟，"哦"了一声，盯着林海玥，"你不会真的以为我是拍八卦的狗仔吧？"

"你，你……"林海玥气得几乎要吐血。

杨轻舟已经懒得再周旋，整理了下衣领，径直往外走去。走了两步，他想起了什么，转过身对林海玥微微一笑。

"林先生，世间处处有大爱，下次别见第一面就把人想太坏。"杨轻舟温声说，"可惜咱们以后不会有交集了，否则你会发现我……"

他说到这里，扭头看江群群："不是那种人。"

江群群只觉得空气中有一个无形的巴掌，恶狠狠地打在了林海玥的脸上。她忍不住，噗地笑了出来。

她的笑容，十分明媚。

11

出了咖啡馆，杨轻舟立即给羽清发去了一段语音："我见到林海玥了，已经拿到录音。"

羽清那边倒是静悄悄的，没有立即回复，估计在拍戏。

杨轻舟也不在意，收起手机，往回城的方向走去。

江群群追上杨轻舟，问："杨轻舟，你手里到底有没有其他牌？"

他沉吟了一下，才问："你说的牌是？"

"就比如，昨天你在调取监控的时候，录屏了？"江群群胡乱猜测。她觉得，杨轻舟之所以这样有底气，肯定有点其他的王牌。

杨轻舟微微一笑："还真没有。"

"不可能吧？"江群群半信半疑，"万一今天这个计划失败了呢？你肯定要提前做到万无一失吧？"

杨轻舟扭头看她："失败就失败了呗，大不了就是把钱退给羽清。"

"退钱？那是一笔损失啊！"

"损失就损失呗。"

"你说得轻巧啊！我和你已经为了这件事当了几天群演了啊！"江群群气不过去。

杨轻舟哼了一声，挑了挑眉。

"身为一名心理咨询师，你觉得最重要的事是什么？"杨轻舟反问她，"难道是咨询费？"

这下轮到江群群有些迷茫了："难道不是？"

"当然不是。作为一名心理咨询师，你时时刻刻都要保持中立！你要和咨询者共情，但你绝对不能进入咨询者的情感世界，不能被他们的悲剧所感染。我的世界就是我的世界，完整美好，不会被任何人侵袭。下了班，我是不属于任何人的杨轻舟，而不是做心理咨询的杨老师。"

江群群摇头："不太懂。"

"那我拿你打比方，你是一名小有名气的穿搭博主，假如有一天你粉丝暴涨，你会怎样？"

江群群微笑："广告费跟着上涨，我当然很开心。"

"假如，其他的网红崛起，你粉丝都换墙头了呢？"

江群群一呆："那我肯定有些……灰心。"

不仅仅是灰心。就比如说这次的直播事故，如果羽清不出来解释，她的网红生涯很可能就此终结。那样的话，她会非常难过，甚至情绪崩溃。

杨轻舟略微弯腰，双眼和她的眼睛保持一条线的水平，江群群甚至能看到自己在他眼中的倒影。

他说："听说过一句话吗？你在意什么，什么就会控制你的人生。你想要粉丝和人气，那么你的心情就会跟着涨粉和跌粉起起落落。可是你做任何事的终极目的，不都是快乐吗？结果却因为在意这些，弄得自己不快乐。"

他的脸庞距离自己不到 30 厘米，江群群有些慌乱地将视线挪开。

杨轻舟直起腰，继续往前走，声音里透着凉薄："人生不过是一场游戏，所有游戏的目的，都是让自己快乐啊……可是人却在这场游戏里迷失，痛苦、悲伤、抑郁，到头来自己的初心都不记得，多可悲。"

江群群有所领悟，跟在他身后，默默地点了点头。

杨轻舟继续说："再比如羽清，她最初是因为林海玥让她快乐，才和他相爱。可是后来他让她如此痛苦，她却还无法自拔。爱情的本质是入侵。她的精神世界，被打乱了。"

"也许，她真的很爱他吧。"江群群回过头，向咖啡馆的方向看了一眼。咖啡馆的玻璃窗里，林海玥的身影已经消失。

"爱别人的同时，不应该忘记爱自己。"杨轻舟掏出手机，在打车软件上下订单，"回宾馆吧，收拾东西之后，立即回学校。"

"嗯。"江群群心头忽然一痛，扭头看向别处。

苍茫夜色，在眼中漫漫铺陈。风有些冷，扑在脸上，透着沁骨的凉。

他的话如犹在耳。

她很想问，那你如此在意自己世界的完整和中立，是不是也就是说，你永远都不会爱上任何人呢？

可是，她什么都没问。

12

回到学校，已经是十点半了。

江群群和杨轻舟从出租车上下来，学校大门清清冷冷的。十一点钟宿舍锁门，这个点跑回去，还能进门。

"杨轻舟，这个人情，算我还完了吧？"江群群拎着行李，小心翼翼地问他。杨轻舟没看她，"嗯"了一声，敷衍地摆了摆手，算是告别。

"回去时小心点。"

江群群使劲点了点头，然后转身向学校里走去，心头阵阵揪痛传来。

从这一刻开始，他们是不是又没什么理由见面了？

江群群有些茫然，双脚像是踩在棉花上，一深一浅地往校园里走去。她心里有些悲哀，就如同杨轻舟所说，太喜欢一个人，就会把自己的世界双手奉上，任由对方开垦或践踏。

正想着，一阵凉风吹来，她猝不及防地打了个喷嚏。

她捂着鼻子，心里一阵阵惊雷滚过。这个喷嚏来得太突然，难道现实会发生拐点？

"群……江群群！"身后，杨轻舟忽然喊她。

江群群回过头，看到杨轻舟从马路对面向自己走来。而此时，远处一道雪亮的车灯照亮了路面。

一瞬间，江群群似乎明白了拐点是什么。

她几乎没有丝毫犹豫，扔了行李，飞蛾扑火般扑到杨轻舟的面前，拼尽全力将他推了出去。可能这一步会粉身碎骨，但她什么都不在意了。

那是她从小到大，默默喜欢着的人。

杨轻舟也意识到了危险，一把将她抱在怀里。两个人重心不稳，双双倒在地上。江群群只听到一声刺耳的刹车声，惊恐地将头埋进杨轻舟的怀里。

身下温暖又柔软，他的体温将她整个人包裹。

"你，你冲过来干吗？"杨轻舟仰面朝上，喘着粗气问。

江群群吃力地抬起上身，手掌上一阵刺痛，是刚才擦破了皮。她赶紧爬起来："对不起！我，我就是怕你出意外。"

杨轻舟有些头疼地抬起手，捏了捏眉心："你看看那辆车停的位置，像撞我们的吗？"

江群群扭头，看到那辆宾利停在路边，顿时有些惭愧："喀喀，我这不是……打喷嚏了吗？只要我打喷嚏，就会发生坏事的，你应该还记得。"

"打喷嚏？"杨轻舟似笑非笑地看着她，"江群群，两年没见，你还真的越来越迷信了。以前开的玩笑你都相信，你以为你是谁？世界的中心？你一个喷嚏，就跟蝴蝶效应一样，真的能扭转事实啊？"

江群群脸上火烧火燎的，一股屈辱感涌上心头。她拼了命地跑过来，差点撞车，却被他这样质问。

"真的能。"她冷笑，"如果不能，两年前为什么会发生那件事？"

那件事如鲠在喉，是隔在两人中间的一道坎，也是谁都跨不过去的天堑。

杨轻舟坐在地上，脸色很难看。

两人之间的气氛剑拔弩张，幸好一个女声及时响起："杨轻舟！"

一个丽人从那辆白色的宾利上走下来，将车门狠狠一甩，就往这边快步走来，高跟鞋恨不得把地面敲出几个洞。

江群群大吃一惊，顾不上跟杨轻舟计较，问："找你寻仇的？"

"我还没那么重的桃花债。"杨轻舟从地上站起来，"是羽清。"

江群群震惊，仔细打量来人。女子走到跟前，摘下墨镜和白色复古宽边帽，露出了一张熟悉的脸。

果然是羽清。

羽清眼神透着激动："你拿到录音了？快给我！"顿了顿，她小心地问，"林海玥，还好吧？"

江群群无语："……"

陷入爱情里的女人，果然不可理喻，都这个时候了，还在关心林海玥。

"你吓到我的助理了。"杨轻舟说。

羽清看了一眼江群群："对不起，我心急了些。"她左顾右盼，"我是瞒着 Amanda 偷偷跑出来的，我怕被娱记盯上。"

江群群幽幽叹息一声。羽清果然是贵人多忘事的大明星，居然没认出她就是前几天刚合作过的小网红。

"文件可以给你听，不过我有条件的。"

杨轻舟拿起手机，点开录音文件后，将手机递给羽清。

羽清将耳机插上手机，入神地听着那 700 字的"情话小作文"。听着听着，她那双妩媚的大眼睛里流出晶莹的泪水。

"谢谢，谢谢你……我想，我余生都能得到安慰了。"羽清一边流泪，一边说。

江群群无奈，这篇小作文明明是杨轻舟写的，羽清却视若珍宝。她有些不忍心，刚想开口，就感觉胳膊被杨轻舟拉了一下。

他眼神里充满了警告："别乱说话。"

"可是，你这样纵容，是害了她。"江群群不满，"她还有自己的事业，光沉浸在失恋的状态里怎么行？"

"情绪是一个小妖精，你越是压抑她，她就越是反弹。"

"什么意思？"

"要摆脱失恋，很多人都会回避有关于前任的信息，但这其实是下下策，得不偿失。"

江群群还是不明白："不回避，难道还要一直盯着看啊？"

杨轻舟没正面回答，而是将自己的手机从羽清手里抽了出来。羽清急了，抓着手机不放："你发给我，我就把手机给你。"

"你配合我治疗，我就发给你。"杨轻舟说，"你从公司出逃了吧？那正好，这段时间你不要跟 Amanda 联系了，住在我给你安排的地方。"

羽清顿时惊喜。

江群群急了，小声提醒："喂，你想被 Amanda 满世界追杀吗？"

"兵来将挡，水来土掩。"杨轻舟满不在乎，看向羽清，"现在上车，我告诉你地址。"

羽清答应，转身往宾利那边走去。杨轻舟跟着走了两步，回头看到江群群站在原地不动，歪了歪头："你跟上啊！"

"宵禁还有 10 分钟，我得赶紧走了。"江群群心里酸酸的。

杨轻舟看定她，眸色深深："你当然得跟着去，刚才说了，你是我助理，接下来几天的工作内容是跟羽清住一起，监控她的精神状况。"

江群群满头黑线。

说她是助理，不是开玩笑的？

如果人有上辈子，江群群觉得杨轻舟应该是个人牙子。

谁稀罕做你的白月光，我只想当你的黑寡妇

1

一个小时后，宾利开进了郊外的一处度假村。

因为是淡季，度假村黑灯瞎火的，只有保安室亮着一盏灯。杨轻舟下车，跟保安交涉了一番，重新坐进副驾驶。

"这是我朋友开发的，平时没人来这儿，你想在这儿住多久就住多久。"杨轻舟说。

江群群往车窗外看去，虽然光线幽暗，但可以看出外面有湖有树，是个风景优美的地方。

羽清一边开车，一边戏谑："要不是知道你人品还不错，我还以为你要拐卖我。"

"也不是不可能。"坐在后座的江群群抢答。

杨轻舟回头，意味深长地看了她一眼。

到了宾馆房间，果然是标准间。江群群偷偷看了一眼羽清，感到一股压力。还真的要跟大明星住一起？

羽清打量房间设施，走到镜子前，伸出一根手指抵在镜面上。

"不是双面镜，放心吧。"杨轻舟看穿了羽清的心思。

羽清快快地放下手指："我能一个人住吗？"

"不行，我要对你的安全负责。这段时间，由我的助理陪着你。"杨轻舟说。

羽清不悦地看了江群群一眼，眼神里充满了防备，有些不耐烦地将手中的包包扔到沙发上。江群群倒是没打算认输，也大咧咧地看了回去。不过这一看，她有些汗毛直竖——

就在羽清扔包的瞬间，袖管往上捋起，两道伤痕触目惊心。

割腕？

杨轻舟将房门关上："准备好了吗？我们进入失恋疗程的最后阶段。"

羽清在沙发上坐下，神情有些萎靡："你想怎么做？"

杨轻舟把录音文件发给羽清，淡声说："我要你将林海玥的录音设定为闹钟铃声，以及手机铃声。另外，我的助理和你住在一起，陪你浏览林海玥的八卦，每天不低于五个小时。"

羽清惊讶，然后弯了弯唇角。

"你还真的是跟其他的咨询师不一样。"羽清的笑容有些苦涩，"他们要么建议我结束工作去旅游，要么建议我拼命工作，还有人建议我去国外读个书的，真逗。"

杨轻舟简单解释："以毒攻毒。"

"是吗？反正你说的办法，我就试试吧，看看能不能忘掉林海玥。"羽清叹了口气，拿起手机，开始操作起来。

渐渐地，她的眼睛上蒙了一层雾，哀绝凄迷。

江群群眼都直了，失恋人群果然是情绪说上就上。

杨轻舟看着江群群："你陪着她，我在旁边房间，有情况向我报告。"

江群群赶紧将杨轻舟拉到外面："你这是给她安排心理鸦片啊，我觉得这没用。"

"有没有用，打个赌？"杨轻舟勾唇一笑。

江群群翻了个白眼："没赌资，不赌。"

2

第一夜，气氛太诡异了。

羽清把江群群当成了小跟班，指使她干这干那。江群群一气之下，洗漱完毕后盖上被子，闭上眼睛就睡了过去。

到了半夜，江群群做了一个梦，梦到了一片桃花林，林子里传出了一个女人幽怨的声音。

"呜呜，呜呜……"

她也不知道是谁给的胆子，摇摇晃晃地走过去。果然，花树掩映之下，一个粉裙少女坐在一块石头上，肩膀耸耸颤颤，似是在哭泣。

"你是谁呀？哭什么？"江群群问。

少女抽泣着回答："我的少年郎，娶了别人……呜呜，呜呜……"

江群群翻了个白眼，又是一个痴心少女负心汉的故事。她拍了拍少女的肩膀，笑着调侃："行了行了，眼瞎的人咱们可不能惦记，他爱谁就是谁，咱们独自灿烂。"

这一拍，那少女捏着帕子转过身，水灵的眼睛哭着看她。江群群仔细一看，立时呆住了——

这少女的脸，居然跟她长得一模一样！

江群群吓得浑身一颤，顿时醒了过来，入眼乌漆麻黑，只有墙角的蘑菇小夜灯散发着微弱的光。

"呜呜，呜呜……"一阵哭声传来。

江群群吓得浑身汗毛直竖，想起梦中情形，吓得尖叫一声。哭泣声戛然而止，随即是羽清愤怒的声音："鬼叫什么？吓我一跳！"

"我……"江群群开了灯，看到穿着睡衣的羽清坐在床上，正抱着枕头，手里还拿着手机。她哭笑不得，她还没质问羽清干吗大晚上不睡觉，羽清倒来质问她？

"怎么不睡？哭什么？"江群群抽出一张面巾纸递过去。

羽清擦眼泪："林海玥参加综艺了。"

"这个人也太不敬业了吧？刚接的戏就请假，去参加综艺，真是没一点诚意。"江群群痛斥渣男，努力与羽清共情。

羽清将手机狠狠一摔："不是，他笑了！刚和我分手，他还笑得出来？这个人渣！"

江群群："……"

羽清往床上一倒，将头埋在枕头里号啕大哭起来。江群群左劝右劝，羽清还是哭个不停。

江群群只好去敲杨轻舟的门。

杨轻舟打着哈欠开门，看到是江群群，揉了揉头发："干吗？"

"她哭得停不下来，轮到你心理咨询师上场了。"江群群没好气地看了下手表。凌晨三点，她睡不好，他也别想睡。

杨轻舟耸了耸肩膀："这些都是正常的，你只要盯着她别干傻事，其他的听我的。"

"我要睡觉！"

"你总不能让我跟你换房间吧？"杨轻舟没好气地说，"还是说，你要和我睡一间？我可告诉你，我是正经人。"

"你想得美！"

杨轻舟冷笑，下逐客令："那就给我回去好好睡觉！另外，你不是总觉得自己打喷嚏能扭转命运吗？那你可以试试，看看你打了喷嚏，她会不会笑。"

"喂……"江群群还想说什么，杨轻舟已经把门关上了。她气得跺了跺脚，对着房门狠狠骂了一声。

"猪头！"

江群群回到自己房间，羽清大概是哭累了，窝在被子里小声抽泣。她那副萎靡的模样，哪里还像是红毯上光芒四射的明星？

700字的情话小作文，也救不了一个为情所困，还割腕自杀的人。

江群群一边在心里感慨杨轻舟的失算，一边重新躺倒在床上，拿起手机刷微博。羽清的微博底下，到处是粉丝的告白。江群群觉得很好笑，这些粉丝疯狂表达爱意的同时，他们的偶像却正在爱而不得。

手机光亮有些刺眼，江群群刷了会儿微博，就迷迷糊糊地睡着了。

不知道睡了多久，她又被一个声音吵醒，不过这次是个男人的声音。她吧嗒了下嘴巴，翻个身还想继续睡，一个念头就冲进了脑海。

男人？

江群群一跃而起。

而此时，羽清也吓得从床上跳了起来："什么声音？谁在说话？"

她和江群群大眼瞪小眼了三秒钟，江群群才反应过来："是你的……闹钟声音。"

羽清这才想起来，昨天杨轻舟让她把林海玥的声音设定为闹钟和来电了。

"oh my god，我忘了……"羽清手忙脚乱地将闹钟关掉，"谁知道人声设定闹钟这么恐怖啊？"

江群群摸了摸胳膊，上面起满了鸡皮疙瘩。

3

饭后，杨轻舟送来电脑，让羽清浏览关于林海玥的八卦消息。羽清看着看着，大眼睛里又是泪汪汪的。

"这个晶妹是怎么回事？拍戏休息的时候，居然跟他开玩笑捏脸！绯闻是怎么出来的？懂不懂分寸啊？"羽清气愤不止。

杨轻舟在火上添了一把柴："这是他们发布会的照片。"

发布会上的高清图，一身华服的晶妹站在林海玥旁边，正在含情脉脉地看着他。

羽清气得摔了鼠标。

杨轻舟再浇了一勺油："还有这个，林海玥被人拍到夜会辣妹，不过公司立即发了声明。"

网站上发着两张打有某媒体独家字样水印的照片，尽管模糊到雪花点点，还是能从轮廓上辨认出林海玥俊朗的外形。

羽清气得抹眼泪。

"最近有好电影吗？我不看这些了。"羽清铁青着脸。江群群巴不得她从负面情绪里走出来，赶紧推荐："有啊，我帮你找几个评分高的，你要冷门还是热门的……"

"不行，每天必须浏览林海玥的八卦新闻五个小时。"杨轻舟打断她，抬腕看手表，"现在才一个半小时。"

江群群想反驳，杨轻舟却用眼神制止了她。

"这五个小时，必须连续吗？都不让人休息的吗？"羽清有些不满。

杨轻舟点头："上午连续两个小时，下午连续三个小时，你答应我配合治疗的。"

羽清失落地重新捡起鼠标，继续浏览网页，只是她的兴致没有刚才高涨，整个人也变得懒洋洋的。

4

就这样过了两天，江群群观察到，羽清的情绪虽然时好时坏，但她对林海玥的关注度越来越低，再也没有发生过第一天那样的半夜痛哭事件。

这才两天工夫，羽清就要好转了？

江群群百思不得其解，毕竟羽清已经失恋了一个月，半夜痛哭，还在直播中弄出了大事故，她的状态应该不至于这么快调整回来。

"清清，你在我心里，永远是最好的白月光，是我承担不了你的纯洁与美好……"林海玥的声音突兀地在房间里响起，是那篇 700 字的小作文，被设定成了手机铃声。

这几天，这个声音无数次地响起，江群群已经麻木了。

羽清拿起手机，看了看来电，皱起眉头。

如果她不接听的话，林海玥的肉麻小作文就会继续念下去。羽清犹豫再三，还是接听："喂？"

Amanda 的声音从手机里传来："羽清！你在哪儿？公司上上下下都

在找你，你到底回不回来？我告诉你，你要是被娱记……"

"我不回去，也没有娱记拍到我！"羽清不客气地说。

Amanda换了个语气："哦，你很安全啊？那我就放心了，我就怕你做傻事。其实，你回来，我们开诚布公地谈一谈。林海玥那小子，我帮你找他经纪人，让他跟你道歉。"

羽清沉默了一下，才说："Amanda，你现在关心我，已经晚了。"

"不晚，我们一起调整……"

"在我无数个喊累的夜晚，你不听我讲话。在我哭的时候，你只说是压力大，你从来没认真听过我说什么！"羽清的情绪激动起来，"Amanda，再给我几天时间，我调整好了再回去！你也别说和我一起调整状态，以前你没有陪我，现在我不让你陪。"

说完，羽清将手机挂断。

"清清，你在我心里，永远是最好的白月光，是我承担不了的纯洁与美好……"这个略微变态的手机铃声再次响起。

羽清毫不犹豫地接听电话，刚要开口，Amanda的声音已经咄咄逼人地传来："羽清，你是不是觉得公司非你不可啊？"

羽清脸色一变，没想到Amanda居然换了一副嘴脸。

"公司招了一批练习生，马上要上一个去年爆火的综艺《我当大明星》，到时候妥妥的流量预定。羽清，你现在还有心思闹脾气不接工作，我也是佩服你心大。你什么时候才能明白，你能红是平台的本事，不是你的，别把自己当高高在上的公主！"

"你……"羽清气得浑身发抖。

Amanda继续说："你以为你走了世界就不转了？告诉你，张总找我谈话了，我马上手上要多三个新人，正愁资源怎么分配。你要是不回来，我也只能看着办了。咱俩之间的情谊到哪一步，就全看你了！"

羽清愣住了。

半晌，她才冷笑着说："Amanda，这才是你的真心话吧？我告诉你，我输得起，你要是不看好我，大可以放弃我。"

羽清气得将手机往床上狠狠一摔。江群群本来支棱着耳朵偷听，见状赶紧专注地看电脑。

倒是羽清，默默地看着手机好一会儿，才喃喃地说："不好意思，我刚才失态了。"

这两天，羽清失态多次，但还是第一次为自己的失态道歉。

江群群心头狂喜，羽清总算表现得像个正常人了。她干笑两声："没什么，人都有自己的脾气。"

顿了顿，她试探着说："不过我说实话，你也不能一直躲着不回去。艺人的事业生命是很短暂的，你要抓住每个能抓住的机会。"

"我知道这个道理。嗬，身在高位，无数人盯着我，想把我踩在脚下，而我不能踩进任何一个坑里，为我身后的资本负责。"羽清苦笑，颤抖着手，拢了拢头发。

这是这么多天来，除了想念林海玥，羽清第一次对生活其他方面表露出悲伤。

人人都说明星捞金容易，可看不到这背后的竞争和压力。旧人的红颜还未老去，新人已经粉墨登场。一折戏尚未唱完，台下人都已经四散离去，不可谓一种悲哀和苍凉。

江群群不由得同情，推过去一杯温水。

羽清接过水，开始慢慢喝了起来。

5

第四天，杨轻舟照例拿来电脑让羽清浏览新闻。羽清已经没有了第一天的兴趣，但她还是把所有的消息看完了。

江群群忽然有一种奇怪的感觉，自己仿佛化身为班主任，而羽清就是那个耐着性子学习的差生。

"林海玥今天的消息还比较正常，他回剧组继续拍戏，有路透照片。"江群群试探地问。

羽清没说话。

看完，羽清只唏嘘了一句："他瘦了，和我在一起的时候，我经常给他炖汤喝，他总是吐槽我把他喂胖了。"

杨轻舟观察着她的脸色，冷不丁地说："今天不用看太多，只需要浏览两个小时就行了。"

羽清的脸上居然多了一丝惊喜和释然。

"少了三个小时！那我们不能浪费啊，有什么娱乐活动？"江群群也松了口气。整天浏览林海玥那个渣男的信息，她也有些反胃。

杨轻舟从口袋里掏出一张地图："这个农家乐有水有树，我们去逛逛，还有个 KTV 正在营业，我让朋友给我留了一个包厢。"

"居然还有 KTV？"羽清的眼睛都亮了，她是圈里有名的金嗓子，当初出道不久，她的一首单曲曾经赚得盆满钵满。

"你要是怕被偷拍的话，就别去了。到了饭点，我喊外卖给你送来。"杨轻舟抬腕看了看手表。

江群群点头附和："是啊，再说这个地方的 KTV 肯定设施不好，没什么体验感……"

"我去！"羽清急急地打断江群群，唰地拉开化妆包，"我化个妆，你们等我半小时。"

江群群故意说："林海玥超话里预告，下午还有一波剧组路透照片……"

林海玥的《风雨秋》是穿越题材，有一部分戏份是现代戏，拍摄场景就在影视城附近的一个大学。据说这个大学的学生经常会去拍摄点，发一些演员活动的照片。

"路透又不是高清，像素太渣了，回头我再看。"羽清说着，她已经开始给面部做清洁和补水，并且拿起了一瓶粉底液。

江群群偷笑，抬眼看了一眼杨轻舟。杨轻舟的嘴角也淡淡含笑。

羽清开始有所变化了。

在之前，林海玥在她的世界里，就是头等大事。现在，林海玥跟唱歌PK 了一下，输了。

6

KTV 圆拱形的入场口上，缀满了一个个的小圆灯泡，一根玫红色的彩灯带绕出了三个大字：迪斯科。

可能装修设计师生怕年代感不足，还在墙壁上画出一个戴墨镜、留斜分刘海的时尚潮牌的男人，他手里抱着一个用黄色灯带绕出的录音机。

羽清目瞪口呆地打量着这充满二十世纪七八十年代感的 KTV，半晌才问出一句："就这？"

"农家乐，审美有限，就别挑挑拣拣了。"杨轻舟说。

羽清端起了大明星的架子，转身就要走："太 low 了，我不去。"

"那羽清姐，你先回房间休息，我先去玩啦。"江群群丝毫没有挽留，甜甜地向羽清道别。

羽清顿时一脸失落，不情愿地再次打量四周："我看还行，勉强能唱唱吧，反正闲着也是闲着。"

这几天下来，她已经不太愿意自己一个人待着了。

江群群了然一笑，对羽清做了一个"请"的动作。羽清推了推墨镜，傲娇地迈进了迪斯科。

江群群和杨轻舟心照不宣地微笑。

半个小时后，羽清彻底放弃美女人设，举着麦克风，在包厢里开始了鬼哭狼嚎。

"浪奔，浪流，万里滔滔，江水永不休……"

"你就像那冬天里的，一把火！熊熊火光，照亮了我……"

江群群惊讶地看着羽清，这算是明星塌房事件了吧？她求助地看了一眼杨轻舟，小声问："她这个状态，正常吗？"

"不仅很正常，而且情伤都快要痊愈了。"

"这情伤深得跟东非大裂谷似的，你告诉我快痊愈了？"江群群不敢相信自己的耳朵。

杨轻舟乜斜她一眼："真的快痊愈了。来，喝酒。"

他拿起两瓶啤酒，将其中一瓶塞到江群群手里，然后自己拿起剩下那一瓶，仰头咕嘟嘟灌了一口。

喉头耸动，让他的侧脸看上去有点性感。

江群群脸红，默默地扭过头来，也喝了一口啤酒。

七彩灯球旋转着，一束灯光照来，照亮了羽清脸上的泪痕。江群群怔怔地看着，心里莫名就涌上了一句话：既知情苦，何必情深？

"唱完了，我不当麦霸，给你们。"羽清擦了把脸，将泪水擦掉，然后把麦克风递给了江群群，还随手按了暂停键。

歌曲顿时暂停，屏幕定格在海边沙滩上，一个穿着比基尼的 MV 女主角正和爱人手牵手，画面略显少儿不宜，包厢里的气氛顿时有些尴尬。

江群群咳了两声："我不知道该唱什么，要不羽清姐，还是你唱吧。"

羽清往沙发上一坐，操起一瓶啤酒喝了一口："你们唱，我嗓子都累了，不然马上就成了我的演唱会了。"

边唱边哭，能不累吗？

江群群无奈地拿起麦克风，但还没等重新启动歌单，一个熟悉的男声就响了起来："清清，你在我心里，永远是最好的白月光，是我承担不了你的纯洁与美好……"

羽清愣了愣，想起这是自己设定的手机来电。果然，放在桌面上的手机屏幕亮着，是一个陌生的号码。

她以为是 Amanda，不耐烦地接听："喂，又干什么啊？"

"羽清，你这个小贱人，能不能做点人事？谁给你的脸，让你抢丽丝的资源？国际名导的电影是你能接的吗？"手机里传来一阵谩骂。

羽清尖叫一声，将手机扔得老远。

杨轻舟皱了皱眉头，走过去捡起手机，发现对方已经挂断。他查看来电，问："这个号码你认识吗？"

羽清此时瑟瑟发抖，缩着身体靠在江群群身边，使劲摇头："不认识！不认识！我的号码泄露了！"

江群群赶紧安慰："别紧张，我们马上报警。"

"报警……对……"羽清强迫自己冷静下来，眼泪却再次流了出来，

"可是报警的话，我要联系 Amanda……"

刚得罪完 Amanda，这会儿要低三下四地去求 Amanda，羽清的自尊让她没办法做到。

杨轻舟刚想说什么，林海玥的声音再次响起："清清，你在我心里，是永远的白月光……"

又一个陌生的号码。

杨轻舟皱了皱眉头，按下接听键，然后开了免提。只听一个女孩子的声音传来："羽清！你根本配不上林海玥！你凭什么抢我家偶像，谁给你的脸啊……"

羽清冲过来，将电话挂断，然后将手机关机。她惊恐地看着手机，仿佛一步都不愿意靠近。

"又一个，又一个人打来了！"羽清尖叫。

江群群赶紧抱住羽清，轻拍她的后背。此时，她觉得怀里的羽清不再是那个颠倒众生的大美人，而是一个小女孩。

杨轻舟问："你的个人隐私必须用法律手段去保护。要不，我可以帮你跟 Amanda 去说一下？"

羽清无力地点头。

7

杨轻舟联系了 Amanda，将事情的原委告诉了 Amanda。

Amanda 也很担心自己一手培养起来的艺人会真的精神崩溃，于是很快就联系了律所。半个小时后，羽清的微博上发布了一则律师声明，谴责黑粉不择手段打扰艺人的私生活，一定会追究法律责任。

一场风波就这样平息。

"你放心，应该没有人敢再打扰你了。哦对了，我顺便帮你问了下工作安排，Amanda 的意思是，她现在不逼你回去了，你想休息到什么时候都可以。"宾馆房间里，杨轻舟将手机还给了羽清。

羽清开机，看着屏幕却默默无语。

江群群不知道该说些什么，将一杯热水递了过去。

"喝点热水吧。"

羽清接过水杯，忽然苦笑一声："你是直男吗？一句安慰话都不会说，只会让我喝热水。"

江群群一愣："要不，我给你加点蜂蜜？"

杨轻舟："……"

江群群缩了缩脑袋。

"算了，你做直播的时候伶牙俐齿的，怎么这几天跟个闷葫芦似的。看我失恋，有那么让人无话可说吗？"羽清喝了一口水。

江群群惊讶："你，你认出我来了？"

"刚开始没想起来，后来记起来了，你就是网红流苏裙。"羽清盯着江群群，向杨轻舟抬了抬下巴，"他是你男朋友？"

"不是。"江群群赶紧否认，"你放心，我虽然不是杨轻舟真正的助理，但我绝对不会泄露你的隐私的！"

杨轻舟两手插在裤兜里，倒是没打算解释太清楚："你不用管我和江群群是什么关系，你只要配合我的工作就可以了。"

"工作？"羽清忽而一笑，"你的工作可以结束了。"

杨轻舟眯了眯眼睛："你的意思是，你要结束咨询？"

羽清点头。

杨轻舟还想说什么，手机铃声再次响起："清清，你在我心里，永远是最好的白月光……"

羽清一脸嫌恶地拿起手机，递给杨轻舟。杨轻舟会意，发现还是一个陌生号码，于是接听。

这一次，手机那端不是黑粉了，而是一个娱记："喂，你好，是羽清小姐吗？听说你和林海玥之间谈过恋爱，可以具体说说吗？这次你进军海外电影市场，是不是也有爱情的成分在里面？"

房间里的气氛顿时紧张起来。

江群群生怕羽清受刺激，紧紧地观察着羽清的反应。

杨轻舟正要挂上电话，羽清却一把将手机抢了过来，冷冷地打了个招呼："我是羽清，我接拍电影就是为了我的事业，跟爱情无关。"

娱记明显愣了一下："羽清小姐，真的是你吗？"

"另外，我想郑重告诉你一件事，"羽清深呼吸一口气，"林海玥这个渣男的黑料两室一厅都放不下，我还没那么眼瞎！"

杨轻舟眼疾手快地将手机挂断，所以娱记并没有听到羽清的后半句话。

羽清不满："你干吗替我挂电话？我还没说痛快呢！"

"没有必要杀敌一万，自损三千。你是艺人，以后的路还很长。"杨轻舟说。

羽清低头一笑，自言自语："是啊，杀敌一万，自损三千。为了他，一千都不值！"

想了想，她又呵呵冷笑了两声："林海玥，谁稀罕做你的白月光，我只想做你的黑寡妇！"

从白月光到黑寡妇，她只用了四天多的时间。

再抬起头的时候，羽清的神态明显轻松许多："杨老师，我可以把手机铃声改掉吗？"顿了顿，她又说，"我觉得林海玥这个人已经是过去式，我不想跟他有任何瓜葛了。"

江群群呆呆地看着一脸困顿的羽清，有些不敢认她——

杨轻舟到底施展了什么魔术，让羽清的心态才四天就翻天覆地？

"可以，不过我还是保留闹钟铃声，直到你——"杨轻舟顿了顿，"和林海玥面对面的时候，能当他是个陌生人。"

"他在我心里是仇人。"

"女人都是念旧的，我是怕你回头。"

"行，我听你的。"羽清迫不及待地将手机来电铃声改成一首好听的英文曲，"你这样说，我就把闹钟铃声多留几天，本来我想把那个700字情书的录音都删了的。"

她伸了个懒腰，长舒一口气："我现在感到好轻松，想起以前自己做的傻事，觉得自己真可笑。"

江群群想起羽清手腕上的那道伤痕，从箱子里掏出一条崭新的发带，撕开塑料包装后，将发带轻轻缠绕在羽清的手腕上。

羽清惊讶地看着她。

"缠上这个会好些，别被娱记拍到。"江群群语气和善，"对自己好一点，你会找到真心爱你的人。"

羽清定定地看着江群群，眼神里说不出是感激还是感动。她抿了抿唇，重重地点了点头。

"我也相信。"

8

羽清潇洒离去，像一个重回王座的女王。

站在紫辰大学门口眺望，夕光里的车影逐渐远去，融入这座城市的洪流。如同每天的林林总总，最后都变成了日历上被撕掉的一页。

以前种种，譬如昨日死；以后种种，譬如今日生。

江群群忍不住看了身边的杨轻舟一眼。他还是那副云淡风轻的模样。

"我一直很好奇，之前羽清爱林海玥明明爱得死去活来，为什么她会这么快忘记林海玥？你到底做了什么？"江群群忍不住问。

杨轻舟看她一眼："也不是完全忘记，羽清的情绪还会有反复。"

"就算有反复，这反差也太大了。"江群群想了想，以前她班上也有女生失恋过，那真的是每天抑郁和失落，一边偷偷浏览前男友微博，一边苦情兮兮地擦眼泪唱失恋情歌。

杨轻舟笑了笑："想要忘掉一个人，就要把这个人和她厌恶的事情联系起来。起床和接听电话，是羽清最讨厌的事情，那我就把林海玥的录音设定成她的闹钟铃声和手机铃声。久而久之，羽清的爱意自然就会被憎恨所代替。而且，这次咨询也很好运，恰好遇到了两个黑粉。"

就是那两个黑粉打了骚扰电话，让羽清格外惊恐。潜移默化地，羽清也会对设定为手机铃声的林海玥的声音产生同样的排斥情绪。

"另外，我也不认为羽清是真的爱林海玥。她只是工作压力太大了，林海玥是她宣泄情绪的一个出口而已。所以人还是要丰富自己的内心，让自己变得更强大，不要让灵魂有缝隙，因为灵魂的缝隙里钻出的菜，不怎么好吃。"杨轻舟十分毒舌。

"原来是这样。"江群群恍然大悟。

"最后的忠告，闲得没事干还是别失恋为好。有科学研究表明，女生失恋后大脑细胞活性的降低程度，比男生要大得多。失恋这种吃力不讨好的事情，最好少干。"杨轻舟从上衣口袋里掏出一个笔记本，在上面画了一笔，"本次咨询，结束。"

失恋这种吃力不讨好的事情，最好少干。

江群群脑子里回旋着这句话，另一个声音却一直提醒她：她可是把失恋这件事持续了整整两年。

"是啊，真是吃力不讨好，没什么意思。"她讪笑着，眼睛往紫辰大学内瞟了一眼，"那个，我得回校了，就算是大四，离校太久也不好。"

杨轻舟一怔，从上衣口袋里掏出钱包："你等一下，我要给你结算工资。"

"工资？"

"就是做我助理的工资，这几天你陪着羽清，辛苦了。"他很慷慨地从钱包里掏出一叠粉红的钞票。

江群群很高风亮节地拒绝："钱就不用了，朋友间帮忙，哪里用得着这么客气？"

杨轻舟毫不客气地收回钞票："两年不见，你境界提高了很多。"

江群群心想，你再让一下，说不定我就收了呢。

谁想到他忽然动作凝滞了一下："不给钱也不好，要不然我把这钱都用来请你吃冰激凌吧？"

江群群眨巴了下眼睛："两千块钱的冰激凌？这个天气也太冷了吧？"

刚过去春寒，气温上升，但大量吃冰激凌还是不太适合。

杨轻舟指了指学校门口的超市："今天先管你一根，以后你有什么想吃的，都告诉我，反正我是要请够两千块的。"

雪糕十元一根，两千元可以买到两百个。一次请她吃一根，那么他们就有两百个理由见面。

江群群心里忽然甜甜的，又有点不敢相信。她试探地看向杨轻舟，发现他的脸居然有点红。

"挑吧。"杨轻舟走到冰柜前，示意她看。超市门口的冰柜里，摆满了花花绿绿的雪糕。

江群群正低头翻看雪糕，眼角余光感觉到他就靠在自己左边，左边的半个身体顿时灼热起来。

忽然，一个惊喜的女声传来："杨轻舟？"

江群群惊讶抬头，只看到一道身影闪过，紧紧地搂住了杨轻舟的胳膊。杨轻舟被勒得一趔趄，冷冷地下令："周溪，松开。"

周溪？

江群群心头一沉。

"对不起，我有些激动。反转猫……哦不，群群，你也在啊？"来人果然是周溪，她松开杨轻舟，自然大方地捋了捋头发。

周溪今天穿了一条优雅的小黑裙，外面套着一件风衣，看上去清丽可人。她激动地看着杨轻舟："我早晨还跟姜礼浩念叨你呢，结果快中午的时候就见到你了，你说这是不是心有灵犀呀？"

姜礼浩此时跟在几步远的地方，手里提着一个苹果电脑包，看到江群群，笑得露出了一口大白牙，格外俊朗阳光。

江群群没有一丝喜悦，敷衍地点头。

杨轻舟使劲将周溪的手掰开："嗯，来这儿有事。"

"虽然华西和紫辰门对门，但是你都没来看过我，太不够意思了！"周溪嗔怪地往杨轻舟的肩膀上轻轻一砸，然后开始询问起杨轻舟的近况。

周溪真的很会经营各种人际关系，只要有她在的地方，总是能气氛热烈，鲜花似锦。

江群群插不进去两人的谈话，就简单地跟姜礼浩打招呼："怎么从剧组回来了？"

"活暂时交给其他人了，我就请假回来几天。我这边需要你帮忙，你可不能推辞。"姜礼浩举起了手中的苹果电脑包。

"喀喀，我……"江群群有些想推辞，姜礼浩已经抢先一步："我上次帮了你一次，这次轮到你还人情了。"

江群群看了一眼杨轻舟，发现他还在跟周溪说话，于是满心里失望起来。她对着姜礼浩强笑一下："那……好吧，你要我帮什么？"

"帮我画个故事板，我拿给资方看。我能不能从编剧跨界到导演，就看这一步了。"姜礼浩说着，对着杨轻舟和周溪一招手，"走啊，咱们边聊边说。"

江群群无奈地跟着他们一起走。一路上，她看似安静地听着姜礼浩在耳边聒噪，其实目光有意无意地落在杨轻舟的身上。

紫辰大学校园里树木参天，树叶时不时从半空中飞旋而下，落在杨轻舟的肩膀上。江群群想要替她拿掉，周溪却又捷足先登一步，将那片树叶摘下："哎呀，有树叶，帮你拿掉了。"

说完，她还不忘对杨轻舟妩媚一笑。

江群群莫名就生了气。她没看见的是，杨轻舟偷偷地瞄了她一眼，又迅速将目光躲闪开去。

四个人同行，并不是二人世界的双倍，而是四个各怀心事的世界，互相激烈地碰撞。

9

晚上回宿舍的路上，周溪还在畅想。

"没想到杨轻舟真的出现在紫辰了，我都两年没见他了，每次给他发微信，他只说忙。这次一见面我就知道，他根本没忘记我。"周溪一边欢快地走着，一边碎碎念。

江群群默默地在周溪身边走着，抬眼看路灯，昏黄灯光是那样宁静柔和，像时光特有的滤镜。

回想起那时候，是真的很幸福啊，如果周溪没有出现的话。

周溪也是美术生，气质文艺淡雅。她是那种说话柔声细语的女生，使用的小玩意儿也很有女生特色。当然，最能圈粉的还是她的颜值。

冷白皮的女生，身材瘦削，穿什么衣服都好看。

起初，江群群天真地以为周溪是真的欣赏自己对美术的艺术理解，才愿意跟自己做朋友。后来江群群才恍然发现，周溪是醉翁之意不在酒，接近她只是为了杨轻舟。

周溪手段高超，成功地在杨轻舟的身边取得了一席之地。她会给他画小头像，会找他请教数学题，会给他过生日……

当江群群看到杨轻舟的微信头像的右下角，有周溪同样的微信签名的时候，她的心痛得像被锥子使劲地钻。

周溪曾经挑衅地对江群群说："江群群，你和杨轻舟只能做兄妹。"

江群群不甘示弱地反驳了回去："凭什么？"

周溪笑了笑说，因为你和他太熟悉了，熟悉的地方没有风景，太熟悉的人也没什么新鲜感啦。

这句话在江群群心上造成了一万点暴击。

回忆起往事，江群群只觉得心里闷闷的。

"哎，对了，反转猫，你今天怎么会跟杨轻舟在一起啊？还有，你一连几天都没回宿舍，你去干什么了？"周溪终于注意到了这个问题。

江群群扫了她一眼："你觉得呢？"

"你不会是，让杨轻舟帮你找工作吧？"周溪试探地问，脸上的笑容消失了大半。

江群群回想起过去几天的助理生涯，周溪这个猜测也未尝不可。

她点头："对啊。"

说完，她又报复性地补充了一句话："我刚做了几天，他的助理。"

周溪张口结舌，勉强笑了一下："杨轻舟最近压力很大的吧，你还是别去打扰的好。"

江群群站住，认真地看着周溪："你什么意思？"

"啊？你别误会，我没什么意思啦，我就是……心疼杨轻舟。"周溪手足无措地说，可是那双漂亮的眼睛里，明明充满了防备和嫉妒。

江群群冷笑："你是怕我抢了你喜欢的人吧？"

"你别乱说啊，我是那么不知趣的人吗？"周溪辩解了一句，忽然说，

"江群群，你不觉得，你的反转体质会给人带来困扰吗？"

江群群愣住了。

"我不想说那么直接的，但是你一打喷嚏，事情就反转，好事就会变坏事。"周溪满脸无奈，完全一副迫不得已才说出真相的模样。

江群群有些生气："你什么意思？你……"

"我这个人说话直，随便举个例子啊……比如说，杨轻舟本来可以轻松应对客户，而你打了喷嚏，事情发生了一些改变，他的工作因此很棘手。那他，是不是很苦恼？"周溪说。

江群群难以置信地看着周溪。

"不，我觉得我能帮到他。"

周溪抿了下嘴唇："那你有没有想过，解铃还须系铃人，你是帮了他不错，可是根源的问题也是你造成的？"

"你的意思……"江群群苦笑，"就是说我这个人带衰别人呗？"

"我不是这个意思，你别多想。"

"既然不想让我多想，就别多说啊！"江群群毫不客气地堵了回去，看到周溪的表情，并没有觉得畅快。

周溪说的问题，她也有想过。就拿羽清来说，归根结底，羽清是压力过大而无法走出失恋的泥淖，可是羽清其中一个压力的导火索，好像的确是和她脱不开关系。

比如，发生直播事故的时候，她打了个喷嚏。之后直播翻车，羽清对着镜头流下了泪水。

后来她是帮了杨轻舟，可是从某种意义上来说，果是她，因也是她。

江群群心里闷得慌，往操场的方向走去："我想去操场上，一个人待会儿。"

说着，她越走越快，最后跑了起来。

江群群跑在这个有些清冷的深夜里，后背居然出了一层薄汗。回过头，周溪还站在远处看着她，只是身影变成了一个小黑点。

那一刻，她忽然有了一个奇怪的想法。

如果周溪在她的生活里，也遥远得变成一个小黑点，就好了。

这个念头一出，江群群不由自主地轻轻打了右脸颊一下。

她觉得自己卑鄙。

手机就在这一刻响了起来。江群群拿出手机，看到屏幕上提示的手机号码，居然是杨轻舟。

她犹豫再三，最后决定挂掉电话，但她编了短信发过去："在跟周溪聊天呢，有事？"

杨轻舟沉默了两分钟，短信才姗姗来迟："明天出来，我有事找你。"

江群群咬着牙，回复："抱歉，明天可能要降温，我不能出去，怕自己打喷嚏。"

发送短信过后，江群群其实内心还是有些期待的。她希望杨轻舟能继续纠缠，说什么都行，比如解释清楚，他和周溪到底是什么关系。

比如明明白白地告诉她，他不怕她打喷嚏。

可是手机陷入了沉默，杨轻舟没有再发来信息。江群群又是后悔，又是患得患失，心里似乎有一头小兽在横冲直撞。

江群群索性把手机一扔，躺在绿荫操场上，望着头顶的星星。

她喃喃自语："我好像，跟羽清也没什么区别……"

失恋加乱吃醋，真是要命。可是再要命，也没有两年前的那件事可怕。

命运从两年前，就脱轨了。

两年前，发生了一件很可怕的事

江群群很想打个喷嚏，让事情发生反转，可是那一天她在操场上安安静静地坐了一个小时，什么都没发生。

再后来，江群群家和杨轻舟家决裂了。从那以后，江群群和杨轻舟形同路人，那些曾经说不出口的心情也都遗落不见。

江群群想，如果杨轻舟说自己恨透了江群群，她也不会意外。

那件事，毁了杨轻舟的家。

荒唐趁年华，恰好你给了理由

1

春意盎然的公园里，绿草如茵。

男主角深情地望着女主角："小冉，我们认识已经二十年了，我很喜欢你，我们在一起可以吗？"

女主角痛苦地摇了摇头："对不起，喜欢和相处，是两码事。"

"为什么？"

女主角转过身，一句话消散在风里："我不想让你知道，我是一个怪物……"

男主角不甘心地冲上去："你哪里是怪物了？你……"

他抱住女主角的双臂，女主角惊慌之下，倒抽了一口冷气。在女主角身后的花圃里，花朵忽然凋零。

就像连锁反应一般，刚才还在嗡嗡采蜜的蜜蜂落在地上，乌云遮蔽天日，狂风呼啸而来，吹倒了几步开外的小卖部的招牌。

男主角愣住了。

女主角的眼神里透着悲哀："我的特殊能力，会一直困扰我的一生。这样你也愿意吗？"

男主角将女主角抱在怀里，深情倾诉："我，愿意！"

这三个字，有着巨大的魔力。

女主角感动地将头靠在男主角的肩膀上，轻轻闭上眼睛。在她身上，一团黑雾终于抽身离去。

而周遭的世界，也如同时光倒流般——

花瓣回到花枝，蜜蜂重新振动双翅，阳光从乌云后重现，而小卖部的老板娘将招牌重新竖了起来。

全世界都被治愈。

……

这是江群群笔下的一个故事。

冬天过完后的两个月时间，春光重回大地，江群群迎来了大学里的最后一个学期。

可能是对大学生涯的致敬，她捡起了专业，开始画图。

画完最后一笔，江群群看着面前的故事板，心满意足地等待墨迹干透。这是给一个剧本画的故事板，供制片方参考。

高兴不到三秒钟，江群群的手机突然响了起来。

太阳穴突突一跳，江群群赶紧拿起手机，小心地接听："喂？"

"江群群，你能把故事再调整一下吗？"手机那端的姜礼浩语气急切。

姜礼浩也是大四生，在紫辰大学戏剧影视文学专业就读。他有一个伟大的梦想——成为顶流编剧，同时转型做一个导演，拉到一笔巨额投资，从此走上巅峰，完成他的艺术梦想……

"怎么调整？"江群群问。

姜礼浩滔滔不绝地讲述起来："我把剧本拿去给资方看了一下，他提了个意见，说既然是青梅竹马，那么男主角就肯定知道女主角是一个怪物这件事！在告白的时候，男主角其实已经想好了，他会接受女主角。所以啊，这个故事板，可以有另一个版本。"

江群群眯了眯眼睛，有些烦躁。

"姜礼浩，我认为——爱上一个怪物和接受一个怪物是两码事！"江群群加重了语气，"不管男主角爱上谁，他都不可能接受一个怪物，这样才比较有虐点！你要坚持自己的看法。"

"我加钱。"

"不画！"

"江群群，别忘了你还要清空购物车！"姜礼浩的态度强硬起来。

江群群被堵得说不出话来。

打蛇打七寸，购物车就是江群群的七寸。

江群群有一张漫画脸，长发浓密乌黑，杏眼大而有神，笑起来十分可爱。许多人羡慕她有一张神似斋藤飞鸟的脸，她却在发愁，要如何让这张脸配得上毕业后的打工人身份。

首先，升级所有的行头，且不说最基本的吃穿住行了，就说从包包到鞋子，就是一笔不小的钱财。然后，日常的烫头发、美甲美睫、护肤品等颜值维护，也要花费掉很多银子。

她的家境不差，都市里的小中产，但是她跟家里人已经两三年没有联系了，经济上的往来早没了。

"行了，我保证，这个新版的故事线会更加精彩，回头我给结款。就这样啊！"姜礼浩说着就挂断了电话。

江群群恼火，把电话打过去，姜礼浩却不接听。

她点开微信，给他留言："姜礼浩，虽然你是作者，我也屈服在金钱的淫威之下，但我非常了解青梅竹马的心态，我可以明确告诉你，你这个故事是失败的！"

放下手机，江群群看着故事板生闷气。大概过了五分钟，她拿起手机，意外地发现微信的图标上居然有一个"…"的红点。

江群群顿感不妙，点开微信，发现自己的粉丝群里已经炸开了。

"女神，你原来是中文系的？"

"我们的小群群，还写漫画脚本？名字叫什么呀？我去捧场！"

"姜礼浩是谁？我吃醋了！"

……

江群群一拍脑壳，发现自己悲剧地把消息发到了自己的粉丝群里。

她赶紧卖萌："对不起各位，因为一点私人事务占用了大家的时间，希望大家不要再讨论此事，我会好好跟合作方沟通的。"

粉丝群渐渐平静下来，江群群松了一口气。

但是一个粉丝留言不合时宜地跳了出来："姐姐对青梅竹马很了解，是因为姐姐也有一个竹马吗？"

江群群看着那个留言，失了神。

她的确有一个小竹马。

只不过，青梅落了，竹马跑了。

2

算算时间，江群群还有四个月就要毕业。虽然在网络上人气很高，但她还是打算去找工作。

她是误打误撞地成了网红，靠脸吃了一回青春饭而已，从没想过将这个发展成职业。有粉丝追捧是一件好事，没有粉丝她也无所谓，她本来的初衷就只是分享穿搭。

想着以后还要拜托姜礼浩去给自己介绍工作，江群群不得不再次提笔，修改故事板。

改完故事板，她从教学楼走出来的时候，正是日暮黄昏。

白天的校园和夜晚的校园是不一样的。月亮升起，星星闪亮，一对对情侣徜徉在绿荫小路上，平添了许多暧昧的气氛。

江群群匆匆地往食堂的方向走，忽然听到一阵清脆好听的吉他声。

"Tell me, baby, When we first got together?When you first came around?I don't remember.We've been so long together……"

江群群心里一个激灵，灵魂与这段歌声发生了强烈共鸣。

她脚步不受控制地，循着歌声走过去。

那是一个俊秀的男生，正坐在石阶上，一边弹吉他一边唱情歌。暮色里，他的身形颀长又落寞。因为吉他弹得还不错，周围已经聚集了围观吃瓜群众。

"够浪漫，不知道为了哪个女生？"

"告白的吧？"

唱歌是一种古老的求偶方式，从远古流传至今，已经写进了人类的基因。

只是江群群在看到那个男生之后，心脏立即停跳了两拍。

江群群正在恍惚中，忽然听到围观人群里传出掌声，有人吹起了口哨。

"正主来了来了！"

"原来他喜欢校花啊！"

江群群转身扫了一眼，果然看到周溪从不远处走来。她还是那样耀眼灼灼，白皙的皮肤，修长的身形，小仙女风的纱裙如同轻风拂过。她是所有人的焦点，而她的焦点则集中在杨轻舟身上。

周溪娇羞地走到男生面前，柔婉地喊了一声："杨轻舟，是你啊？"

杨轻舟抬头，吉他声戛然而止。接着，旁边不知道是谁用手机播放起一首英文歌曲 *Everybody know I love you*，浪漫氛围瞬间达到顶峰。

周溪背着手对着杨轻舟甜笑，杨轻舟看到周溪愣了一下，皱起眉头，轻咳了一声。

江群群在旁边看着，心里忍不住一阵阵地失落。

原来杨轻舟是来找周溪告白的呀！

也是，上一次他们见面的时候，气氛就非常暧昧。

江群群正打算趁没人注意的时候低头跑开，鼻子却在此时突然发痒，重重地打了个喷嚏。

"啊啾——！"

众人的目光立即向江群群投来。

江群群躲闪不及，只能抽了抽鼻子。杨轻舟脸色一变，看着江群群，站了起来。

上次联系完之后，江群群又开始躲着杨轻舟。电话不接，短信不回，微信当没看见。估计这会儿，杨轻舟已经在心里把她抽了八百遍。

江群群尴尬地打了个招呼："好巧啊！"

杨轻舟面上波澜不惊，周溪却变了脸色，颤抖着声音喊了出来："反转猫？你怎么在这儿？"

"我刚画完故事板，急着去交稿。那个，你们聊，我先走了。"江群群顾不上看杨轻舟的脸色，赶紧转身就走。然而下一秒钟，她眼前的去路立即被人堵上。

杨轻舟站在她面前，眼神深邃地看着江群群。

"交稿也得吃饭吧？"杨轻舟不等江群群回答，冷冷地说，"谁放的手机音乐，关掉。"

一个男生快快地将手机拿出，关掉音乐。不少吃瓜群众也感到了异常，纷纷窃窃私语："这不是告白？"

"不是告白，他在这里弹个什么劲啊？"

"可能只是练习吉他？音乐系的？"

"反转猫刚才打喷嚏了，会不会是因为她打喷嚏，事情才反转了？"

"这技能逆天啊，还能让告白的人选择不告白？"

"有可能，毕竟是反转猫啊……"

众人一边议论，一边四散而去，方才的浪漫气氛也都消失殆尽。周溪目瞪口呆，转而愤怒地看向江群群。江群群心虚地摸了摸鼻子，觉得自己难辞其咎。

江群群想，周溪一定认为是因为自己的反转体质，才导致杨轻舟没有向她告白。

她正胡思乱想，杨轻舟已经收起吉他，背起来，淡淡地说："我做毕业设计有点累，来这里弹弹吉他放松一下，没想到碰到你们两个，好巧。"

"对啊，好巧啊！"周溪勉强地笑着说，"你在紫辰大学就两个高中同学吧，一碰就全碰到了，真不愧是巧合大神，总是碰到小概率事件。"

杨轻舟的嘴角微微上扬："那不如一起吃个饭吧。"

江群群赶紧推辞："不了，我晚上还有约。"

"把约推了。"杨轻舟声音骤冷。

江群群缩了缩脑袋。

周溪笑呵呵地挽起江群群的胳膊："你不知道，杨轻舟考上华西大学的研究生了，专业第一呢！咱们今天这顿饭，也算是给他庆祝成功上岸。"

"还没面试，不算考上。"

"有什么区别呢？你的面试还能差？我都怕老师当场爱上你。"周溪开玩笑。

江群群点头："恭喜。"

杨轻舟淡淡地回应："因为你这段时间总是躲着我，所以我没机会告诉你这件事。"

江群群讪笑："是吗？我怕我的反转体质拖累你……万一你告诉我的时候，我一打喷嚏，你这录取黄了怎么办？"

杨轻舟觉得很好笑："你觉得你有那么大的威力？"

"你不是体会过吗？"江群群不假思索地说。

杨轻舟被噎了一下，盯着江群群使劲看，看得她有些发毛。半晌，他才挪开目光："吃饭去吧。"

3

到了食堂，高峰期刚刚过去，每个窗口都很空闲。

杨轻舟问："你们吃什么？"

周溪温温柔柔地说："水果沙拉吧，晚上要减肥。"

一般来说，女生这么说，其实就是要男生适时地接一句，你身材这么好，不用减肥。

但是杨轻舟却点了点头："行。"转而他看向江群群："你呢？你吃什么？"

江群群一指炒饭窗口："小龙虾。"

小龙虾，这可是江群群食谱中的本命菜肴。如果世间有万种自由，那么江群群最想实现的是小龙虾自由。

杨轻舟给了餐票，却叮嘱打饭师傅："你好，能把小龙虾再热一下吗？我可以等，没关系。"

打饭师傅不情愿："凉着吃也没事啊！"

杨轻舟依然很坚持："小龙虾炖煮时间不够的话，容易有寄生虫。"

江群群心头一暖，接着忽然感到后脑勺一阵发凉。

回头一看，周溪已经拉长了脸。她略带醋意："哪个老年养生公众号看来的，一套一套的。"

江群群和杨轻舟都没接话，一个窗口一个窗口地打菜。说来也奇怪，每一个窗口的菜都只剩下最后一份，不多不少。

周溪又在感慨："哎，果然是巧合大神，就是不一样啊！"

4

这一顿饭吃得索然无味，全程都是周溪在叽叽喳喳，江群群点头作为回应。突然，周溪将杨轻舟碗里的一块肉夹起："哎我突然想吃肉了。"

周溪凑过去的时候，一缕头发垂到杨轻舟的胳膊上。江群群眼皮突突一跳，不由自主地伸出手，面不改色地将周溪的头发拿开。

"你头发上沾了个饭粒。"江群群不打草稿地撒了个谎。

对于杨轻舟，江群群是有独占心理的，谁都别想在她面前撩他。

周溪神色自然地"哦"了一声，杨轻舟将餐盘一推："都给你，我吃饱了。"

周溪笑得灿烂："那怎么行，你这个周末还要打篮球吧？多吃点优质蛋白，到时候好有力气。"

"嗯，比赛场地在紫辰大学。我这次来，是想跟你们商量一下……"杨轻舟看向江群群，"江群群，到时候你能来做啦啦队吗？"

"啊？"江群群蒙了。

周溪这个没有原则的女人，立即抢答："没问题！"

江群群歪了歪嘴角："杨轻舟，我是紫辰大学的，你是华西大学的，我给你们校队当啦啦队，算什么事啊？"

"江群群，你就答应了吧！"周溪见色忘义，"我们是紫辰大学的不假，但我们是杨轻舟的高中同学啊！到时候如果杨轻舟的球队处于下风，你只要使用你的'反转大法'，就能立即反败为胜，这是多么有意义的一件事啊！"

杨轻舟点了点头。

江群群还是为难："这样不太好吧？再说我所谓的'反转大法'，一般只能导致坏事。"

"吃人嘴软。"杨轻舟冷冷地看了江群群一眼。

江群群目瞪口呆，望着一桌的空盘，这才明白过来——敢情他就是这个目的？

"对，你现在欠杨轻舟的，必须还！"周溪煞有介事地说，"行了，这事就这么定了。江群群你要是不好意思，我陪你去。"

什么叫作损友，这就叫损友。

江群群拿出手机，讪笑："要不这顿饭 AA 吧，扫码，我给你。"

杨轻舟生气了，起身就往外走去。江群群瞬间改了主意，追了上去。

"杨轻舟，AA 吧，我欠了你的……"

杨轻舟回头，态度非常冰冷："你欠我的，何止这顿饭？"

江群群木讷地站住，不知道该说什么。

"躲着我，不见我，反反复复的，觉得比较好玩是吧？"杨轻舟咬着牙说，"江群群，这一次，你别想再躲我两年。"

撕破脸之后的话，果然不怎么好听。

"轰隆"一声——

犹如雷神举起大铁锤狠命砸下，江群群心里瞬间天塌地陷。但一个成年人的处理方式是，泰山崩于前而不乱，就算万箭穿心，也要云淡风轻。

杨轻舟没再说什么，转身快步下楼。

江群群站着没动，任由食堂的穿门风在身上胡乱地拍。周溪跟过来，看了看杨轻舟离去的背影，又看了看江群群，才终于露出了真面目。

周溪："江群群，你搅黄了我的恋情！你说你早不打喷嚏，晚不打喷嚏，为什么那个关键点打啊？"

江群群恶狠狠地瞪了周溪一眼。

周溪大概是觉得再说什么也不合适，咬了咬下唇，咽下了后半句话。

5

篮球赛那天，周溪精心打扮了两个小时。

她画了一个非常上镜的裸妆，扎了两个高马尾，显得格外有青春气息。同时，周溪在衣品上也用尽了心思，白色热裤露出两条大长腿不说，只要一抬胳膊，就会露出一小截雪白的腰肢。

江群群因为胃疼，在床上多躺了一个小时，装扮的主要环节就是洗了个头，花了五分钟时间，用玉米须烫发夹蓬松了一下颅顶头发，随便给发尾做了个内扣，就大功告成了。

一个拥有百万粉丝的穿搭博主，在现实生活中居然如此潦草。

江群群想跟周溪穿一样的短裙，结果周溪一把将衣服夺了过去："你穿这个不好看，会破坏你的身材比例。"

江群群和周溪比了比身高："咱俩一般高，怎么会只破坏我的，不破坏你的？"

"你听我的没错！你穿这件！"周溪挑了一件宽松T恤给江群群套上，并在腰部扯了一下，生怕她走光。

尽管不是第一次见识周溪这种绿茶手段，江群群还是给了她一个白眼。

两人走出宿舍的时候，周溪还在兴奋："杨轻舟今天可能会向我告白，昨天只是酝酿情绪。"

江群群冷冷地："何以见得？"

"紫辰大学篮球馆的传说，你不知道吗？"周溪一脸向往。

紫辰大学篮球馆，确实有一个颇具玄学色彩的传说——在24秒的投篮时间里告白成功的情侣，会永远在一起。

江群群毫不客气："这跟杨轻舟有什么关系？"

"他那天没将告白的话说出口，肯定是碍于你在跟前。毕竟妹妹在场，哥哥不好意思追女生。"周溪自恋地抚摸了下自己的头发，"不过不要紧，我会告白的。"

江群群忽然感到鼻子痒痒，做出打喷嚏的样子。周溪赶紧捂住江群群的嘴："你给我忍住！不许打喷嚏！"

"这你可管不着。"江群群推开周溪的手，畅快地看她微变的脸色。

6

到了篮球馆，球赛还没开始，但紧张的局势已经一触即发。

江群群一眼就看到了杨轻舟，他坐在华西战队的候赛区里，正在跟队友们商量战术。周溪激动地跳起来，向杨轻舟使劲挥手。

"杨轻舟，我在这里！"周溪兴奋。

杨轻舟向她望过来，目光却落在了江群群的身上。不知道是不是错觉，江群群觉得他的眼底有了一丝笑意。

这算是关系上的一种破冰了吧？

江群群不由得回忆起，几年前，杨轻舟曾经教自己打篮球的情景。

当时，他煞有介事地告诉江群群："每一次投球都是一道物理题。投篮角度和水平线之间的夹角，重力和空气的阻力等，都是需要考虑在内的因素。当然了，情况不同，投篮所需要建立的物理模型也就不同。"

江群群认真地问他："杨轻舟同学，那我现在在做什么？我是在投球，还是在做物理题呀？"

他看着江群群笑了起来："江群群同学，你在跟我在一起。"

江群群沉浸在回忆里无法自拔，最后还是周溪的声音让她回过神。

"他笑了，群群，他笑了！"周溪抓住江群群的胳膊使劲晃。

江群群受不了这个花痴少女，将她的胳膊甩开。周溪仿佛没有察觉到江群群的不悦，从背包里掏出两朵手摇花给江群群。

江群群震惊："你不会让我拿着这玩意儿……"

"啦啦队标配，你要喊加油的！"周溪笑得人畜无害。

江群群真的很想问，周溪脑子里都在想些什么，到底是九曲十八弯，还是一根筋通到底。还没等江群群问出来，就听到姜礼浩的声音在身后响起："江群群？"

头皮一麻，江群群回头。

姜礼浩着一身球衣，发型被打理成了桀骜不驯的"向天吼"。他从候战区里匆匆走过来，惊喜地看着江群群："天啊，你们都来给我加油？"

一看到姜礼浩，江群群就想起了他黑白无常一般的催稿，旧社会奴隶主一样的压榨，以及川剧变脸似的改稿。

江群群耸了耸肩膀："你太自恋了吧？"

"难不成，你还给华西加油啊？哈哈哈！别逗了，你们可是紫辰大学的人！"姜礼浩叉腰大笑。

江群群和周溪十分尴尬，不忍心告诉姜礼浩这个残酷的真相。姜礼浩继续得意地说："没想到啊，一个校花，一个小传奇，都来给我捧场。"

"小传奇？"江群群诧异。

姜礼浩眨了眨眼："你的反转体质，在紫辰大学已经成了一个无所不能的传奇了。"他压低声音，"如果紫辰队落后了，你就打喷嚏，明白吗？"

江群群面无表情。

她这个体质叫传奇？她一直以为是怪物。

"你快去准备吧，记得加油哦。"周溪笑得绿茶。

"你们的祝福太给力了。"姜礼浩将头发往后拨拉，"周溪，你相信我，我一定能够有作品，名震大江南北。"

周溪意味深长地"哦"了一声，然后便端坐着装大神。

等姜礼浩离开，周溪立即翻了个白眼。

姜礼浩没发觉异样，屁颠屁颠地回候赛区了。江群群十分同情地望着他，不明白这么个神经大条的家伙怎么当上编剧的。

7

一声长哨吹响，比赛开始。

紫辰和华西都是上一届的十六强，现在初赛就碰到一起，简直如同两块疯狂对撞的强铁。不过，杨轻舟攻势很猛，一上来就拿下了一个三分球。

全场沸腾，江群群听到身后的同学愤愤不平地呐喊了起来："紫辰加油，紫辰加油！"

在一片加油声中，江群群和周溪却同时大喊："杨轻舟最棒，华西加油！"

因为声势浩大，所以没人发现周溪和江群群这两个"叛徒"，江群群不由得心生得意。

紫辰和华西果然难分胜负，比分咬得很紧，整个篮球场上的紧张气氛达到了高潮。

尽管比分落后了1分，但姜礼浩不甘示弱，很快抢到了篮球，发起进攻。他将篮球拍在地板上，声声如闷鼓。

杨轻舟弯下腰，和其他两名队员分列为三，作势阻挡姜礼浩。

身后的观众席再次响起了加油声，只是稍显杂乱："姜礼浩加油，进攻！""紫辰加油！""干翻华西！"

"杨轻舟加油！华西必胜！"江群群趁着加油声再起，大喊了一声。

偏偏在这时，观众席上的加油声瞬间消失，结果江群群这句加油声响彻全场。

江群群呆了。

老天要整一个人，不需要任何理由。

姜礼浩似乎辨认出江群群的加油声，一个趔趄，篮球从他手中飞了出去。杨轻舟飞身上前抢过篮球，往自己篮筐攻去。

紫辰队赶紧防守，但奈何杨轻舟和队友配合得天衣无缝，很快就灌篮成功。紫辰队现在落后2分！

杨轻舟在球场上跑着的时候，往江群群这边看了一眼，眼神里带着笑意。

眼看上半场就要结束了，如果紫辰队没能追上比分，那么下半场的压力会更大。

江群群如坐针毡，因为观众席上有人开始议论江群群。

"她是咱们学校的吗？怎么给华西加油？"

"她不是那个鼎鼎有名的反转猫吗？现在不打喷嚏都可以让事情反转

了吗？"

"天啊……她脑子有泡！莫非，她喜欢那个谁？"

江群群扭头看了周溪一眼，这厮一反常态，低着头不说话，也不敢再摇晃手摇花了。

她火大，刚想说什么，忽然察觉到鼻子有些痒，使劲打了个喷嚏。

周溪立即抬起头看她，脸色煞白。

江群群捂住自己的鼻子，又惊恐又无奈。她也不想打喷嚏啊……

忽然，有人推了江群群一把。

江群群回头，看到两个横眉怒目的女生。

"你是不是紫辰大学的人？凭什么给华西队加油？叛徒！"

"你还打喷嚏！你就是那个反转猫对不对？"

"别动手动脚的。"江群群不悦，"周溪，咱们走。"

周溪此时安静如鸡，居然装作不认识江群群，置若罔闻。

江群群顿时怒火中烧："周溪，你要是不走，就让一让，我要出去。"

周溪还是没看江群群，但膝盖往旁边一歪，让出一条道路。江群群正要出去，身后那两名女生忽然问："等等，你也是跟她一伙的吧？"

"什么叫一伙的！都是小姑娘，讲话别那么难听。"周溪发飙，霍然回头，语气却急转而下，"我……我根本不认识她。"

如果不是形势逼人，江群群都要给周溪鼓掌。看这变脸速度，堪称专业啊！

江群群冷笑一声，提步就要走出观众席。此时，对面的华西队再次发出欢呼声，原来华西队再进一球！

比分相差更大了，姜礼浩直接愤恨地攥了攥拳头。

杨轻舟意气风发，运步速度更是敏捷。江群群看了看计时，上半场只剩十秒钟，一个拖字诀就可以赢定上半场。

"衰神！都是你！要不是你，紫辰怎么会输？"女生气得对着江群群又来了一句。

江群群本来不想搭理，但"衰神"这两个字实在太难听了，于是回了一句："讲点道理行不行，跟我什么关系？"

"你是反转猫啊！肯定你在捣鬼！"

女生气得从座位上站起，使劲往江群群肩膀上一推。江群群一个趔趄没站稳，脚下立即失去了平衡，跌下了观众席！

观众席距离地面，大概有半米高。江群群摔得眼冒金星，胃部传来了一阵剧痛。

明明是摔到了背，为什么胃会痛，这是吃了太多小龙虾的报应吗？

江群群捂住腹部，坐起来想继续掐架，没想到喉头一甜，一股腥热的液体涌了上来。江群群下意识地用手去接，然后被手心里的鲜红刺痛了双眼。

吐血了？

什么情况？

江群群使劲抬起头，看到周溪也一脸吓蒙的表情。

但是这厮脸上关怀的表情转瞬即逝，接下来问了一句："你做的假血浆啊？"

江群群喘了喘气："浑……蛋。"

她是戏剧影视美术设计这个专业不假，但她从来不用课上假血浆的作业唬人。周溪愣了一秒，立即从观众席上跳下。

"能站起来吗？"周溪试图扶江群群。

江群群想站起来，但一瞬间，头也昏了起来。周溪终于惊慌失措："群群，你别吓我！你真的吐血啦？天啊……救命啊！"

观众席上大乱："啊，有人吐血了！"

"打120啊！！"

"篮球赛配的有救护车！快！"

昏昏沉沉中，江群群听到赛场那边忽然哨声大起，尖锐得几乎刺破耳膜。接着，有人拨开人群，在江群群耳边大喊："群群！"

那个声音尤其具有穿透力，刺破所有的声音震荡着江群群的耳膜。

是他，杨轻舟……

江群群怔怔地看着他，他脸上的表情是从来没见过的急切和关怀，和出现在她梦境中的并没有两样。

他握住了江群群的左手，温暖就这样渡进手心。

与此同时，华西队员涌了过来："队长，上半场还有一点时间，咱们回去吧。"

"我得送她。"杨轻舟架起江群群的胳膊就往外走。

"队长！"队员们不甘心地阻拦。

杨轻舟没有理睬，径直往外走去。江群群忍着胃疼："杨轻舟，你快回去比赛啊，别管我，我就是……"

"你就是什么？你以为自己是块铁，吐血了也没事？"他咬牙切齿。

江群群哑口无言。

就这样，江群群被送上救护车，躺在担架床上。周溪蹲在旁边握着江群群的手，叽叽喳喳说个不停。

"群群你别怕，肯定是小毛病！天啊，小毛病怎么会吐血呢？不……不……，我相信就是小毛病……"周溪口无遮拦。

"你能安静会儿吗？"胃的疼痛感过去，江群群终于有力气说周溪了。

周溪想说什么，杨轻舟已经抢话道："别说话，让她休息会儿。"

江群群心头一暖，刚想说什么，救护车就开动了，江群群的意识一下子飘起，忍不住闭上了眼睛。

"群群！"周溪号丧一般地喊。

周溪喊了这么一嗓子，倒让江群群冷静下来。江群群迅速盘算了一下，从口袋里掏出一张银行卡，颤巍巍地递给了杨轻舟。

周溪睁大眼睛看着江群群。

"姜礼浩还欠我一笔钱，别忘了要，要给他算利息。"救护车摇晃，江群群说话有些艰难，"还有，杨轻舟，这个卡里的钱，一半给我爸妈，一半给杨叔叔。"

杨轻舟拿着江群群的卡，愣愣地看着江群群。

江群群只觉得悲从中来："杨轻舟，我欠你的，我只能用这种方式还了。"

想起那些不堪的往事，江群群就觉得内疚。

"江群群……"杨轻舟震惊，眼眶红红的，声音里居然有了一丝哽咽，"群群，你，你不能……"

江群群鼻子一阵酸楚。当众吐血，这影视剧里才发生的狗血一幕，可能她的生命已经进入了倒计时。

一旁的护士突然冷冷地说了一句："你们够了啊！"

气氛顿时有些古怪。

"什么够了，她是我的室友，我的好朋友。"周溪虚情假意地抹着眼泪，杨轻舟也在旁边面色阴沉。

"心率没有问题，病人意识清醒，具体情况要去医院检查。"护士低下头问江群群，"你之前有没有什么病史？"

江群群指了指腹部："胃疼。"

"那就是胃出血。"护士一脸看淡生死的样子。

"胃出血会怎样？"杨轻舟紧张。

护士表情更加鄙夷："挂个止血针，吃药调理。"

"还有呢？"

"还有，保持镇定，别吓着病号。其他等医生看了再说，但我估计没大问题。"

杨轻舟愣了愣，坐直身体，真的恢复了镇定。

江群群尴尬地咳了两声。

不用临终了，但是气氛也开始古怪了。

杨轻舟瞪了江群群一眼，将银行卡塞回她手里。

你欠我的，要慢慢还回来，一分不差，一毫不剩

1

江群群去医院检查了一整套，果然是胃出血。

她拿了彩超图片，去找了医生。医生看了看彩超图片，说："浅表性胃炎，十二指肠上有一个憩室，这就是出血点。挂两天点滴止血，然后配合吃胃药。"

江群群点头。

杨轻舟冷不丁地问："医生，她爱吃小龙虾，是不是跟这个有关？"

主任吃惊："对，以后不能吃小龙虾了，生冷辛辣的食物都要忌口。"

江群群立即满脸委屈地说："那我不吃麻辣味的可以吗？失去小龙虾的人生，也太无趣了吧？"

医生鄙夷地看了一眼江群群："五香味的也不可以！"他转而叮嘱杨轻舟："以后你要盯紧你的女朋友。"

气氛尴尬了一秒，杨轻舟顿时面色深沉。

江群群赶紧解释："医生，他不是我男朋友。"

医生"哦"了一声，满眼怀疑地看着两人，将医嘱递了过去。江群群刚想去拿，杨轻舟已经抢先拿过，道了一声谢谢，转身就往外走。

江群群赶紧跟上去，胡乱找了个话题："杨轻舟，这医生医术高明，就是眼光拙劣。"

"我倒是觉得他眼光还不错。"杨轻舟低头翻手机，神情淡漠。

"啊？"江群群有点蒙。

还没等她反应过来，杨轻舟将手机举到她面前，那是一张爆炒小龙虾的图片，红彤彤得晃眼睛。

江群群没出息地咽了下口水。

"最后让你看一眼，因为从现在开始，你和小龙虾就无缘了。"杨轻舟的面容无比冷酷。

江群群目瞪口呆："什么？"

"你要养胃，以后饮食以清淡营养为主，另外我会监督你。"杨轻舟收回手机，斩钉截铁地道。

江群群干笑一声，但仍然心存侥幸。杨轻舟在华西大学读研究生，还能有时间每天过来找她？

所以她语调轻快地回答："行啊！"

"这可是你说的。"

"欢迎监督。"江群群坦然。

杨轻舟翻了翻手机，再次举到江群群面前。

那是一份 offer 邮件，大意是杨轻舟应聘成功。

"这是什么？"江群群预感不妙。

"聘书，"杨轻舟说，"紫辰大学的心理学老师，前几天刚收到的。"

江群群两眼发直。

"所以，我现在有充分的时间去监督你，戒掉小龙虾。"杨轻舟收回手机。

江群群回过神来，结结巴巴："你，你不是要读研究生吗？"

"哦，"杨轻舟轻描淡写地说，"当然不读了。"

"为什么？"

杨轻舟眼神奇怪，透着一股"这还用问"的疑问。

"因为要工作赚钱，很奇怪吗？"

江群群使劲点头，奇怪，这简直是太奇怪了。

"我已经决定的事情，不会改变。"杨轻舟说完，就往外走去，留下江群群一个人干瞪眼。

2

说实话，江群群并没有把杨轻舟的话放在心上。

杨轻舟从小到大都是尖子生，他会放弃攻读研究生，来紫辰大学做一名讲师？绝对只是开开玩笑而已。

江群群有自己的生活要忙，她因胃疼在床上躺了好几天。但如果她再不更新穿搭分享视频，粉丝群的催更就要爆炸了。

大四的宿舍里，舍友常常是神龙见首不见尾。趁着宿舍里没人，她赶紧布置好直播背景，上了一个淡妆，把头发卷好，开始录制视频。

"哈喽，宝宝们好！小群群最近生病去了趟医院，所以更新就晚了几天。这一期呢，我打算给大家分享我最近的穿搭小心得，让大家既能美美的，又能入手超高性价比的单品。我们一起来看一下吧……"江群群开始滔滔不绝地分享。

录到一半的时候，她突然想要调皮一下："这件衣服的抗污能力很强，有爱吃小龙虾的不用担心清洗问题，普通的机洗就可以完成清洁。"

录制完毕，江群群将视频简单剪辑美化了一下。因为生病，她脸色不大好，所以上了一层比平常要厚一些的滤镜。

将视频发到社交平台之后，江群群在粉丝群里通知了一下。粉丝们立即撒花捧场："小群群你终于更新了！"

"奔去追，女神果然懂我的心！"

"超高性价比，每一件我都想买，你就是这样一个平平无奇的小天才！"

江群群看着留言，心里乐开了花。突然有粉丝的留言映入眼帘："原来女神也喜欢吃小龙虾呀，那我给你邮寄几包小龙虾卤煮的辅料吧？"

因为紫辰大学有一个公共快递的接收平台，所以江群群偶尔也会接受粉丝邮寄来的小礼物。

她想了一下，刚想回复一个"不用了"，就看到另一条留言冲了出来："不行，她现在不能吃小龙虾。"

这语气？

江群群揉了揉眼睛，看到那个 ID 名是"一叶轻舟"。

她正愣神，那名要送礼物的粉丝已经火大："女神都没说话，你凭什么帮她拒绝？"

一叶轻舟：我凭什么，你不用管。

江群群看着对话，突然觉得这个头像无比熟悉。她赶紧点开成员表，发现"一叶轻舟"果然是杨轻舟的微信号，顿时愣住了。

他什么时候进了她的粉丝群？

江群群赶紧点开私聊对话框，一行字还没打完，对方已经发来了一句话："下楼，我在楼下。"

他说话永远都是这样简短，不容抗拒。

江群群穿上帽 T，胡乱收拾了一下就下了楼。果然，杨轻舟站在楼下，正一瞬不瞬地盯着她看。

她顿时不知道怎么说，做网红这件事是半保密状态，只有周溪知道。

江群群讪笑，"那个，你什么知道我的网名的？"

杨轻舟将视线从她脸上挪开："什么时候知道的，以后再告诉你。"

"那你来，不会是监督我别吃小龙虾吧？那都是粉丝瞎起哄。"

"哦，这只是一件，还有第二件事。"

"什么？"

杨轻舟将一个牛皮纸信封递给她。江群群疑惑地接过来，发现里面是一张聘书，立即放下一颗心。

"嗨，你的聘书，你不是给我看过了吗？"江群群竖起三根手指，"我保证，不再吃小龙虾了。"

杨轻舟面无表情："你再看看。"

江群群不解，仔细再看聘书，顿时睁大了眼睛。

聘书的上面，居然写着……江群群？

什么情况？！

"我已经跟紫辰大学商议过了，你来做我的助教，同时也负责心理咨询室的相关事宜。"杨轻舟说。

江群群目瞪口呆："可是，我已经拜托姜礼浩，从剧组给我找工作了。"

"回绝掉。"

"不……不，"江群群绞尽脑汁，"我的专业是戏剧影视美术设计，怎么能做得来心理学的工作呢？"

杨轻舟说得理所当然："因为我总是遇到小概率事件，所以我可能会接触到一些极端案例，需要你的反转体质。"

江群群呆若木鸡，反应过来赶紧否认："不……不，我的反转体质是假象，是心理作用！"

"那不是，我可是亲眼见识过你的能力。"杨轻舟说，声音里没有任何感情，"还有，你也说过——你欠我的，会慢慢还回来，一分不差，一毫不剩。"

江群群难过得不知道如何作答，她是说过这句话，在最难过、最心碎的时刻。

终究是她欠了杨轻舟。

"就这么定了，工资不高，月工资四千块，下周就开始上班吧。"

四千块钱，在这个城市只够交房租。

"那我要做助教，多久？"江群群心里仅存一线希望。

杨轻舟歪着头思考："不知道，看我心情吧。"

江群群的心立即碎得稀里哗啦。

青梅竹马的滤镜碎了，现在的杨轻舟在江群群眼中，不亚于一个恶魔。

3

过了两天，江群群果然收到了系里的留任通知。这个消息，立刻在系里炸开了锅，人人都在猜测江群群到底有什么超能力，居然可以留校任教。

只有优秀毕业生才可以留校任教的，且名额少得可怜，刚开始待遇一般，只能教选修课。但是他们可以一边任教一边读书，等拿到了博士文凭，工作经验也跟着上去了，再通过学校的相关考试，就可以正儿八经做一个讲师，参加评级，可谓前途光明。

但问题是，江群群并不想考研考博住职工宿舍，一想到荒废自己的专业和杨轻舟相处，她就觉得还不如当一块滚刀肉算了。

喜欢他是一回事，相处又是另一回事。

她试着去系里咨询，杨轻舟为什么能做讲师？系里告诉他，华西大学是名牌大学，何况杨轻舟在校成绩优异，还在国外知名杂志上发表过几篇心理学方面的论文，紫辰很欢迎他。

看光景，杨轻舟估计要干个两三年。

万般无奈下，江群群只好给姜礼浩打电话，告诉他自己不去剧组应聘了。姜礼浩在手机那端沉默了一会儿，开启了疯狂吐槽模式："江群群你是不是脑子进水了？你当什么园丁？篮球赛那天倒戈也就算了，现在你跳票？"

江群群万般无奈："不，我想做花朵！"

"那你倒是当啊！"姜礼浩沉默了一秒钟，"不会是因为杨轻舟吧？"

编剧就是不一样，这么快就找出了七寸之地。江群群咳了两声："我先给他当助教，剧组那边要是有机会，你再帮我留意啊！"

"果然是他！他想渣你，你懂不懂？"姜礼浩提高了分贝，"你到底要跟着他干多久？"

江群群默默地堵住耳朵，将事情原原本本地讲了出来。

周溪在旁边支棱着耳朵听江群群讲电话，等江群群挂断电话后，目光复杂地审视江群群。江群群没理她，往床上一躺，只觉得生无可恋。

"有时候，我真的很嫉妒你。"周溪哀怨地模仿江群群和杨轻舟的对话，"那你，要我做多久？不知道，随我心情……我的天啊，这简直就是契约恋人的前奏！"

"你霸总小说看多了吗？"江群群简直无力吐槽。

周溪气得将手里的衣撑折成了90度："他为什么跟你说，不跟我说？我也可以当助教！"

"能转给你，我当仁不让。"

周溪继续吃醋："我不管，我要问问他。"

"把手机放下！"江群群终于从床上抬起头，"我是还债，懂吗？"

周溪愣了两秒钟，试探地问："你是不是跟杨轻舟发生过什么？上次在救护车里，他也说，你欠了他……我一直以为你们说着玩玩的。"

江群群翻了个身，继续睡。

周溪噔噔噔爬上床，摇晃着江群群："你到底欠了他什么？钱？房子？啊，不会是孩子吧？"

江群群气得一跃而起："停停停，别脑补霸总小说了！"

周溪的眼神可怜巴巴："那你告诉我，你和他到底发生了什么？"

江群群重重地喘了口气，认定自己上辈子一定作了孽，这辈子才会摊上周溪这种绿茶损友。

回忆的闸门开启，往事如同潮水般涌上来，江群群感到有些窒息，将被子蒙在头上，不再搭理周溪。

那件事，对于她和杨轻舟来说，是禁忌。

如果时光倒流，江群群一定不会买那两张电影票。

大二下学期刚开学，有一部爱情片特别火爆，江群群买了两张电影票，满怀心思地将购票截图发给了杨轻舟。

她鼓起勇气，给杨轻舟发去了一个哭泣的表情，然后配上文字：怎么办？手滑多买了一张。

在等待杨轻舟回复的五分钟里，江群群觉得一个世纪的时间过去了。

终于，他的回复到来：那别浪费了，一起去看，看完请你吃饭。

江群群内心欢呼雀跃，激动地等待着那一天的到来。杨轻舟又补了一句：我们早一点出门吧，因为我怕堵车迟到。

杨轻舟自己也很明白，他总是会遇到小概率事件，比如非下班时间段的堵车。

那天，他们的确早早地出了门，路上没有遇到堵车，却遇到了另一个小概率事件——杨轻舟的爸爸，和一个陌生女人走进了电影院。

看电影发现父亲疑似出轨，这概率够小了，可偏偏会发生在杨轻舟身上。

江群群难以形容当时的心情，也不知道怎么安慰杨轻舟。杨轻舟面色铁青地看着爸爸的背影，拿出手机拨通了爸爸的电话。

那个电话，足足打了五分钟。江群群坐在等候区里，绝望地望着远处的杨轻舟。他一边讲电话，一边焦躁地走来走去。

他们的那场爱情电影，自然泡了汤。

等杨轻舟重新坐回江群群的身边，他已经恢复了平静。他淡淡地说，江群群，这件事，你一定要保密。

江群群使劲点了点头，却忍不住打了个喷嚏。她想起自己的反转体质，结结巴巴地告诉杨轻舟，我一定会保密的，一定。

可是谁能想到，杨轻舟的妈妈很快就知道了这件事。一场家庭风波之后，杨轻舟的家四分五裂。

江群群确定自己没有说出这个秘密，她也想不通，杨轻舟的妈妈怎么会知道。

难道，真的是因为她打喷嚏，所以才扭转了幸福的生活，引发了一个悲剧事件？

江群群被自己吓到了。

她不敢看杨轻舟的眼神，那眼神里充满了震惊、厌恶和怀疑，看她像在看一个怪物。从此，江群群决定躲着杨轻舟。

每到寒暑假，她都告诉爸妈自己在学校里准备考研，就是为了避开杨轻舟。只有在确保杨轻舟不在家的时间段，她才敢回到家里，和爸妈一聚。

两年的时间里，她也做过无数次的噩梦，每次都梦到有一群人追着自己，喊打喊杀。她低头一看，自己的身体上长满了毛发，她成了一个怪物。

"江群群，你到底干什么了？你不说，我就当你是杀人越货了啊！"周溪这个损友，还在进行不靠谱的猜测。

江群群一把将被子掀开："差不多。"

周溪眨巴了两下眼睛，终于害怕起来，干笑着从她的床上下来，手脚麻利地收拾了下东西，逃似的跑出了宿舍。

世界终于安静下来。

江群群躺在床上，长舒一口气，闭上了眼睛。

杨轻舟，你为什么非要跟一个怪物在一起呢？

4

杨轻舟的办公室外观看上去整洁明亮，内里装修却十分颠覆三观。

墙壁是淡雅柔和的湖蓝，蓝色宁静祥和，可以让咨询者的情绪稳定下来，这一点，江群群表示十分理解。可问题是，房间里为什么有这么多的桌具及一些不可思议的装饰、摆设？

不仅有现代风的办公桌、日式的茶道、中式的香道、东北的炕桌、开放式的厨房，居然还有一个带小城堡的儿童滑滑梯？

江群群指着滑梯，声音止不住颤抖："杨轻舟，炕桌这个我勉强可以接受，你告诉我为什么会有滑梯？"

"哦，"他十分淡定，"说不定有咨询者想坐在小城堡里咨询呢。"他说着，打开一扇门，江群群探头一看，发现里面是两个分了男女的卫生间。

"你不会觉得，可能有人想要坐在马桶上咨询吧。"

杨轻舟点头："当然有可能，对了，我还打算装一个浴室。"

江群群瞪着杨轻舟："如果有咨询者要求在浴室里咨询，请你拒绝。"说这句话的时候，她整个人的气场都变得尖锐了。

提出这种要求的咨询者，绝对是要变相地勾引杨轻舟。她怎么能忍受这种事情发生？不可能！

杨轻舟愣了一下，面上浮现一丝笑意："好。"顿了顿，他笑意更甚，"不过，浴室是给我洗澡用的，不会接待咨询。"

江群群："……"

江群群为自己按捺不住的醋意默哀一秒钟。

"装这么多的咨询场景，是因为我经常遇到小概率事件，咨询者的思维一般都很奇特。"杨轻舟坐到办公桌后说道。

江群群沉重地点了点头。

何止奇特，奇葩都有可能。

如果杨轻舟是心理咨询老师，那肯定不会遇到失恋自杀就业困扰这种大概率人群，别遇到通缉在逃罪犯就是万幸了。

江群群正胡思乱想着，杨轻舟已经把一个盒子扔给她："把这个带着。"

盒子里，是一个防身用的小电棒。

江群群拿着小电棒发愣，杨轻舟轻飘飘地解释："防身，我不能保证咨询者都是些什么极端分子。"

江群群欲哭无泪："老板，四千块钱的工资冒这个风险，太不值了。"

杨轻舟冷酷无情地坐在转椅里，背身看窗外的风景。

"我也觉得不值，所以我给你煮了面，你可以省下一些餐饮费。"

江群群走到开放式厨房的位置，掀开灶台上的一只小猪锅，果然看到里面煮了两人份的豚骨拉面，汤汁浓得泛白，瞬间勾起了她肚子里的馋虫。

"这么看，四千块的工资还凑合。"江群群开心地拿起一个汤勺，从小猪锅里盛了一勺汤喝下，闭上眼睛回味嘴里的浓香。

杨轻舟两手交叉，静静地看着她："今天是例外，从明天开始，你也要负担一部分饮食，用这个开放式厨房。"

"啊？"江群群顿感不妙，"其实，出门左转两百米就是食堂，咱们不用那么麻烦……"

"你忘了，我说过，你以后都要戒掉小龙虾。"杨轻舟拉开抽屉，抽出一张文件夹给她，"这是你的养胃食谱，从明天开始按照这上面的做。"

江群群目瞪口呆，颤抖着手拿过菜单，顿时两眼一黑。

她……怎么觉得自己在与狼共舞？

"还有，下周我有选修课，你今明两天把讲课大纲整理出来。"杨轻舟将一本书递给江群群。

江群群接过来，看到书名是《恋爱心理学》，顿时张大了嘴巴。

"有问题吗？"杨轻舟问。

江群群扯了扯嘴角："没问题，我只是觉得，就算你是心理学专业的，也要谈过恋爱才能教这门课吧？"

"历史老师也没见证过历史。"

"这倒是。"

"何况我谈过恋爱。"

"嗯？"江群群猛然抬起头。杨轻舟意味深长地看着她，眼神清亮明澈，没有丝毫躲避，不像是开玩笑。

江群群愣住了。

5

江群群回到宿舍，一头扎到床上，开始回忆起自己过往的点点滴滴。她想了很久，都不知道杨轻舟什么时候谈的恋爱。

周溪哼着歌进来，开始试穿自己的新衣服。江群群将怀疑的目光落在周溪身上，开始细细琢磨。

她躲避杨轻舟的两年时间里，周溪可没闲着。隔三岔五地就跑到华西大学，不是找杨轻舟借书借笔记借电脑，就是找他探讨人生。周溪是一个心里藏不住话的人，心思全都写在脸上，如果杨轻舟有别的女朋友，周溪肯定第一个崩溃大哭。

难道，杨轻舟的恋爱对象，是周溪？

江群群觉得自己的心碎了。

周溪回过头，狐疑地审视江群群："看着我干吗？"她哼了一声，"我得出去找工作啊，不像你，毕业了就可以住职工宿舍。"

"你想住可以让给你。"

"真的呀？"周溪兴致勃勃。

江群群懒得跟周溪继续废话，爬下床打开电脑，噼里啪啦地开始做大纲。她打算根据《恋爱心理学》的教材大纲摘抄一些理论，然后再从网络上找一些案例，随便做做就交差。

周溪从旁边凑上来，笑得像只狐狸："江群群，看你这表情，你是不是真的不想……跟杨轻舟相处啊？"

"是啊！"

"我可以帮你。"周溪正色说，"我打听过了，新老师是有一个试用期的，假如杨轻舟通不过这个试用期，他不就可以离开紫辰了？你也跟着解放了呀！"

江群群恼火地看着周溪："拜托你搞搞清楚，我不想让杨轻舟失业。"

"别人失业是悲剧，他失业是好事啊！"周溪言之凿凿，"他失业了，就会去参加研究生面试了，这不是好事吗？"

江群群愣了三秒钟，依然拒绝了这个提议："不行，可能杨轻舟有其他的想法，也许他想工作挣钱了呢。"

谁能跟钱有仇呢？她不能把杨轻舟往火坑里推。

周溪快快地说了一句："你会后悔的。"

"我不会。"江群群继续做大纲。

然而，她没想到，一个半小时后，她就被狠狠打脸。

江群群做大纲做到一半，肚子咕噜噜叫了。看了看时间，已经是晚上九点钟。这个点，食堂还没关门，是可以点个夜宵什么的。

男教师职工宿舍就在旁边，但都九点了，杨轻舟总不至于还盯着她吧？

江群群想起小龙虾，口水立即流了出来。她穿上风衣，下了宿舍楼，一溜烟地跑到食堂二楼的小龙虾窗口，将饭卡放在刷卡机上："我要一份小龙虾。"

"好嘞。"打饭师傅麻利地盛了一份小龙虾，开始在刷卡机上操作。然而让人意外的是，刷卡机没有动静。

"你的卡没钱了？"打饭师傅感到奇怪。

"不会啊，我刚充了三百块钱。"江群群拿起饭卡不解地左看右看。

打饭师傅仔细看了一眼江群群，拍了下脑壳："你不会是江群群吧？"

"你认识我？"

打饭师傅表情古怪："昨天有个男生来到窗口，告诉我从今天起，你的饭卡就再也买不了小龙虾了，因为你要养胃。"

江群群整个人石化："杨轻舟？"

"我不知道他叫什么，反正他告诉我说，为了以防万一，他用教师系统把你的饭卡做了点修改，你在我这个窗口是用不了的。"

江群群还以为自己听错了。

"既然胃不好，就乖乖吃药，小龙虾这种食物就别吃啦。"打饭师傅说着，将小龙虾递给了另一个男生。男生伸手将饭卡放在刷卡机上，立即扣款成功。

嘀——的一声，仿佛江群群的心碎声。

江群群反应过来的第一件事，就是掏出手机给杨轻舟打电话。他凭什么这么限制她的自由，凭什么把她的生活搅得一团糟，凭什么？

一只手伸过来，将手机夺走。

姜礼浩站在面前，晃着她的手机，满脸讥讽："你现在骂他有什么用？还不如想一想怎么把这尊大佛从紫辰请出去。"

"你怎么在这儿？"

姜礼浩看了一下旁边，周溪从一张餐桌后站了起来，轻咳两声："是我给他发的微信，他正好今天在学校。"

"今天他限制了你的小龙虾自由、就业自由、消费自由，明天就能断了你的恋爱自由、穿衣自由等一切自由！说不定你的网红事业也要终结在他手里了。"姜礼浩意味深长地说，"你的这位青梅竹马，有控制欲哦。"

江群群一把将手机夺了过来："瞎说。"

"那你后天不上班，再点个小龙虾试试。"

江群群顿时泄了气，低着头坐到餐桌前。周溪和姜礼浩立即围了上来，贼兮兮地说："现在能帮你的，只有我们了。"

"你们……打算怎么帮我啊？"江群群还在犹豫，"我觉得以杨轻舟的能力，不太能让我们得逞。"

姜礼浩露出了一个坏笑。

"这哪说得准，他可是巧合大神，什么奇奇怪怪的事情没遇到过？"

6

听完姜礼浩的计划，江群群都替杨轻舟有危机感。

他的计划是——在论坛上散播杨轻舟习惯让人挂科的言论，让杨轻舟无课可上。

紫辰大学有一个规定，假如一门选修课的学生低于 60 人，那么这门选修课就会被取消。作为一名新老师，没有学生选他的课，他不等着下岗还能干什么？

而且这一招，也能让杨轻舟的心理咨询室门可罗雀，同样让他陷入四面楚歌、英雄无用武之地的境地。

一个小时后，论坛上顶起了一个热帖——

"你们知道吗？《恋爱心理学》的老师是刚从华西大学过来的，据说心理老师才是真正的变态！"

"这变态体现在，他习惯让人挂科！"

"我亲耳听到的，他在系办和领导争辩，凭什么选修课不让学生挂科？他就看不惯这种懒学作风！"

……

周溪和姜礼浩各自在自己的宿舍里，开始扮演各种"黑粉"，很快就给杨轻舟安上了一个具有强迫症的变态老师的人设。

"你们知道吗？杨轻舟老师有个私博，里面写着他要让人挂科……"周溪在电脑上敲击下一行字，然后点了发送。

然而帖子迟迟没有发送成功。

周溪扭头，看到江群群满脸怨念地蹲在地上，手里拿着网线。

"你们太过分了，不许这样污蔑杨轻舟！"江群群肠子都悔青了，觉得真不应该同意这两个疯子的疯狂计划。

周溪咳了两声，默默地关上了电脑："那行，咱们执行 Plan B。"

江群群因为太过震惊，网线从手中滑落。

"你们准备了多少损招啊？"

7

厨房的煤气灶上，一碗培根白菜香锅正咕嘟咕嘟地冒着热气。

江群群用勺子盛了一勺汤汁，尝了尝："啧啧，太美味了。"她小心翼翼地盛出一碗煮菜，放到煤气灶上的柜子里。

周溪二话不说，将一把盐撒了进去，又撒了不少胡椒粉。江群群心疼地拦住她："够了够了。"

"不够，杨轻舟这个人太奇葩，要下点猛药。"周溪又往香锅里扔了五片香叶和三粒花椒，又倒了许多豆瓣酱。

一股难以言喻的古怪气味弥漫得满房间都是，江群群终于发了火："够了！你们都给我出去！"

"那我们闪了啊！"周溪往外走，扭头一看姜礼浩还在办公桌上摆弄电脑，赶紧将他拉上离开。

姜礼浩被周溪拽着往外走，还不忘叮嘱江群群："别心软，一时心软，一生悔恨！"

江群群狠狠地将门关上，然后查看电脑，并没有发现什么异常，才松了口气。此时，门却再次被人推开。

"你们有完没……"江群群霍然起身，却意外地发现杨轻舟站在门口，赶紧将后半句话吞了下去。

杨轻舟今天穿的是一身休闲西装，戴着金边眼镜，整个人严肃又冷漠。他审视地打量江群群："刚才有人来过？"

"没，没有！"江群群赶紧走到开放式厨房的位置，给他盛了一碗汤，"吃饭吧，我做了培根白菜香锅。"

杨轻舟皱起眉头，嗅了嗅空气中的余味。江群群赶紧开窗透气，将餐具摆好："快吃吧，我刚吃过了，给你留的。"

"第一次有幸尝你的手艺，我记得你不会做饭。"杨轻舟在桌边坐下。

江群群奸笑："所以，你要夸我。"

杨轻舟微微点头，低头喝了一口汤，顿时变了脸色。

江群群默默地闭上眼睛，想象杨轻舟勃然大怒将开除信扔在自己脸上的样子，微微弯起嘴角。

然而她却听到一句："蛮好吃的。"

江群群睁开眼睛，看到杨轻舟一口一口地吃着香锅，表情没有任何不快。不仅如此，他举手投足还优雅尽显，唇齿间没有发出任何声响。

没有词汇，能描述江群群此时的心情。她小心翼翼地问："真的，很好吃？"

她都要怀疑自己是不是端错了，是不是把藏起来的那一碗端给了杨轻舟。没想到杨轻舟很确定地回答："当然。"

就在江群群以为顺利过关的时候，杨轻舟抛出了一句无情的话："但是不符合我的口味，扣工资三百。"

　　"你，你……"江群群为损失的三百大洋感到心痛，悲愤地指着空碗，"你不是说很好吃吗？"

　　"好吃，和符合我的口味是两码事。"杨轻舟将碗一推。

　　江群群捂住心口，感受到心脏一阵阵抽搐："你，你太不讲理了……"

　　"给你一个选择，现在趁我心情好，确定一下我的口味。"杨轻舟走到开放式厨房里，扭头看她。

　　"干什么？"

　　"来做饭。"

　　江群群很没有出息地向金钱屈服。

　　"喀喀，我做就是了。"江群群从冰箱里拿出白菜，在水龙头下清洗干净，然后摆放到案板上。

　　她刚要拿起刀切下去，杨轻舟立即阻拦："等一下。"

　　"怎么了？"江群群问。

　　杨轻舟站在江群群身后，伸手按住她的手，将白菜的两端切掉，然后将剩下的白菜整块放在锅里："我建议这样切，不要全部切碎。"

　　他的怀抱像是一个小宇宙，江群群只是一颗逃不开的小行星，轨迹完全听从杨轻舟。他不紧不慢地擎着她的胳膊，教她做菜，同时在她的头侧轻声诉说如何制作。

　　"放清水，然后在白菜的缝隙里放五花肉，会比较香。"他说着，又示意她拉开酱料柜，"一碟蒜末，两勺生抽，一勺香油，你胃不好就不要放辣酱了，虽然这是灵魂……没有辣酱，糖也不用放，放少许盐即可。"

　　他的声音绵软而具磁性，江群群觉得整个骨头都要酥了。她的心扑通乱跳，手一抖，调好的酱料全部都倒了进去。

　　"一般来说，我的口味是倒四分之三，等到开锅再倒剩下的，可以保留一部分酱料的风味。"杨轻舟继续说。

　　江群群结结巴巴："那，那会扣钱吗？"

　　他低头，认真地看着她。江群群也扭头看他，整个人顿时魔怔了一般。

从这个角度看过去，她能看见他下巴上青色的胡须痕迹，凸起的喉结在颤动，甚至能看清楚那双眼睛里的红血丝，除此以外，如墨的瞳仁格外深邃。

这个距离，太近了，近到可以产生大量暧昧的情愫。

他似乎顿了顿，才说了一句话："放心，不扣钱。"

说完，他扭过脸，将小猪锅放到煤气灶上。

江群群毫无欣喜之情，几乎瘫软在地上。

小猪锅坐在煤气灶上，身下是熊熊灶火。此时，江群群脑子里只有一句话——总算开始煮了。

杨轻舟却没有走开的意思，依然站在她的身后："你学会了吗？"

"学，学会了。"江群群发现舌头捋不直了。

"学会了就好，以后做饭就按照我的口味来。"杨轻舟坐到办公桌前，伸手打开电脑，开始看她写好的教学大纲。

江群群有一种瞬间被松绑的感觉。

她想起姜礼浩曾经摆弄过这台电脑，赶紧试探着问："这个大纲，你觉得有什么问题吗？"

"没什么问题，很好，我会做一些补充。"杨轻舟快速浏览了一下大纲，露出了满意的表情。

江群群抿唇一笑，心头忽然涌上一股温暖。身后的小猪锅里开始散出肉菜的香气，从小就暗恋的男人坐在离她七尺的距离进行电脑办公，这种氛围……

一个念头闯进脑海，江群群赶紧扭过头，面红耳赤。

这种感觉，太像小夫妻了啊！

8

教室里，姜礼浩、周溪和江群群围着一台笔记本电脑，三颗脑袋放射出六道锐利的狼光，齐刷刷地集中在电脑屏幕上。

经过三人组这段时间在论坛上的各种蹦跶，杨轻舟的人设终于被定义为黑心老师。连带着《恋爱心理学》这门原本应该火爆的选修课，报名人数也呈现出龟速增长。报名还有一天就要截止了，但后台显示，报名人数只有59人。

"行了，59也是59，根本不足为惧！"姜礼浩阴险一笑，"你想啊，都最后一天了，该报名的早就报名了，谁还会报杨轻舟的课找虐？"

周溪得意地弹了弹指甲："杨轻舟还是会去参加研究生面试的，他会读喜欢的专业，喜欢的大学，不会在讲师岗位上浪费时间。"

江群群望着电脑后台，摇头感慨，杨轻舟这个从小优秀到大的尖子生，也有今天。

如果《恋爱心理学》不开课，那么杨轻舟就会被解雇，她也就没有存在的必要，很快就能离开紫辰大学了。

即将自由了，可是她的心口却一阵阵地揪痛。

"你怎么不开心？"姜礼浩终于发现江群群的脸色不对劲。

"哪有，我开心，我非常开心。"江群群哈哈一笑，笑声却干涩而低落。

她亲手将杨轻舟的第一份工作掐灭在摇篮里。

江群群将双手按在胸口上，内心滚过一个又一个的惊雷——没关系，你做得对！你是怪物，他讨厌怪物，而且他有更好的前途，你们本来就不应该在一起。

她闭上眼睛，深呼吸了一口气。

世界很快就能回到正轨，没有反转，没有小概率事件。

可是，她怎么有一股打喷嚏的冲动？

江群群张大嘴巴，姜礼浩发觉不妙，赶紧去捂她的嘴巴。可是已经晚了，江群群低下头，狠狠地打了个喷嚏。

"你你你，你怎么没控制住呢？"周溪手忙脚乱地递上卫生纸。

江群群赶紧默默祈祷："不对不对，我只是感冒了。"

姜礼浩沉沉下脸："你们看后台。"

江群群怔了怔，睁大眼睛看教务处后台，发现《恋爱心理学》的选修人数，瞬间蹦到了79！

"不可能，一分钟里，怎么多了20个人报名？"江群群慌了。

她刷新了下后台，发现报名人数变成了97。

周溪哀号："江群群，都是因为你打了喷嚏，事情才会出现反转！"

姜礼浩提醒："去论坛！"

江群群赶紧登录学校论坛，果然发现水池里多了一个新帖，帖子尾端还带了一把火，表示点击人数非常高。

那个帖子名叫《818那些新老师的颜值——侵删，速看！》。

点开帖子，一楼就是杨轻舟的侧颜照。他站在超市的蔬菜区，正在挑选土豆，和身边矮胖的大妈形成了鲜明的对比。

江群群不得不承认，人长得好看，去买菜也能出街拍大片。就说这杨轻舟买土豆的一幕，他穿了一身暗纹的毛料西装外套，高领韩式内衬，拿土豆的一只手腕上戴了一块阿玛尼的满天星男表，整个人潇洒精致，又颇具精英气质。

尤其是那对低垂的睫毛，在他瓷白的脸上投下了阴影，像黑色扇面一般打开。如果P掉土豆摊位，说杨轻舟这是在准备国际高知论坛的演讲也不为过。

不过，他为什么会去买菜？

江群群用鼠标把网页往下拉，发现后面几张照片里，杨轻舟的菜篮子里多了许多食材：粳米、小米、甘蓝、银耳、生姜……

"都是养胃的。"姜礼浩在旁边说了一句。

江群群莫名地觉得心头被撞了一下。

他不会是买来，给她做养胃菜的吧？

江群群脑子里乱成一团，姜礼浩倒是气定神闲，敲了敲桌子："别丧，别丧啊！我还有 Plan C。"

"是什么？"周溪问。

姜礼浩神神秘秘地道："到时候就知道了。"

9

周一很快就到了。

江群群穿了一套职业小西装，走向选修教室，一路上有些感慨。

以前她是作为学生生活在紫辰，没想到有一天，她也成了老师。

只是刚进了教室，江群群的感慨就被眼前的一切冲击得七零八落。教室里座无虚席，走廊上也站满了人，用翘首以盼来形容这种气氛绝不为过。

江群群心里充满了一万个问号。她明明记得，报名人数最后定格在160人。看眼前这情形，200多人也有了。

几名女生在后排偷偷议论："听说新来的杨老师，是华西大学的男神。"

"我看到论坛上的照片了！真的是360度无死角。"

"可惜160人就是上限，不然我也要报名的，现在只能旁听。我什么时候能当杨老师的学生啊？"

颜值即正义，此言非虚。江群群往上翻了个白眼，走上讲台将多功能媒体打开，调试成功后，黑板上立即有了课件投影。

之后，她就非常尴尬地走到教室中央，靠墙站着。早知道这门课如此火爆，她就应该提前占一个位子。现在，她只能跟着其他旁听的学生一起靠墙站。

江群群正在暗自懊恼，忽然听到上课铃响了。

她抬头望去，果然看到杨轻舟走上讲台。下面又有女生在议论他："听说他还有个外号，叫巧合大神。"

"踩点真准，名不虚传啊！"

议论声中，杨轻舟走上讲台，扫视全场，最终将目光落在江群群身上。他推了推眼镜，拿起话筒放在唇边，淡声说出三个字："江老师。"

江群群此时正看着自己的鞋尖，盘算着开课10分钟后，就找个机会溜出去。好汉不吃眼前亏，她可不能站一节课。

"江群群，老师。"杨轻舟重复了一遍。

江群群如同惊雷在耳，猛然惊醒，才发现全场所有人的目光都集中在自己身上。她慌张应答："我……在！"

"来讲台上坐。"杨轻舟侧了侧脸，示意她走上多功能媒体教学台。

江群群强行让自己镇定下来，颤巍巍地走上讲台，坐到讲师的座位上。她将笔记摊开，低着头不敢看教室。

"抬头。"他将话筒挪开。

江群群抬起头，眼前黑压压一片人，顿时感到一股压迫感。但她不能退缩，她是这节课的助教。

"以后，请大家自觉让出一个位置给我的助教，不要让她站墙角。"杨轻舟严肃地说，"记住，尊师重道。"

学生们纷纷回答："是，杨老师！"

看向江群群的目光，从好奇转向羡慕。江群群脸上发烧，刚才的压迫感也一扫而空。她偷偷看向杨轻舟，发现他居然也在看她，微微一笑。

"好，让我们开始第一课。"杨轻舟走到江群群身边，单手在笔记本上操作。身后的投影仪的投射屏幕上，立即显示出 PPT 课件画面。

杨轻舟："这门课叫《恋爱心理学》，我们使用的教材是陕西师范大学出版社出版的，作者是日本的原田玲仁，主要揭秘了男女之间奇妙的关系以及复杂有趣的心理，教您科学谈恋爱。"

当啷一声，似是广告音。

江群群往多媒体屏幕上一看，顿时倒抽一口冷气。只见投射屏幕上出现了一个内衣广告框，广告主体是一个性感曼妙的女性，热辣的广告词是：聚心内衣，曲线尽显！

杨轻舟皱了皱眉头，用鼠标将广告框关掉。

台下众人面面相觑，然后哄堂大笑起来。

江群群急得拿过话筒："安静，大家安静！"

可是骚乱并没有停止，有几个男生一边拍桌子，一边大声议论："现代社会这年头，很难有隐私啊，大数据都给你分析得妥妥的。"

"就是，广告商投放广告都是分析过用户上网习惯的，杨老师估计最近搜索了什么劲爆图片！"

"弹窗暴露本性啊，哈哈哈！"

男生们的议论声越来越大，其他学生也露出了吃瓜表情。

杨轻舟丝毫没有惊慌之色，清了清嗓子："我们先学习第一章，人为什么要谈恋爱？那位同学，请你站起来讲一下。"

他指了指那几个闹事的男生中的一个，但男生们根本没当回事，依然哈哈笑着看杨轻舟。江群群气得肺都要炸了，正要撸起袖子站起来，忽然听到杨轻舟的声音再次响起。

"张胡青，大三年级网络工程系，选修的课程有桥牌和电影。"杨轻舟的声音充满了冷静和权威，"请问你为什么会出现在我的课上。"

江群群注意到，那个叫张胡青的男生，遽然变色。

"我，我不叫张胡青。"男生还想狡辩。

杨轻舟淡笑："你们每个人的名字，我全都能记住。顺便，我还摸底了其他选修课的报名情况。你是不是张胡青，学生证上自然有证明。"

张胡青哑口无言。

"你可以来旁听，但请你遵守纪律，否则我会将你的所作所为，报告给桥牌选修课的林旭阳老师。"杨轻舟眯了眯眼睛，一股危险气质散发出来，"桥牌选修课的通过率是百分之百，我希望你不要成为破例的那个。"

张胡青老老实实地回答："是。"

"现在，请回答我的问题。"杨轻舟说。

张胡青挠了挠脸颊，断断续续地回答问题。江群群注意到，其他学生大概是想起了杨轻舟"挂科黑心老师"的人设，也都噤若寒蝉。包括那几个闹事的男生，全都安静下来，没有再跟着起哄。

一场风波就此平息。

江群群钦佩地仰望着杨轻舟。杨轻舟侧头看了她一眼，眼神冰冷。这一瞥，瞬间将气氛降为冰点。

他这是……怀疑什么了？

江群群猛然想到，那个莫名出现的内衣广告，还有以张胡青为首的闹事男生，不会是姜礼浩的 Plan C 吧？

"江群群老师，"杨轻舟的声音很低，却有着不容抗拒的威严，"下课后，请到心理咨询室里来。"

江群群的脑袋"嗡"的一声，大了。

完了完了。

如果这真的是 Plan C，那她就是不折不扣的参与者。

第
六
章

告诉我实话，你是失恋了，还是从来没有得到过爱

1

内衣广告事件果然是姜礼浩一手策划。

"我就是想给他一个下马威，让他对当老师这件事失去兴致嘛！"姜礼浩在手机那段滔滔不绝。

江群群气得踢了墙脚一脚："你知不知道这样做很幼稚！很低俗！我问你，你还有没有 Plan D？"

"没了，这是最后一个计划。"姜礼浩赶紧保证，却忽然话锋一转，"我说江群群，你不会是吃醋了吧？"

"没有。"

"你没有办法接受，杨轻舟浏览过女性内衣图片这件事。"

江群群深呼吸一口气，咬牙切齿地对着手机说："我说能接受，就是能接受！你，给我闭、上、嘴。"

她气呼呼地挂上电话，没好气地将手机扔到包包里。手机不合时宜地再次响了起来，江群群掏出手机，却意外地发现是杨轻舟的电话。

江群群心里顿时紧张起来，不敢接听，一溜小跑地跑到心理咨询室。敲了敲门，没有任何回应声音，于是她打开门走了进去。

杨轻舟坐在办公桌前，双手在电脑上噼里啪啦地敲击着。江群群干笑着在他面前坐下："第一次上课，有点小意外是正常的，你别介意。"

"你是不是觉得我很丢脸？"杨轻舟冷不丁地问。

江群群使劲摇头："没有，食色，性也，有点小癖好也是正常的。"说完，她看到杨轻舟投来两道几乎可以杀人的目光，赶紧捂住嘴巴。

"这不是我的癖好，而是有黑客捣乱。"杨轻舟敲击了下键盘，气定神闲地看着她，"今天的闹剧，以后不会发生了。"

江群群睁大眼睛："你做了什么？"

"我发现有黑客入侵了我的电脑，给我安了一个流氓插件。刚才我已经顺着痕迹查到了那台电脑，如果没有意外的话，那台电脑现在应该已经被锁定。"杨轻舟轻轻地将笔记本电脑合上，然后若有所思地盯着江群群。

江群群怔愣一秒，顿时反应过来：那个黑客，不就是姜礼浩吗？

她手心冒汗，偏偏此时姜礼浩打来了电话，手机没有节操地响了起来。江群群赶紧将手机挂断。

"不接吗？"杨轻舟似笑非笑。

"推销广告。"江群群无情地将手机调整为静音。

姜礼浩那边很快发来微信："接电话！我的电脑怎么被锁定了啊啊啊？你必须告诉我那个狠人干了什么！"

江群群此时已经顾不上姜礼浩了，将手机关机，然后对着杨轻舟露出了职业性假笑："杨老师，你这样斩草除根，想必以后不会有黑客骚扰你了。"

"那倒未必，我毕竟容易遇到小概率事件。"杨轻舟摸着额头，斜着眼看她，"别那么生分，喊我轻舟。"

"轻舟。"江群群后背起了一身鸡皮疙瘩。

杨轻舟唇角一弯："据我调查，这个 IP 地址居然在紫辰大学，可能是我认识的人。你有什么线索吗？"

"啊？没有！"江群群死命摇头。

杨轻舟起身，绕到她身后，两手撑在她身体两旁，压低了声音："真的，不知道是谁？"

吐字的时候，他口中的热气弥漫到了她的耳垂附近，江群群面红耳赤。

这大概，是世界上最折磨的一种酷刑了吧？

他的每一次靠近，都带着强大的气场。不是征服，而是彻底将她溶解其中，让她瞬间大脑空白，失去自我。

江群群紧张地攥着手中的帆布包，终于决定孤注一掷。

"对不起，没有黑客。"江群群狠了狠心，"是我用你的电脑，淘宝了一件女性内衣，可能被大数据……查到了吧。"

杨轻舟没说话，静静地盯着她。江群群再次狠了狠心："要不，你扣我……工资吧？"

她不能出卖朋友，这点节操她还是有的。

要不凭借着杨轻舟的狠人作风，可能姜礼浩和周溪的论文答辩要一波三折了。

江群群犹豫着扭头看他，伸出三根手指："我，我只能接受……三百块钱。"

杨轻舟眯了眯眼睛，直起身子，居高临下地看着她。

"江群群，你不会撒谎。"他说，"想好了，再和我说。"

说着，他转身往门外走去。

江群群望着紧闭的房门，脑子里一片混乱。

许久，她才自言自语地说："把话讲清楚再走啊……你不会撒谎，这句话有两个理解意思，好不好？"

2

一连好几天，杨轻舟对江群群都是不冷不热的。

两人现在已经有了一种默契，不再去食堂吃大锅饭，而是在心理咨询室里做饭。起初，江群群还会从网上搜索食谱，到后来，杨轻舟主导了掌厨大权之后，她就彻底懒散掉了。

因为杨轻舟喜欢做面条，浇头做得一绝，一共有四种口味：香菇猪肉酱、牛肉豆瓣酱、老北京炸酱、青豆胡萝卜肉丁。浇头放在密封罐里，放在冰箱里低温储存，煮完面后直接倒在面条上，撒上一把葱花，用热油淋洒，香气瞬间被逼出，在房间里四处飘散。

江群群不知不觉之间，已经戒掉了小龙虾，胃也没有再疼过。

一切看上去很正常，除了姜礼浩。

姜礼浩那边很抓狂，他的电脑被杨轻舟反黑客，拿去维修了 N 次，却被告知因为对方的技术太高超，不能让电脑恢复正常，所以解铃还须系铃人。

"江群群，我是一个编剧，电脑就是我的生命，你就让杨轻舟饶了我的命吧？"姜礼浩在手机里苦苦哀求。

江群群也很发愁，她多少次想跟杨轻舟说实话，都被他冷漠的眼神所逼退。都是即将走上社会的人了，还玩这种小把戏，她也觉得难以启齿。

"这样吧，你把杨轻舟的电脑偷出来。"姜礼浩说，"我让维修部的人看看，说不定能找到密钥什么的。"

江群群更发愁了，这等于是一步步地走入了一个更深的坑。

"不行，你别再乱打算盘了。"江群群拒绝，"我会找个机会跟他说清楚，然后让他把你的电脑恢复正常。"

江群群挂了电话，望着空荡荡的心理咨询室，叹了口气。

这份小助教的工作，也太难做了吧？

突然，江群群感到鼻子有些发痒。

又有什么反转了？

江群群紧张起来，赶紧死死用手捂住鼻子。

"喂，你没事吧？"就在这时，门口传来一个女声。

江群群循声往去，只见一个穿风衣的女生站在门口。女生背着一只很大的红漆水桶包，画了黑浓且长的眼线，几乎要飞到鬓角里去。头发用高马尾扎起，挑染的深蓝色头发让她整个人看上去很飒。

"你好，这里是紫辰大学心理咨询室，请问你有什么事吗？"江群群赶紧上前打招呼。

女生走进来，四处打量："哟，这里还有滑梯，新鲜。"

"这个，是杨老师的意思。"江群群甩锅。

女生噔噔噔地爬上滑梯，从缝隙里向江群群伸出手："你好，我叫杜铭雪，想来咨询，我失恋了。"

江群群尴尬地跟杜铭雪握手："不好意思啊，杨老师今天有事不在，要不你今天先预约，另外安排时间？"

"你不能给我做咨询吗？"杜铭雪坐在滑梯城堡里问。

江群群为难极了："这个，我其实不是心理学专业的，可能帮不到你……要不我先给杨老师打个电话。"

话音刚落，她就看到杜铭雪的脸色一秒晴转阴，居然哭了起来。

"喂，你别哭啊……"江群群手足无措。

杜铭雪从滑梯上滑了下来，一边抽泣一边问："有火吗？我想抽烟。"

不等江群群回答，杜铭雪已经走到了开放式厨房，拧开煤气灶，拿出一根香烟点上，一边哭一边抽了起来。

"我爱上了一个浑蛋，浑蛋！我费尽全力地讨好他，他就是不领情！我只是想得到他一点点的认可，就这么难吗？"杜铭雪的哭声越来越大。

江群群根本应付不来这种场面，赶紧转过身给杨轻舟打电话："轻舟，你在哪里？有人失恋，来这里咨询。"

"严重吗？"他的声音还是那样冷静。

"这……应该严重吧？胡言乱语，行为疯癫。"江群群胡乱判断了一下，"你快回来，我怕她跳楼。"

"好，我马上回去。"杨轻舟挂上了电话。

江群群转过身，意外地发现杜铭雪靠在灶台上抽烟，脸上泪痕全无，仿佛刚才的失态不过是幻觉。

"你，还好吧？"江群群抽出一张纸巾，递给杜铭雪。

杜铭雪一脸冷峻，将纸巾接过来，用香烟点燃。她死死地盯着燃烧的纸巾，幽幽地问："你说，男人是不是都挺浑蛋的？"

"不是，绝对不是。"江群群劝说，"他伤了你的心，只能代表他不适合你。这个人，绝对代表不了任何男人，你不能因为个例而否定整体。"

"那你见过不浑蛋的男人吗？"杜铭雪问。

江群群笃定："当然！"

她想起了杨轻舟，脸上浮现起笑容："我认识一个男生，他要求完美，遇事冷静。他笑起来的时候像早晨的阳光，但生气的时候也会让你觉得乌云密布。他有一个缺点，就是做什么事之前不会跟人商量，但他还是能让你感到很温暖。"

杜铭雪意味深长地看了一眼江群群，哼笑一声："看来你被他骗得不轻。"

"他没有骗过我，他……"江群群打量四周，咕哝着说了下半句，"就是让我做了一份四千块钱的低薪工作而已。"

杜铭雪估计没听清楚，也不感兴趣，将纸巾扔在地上，用皮靴将火踩灭，径直往外走去。江群群赶紧喊她："杨老师马上就回来了，你不咨询了吗？"

"失恋了，谁都救不了。"杜铭雪头也不回。

这个人……也太奇怪了吧？

江群群怔怔地站在房间中央，觉得似乎哪里不对劲，却想不出来。她拿起墙边的扫帚开始打扫卫生，忽然眼角瞥见办公桌，顿时浑身冰冷——

办公桌上的笔记本电脑，不见了。

"你等等！"江群群赶紧往外追去，正好在拐角处看到杜铭雪一闪而过。

江群群追上去，一把抓住杜铭雪的包。杜铭雪吃惊，使劲将江群群一推。江群群被推倒在楼梯上，胳膊和大腿的部位顿时传来阵阵剧痛。

"你……"杜铭雪看江群群疼得脸色发白，想要去拉她，却再次犹豫。她咬了咬牙，转身跑开。

"回来！"江群群站起来，一瘸一拐地去追，但是腿上传来的剧痛让她再次跌倒在地。

现在是上课时分，这栋教学楼恰好课程很少，所以也没多少人经过。江群群再次抬起头，发现杜铭雪已经没了踪影。

膝盖肯定肿了，她摸上去就感觉有一个馒头那么高。

上一次这么痛，是什么时候？

大概是那个雷雨天，她在大雨里追那个人，一边追一边喊爸爸。可是那个人没有回头，她跌在泥水坑里，胳膊和大腿都擦破了皮，痛得她撕心裂肺地哭了起来。

即便如此，那个人也没有回头，高大的背影很快就消失在雨幕里。

那是她第一次希望自己打喷嚏，能让事情反转。只要她打一个喷嚏，那个人就能回来，她的家就不会破裂。

可是她没有打喷嚏。

往事一幕幕，撕裂着她的心。江群群咬着牙，再次尝试站起来，可是膝盖再次传来一阵钻心的疼。

她沮丧地坐在地上，双手伸进口袋，下意识地去摸手机，却摸到了那个小电棍。

江群群将小电棍拿出来，怔怔地看着，心里又难过，又悲凉。她总是在事后才发现解决的办法，然而为时已晚。

她心头涌上一阵难过，忍不住哭了起来。

"群群！"有人跑过来，将她扶起来。

江群群睁开眼睛，发现是杨轻舟，他正关切地望着自己。她再也顾不上矜持，一头扑到他的怀里："怎么办？电脑被偷了，被偷了……"

"别怕，告诉我怎么回事。"杨轻舟抚摸着她的头发。

江群群哽咽着将事情的来龙去脉讲述了一遍，杨轻舟轻声安慰："没事的，有监控，我们一定能把这个杜铭雪找出来。"

"为什么，为什么我一点小事都做不好？"江群群号啕大哭，"我应该早就注意到她不对劲的……"

谁都无法评估出一个大四毕业生的电脑有多重要。那台电脑里，可能存满了杨轻舟大学四年的照片，可能有即将参加答辩的论文，可能有许多珍贵的考研资料……

而因为她的疏忽，那台电脑丢了。

"看你，都这么大的人了，还哭哭啼啼的。"杨轻舟笑着将她的眼泪擦掉，"这件事该怪我，我总是遇到小概率事件，所以我就会遇到偷我电脑的咨询者。"

他的话如同春风化雨，让江群群渐渐平静下来。她抬起一张哭花的脸，委屈地看着他："你真的不怪我？"

杨轻舟摇头，手绕过她的膝盖，将她抱了起来。

江群群吓了一跳，想要拒绝，却已经来不及。她整个人都窝在他怀里，像一只受到攻击的刺猬，蜷缩着身体。

3

膝盖被蹭破了皮，杨轻舟给江群群上了药，然后进行了简单的包扎。

包扎伤口的时候，他的脸色很严肃，笼罩着一股寒气。江群群想，他肯定生气了，但他是为了电脑生气，还是因为自己受伤而生气？

她鼓起勇气，试探地说："我看了，门口有监控。"

"你好好休息，我先去系里一趟，查查她这个人。"杨轻舟站起身。

江群群赶紧扶着椅子站起来："我跟你一起去。"不等杨轻舟说什么，她就笑起来，"我可以的，好多了。"

杨轻舟紧紧看着她，把江群群看得心里发毛。

许久，他才不情不愿地说："好，不过有不舒服就立即告诉我，别勉强。"

江群群赶紧跟在杨轻舟身后。根据她的经验，杨轻舟心情不好的时候，特别容易遇到小概率事件。

很快，他们来到系办查询学生资料。让所有人都感到意外的是，紫辰大学真的有一个学生叫杜铭雪，是德语系的大三学生。

"你看看，是这个人吗？"系办主任示意江群群看电脑。

江群群凑过去一看，立即认出电脑中的学生头像就是杜铭雪本人。这回轮到她吃惊了："是她，她居然没用假名字？"

杨轻舟似乎也注意到了这一点，皱起了眉头。

"如果是她的话，那很好办。"系办主任说，"这个学生偷窃成癖，早就记过处分了。之所以没有被退学，是因为她的家人每次都能帮她取得谅解。"

"我能看看关于她的记录吗？"

系办主任操作了一下电脑，打印机立即打印出一份清单。

"你看看，杜铭雪这个学生劣迹斑斑，这些都是她的室友和同学告的状，每次都是盗窃。"系办主任恨铁不成钢，"如果你们决定告她，那按照学校的处理方法，她下一步就拿不到毕业证了。"

江群群有些犹豫，看了杨轻舟一眼。

杨轻舟面色冷肃："根据她的行为举止，我怀疑是病理性偷窃，先不要记录，我想去问问她的同学。"

系办主任点头："西园 12 栋 402 室，你们可以去问问她的舍友。杜铭雪这个人也不在 402 住了，你们找个下课的时间就行。"

江群群和杨轻舟道了谢，从系办出来。此时已经是下午五点，差不多已经下课了，正是去 402 调查的好时机。

"你对紫辰熟，一起去西园吧。"杨轻舟眯了眯眼睛。

江群群点头，带着杨轻舟往西园的方向走："西园，是紫辰唯一的高档宿舍，据说配备有空调和洗衣机，空间非常宽敞，有两人间，还有单人间。杜铭雪估计住的是两人间。"

"这么说，杜铭雪的家境还不错？"

江群群被这么一提醒，愣了一下："应该是吧，那边住宿费还是挺高的。可是杜铭雪要是有钱的话，为什么要偷？"

"病理性盗窃的动机，并不是穷。"杨轻舟说。

4

他们很快找到了西园 402 室，但是按了半天门铃，也没人开门。

上来之前，他们已经在宿管处查过信息。402 室的房卡在门口有打卡，说明室内应该有人才是。

江群群挠了挠脸颊："是不是睡了？要不然回头再来？"她笑了笑，"说不定这个女孩子去了其他寝室呢，小概率，小概率事件啊！"

杨轻舟没说话，抬手继续按门铃。门内终于响起一阵拖鞋擦地板的声音，一个慵懒的女声响起："敲什么敲啊？"

门开了，一个头发蓬乱、穿着睡衣的女生打开一条门缝："你们谁？干什么？"

"我是紫辰大学的讲师，想来找你调查杜铭雪的事。"杨轻舟严肃地说。

"那个人有什么好说的？"

"希望你能配合我们。"

女生的睡衣穿得松松垮垮，江群群偷偷看了杨轻舟一眼，发现他的目光居然老老实实地落在女生后方，顿时抿唇笑了一下。

违反了男性的本能，不容易啊！

不过……还挺可爱的。

女生打哈欠："改天行吗？困。"

"就今天。"

"那行，进来吧，别超过十分钟。"女生转身进了房间，让江群群和杨轻舟进来。

杨轻舟走进房间，四处看了看，淡淡一笑。

"二十分钟。"

"二十分钟不行，我昨天熬夜看书了，今天要早睡。"女生挑了挑眉毛，往门外一指，"请你们离开，不然我喊宿管了。"

江群群赶紧劝说："别别，我们只是问问，你配合的话可能十分钟就结束了。"

"群群，不用跟她多说，她不敢叫宿管。"杨轻舟的话犹如深水炸弹，"这个房间有男人，她怎么敢喊宿管？"

男人？

不仅江群群蒙了，就连女生也愣住了。

"你，你胡说！"女生结结巴巴地说，"怎么会有男人？"

杨轻舟伸手去拉衣柜的门，女生赶紧扑过去，死死拦住衣柜。这个动作不消说，一切都不用辩解了。

江群群吓得倒抽冷气，这……这……这什么情况？这也太小概率了吧？

衣柜里突然传出一个男声："老师，别举报我们！西西，老师问你什么，你就说什么吧。"话音刚落，柜门就被人从里面打开，一个光着上半身的男生哆哆嗦嗦地钻了出来。

江群群惊得目瞪口呆，眼前却忽然一黑。

原来，是杨轻舟捂住了她的眼睛。

"到床上去，把衣服穿好。"杨轻舟捂着江群群的眼睛，淡淡地说。

名叫西西的女生面红耳赤，站着一句话也不说。男生忙不迭地开始穿衣服和裤子。

"我问你，杜铭雪和你做了多久的舍友？"杨轻舟问。

西西咬了咬下唇，终于老老实实地回答问题："大概一年吧，她偷过我两件衣服，还有电脑和手机，人品太差！后来我忍无可忍报告给学校了。"

"之后怎么处理的？"杨轻舟顿了顿，"我在系办查过，记录上显示，没有电脑和手机这一项。"

西西生气："你什么意思？觉得我撒谎是吧？我就不喜欢别人来问这事，但她确实偷过我电脑和手机。"

"那记录怎么没有？"

"她爹拿钱摆平了。"西西愤愤地说，"你说她这个人是不是有病？有个那么有钱的爹，还要偷东西。"

杨轻舟沉吟了一下："她的家庭状况是？"

"她爹在她一岁的时候就不要她了，私生女好像是。"西西的语气里充满了鄙夷。

此时，男生已经穿好衣服，唯唯诺诺地走过来。杨轻舟这才松开蒙着江群群眼睛的手。江群群尴尬万分，眼睛不知道看哪里。

杨轻舟看了看书桌上的瓶瓶罐罐，继续问："那么杜铭雪同学，有没有偷过你的护肤品？"

西西回忆了一下："这倒没有。"

杨轻舟提及了护肤品，江群群也特意留意了一下。她从那堆瓶瓶罐罐里，认出了骨胶原面膜，莱珀妮的鱼子酱，兰蔻的肌底液，CPB家的经典贵妇面霜，以及修可丽的祛痘印精华。靠着桌子的，还有一只圆柱形的化妆品收纳盒，里面琳琅满目，光兰蔻的菁纯粉底液就囤了两瓶。

江群群粗略计算了一下，得出了一个庞大的数字。

杜铭雪没有动这些东西，难道不爱化妆护肤？

但是据江群群的回忆，初见杜铭雪，她就是一个爱招摇、浓妆艳抹的女生。江群群顿时有些迷惑了。

"行，我已经了解清楚了。"杨轻舟打算告辞。

男生怯生生地说："老师，那个……你别把我们的事说出去啊，让学校知道了，我们是要被处分的。"

西西也使劲点头，刚才的强硬全然不见。

杨轻舟似笑非笑地看着西西："你是不是觉得，你和他还挺像一对苦命鸳鸯的？"

西西脸上红一阵，白一阵。

"我不会说出去，但是有句话我必须说出来，"他看着西西，"你男朋友，不是真的爱你。"

西西震惊："你，你乱讲。"

"明明知道学校规定，男生不可以留宿女生宿舍，但他还是冒天下之大不韪而为之，这说明他连开房的钱都想省。这样的男人，有多爱你？"杨轻舟说。

西西和男生呆若木鸡。

杨轻舟关上门，江群群听到门内响起了狠狠的一声巴掌声，以及男生的哀号。

江群群缩了缩脑袋："你，讲话是不是太直接了。"

"长痛不如短痛，不靠谱的恋爱可以谈，不然人是长不大的。不过，这种垃圾恋爱能谈多短，就多短。"杨轻舟毫不留情。

江群群不再说话。

杨轻舟扭头看她："刚才吓到没？"

江群群实话实说："有一种坐过山车的感觉。"

"哦，都是小概率事件，习惯就好。"杨轻舟说。

江群群想到另一件事，犯了愁："那我们，要举报杜铭雪吗？这差不多是她最后一次机会了，如果举报，她就没法正常大学毕业了。"

"哦，这个，"杨轻舟面上云淡风轻，"不举报了，咱们就当没丢过这台电脑。"

江群群睁大眼睛："你说什么？那可是台苹果笔记本！"

"我说的你应该听清楚了。"

"不是，我是说，我们就算不举报，咱也得想办法把电脑找回来啊？那可是好多钱！"江群群急了。

杨轻舟淡淡一笑，笑容里高深莫测："不找了，就当丢了。"

江群群脑子里只出现一个念头：这个人疯了吧？

5

接下来的几天里，杨轻舟果然没有过问电脑的事。他居然开始了十分复古的纸张办公，买了一个笔记本，亲自书写教案。如果需要什么资料，他就去系办办公室，蹭系办主任的打印机打印出来。

系办主任终于看不下去了："小杨，要不我给杜铭雪打电话，教育教育她，让她把电脑还回来。"

"千万别，这件事到此为止。"杨轻舟说。

"你千万别觉得这是给我添麻烦，学校系办工作之一就是规范校风校纪，杜铭雪的宿舍就是整顿的重点！"学校系办主任提起这件事就来气，他用手指敲着桌子，"杜铭雪的室友西西，昨天也被我严厉批评了，必须让她作检讨！至于其他人，处分是跑不掉的。"

西西让男生留宿的事情，最后还是被宿管阿姨抓到了。系办按照校规决定给男生一个处分，并严厉批评了西西，同时要求她写一份深刻的检讨书。

杨轻舟听到这件事，并没有太大反应。就在系办主任还想继续劝说的时候，他温然一笑："谢谢主任的关心，我真的不想管电脑的事了，你也不用去找杜铭雪。"

江群群对于杨轻舟这个反应，简直是丈二和尚摸不着头脑。

不仅是江群群，姜礼浩也坐不住了。他把江群群和周溪约到食堂里，苦着脸哀求："江群群，你跟大神说说，赶紧把电脑找回来啊？只有他那台电脑，才能解决我这台电脑的问题啊！"

果然，姜礼浩的电脑打开后就出现一个巨大的笑脸，打开文档全部都是乱码。

"你看，我手里一共三个全本剧本，每一个都价值百万！"姜礼浩哭丧着脸，"全部打不开了！这是多大的经济损失！"

"谁让你黑杨轻舟的电脑？"江群群拒绝。

姜礼浩捶了一下桌面："我要是知道他这么厉害，我招惹他？"

周溪也劝："群群，要不你去跟杨轻舟说说？"

江群群双目无神，周溪不死心地将一杯奶茶的吸管放到她嘴里。她吸了口奶茶，才说："你们要是能找到杜铭雪，就去找吧，指望杨轻舟是不可能的。"

"杜铭雪我打听过了，赫赫有名的一个小偷，现在她神龙见首不见尾，怎么找？"姜礼浩快崩溃了，"我还有个项目，半个月后要交大纲，没有电脑我怎么写完？我怎么跟甲方交代？"

江群群揪住头发，哀号："可是我也搞不定杨轻舟啊！"

她琢磨了杨轻舟无数次，都觉得他最后说的那句话诡异无比。

他到底在想什么？

6

和姜礼浩告别，江群群和周溪回了宿舍，决定开一场粉丝直播。

因为直播安排得很仓促，所以江群群也没有画太浓的妆，人气也不是很高。但是这些，江群群觉得自己不在乎了。

"亲爱的宝宝们，在这里要跟大家告别一声。我可能要离开一个月，或者两个月。"江群群想起自己的网红事业折戟在此，就悲从中来，"我弄丢了一个人的电脑，我打算把自己的电脑先给他用，等到我攒够钱买一台苹果，我就会重新回来的。"

从这一刻起，直播间的人气突然飙升。

"苹果笔记本不就万把块钱吗？女神你广告费不够吗？"

"开什么玩笑啊？这都算请假理由？"

"女神，告诉我，你不穷！"

粉丝们炸了锅。

江群群满脑黑线："这个理由是有点牵强，但是真话。先请假两个月，再见了。"

说完，她就关上了电脑。

江群群自然知道，作为一个网红，产出内容越多越好，这样才能培养粉丝形成一种翻看的惯性。可是，她要把这台电脑给杨轻舟使用，再想办法挣钱买一台苹果还给他。

本来，对于江群群这种级别的网红来说，万把块钱不是个事。但谁让她对广告挑三拣四呢？那点广告费跟涓涓细流一般，根本就没多少。

粉丝群里，自然也是议论纷纷。

"小群群，要不然我们众筹给你一台电脑！"

"你弄丢了谁的电脑啊？要不我们跟他通融一下！"

"以后都看不到你的穿搭视频了吗？"

"你怎么这么穷？快告诉我这不是真的！！"

江群群赶紧解释："不……不，这件事毕竟是私事，我一个人解决就好。谢谢大家了。"

然而，群里的"一叶轻舟"忽然出现了。

他发了一条消息："她弄丢的是我的电脑，我会跟她协商，还请不要干涉群群的个人生活。"

江群群看着手机直发愣。

这个人是唯恐天下不乱是不是！

果然，一石惊起千层浪，粉丝们纷纷质问。

"你跟女神什么关系啊？你的电脑为什么会被她弄丢啊？"

"不是，小群群你快否认，这个人肯定在说大话！"

"太牛了吧你？你凭什么这么说？"

江群群恨不得将杨轻舟禁言，赶紧点开私聊，发了一条私信："不要在粉丝群里乱说话啊，会被截图的！"

杨轻舟回复："这是事实，为什么会认为我乱说话？"

"他们会认为我们三次元有联系，胡乱联想我们！"

"比如？"

"比如觉得我们谈恋爱啊，或者是其他的什么关系。"

几秒钟后，杨轻舟的回复重磅到来："哦，那就让他们误会好了。"

江群群看着那十个字，感觉魂魄离体。

他的意思是……

她小心地编辑了好几条短信，最后都一个字一个字地删除了。把天聊死，也是杨轻舟的一大绝技。这样的人，真的能胜任心理咨询这个工作吗？

就在江群群无比纠结的时候，一个陌生的号码打了进来。

江群群犹豫了一下，接听，熟悉的中年男声传来："群群，我是爸爸，你最近在忙毕业的事了吧？"

已差不多两年，没有听到这个男人的声音了。

江群群举着手机，整个人都在发抖。

"咳，是这样的，我和你妈妈联系过了，你马上要工作了，所以打算给你一笔钱。你看，你找工作，还有交房租都需要花钱，是吧？"群爸的语气非常尴尬。

江群群冷笑："是花钱，但是不需要你在这里秀父爱。"

"群群……"

"这个名字，你不配叫。"江群群十分决绝，"十年前我在大雨中没有追上你的时候，我这个女儿，还有这个名字，都跟你没有关系了。"

江群群冷酷地挂上了电话。

7

提起往事，爸爸这个词绝对是江群群的禁忌。

十年前，担任这个头衔的男人将她和妈妈抛下，义无反顾地奔向另一个女人的怀抱。江群群恨过，诅咒过，最后冷如冰雪。

最近两年，这个男人突然出现了，说是对她们母女愧疚，想要弥补。江群群直接抛出了一个问题——

是不是你的小儿子得了白血病，需要骨髓配对？

不是她恶毒，是她实在想不通，这世上能有什么事情会让一个男人对抛弃的女人产生愧疚。除了别有所用，她实在想不出其他的理由。

群爸立即红了眼眶，问江群群："不是，我不是为了这个找你。群群，你就这么恨我？"

江群群笑着落下泪来："你看，你看，人从来不反省自己做了什么，就想要得到爱。爱是相互的，爱才没有天赋，不会被血缘直接赋予。"

想到往事，江群群浑身冰冷，微微发抖。

"群群，你没事吧？"周溪担忧地看着她。

江群群摇头："我没事，我有点累，睡觉了啊！"

江群群说完，噔噔噔地爬上床躺下。

周溪犹豫了一下，还是讲了出来："群群，要不然你跟杨轻舟讲讲清楚，说不定他能修好姜礼浩的电脑。那个家伙的违约金，是十万……"

江群群翻了个身，不理周溪。

隔离世事的最佳方法，就是睡觉。她很快就沉入了梦乡。

8

江群群做了一个很离奇的梦。

在梦里，她似乎很悲伤，号啕大哭了很久。又似乎很开怀，差点笑得醒过来。结果乐极生悲，她狠狠地打了个喷嚏。

喷嚏？

江群群惊恐起来，她不能打喷嚏的，否则事情会脱轨发展。

江群群死命挣扎，但是四面八方似乎有很多人在按着她。最后，她也累了，像一根羽毛一般，无力地沉到了一朵白云上。

那朵白云特别柔软，捏一下，手感不错，像她最爱的糯米糕。

想到这里，江群群就饿醒了。

她睁开眼睛，伸了个懒腰，然后碰到了绒布床头。

绒布？

学校的床头，明明统一是铁质的啊！

江群群的头脑瞬间清醒，睁大眼睛观察四周，顿时倒抽了一口冷气。

杨轻舟居然躺在她身边睡觉，整个身体陷入柔软的床垫里，那张俊美的睡颜也近在眼前。

江群群尖叫一声，开始手忙脚乱地找自己的衣服。内衣全部完好，只是睡衣外套居然躺在地板上，摆出了一种羞耻的姿势。

"醒了？"杨轻舟翻了个身。

江群群一把将被子盖在他头上，哆哆嗦嗦地穿衣服："我怎么会在这里？昨天到底发生了什么？"

杨轻舟将被子掀开，一手支头，含笑看她："你能记得多少？"

"我只记得周溪。"江群群突然义愤填膺，"难道是周溪将我搬到这里的？为了姜礼浩，她可真会啊！"

"不是，是你自己躺到我床上的。"杨轻舟说。

江群群愣住了："我自己？"

杨轻舟的声音如同一记炸雷："昨天你梦游了。"

江群群颓然坐在椅子上。她依稀记起，昨天她在梦里打了个喷嚏的事情。难道是那个喷嚏闯的祸？

"你现在告诉我，在睡觉之前，你到底经历了什么？"杨轻舟问。

江群群想起爸爸的电话，选择了隐瞒："我就是跟姜礼浩吃了顿饭，然后想着你的电脑丢了也不是个事，就想把我的电脑给你用。"

杨轻舟眸光里都是戏谑，他慢慢地从床上坐起来，慢条斯理地开始穿衣服。

一边扣扣子，他一边说："不是告诉你，不用管这个吗？"

"我怎么能不管，你不能活得像个原始人。"江群群急了。但她想起，现在还有一个更大的问题。

"梦游是怎么回事？"

杨轻舟没回答，动作停顿："我要换睡裤了。"

江群群脸一红，赶紧将头扭到一边。她听到身后传来窸窸窣窣的换衣声，感觉耳根在发烫。

根据她目前的判断，她和杨轻舟昨天晚上应该什么事都没有发生——不是相信自己的定力，而是她相信杨轻舟是君子。

"昨天晚上，我去市区的医科大学，然后就接到了周溪的电话，说你梦游了。我赶回学校，发现你在湖边徘徊。我和周溪好不容易才把你拉住，否则这个时间——"杨轻舟将手表戴在手腕上，"你应该是社会新闻的女主角。"

江群群诧异："我居然想跳湖？"

杨轻舟点头："你还哭了。"

江群群心虚："然后呢？"

"周溪建议用闹钟将你叫醒，我拒绝了，因为我想观察记录，你最深层次的内心想法。"杨轻舟走到江群群面前，很认真地看着她。

江群群目瞪口呆。他什么意思？

"之后，你突然抱住我的脖子，死死不肯松开。我顺从你的使力方向，就被你一步步带到了我的职工宿舍。幸亏不是男生宿舍，不然你还进不了宿管大门。"杨轻舟说这段话的时候，脸上居然没有丝毫羞赧。

"不，不可能！"

杨轻舟淡淡一笑："我知道有些难以接受，但是我觉得，必须告诉你这件事。还有——"他歪了歪头，靠近江群群，鼻尖几乎碰到她的脸。

江群群吓了一跳，怔怔地看着他。他的眼睛被阳光照得像淡褐色的琉璃，皮肤细腻白皙，简直让人目眩。

"说实话，你到底怎么了？"他的眼睛似乎能洞察人心。

江群群鼻子一酸，赶紧扭过脸："真的没什么。"

"OK，我不逼你，你愿意告诉我的时候，就来咨询我。"杨轻舟一副公事公办的模样，"我给你五折。"

江群群哭丧着脸："我可能真的付不起你的咨询费。"

"都说了，不用担心电脑的事情。"杨轻舟没事人儿一样，"杜铭雪会自己把电脑送上门来的。"

9

江群群觉得杨轻舟才像是一个梦游的人。

杜铭雪怎么会自己把电脑送上门来呢？她明明是一个贪得无厌的小偷，偷走电脑，将她打伤。

一连三天，杨轻舟气定神闲，丝毫没有被这件事影响心情。他很认真地做笔记，步履平稳地走着自己的讲师生涯。

不得不说，杨轻舟是个做教授的料子。有时候江群群上他的课，自己都会被他精彩的讲课内容所吸引。

有人举手。

"这位同学，请讲。"杨轻舟示意那个举手的人站起来。

提问的是一个女生，她站起身，很认真地问："老师，我想问你一个问题，你是不是谈过很多次恋爱，才能把这门课讲得这么好？"

这真是一个点播率超高的问题。

江群群只觉得自己浑身的毛孔都化身雷达，开始接收杨轻舟所传达的每一个信息。只见他推了推金框眼镜，微微一笑，不假思索地回答："不是很多次，是很多年。"

随后，他重复了一遍："我谈了很多年的恋爱。"

教室里立即发出了失落的叹气声，江群群仿佛听到了一地的心碎声。

她抬起头，看到杨轻舟居然遥遥地向自己看过来，意有所指地说："直到现在，我和我的女朋友还没有分手。"

"原来是这样啊，那老师，祝你幸福。"女生很失望地坐下了。

江群群脸上发烧，因为杨轻舟还是直勾勾地看着她，仿佛他话中所说的"女朋友"就是她。

不仅如此，杨轻舟居然还往她的方向走过来。

气氛在这一刻，变得十分古怪。

如果说刚才的气氛是心碎一地，那么现在就是异常诡异。所有人都朝江群群看过来，不知道杨轻舟要做什么。

难道他要当众表白?

江群群迅速看了一眼四周,没有发现周溪的身影,顿时慌了神。难道杨轻舟真的是冲着她来的?

就在江群群六神无主的时候,杨轻舟在她身边站定,目光看向她身后:"杜铭雪同学,你来上课,是为了还我的电脑吗?"

这一句犹如炸雷,让江群群瞬间清醒。

她猛然回身,看到杜铭雪也在此时抬起头来。杜铭雪今天穿了一件卫衣,帽子戴得低低的,画了一个和那天截然不同的甜美妆。如果不是杨轻舟提醒,江群群根本就无法认出这个人居然是杜铭雪。

杜铭雪想逃,但杨轻舟堵住了去路。

"杨老师,我……我是来听课的。"杜铭雪嬉皮笑脸地说,"不好意思啊,你的电脑,我卖了。"

江群群只觉得血压飙升。杨轻舟及时给了她一个眼神,不让她说话。

"卖掉了啊?"他微笑着说,"随你高兴,没关系。谢谢你告诉我这个结局,也算这件事有了了结。"

这下子,杜铭雪反而急了。她疑惑地问:"你不怪我?"

杨轻舟耸了耸肩膀,转身对着鸦雀无声的教室说了两个字:"下课。"

他的语气很轻,仿佛没有事情大得过下课。

学生们收拾东西,三三两两往外走。杜铭雪也从座位上站起来,背着包往外走。江群群实在忍不住了,霍然起身,就要追上去,却被杨轻舟拦住。

他眼睛里满是严肃,气场强大,江群群顿时呆住。

就在这短短两秒钟里,杜铭雪已经消失在门口。

江群群气急败坏:"你就这样放杜铭雪走?为什么不追回电脑?"

"她已经还回来了。"杨轻舟从桌洞里一掏,拿出一个电脑包,正是杜铭雪偷走的那台电脑。

原来,杜铭雪早就把电脑还给他了。

江群群震惊:"为什么?这个人也太奇怪了吧?"

"想知道答案吗?"杨轻舟向门外扬了扬头,"我们在咨询室里等着,杜铭雪会出现的。"

江群群目瞪口呆。

杜铭雪，是她见过的最奇怪的女孩子。

10

果然不出杨轻舟所料，杜铭雪在当天下午就来到了咨询室。

她出现的时候，已经换了一身装备。上衣是火辣的抹胸皮裙，下身穿一双恨天高的高筒靴，和上午的甜美风完全不同。

江群群心里直嘀咕，而杨轻舟则问出了江群群的心声："你穿成这样，是想勾引这个房间里唯一的男性吗？"

"哼，你这样问，让我怎么下手？"杜铭雪千娇百媚地走过来，走到杨轻舟面前坐下。

"看来你的目的不是我，那么让我猜猜，你接下来想做什么？"杨轻舟微笑着看着杜铭雪，"你想再偷点东西。"

此言一出，江群群心里立即警铃大作。

杜铭雪狡猾地笑了笑，摇了摇头："我是来咨询的，之前我也和你的助理谈过了，我失恋了。"

"你是失恋了，还是从来没有得到过爱？"杨轻舟问。

杜铭雪愣住了。

杨轻舟一言不发，定定地看着杜铭雪，目光锐利得似乎能穿透人心。杜铭雪反而慌乱起来，嘴唇哆哆嗦嗦地颤抖着："你，你胡说！"

"看来我说对了，杜铭雪。"杨轻舟往后靠在椅背上，自信满满，"你根本就没有男朋友，也没有得到过爱，尤其是——父爱。"

杜铭雪有些癫狂地摇头："不，没有！我爸爸很爱我！"

"你爸爸爱你的方式，就是在你每次偷东西之后，甩出一笔钱帮你摆平，对吗？"杨轻舟眼睛里有了同情。

杜铭雪更加激动，直接站了起来："不，不是！"

然而，她说完后却开始怔愣，恍惚中坐回座位上。

"让我们来复盘一下整件事吧。你从小就只有妈妈，没有爸爸。妈妈对你要求很严格，你也告诉自己，要做一个优秀、独立的人。反转就出在你第一次偷东西之后，从未谋面的爸爸出现了，帮你摆平了一切。可能是出于愧疚，你的爸爸并没斥责你，而是简单地叮嘱你，以后不要再偷东西了。他不知道，这一刻你居然发现自己无比幸福，心里激荡着被爸爸关爱的美好感觉。这种感觉像魔鬼，也像毒品，怂恿你一次次地偷东西。你也如愿以偿地，一次次地让爸爸出现。"

杨轻舟说到这里的时候，江群群才恍然大悟。她终于明白了杜铭雪究竟为什么如此古怪。

"上了大学之后，你变本加厉。其实这个时候，你的妈妈早已发现了你的问题。她可能骂过你，打过你，威胁你，甚至哭着哀求你，要你不要再去偷东西。但她怎么能知道，能让爸爸出现，是这个世界上最美好的事情，你甘之如饴，你根本无法控制自己。"

杜铭雪呆呆地坐着，像一个木头人。

"你偷同学的电脑和手机，是因为这些东西价值不菲，每一次都能被举报到系里。你不动同学的护肤品，是因为这些东西偷少了不起眼，直接整罐偷走，别人又有大量的存货。你不占便宜，你只偷东西，一切都是为了引起别人的注意。包括拿走我的电脑，你也是同样的逻辑——你只想让我举报到系里，或者报警，等你的爸爸赶来收拾烂摊子，你再享受他对你的关爱。可惜，我根本就没有任何反应，甚至表现得像是要放弃电脑一般。于是你急了，你干脆去我的心理课上挑衅，想让我举报你，甚至报警都行。只要再一次让你的爸爸出现，你甘愿铤而走险。我说得对吗？杜铭雪。"杨轻舟一股脑儿地说完。

杜铭雪神情落寞地看着杨轻舟，忽然低下头，哭了起来。

江群群心里难受，鼻子一酸，忽然也想哭出来。结果刚抽了抽鼻子，她就看到杨轻舟向她冷冷地瞪了一眼。

作为心理咨询师的助理，不能被客户的情绪所感染。

江群群赶紧稳定好情绪，手足无措地抽出一片纸巾递过去。

"你是第一个，说到我心坎里的人。"杜铭雪擦了擦眼泪，抬起眼睛，凄哀一笑，"谢谢你，杨老师，咨询费多少钱？"

"咨询还没结束。"杨轻舟说，"带我找令尊，我要跟他谈谈。"

杜铭雪一愣，下意识地拒绝："不行，你们不能……"

这一刻，江群群忽然觉得杜铭雪像一只失去巢穴的小鸟。她瑟瑟发抖，可怜至极，却不肯向风霜雨雪做任何挑战和反抗。

父亲是她的权威，她只想服从。

"难道你想一辈子生活在烂泥里，一辈子被人唾弃？"杨轻舟说，"如果是那样的话，你今天就不会出现在这里。"

杜铭雪浑身发抖得更加剧烈，有那么一瞬间，江群群甚至以为她在表演。杨轻舟没说话，江群群也不敢吭声。终于，杜铭雪平静下来，凄然苦笑。

"行，我带你们去。"

第
七
章

我想让你也自由，不要生活在仇恨里

1

根据杨轻舟经常会遇到小概率事件的特性，江群群觉得杜铭雪的父亲一定是一个惊天大奇葩。

坐在车里的时候，江群群脑海中一直闪现在网文中看到过的各种奇葩人设，比如蒙脸杀手、高冷蛇男、变态老师……以至于下车的时候，杨轻舟问她："你为什么比杜铭雪还要紧张？"

"紧张吗？"江群群拍拍脸，"我不紧张，我……我感到一股正义之气在胸中激荡！"

杨轻舟乜斜她一眼，没搭理，而是转身打量周围的环境。

杜铭雪的父亲，果然是个名不虚传的富豪。这座豪宅的花园大得应该可以停下飞机，以至于入门之后，他们一度误以为自己在逛园林。直到来到犹如欧洲庄园的豪宅门前，他们才真真切切地嗅到了金钱的味道。

有保姆开门，见到是杜铭雪，恭恭敬敬地鞠躬："您回来了。"

"进去吧，我爸应该在书房里。"杜铭雪看也不看保姆一眼，领着杨轻舟和江群群径直往里面走。进入这座别墅，江群群只觉得眼前色彩"呼啦——"一声变得明亮，各种绚丽和精致迎面扑来，让她目不暇接。

直到书房的门打开，她才稍微冷静下来。

书房里只开了一盏灯，窗帘未拉，所以室内光亮昏暗，她几乎看不清楚书桌后面男人的面孔。

"爸，这就是我和你在电话里提到的，我们学校的老师。"杜铭雪敲了敲门，不等应答，直接走进去。

男人抬起头，江群群这才看清楚他的脸。那是一个保养得益的六十岁男人，双目如隼，只这一眼就看得江群群一个透心凉。

"杜先生，您好，我想跟您进行一个私人谈话，关于您女儿的。"杨轻舟很有礼貌地开场白。

杜先生淡淡地摆了摆手，杜铭雪关上门离开。

气氛一下子静默，杜先生将文件合上，靠在老板椅上，那双老江湖的眼睛里，散发的是淡漠的光。江群群立即感到了一股强大的气压。

自始至终，这个人没有说一个字。

杨轻舟大概也是发现了这一点，不急交谈，只是慢慢喝水。

"杨老师，你在等我开口吗？"杜先生终于开口了。

杨轻舟这才淡淡一笑："我和客户一直是平等地位，这是我的习惯，所以我开口了，您也要说话。"

"请讲。"杜先生说。

"我认为比起你的钱，她更需要您的关爱。只要您多陪陪她，相信她的盗窃癖会有所好转。我这边可以提供相关的咨询，大致上是要分成三个阶段。"杨轻舟言简意赅地说。

杜先生摸了摸额头，似乎有些头疼。

"我没有时间。"

杨轻舟不放弃："那是你的女儿。"

杜先生扔来一张支票："这是我的钱。"

谈话就此僵持。

江群群只觉得心里堵得慌。她想不到这世界上居然有这样的父亲，宁愿去挣钱，也不愿意给女儿一分陪伴。

只因为，她是一个私生女吗？

"行了，如果没有其他的事，你们可以走了。"杜先生看了一下手表，"我还有公务要处理，只能给你们五分钟时间。"

江群群急了。

这根本不是什么奇葩人设，这就是一个最普通的老渣男。

江群群看向杨轻舟，想要他说些什么。可是杨轻舟居然收起了支票，淡淡笑道："那打扰杜先生了，告辞。"

说完，杨轻舟转身往外走去。

江群群目瞪口呆，只觉得自己满腔的热血和愤慨，瞬间烟消云散。门外的杜铭雪正坐在沙发上抽烟，看到他们出来，讥讽地讪笑："就知道。"

"就知道什么？"杨轻舟明知故问。

杜铭雪苦笑："就知道我爸会拒绝谈这个问题，在他眼里，只有他的大女儿和二儿子才是他真正的孩子。"她往上吐了一个烟圈。

刚才那名保姆提醒："杜铭雪小姐，你还能在这个家里待15分钟。少爷和小姐半小时后就要回来了。"

杜铭雪突然暴躁："知道了！"

她是私生女，自然是见不得光的。哪怕所有人都知道她的存在，她也不能轻易出现在这个家里。

因为，她是局外人。

杜铭雪眼中蒙上了一缕悲伤，看了看杨轻舟和江群群，扭过了头："你们走吧。"

杨轻舟点了点头，往外走去。

江群群不甘心地跟在杨轻舟身边："喂喂，你就这样走啦？"

"不然呢？"

"难道你不再努力一下？杜铭雪很可怜，不能就这样不管啊！"江群群气得话都说不利索了。

杨轻舟忽然停住脚步，用一种陌生的眼神看向江群群。

"人在世间，必须承认一件事，那就是谁都有做不到的事情。每一个被抛弃的孩子，从被抛弃的那一刻，命运的悲剧就埋下了。你，我，都没法改变！"

江群群憋了一股气，攥住了拳头。

她比任何时候，都期待自己能够打个喷嚏，扭转这一切。

但她无能为力。

杨轻舟像是看穿了她的心理活动："你也是一样，想要扭转局面，但你无能为力。"他拿出那张支票，"人，还是现实点比较好。"

那一瞬间，江群群只觉得整个世界都安静了。

她仿佛置身于一个黑白双色世界，周围色彩全部凋零，只有风烟轻扫在侧。风烟带来的是很多年前，她奔跑在雨天里的哭喊。

暴雨中，她追着父亲，可是父亲没有回头。

江群群只觉得一股热血冲上头顶。她一把抢过杨轻舟手中的支票，冲进别墅。

"这位小姐，你不能闯进去。"保姆见状，连忙阻拦。

江群群一弯腰，从保姆的胳膊底下冲了进去。她一鼓作气地冲到书房门前，也不敲门地就冲了进去。

杜先生诧异地抬起头，看着这个五分钟前还沉默离开的女孩子。

"杜先生，你还真的想将一个不负责任的父亲贯彻到底啊？"江群群冷笑，"恕我直言，你这点钱永远都弥补不了杜铭雪心里的创伤！她要的是一个父亲，而你只给她一堆冷冰冰的钱。你以为钱能治愈一切，但我今天就要告诉你，你犯了一个渣男会犯的错误，多少钱都无法弥补！永远！"

江群群抽出那张支票，豪气万丈地撕得粉碎。她狠狠地往半空一撒，碎屑雪花般地落了下来。

她望着地上的碎屑，笑了。

真爽。

这感觉，就像是她对着自己的父亲大吼一样。

杜先生震惊地从书桌后站起身，气得脸上的肉都在哆嗦。

"你给我出去！"他咆哮。

江群群转身，看到杜铭雪站在身后，神情莫测。她顿时开始担心，杜铭雪会不会痛斥她？毕竟这么一闹，杜铭雪可能永远约不到和父亲的见面了。

杜铭雪侧了侧头，目光越过江群群的肩膀，微微一笑："爸，她说得对。"

杜先生怔住了。

"还有，这是我最后一次喊你，爸。"杜铭雪的眼中微微含泪。她将手指捏着的烟头，狠狠地按在门上。

杜先生眼睛里终于出现了情绪波动，那是面对自己无法掌控的事物时的惊慌、恐惧、无奈和落寞。

江群群忽然有了一种莫名的畅快感。

她转身快步离开，在客厅里看到了杨轻舟。他站在门口，身体沉浸在光影里，一半明亮，一半昏暗——让人想起善恶合体的双生。

他微笑着看着她："群群，痛快吗？"

江群群愣住了。

"痛快了就行，情绪积累在心里会生病的。"杨轻舟说得云淡风轻，"等你心情好了，就告诉我梦游的事。"

江群群突然有一种感觉。

她好像才是杨轻舟的病人，杨轻舟在用杜铭雪来治愈她。

2

校园外的大排档里，烤串在火上散发着诱人的香气。

江群群坐在小桌子后面，狠狠地啃着一串羊肉串。

"你早就知道我爸的事？"江群群狠狠喝了一口啤酒，"你故意不说，逼着我自己对你开口，是吧？"

杨轻舟没有任何愧疚之色，慢悠悠地喝了一口啤酒："是啊！"

"你居然还敢承认！"江群群气不打一处来，"你知道了一切，还欣赏我的忐忑不安心事重重，你是把我当傻子了是吧？"

夜色里，杨轻舟抬起眼睛，静静地看着江群群。

"我把你当江群群。"他说。

江群群还在生气，使劲咀嚼着烤肉。

"其实，即便你没有梦游，我也从别人那里听说了，你爸爸两年前离家的事情。"杨轻舟说，"我很抱歉，你最痛苦的时候，我没在场。"

两年前，那是江群群大二的时候。

杨轻舟搬家，也是在两年前。算一算，那一年还真是多事之秋，祸事不断。

"你不用在场，"江群群苦笑中带着嘲讽，"你们全家要是在场的话，会说我家活该，会说我是个怪物，会说……"

毕竟，拆散了杨家的人，就是她江群群。

杨轻舟面容骤冷，周遭气氛瞬间冷却。

江群群及时闭嘴，忽觉得后背一阵发寒。她从未见过杨轻舟这样的眼神，犀利、愤怒，带着强烈的攻击性。

"反正也是我欠了你，你怎么报复都是可以的。"江群群心一横，豁了出去。

"你以为我这样做，是在报复你？"杨轻舟问。

江群群一愣："难道不是吗？"

他故意不戳穿她的谎言，看她内心被父亲折磨，然后带她去杜家，让她亲眼看见杜父有多无情无义——也让她记起了，她有一个同样无情无义的父亲。

"原来你是这样想我的。"杨轻舟冷笑，"我只是希望你能够自由，不要生活在仇恨里，因为仇恨的情绪会啃食你的理智。"

江群群惊讶地看他。

"每个人心里都有伤痛，不是简简单单用时间就可以治愈的。你要正视自己最忌讳的事情，努力地撕开伤口，剜去腐肉，才能真正地让伤口愈合。江群群，你可以选择不原谅，但我希望你再回忆起爸爸的时候，不是压抑痛苦，而是释然从容。"杨轻舟说。

江群群发呆，半晌才问："所以你今天是……"

"我今天，是想让你把杜父当成自己的父亲，狠狠地骂他一顿。你的情绪必须有一个合理的发泄渠道，否则你心理失衡，还是会出现梦游的现象。结果你就这样想我，以为我在报复你？"杨轻舟严肃地说。

江群群脸上发烧："咯，我的确是误会你了。不过，你确实……"

"确实什么？"

江群群不知道该怎么说。杨轻舟这个家伙从出现的那一刻起，就让她觉得他不怀好意。莫名其妙她做了助教，莫名其妙将她扯入了陌生的环境里，所以她不得不多想。

只是……

她看了一眼杨轻舟，发现他面上冷若冰霜，顿时心头一沉。

他还是生气了。

"觉得我确实是个浑蛋，对吧？"

"不是，我从没这样想过你。"江群群无力地解释。

杨轻舟站起身，从口袋里掏出十张钞票，轻飘飘地丢到摊位上，丢下"结账"两个字，就转身走开。

烧烤店老板两眼放光："先生请留步，我马上找钱。"

"不用了，让她把这钱能买到的食物全部吃完！"杨轻舟头也不回。

江群群想要追上去，却被烧烤摊摊主拦住："姑娘，你别走啊，他付了一千块烤肉钱，你还想要点什么？"

"不用了，我得赶紧走。"江群群绕过摊主。

摊主却依旧拦住她不放："不行啊，他说了，要你吃完。"

江群群望着杨轻舟的身影，恨得跺了跺脚。

他的背影那样决绝，仿佛根本不会回头多看她一眼。然而她脑子里却一遍遍地重复地记起，高一那年的夏天，清俊的少年在自己的语文课本上写：此心犹记江沙岸，轻舟不愿过群山。

那个瞬间，他神情温柔，眼神明亮。他将那个夏天变成了粉红色，永永远远在她的世界里发光发亮。

江群群此时才发现，她根本就不愿意失去那个少年。

重温回忆的这一秒钟里，杨轻舟已经走开了五十米，眼看就要拐弯，消失在夜色中。江群群的心里忽然生出一丝恐惧，他不会就这样走掉，永远离开自己吧？

"杨轻舟！"她喊。

杨轻舟不理。

这个家伙表面上儒雅温和，但一旦动怒，倔得八头牛也拉不回来。

江群群倔劲上来，扭头看到摊位上放着一只吆喝用的大喇叭，伸手就操了过来。

她按开开关，气势十足地吼了一句："杨轻舟，我错了，你才不是浑蛋，你是一个非常优秀的心理学老师！"

这一声吼得气壮山河，美食路上的学生纷纷侧目，然后议论纷纷。

"哇，杨老师被女生骂浑蛋了……他做了什么？"

"知人知面不知心，难道他……"

"别乱说，他看着很正经啊！"

"有些人，是表面上正经。"

远处，杨轻舟脸都绿了。

周围的学生都在看杨轻舟，他有些尴尬地摸了摸鼻子，快步往回走来。

江群群惊喜。

"你回来就好，咱们还没把老板的羊腰子消灭干净呢！对吧？"江群群恶作剧般地又吼了一声。

"羊腰子……我听错了吗？"

"我的天，他喜欢吃羊腰子……"

……

杨轻舟以百米冲刺的速度冲了过来，一把将她手中的喇叭抢了下来。江群群笑得无赖："你啊，就别生气了，我误会你了，道歉，道歉好吧？"

杨轻舟咬牙切齿："你，给我闭嘴。"

"老板，先烤上 50 串羊肉串。"江群群重新坐下，给周溪和姜礼浩发微信，"咱们几个，什么时候吃完什么时候走，不醉不归！"

"对对，姑娘豪爽！"烧烤老板见生意火爆，乐得脸都开花了。

烧烤老板依然没有察觉到自己当了电灯泡，居然还在问："那个，你们要几成辣？"

杨轻舟瞪了烧烤老板一眼，眼神犀利得要杀人。

江群群莫名想笑。

3

江群群喊了周溪和姜礼浩来吃烤串，两人到场的速度堪称光速。

姜礼浩刚坐下，就嚷嚷："我请客，都别给我省钱。"

"得了吧，钱已经付了，正愁吃不完呢。"江群群说，"微信里已经告诉你了，不过你有这份心，那就先欠着。"

姜礼浩抹了把脸："你说了吗？我忘了，这几天没睡好。"

周溪瞄了一眼姜礼浩："这家伙借了台电脑，刚出截稿日，估计脑子昏昏沉沉的。"

姜礼浩气色不佳，一看就是熬了几个大夜写大纲。

江群群看向杨轻舟，轻咳两声。

"那个，杨老师……既然电脑回来了，要不你就帮忙恢复下？"

夜灯下，杨轻舟的侧脸如同古希腊雕塑，充满了一股冷肃的美。江群群说完，足足五秒钟，他都没有回应。

就在江群群失望的时候，这尊雕塑忽然开口了。

"好。"

杨轻舟从电脑包里拿出笔记本，操作了一番之后，才重新合上。他眼神冷漠地看向姜礼浩："密钥解除，你的电脑可以正常使用了。"

"谢谢。"姜礼浩拿起一根烤串，狠狠地说了两个字。

江群群忽然有一种错觉，姜礼浩这句"谢谢"说得无比憎恨，他似乎将杨轻舟当成了那根烤串，正狠狠咀嚼着。

不过，她也没多想，因为周溪和姜礼浩很快就活络起来，掏出手机要自拍。现在距离毕业不到一个月，分别的气氛弥漫得到处都是。江群群也就配合地跟两个人自拍。

"杨轻舟，咱俩也自拍一张吧。"周溪忽然站起来，走到杨轻舟身后，弯下了腰。

杨轻舟淡淡地说："我不上相。"

气氛立即僵了。

"你自拍都不上相，那谁拍好看？你别气人哦。"江群群赶紧圆场。

杨轻舟这才歪了歪身子，出现在周溪的镜头里。但是他面无表情，眼睛里碎冰点点。

周溪看不下去了："你笑一笑嘛。"

杨轻舟继续冰块脸。

江群群直接伸手，将杨轻舟的嘴往上一掰，掰出了一个弧度。

"你看，笑起来就是好看很多。"江群群收回了手。

周溪及时按下自拍键，直起腰看着照片，幽幽地说："以后我想你的时候，就看这张照片。"

江群群一口酒差点喷出来。

这句话暧昧至极。果然是临近毕业，大家都口无遮拦了啊！

或者……

江群群的脑细胞异常八卦起来。她一直怀疑杨轻舟和周溪谈过一场短暂的恋爱，看眼前失控的气氛，难道她猜对了？

姜礼浩在此时也举过手机，凑了过来："江群群，我也想跟你自拍留念。你是我在大学里，最欣赏的一个人。"

"好。"

江群群正想露出一个标准笑容，没想到杨轻舟忽然凑了过来，强行挤入镜头里。本来就没用自拍杆，这样一来，姜礼浩的脸就被挤出了框。

"我也要拍。"

江群群："什么？"

姜礼浩非常直接："大哥，你不是说你不上相吗？"

"你似乎忘记了一件事，"杨轻舟淡淡地说，"我能让你的电脑恢复，也可以让你的电脑瘫痪。"

姜礼浩立即屈服："大哥，我乱说的，我想跟你合拍，做梦都想！"

江群群默默扭头。这一定是姜礼浩说过的最假的一句话。

三个人拍完，周溪已经将每个人面前的啤酒杯满上了。

"今天难得一聚，不醉不休啊！"周溪举起易拉罐。

江群群举起啤酒："周溪，希望我们毕业之后，还是常联系的好朋友。"

"那是当然，"周溪声音有些哽咽，不过她的眼睛有意无意地瞄着杨轻舟，"你们在大学里就业了，我会常回来看你们的。到时候，要请我吃食堂啊！"

"没问题，安排。"

江群群触景生情，跟周溪碰了下杯，一仰头喝了口啤酒。

等她喝完，才看见周溪还没喝酒，而是将酒杯举过去跟杨轻舟的酒杯碰了碰，醉意朦胧。

江群群愣了。

她不是没喝多少吗？这略带醉意的眼神是闹哪样啊？

周溪是校花级别的漂亮，那双眼睛在夜灯的照耀下略带水光，立即有一种摄人心魄的魅力。

她语气温软地对杨轻舟说："这一杯酒，可能我们以后都喝不到了，我会想你的。"

这句话暧昧至极。

江群群偷偷看向姜礼浩，姜礼浩也是一脸尴尬。看来，他也意识到了，自己成了一个 120 瓦的大灯泡。

江群群正寻思着找个什么理由离开，忽然鼻子有些痒痒。她心里立即警铃大作，不会要打喷嚏了吧？

"江群群，你千万别打喷嚏！"周溪惊慌失措。

江群群极力控制，一抬头，立即看到了周溪和姜礼浩惊恐的眼神。她赶紧笑了笑："没事，我没事。"

"就算她打喷嚏了，也不会发生什么。"杨轻舟忽然说，"如果真发生什么了，就算天塌下来，我也接着。"

"我们就是担心，没别的意思，对吧？"周溪干笑。

杨轻舟的脸上散发着一股寒气："你们想过没有，可能就是因为你们这种想法，江群群才会认为自己打喷嚏会招来祸事，认为自己是个怪物。"

姜礼浩赶紧摆手："我没有，我一直很相信江群群的。"

"没说你，我知道不包括你，因为你喜欢江群群。"

姜礼浩点了点头，忽然反应过来："啊？"

江群群也蒙了。姜礼浩……喜欢她？

"还有你，周溪，你也一直喜欢我，是吧？"杨轻舟逼视着周溪。周溪的脸顿时煞白煞白的。

"还有你，江群群，你现在都当上红娘了。"杨轻舟扭头看着江群群，表情更加严肃，"你是想撮合我和周溪，对吧？"

江群群怔怔地看着杨轻舟，点了点头。

他的气场太强大，她撒不了谎。

扭过头，江群群狠狠地打了一个喷嚏。

周溪和姜礼浩绝望地闭上了眼睛。

4

夜色如墨。

宿舍里，伸手不见五指，已经熄灯。

但在这幽暗中，却传来了幽幽的哭声。

"呜呜，呜呜……"

江群群躺在床上，耳边充斥着这种恐怖片配乐的哭声，却毫无惊惧之情。毕竟，经历过和羽清同住的那几夜，她已经对这种哭声有了免疫力。

她扭过头，借着手机微弱的光线，看到周溪窝在床上，将被子鼓起一个小丘包。

"你别哭了。"江群群只能干巴巴地安慰她。

周溪低吼："你别管！我失恋了，懂不懂？"

江群群叹气，翻了个身，不再管周溪。但是她脑子里乱乱的，一点睡意也没有。

对，今天的杨大神，就在一个半小时前，在烧烤摊上，以秒杀全场的气势发出了夺命三连——

"姜礼浩，如果你喜欢单恋的话，那你追求江群群，我不说什么。

"周溪，我知道你喜欢我很久了，之所以看破不说破，是因为你只是在人际安全范围里蹦跶而已。但是今天我忍不了，因为你越线了。

"江群群，你想撮合我和周溪，当一回月老，那我可以告诉你，死了这条心，行吧？"

每一句话，都冰冷彻骨。

周溪当时就呜咽起来："杨轻舟，咱俩从高中起，一直到大二和大三，你明明喜欢过我，为什么你后来变得这么绝情？群群，是吧？"

江群群头皮都麻了，但是被点名，她也不能不表态，只能点了点头。

高中的时候，她记得杨轻舟有一段时间是和周溪走得挺近。至于大二和大三嘛……

江群群苦苦思索，也想不起这一段来。

大二的暑假，她只记得自己和杨轻舟目睹了杨爸爸疑似出轨的一幕，至于后来的事，杨轻舟搬家了，她就记不得太多了。

杨轻舟皱了皱眉："高中的时候，我们都是学生会的，自然接触得多。"

"那大二呢？你突然邀请我去爬山，邀请我去听讲座……"周溪流下眼泪。姜礼浩默默地递上纸巾。

杨轻舟淡声说："是啊，邀请你跟我们班一起爬山，邀请你去五百人的大讲堂里听讲座，这里面有一对一的场景吗？"

周溪还真的回想了一秒，然后哭得更大声了："没有……呜呜，你居然都没有和我独处过。"

"所以，我真的和你只是朋友而已。"杨轻舟给这段感情判了死刑。

周溪也不甘示弱，站起身痛斥："渣男！"

在他们对话的时候，江群群一直没敢吭声。她同时发现烧烤摊老板几次回头，表情尴尬，嗫嚅着欲言又止。

"羊肉烤好了是吧？烤好了就弄上来。"江群群赶紧招手。

老板赶紧将烤肉送上来："都齐了，大家慢慢吃啊，没有什么是一顿烤肉解决不了的。如果有，就两顿！"

"两顿个鬼！"周溪吼了一声，然后擦着眼泪离开了。

这顿烧烤宴自然吃不下去了，姜礼浩很识趣地主动离开，然后留下江群群和杨轻舟收拾残局。

江群群几次想问，为什么杨轻舟要找周溪爬山和听讲座，这简直有些莫名其妙好不好？但每次，她都被对方的冰块脸所震慑。

于是，她什么也没问。

但是确定了一点：周溪和杨轻舟真的没有谈恋爱的可能，她心里还是有些无耻的小欢喜的。

"呜呜呜……"周溪的哭声更大了，将江群群的思绪拉回现实。

江群群头疼地捏了捏眉心，再次弱弱地开口："周溪，你现在哭也没用，对吧？"

周溪的哭声终于停了下来。

"江群群，"她抽着鼻子说，"我一直以为，杨轻舟是我的，你是姜礼浩的。"

想起姜礼浩，江群群更加头疼。

"你别误会我和姜礼浩，我帮他画故事板，再做几个影视项目的PPT，除此以外没有其他的情感。"江群群解释。

"但是他喜欢你，喜欢你很久了……"

江群群叹了口气，莫名其妙地欠下这么一笔桃花债，她也有点郁闷。

"你对得起他吗？"周溪的语气变得愤愤。

黑暗中，江群群翻了个白眼。

怎么就对不起了？

她和姜礼浩只是暂时的甲方和乙方，不涉及情感，谈不上对错。

但是对于周溪这种脑子不清楚的小作精，江群群懒得解释。她翻了个身，一头扎在枕头里，沉沉地睡去。

5

江群群醒来的时候，已是日上三竿。

她往周溪的床上望去，只见被子胡乱地堆着，空无一人。这很反常，因为周溪从来都是把生活打理得有条不紊的一个人。

不过也正常，周溪失恋了。

江群群起床洗漱，收拾妥当后去了心理咨询室。门半掩着，她推门进去，发现杨轻舟坐在办公桌后，正在认真地备课。

"终于发生了一件大概率事件，你总是来得比我早。"江群群开了个玩笑。

杨轻舟抬起头，眼眶有些发红。

"姜礼浩，昨天没联系你吧？"杨轻舟问。

江群群十分意外，摇了摇头："昨天弄那么尴尬，他怎么可能联系我。倒是周溪，哭了半夜。"

杨轻舟没说话。

江群群小心地看着他的神色："以我对周溪的了解，她可能会找你……进行失恋后的心理重建。"

女孩子的小手段之一，是要让喜欢的男生产生内疚感。比如说，周溪可能会用两天时间将自己饿瘦，然后可怜兮兮地站在杨轻舟的面前。在杨轻舟给她做心理辅导的过程中，她趁机可以向他倾诉这些天来，她过得如何可怜，如何落魄，然后柔弱地靠在杨轻舟肩头哭泣。

"那是大概率事件，我这边只发生小概率事件。"杨轻舟说。

江群群叹了口气，默默地拿过杨轻舟面前的笔记本，开始准备课件。她刚打了两行字，就感到杨轻舟一直盯着自己看。

"怎么了？"江群群抬头，看到杨轻舟的眼睛深邃如墨。

"我在想，我们为什么不能控制自己的人生？"杨轻舟说，"你想过没有，为什么你会莫名地打喷嚏，而我总是遇到小概率事件？是不是有一个机制，一旦触发，就会导致我们这种'特异功能'？"

这句话如同电流一般穿过江群群的身体，她下意识地从椅子上跳了起来。

"我，我不知道，也不想知道！"她心里涌上一股恐惧，甚至有些想逃，"就算知道又能改变什么呢？是我们太倒霉了，摊上这样的古怪！"

她一直逃避这个事实，却退无可退。多少个日日夜夜，她像一个矛盾的双重人格患者一样不停地告诉自己，她不是怪物，她是一个怪物……

"你不能逃避，你知道吗？羽清和我告别的时候，告诉我——"杨轻舟的眼中流露出同情，"你梦游了。"

江群群怔住了，和羽清在一起的时候，她就梦游了？

"所以我做了一个决定，必须治愈你。"杨轻舟不容置疑。

江群群使劲摇头："可能那几天太累了，我休息一下就好了。"

杨轻舟没给她过多的思考时间，站起身径直走到门口，将门"啪嗒"一声锁上了。

这是堵了她的退路。

江群群声音发抖："你，你想干什么？"

"我要做什么，你接下来会知道。"杨轻舟转过身，面色肃然。

他一步步往前走，江群群惊恐地一步步后退。

最后，她退到墙边，无助又可怜地望着他。

杨轻舟将右手撑在她的左侧，语气里充满了不容抗拒的命令："你必须配合我。"

如果不是跟眼前这个男人是青梅竹马，江群群还以为这是影视剧里的对话。

"配合什么？"江群群紧张得快哭了。

"当然是找出触发机制，你到底为什么会打喷嚏？"杨轻舟说，"我觉得先把这个研究出来比较简单。"

他靠得那样近，江群群甚至都嗅到了他身体上传来的古龙香水味。她将头扭到一旁："我，我没有思路……"

"我帮你想。比如，是不是我们靠得很近？"他干脆身体前倾，脸颊几乎碰到她的。

江群群努力按捺住自己不要尖叫："不是。"

"紧张呢？"

"我现在就很紧张，但是我没有打喷嚏。"

"就说上次打篮球的时候，你也打了喷嚏，那是不是因为喊了加油？"他的声音开始低沉下来，如同涓涓细流，将她的心挠得很痒。

江群群呼吸急促，用仅存的理智回答："不是，其他很多次没有加油声，我也打喷嚏了。"

"那就是，看到我和姜礼浩同时出现，你会打喷嚏？"

他的声音更撩了，软软的，在她耳膜上来回扭动。江群群干脆闭上眼睛，颤巍巍地否认："也不是。"

杨轻舟没说话。

江群群实在受不了这种近乎情色的恼人感觉，他就像一瓶上等好酒，自己全身细胞都在叫嚣着臣服。

她睁开眼睛，认真地说："我认为没有触发机制，我们就是被恶魔随意挑中的两个小孩，很倒霉。"

"哦，这样啊……可是我觉得，有触发机制。"杨轻舟嘴角上扬，露出了淡笑，"是不是因为你听到'喜、欢'两个字，就会打喷嚏？"

江群群顿时察觉到鼻子里痒痒的，使劲克制住，才没有打出喷嚏来。

她刚才，居然想打喷嚏？

杨轻舟直勾勾地看着她："我刚才没有连着读，你才没打出喷嚏。"

仿佛是一道光劈开黑暗，江群群脑中立即滚过许多道闪电。

难道，真的是因为'喜欢'这两个字？

第一次打喷嚏的时候，是她四岁。她说了人生第一个完整的句子，我喜欢小舟哥哥。

大二那年的喷嚏，是在电影院。当时好像有两个女生经过她身边，议论说，好喜欢这个电影哦……

杨轻舟弹着吉他出现在校园的时候，有人议论说，原来他喜欢校花啊……

最近的一次打喷嚏，是在烧烤摊，杨轻舟对姜礼浩说，我知道不包括你，因为你喜欢江群群。

所有的这些打喷嚏的场景里，都有两个字，喜欢。

"不对，不对！"江群群摇头，"我想起很多事情，以前也有人说过'喜欢'，可是我并没有打喷嚏啊！"

杨轻舟眼神深邃："那就是还有一个触发条件，就是必须有我在场。"

江群群睁大眼睛看着杨轻舟，难以置信。

杨轻舟这才直起身子，认真地说："如果你不信，那你看着我，我把这两个字连起来读。"

"别……"江群群哀求。

"你不是恶龙，也要直视深渊。"杨轻舟斩钉截铁地说，"江群群，你喜欢，我吗？"

"喜欢"这两个字，被他说得无比清楚连贯。

"阿嚏——！"

他话音刚落，江群群就不受控制地打了个喷嚏。

验证了？

江群群震惊地抱住双臂，不敢相信杨轻舟真的把触发机制给找了出来——就是他在场的情况下，有人说"喜欢"这个词。

等等……

他刚用"喜欢"组了个什么句子来着？

——你喜欢我吗？

杨轻舟，知道她暗恋他？

江群群绝望地看着杨轻舟，靠着墙壁软软地坐在地上。

不，她不配喜欢他。

她是一个怪物，不配喜欢任何人。

杨轻舟像是看穿了她的心事，蹲下来，直视着她的眼睛，淡淡地说："江群群，其实我……"

一句话没说完，手机铃声响了起来。江群群如同抓到了救命稻草般，赶紧接听。

居然是姜礼浩的声音，他的声音焦急万分："江群群，你见到周溪了吗？"

"周溪？她早晨就离开宿舍了。"江群群心里浮上一阵不祥的预感。

姜礼浩的声音因为恐惧，都发抖了："她手机关机了，我找遍了食堂和图书馆，也没找到她。保安说，看到她六点就出了校门……江群群，周溪不会因为失恋了，干傻事吧？"

江群群的心猛然沉入冰窟。

她求助地望向杨轻舟。手机开着外音，所以他也听得一清二楚。此时，他眉头紧锁，面色深沉，显然也是意识到了事情的严重性。

"现在十点，周溪离开学校四个小时。"杨轻舟的声音里没有乐观的成分。

别说四个小时，跳河和跳楼，只需要一秒钟。

江群群浑身都发起抖来。

周溪，不会真的走上绝路吧？

6

江群群没敢耽搁，和杨轻舟一起报告学校，然后查了监控。

监控里显示，周溪在早晨六点的时候就要出校门，当时保安没开门，周溪还去交涉了一番。

保安反馈，周溪神色慌张，说话结结巴巴，情绪很不稳定。

街道监控也反馈过来了，周溪上了 145 路公交车，大概是坐到火车站附近的时候，下了车。

江群群脑海中立即浮现出各种社会新闻，与此同时，她还想到了另一个可怕的事实——

她半个小时前打了一个喷嚏，会不会又引发了一个悲剧？

姜礼浩眼睛都红了，气愤地瞪着杨轻舟："昨天晚上，你为什么要说那么残忍的话？"

杨轻舟沉默不语。

姜礼浩气得脸都青了："她表面云淡风轻的，但其实内心很脆弱。她被众星捧月惯了，猛然被你这样打击，你觉得她受得了？她要是做了什么傻事，你对得起她吗？"

杨轻舟终于打破了沉默："她不会自杀。"

"胡说，她都失踪了！她不告而别，你想过她会发生什么事吗？"姜礼浩一把揪住杨轻舟的衣领。杨轻舟也不抵抗，就是仰着头，垂着眼眸，冷冷地看着姜礼浩。

保安赶紧上前，将两人拉开。

"在这里别动手啊，事情还没明朗。"

姜礼浩双眼通红，杨轻舟整理了一下衣领，指了指监控，淡然说："周溪离开学校的时候还穿着昨天的衣服，证明她真的是有急事离开，否则，她怎么不换一身衣服？"

姜礼浩愣了一下。

江群群立即想起，周溪爱美，但凡出门，肯定要打扮得漂漂亮亮，穿昨天穿过的衣服，那更是少见。

保安立即重新查看监控，明显松了口气。

杨轻舟继续说："自杀分为四种：动机型、目的型、病发型以及冲动型。周溪今年23岁，早过了冲动自杀的年龄。目的型和病发型更是不可能，一个是自杀之后会改变人或事，一个是平时就有精神疾病。那么只剩下动机型自杀，但问题是——"

他顿了顿："截至目前，她从未表达过要自杀的意愿。所以我认为，她并不会自杀。"

"怎么，你还希望她对你以死相逼？"姜礼浩愤愤不平。

"我只是阐述自杀前的心理活动，不是抬杠。"

姜礼浩更加火大："周溪要是有个三长两短，我不会放过你的！杨轻舟，你别以为你长得帅，就可以践踏别人的心意……"

"我只是不想接受她的情感。"杨轻舟说，"有事联系我，这件事我会负责到底。"

"你去哪儿？"姜礼浩梗着脖子问，"周溪都这样了，你还想当缩头乌龟？"

杨轻舟一把拽过江群群："你说话客气点。我只是觉得江群群需要休息，我要带她离开一会儿。"

监控室的桌子上，放着一面镜子。江群群从镜子里看自己的面容，发现自己的脸雪白雪白，没有一丝血色。

活活像一个幽魂。

"群群，你没事吧？这事跟你没关系，你别太在意啊！"姜礼浩这才发现江群群的反常，冷静之下出言安慰。

江群群摇了摇头，想说什么，喉咙却干燥异常，什么声音也无法发出。

"走。"杨轻舟将她的手拉起，阔步往外走去。

江群群像踩在棉花上，轻飘飘地跟着他离开。

7

校外的咖啡厅里，一杯卡布奇诺下肚，江群群才觉得自己回魂三分。

杨轻舟看着她，将另一杯咖啡推到她面前。

江群群伸出手去，才发现自己的双手冰冷。

"在想什么？"杨轻舟将一朵薄荷叶递给她，"这是我找前台要的，可以帮助缓解情绪。"

薄荷的香气清新凉润，将她的情绪又镇定了不少。

江群群惨然一笑："你记得我们上高中的时候，门口的蒜头大爷吗？"

杨轻舟没有回答，只是静静地看着他。

"蒜头大爷人很和善，会记住逃课的学生，叮咛他们要好好学习。有学生家里穷，蒜头大爷还会给他们煮鸡蛋吃。但是有一天——"江群群努力控制了一下情绪。

"有一天，他去世了。"

杨轻舟打断了她的话："群群，蒜头大爷的去世是因为心梗。"

"我知道。"

"当时，警察和医生都过来确定了这件事，没有凶手，没有意外，和你更是没有任何关系。"杨轻舟的声音非常笃定。

"有件事，我没有告诉任何人。"江群群悲哀地说，"蒜头大爷离开的那天早上，我打了个喷嚏。"

气氛降至冰点。

杨轻舟微微叹了口气："你告诉我这些，就是想说，你的喷嚏还能导致更大的悲剧。包括今天的周溪，她突然离校，下落不明。"

江群群低头："是的，我就是个怪物。"

杨轻舟冷笑："她离校的时候是六点，你打喷嚏的时间是十点，这也能扯上联系？"

"是这样没错，可是我还是会觉得自责。"江群群心里一阵阵难受。

就算周溪是个……低阶损友，也毕竟是同窗，同居了四年。如果她遭遇不幸，她会难过一辈子的。

"杨轻舟，离我远点吧，我就是一个衰神。"江群群鼻子发酸，哽咽着说，"求你了。"

杨轻舟淡淡一笑，举起咖啡喝了一口。

"我不仅不会离开你，我还会陪你做几个实验。你与其在这里伤春悲秋，不如研究一下你打喷嚏到底有什么规律，并学着去掌控。"杨轻舟说。

江群群心头一颤，激动起来："什么？"

"如果你的喷嚏是一头猛兽，一匹脱缰野马，那你必须学会控制它，利用它，否则它会破坏你的人生，也会破坏别人的人生。你想不想找回周溪？"

江群群不知道该如何回答。

"周溪可能去了某个湖边，或者上了某座高楼的天台，或者在火车上，正在赶往远方的无人区。她随时都有可能会死。但如果在这之前，你掌控了某个规律，并且改变，她就能活命。"

江群群有些害怕："不，万一在实验过程中，又发生了什么意外，怎么办？我承受不了那个结果。"

"还没开始，你就要认输了？"

"是我和它的力量悬殊太大了！这就好比我是一根蜡烛，而我要战斗的对象……是命运！"江群群一指窗外的天空，"命运就像太阳。"

杨轻舟眯着眼睛看着天空，忽而一笑："你这个比喻，恰恰说明事在人为，人定胜天。"

江群群一头雾水。

此时正是盛夏，上午的阳光十分明媚耀眼。一个小时后，整个世界都会进入火炉炙烤模式。

"和太阳相比，蜡烛的力量的确不值一提。"杨轻舟看着江群群，语气铿锵有力，"但是你要知道，蜡烛被吹灭了，我们还能继续点亮。太阳要下山，谁也挽回不了。这世上没有绝对的输赢，只有时机的选择。"

说话的时候，他目光炯炯有力，眼神里睥睨万千。

江群群莫名就被他点燃了起来。

她也不知道为什么命运会如此作弄世人，降下生老病死等人生八苦，一生折磨着世人，却从不现身。

她已经被这个怪毛病折磨了十几年，眼下周溪生死未卜，再坏的境遇也不过如此。

那就索性斗一斗！

我们的命运，就是对抗命运

1

江群群像被打了鸡血，开始认真地研究"喷嚏"造成后果的规律。但是她在纸上写了半天，也才回忆起小半年的事情。

大三和大四，她跟杨轻舟没有见面，所以这两年没有打过喷嚏。但是大一和大二的时光，她一时半会儿又记不全。

江群群苦恼地揪住自己的头发，作为一个隐形学渣，她高中背历史背地理都要花去比别人多上一倍的时间，现在让她回忆往事，所有的脑细胞都在闹罢工。为什么，她没有写日记的习惯啊？

她躺在咨询室的滑梯上，跷着二郎腿，呆呆地望着天花板。

房门啪嗒一声。

杨轻舟带着一身暑气走进来，闭上眼睛享受着空调的清凉，才斜眼看躺在滑梯上的江群群："怎么了？"

江群群摇晃着手里的纸，上面只写了潦草的几行字："我真的想不起来更多了，我尽力了。"

"哦，这样啊。"杨轻舟走到桌前，用修长的手指在电脑上操作一番。几秒钟后，江群群的微信忽然来了一条消息。

她点开一看，立即从滑梯上坐了起来："喷嚏日记？"

"我做的记录。"杨轻舟淡淡地说。

江群群打开《喷嚏日记》，发现里面密密麻麻地记载了她所有打喷嚏的瞬间，不仅有时间地点和天气，居然还有前因后果，有的事件后面，他居然还做了推论的标注。

"你为什么不早点拿出来？"江群群气得想咬死他。

杨轻舟两手拢在一起，看着她淡淡地笑："自己复盘做出的分析，自己往下推论的过程中才会迸发出灵感，而我只是辅助。"

江群群瞪着眼前的杨轻舟，他今天穿着挺括的白衬衫，头发梳成了一丝不苟的大背头，金丝眼镜后的目光既锐利又凉薄，让她脑中浮现出一句话：渣男标配，斯文败类。

"行，放过你！"江群群毫无威胁力地晃了晃拳头，埋头开始研究那本日记。

她研究统计了下，果然发现了猫腻。

白天打的喷嚏，一般会导致坏事。

晚上打的喷嚏，一般会导致好事。

得出这个结论之后，江群群有些蒙。

难不成这个喷嚏的特异功能，还是个双重人格？白天会变成恶魔，夜晚则变成天使？

"总结出规律了吗？"杨轻舟问。

江群群轻咳一声："总结出一条，我晚上打喷嚏的话，事情不会发生反转，或者是发生好的反转。白天就很危险了。"

杨轻舟若有所思地点了点头，将手指抵在下巴上。

"对于这个白天晚上，你有什么想法？"

杨轻舟抬眼看着她："你知道一个科学猜想吗？晚上出生的人比白天出生的人要聪明一些，但是要懒。"

"这是什么歪理邪说……"

"我刚听到的时候，也觉得是胡说。但是你观察一下身边的人，晚上出生的人不一定更聪明，但是他们一定想得多。然后因为人经历了白天的劳作，到了晚上很疲惫了，所以这种作息也可能写进了基因里，导致晚上出生的人确实是有些懒散的。"

江群群愣了愣，将自己代入了一下。

她是晚上出生的，平时喜欢胡思乱想，也很懒。除了智商更高这一条对不上以外，其他好像都能对得上。

她无奈："行，就算你这个理论站得住吧。"

"人生活在地球上，就得接受各种星体运转所造成的影响。比如例假，以 28 天为一个周期，很可能和月球公转有关。"杨轻舟说，"既然月亮可能影响我们，那么太阳为什么不能影响你？"

江群群眨巴了两下眼睛，觉得自己第一次看到了杨轻舟不为人知的一面。论胡说八道天马行空，杨轻舟堪称第一。

"我们假设一下，假如你身体里真的有一个……怪物。那么它有没有可能是白天出来作乱，而晚上睡着了，就不会作乱了？"杨轻舟语气里充满了试探。他紧紧地盯着江群群，把江群群看得后背发毛。

"你……"江群群霍然起身，激动得几乎说不出来话。她一把抓住杨轻舟的手，紧紧握住："你怎么这么这么会总结啊，大神！"

杨轻舟的脸有些发红，咳嗽了两声："其实在写这本日记的时候，我就已经总结了，现在点出来，只是想让你——"

他顿住，没有继续往下说。

江群群赶紧将他的手放开："你要干什么？"

"我说过了，做实验。"杨轻舟说，"我希望你能克服内心的恐惧，配合我做实验。说不定我们能找出 bug，改掉你的喷嚏。"

江群群怔了怔，后退了一步。

在咖啡馆里，她是下定决心配合杨轻舟做实验。但现在真的要去做了，她反而有些发怵。

杨轻舟站起来，往她的方向走了一步。

"因为你的喷嚏，你都衍生出梦游症了。如果不解决，以后还会出现更多的心理症状。"杨轻舟说。

"啊？我的梦游……"江群群倒抽一口冷气。

杨轻舟点头："这件事我一直没有正面和你谈，就是在找一个合适的时机。我怀疑，喷嚏是你的心病，像一颗种子正在发芽，梦游症就是这棵植物结出来的第一个果子。"

　　江群群捂住胸口，感受到了汹涌的心跳。她努力将恐惧感压住，冷静思考了一下。

　　"那万一在实验的过程中，我又梦游了，怎么办？"江群群猜想。

　　杨轻舟眼中神色忽而促狭。

　　"那就证明我们的实验失败了，不过也没什么，你要是梦游了，大不了就爬我的床。"他伸开双臂。

　　爬……

　　"你你你！"江群群脸红，"你浑蛋！"

　　这个人总是在她不设防的时候，用言语进行调戏！

　　"我的意思是，你要信任我的业务能力。我有办法让你从梦游中清醒过来。"杨轻舟一本正经地说。

　　江群群目瞪口呆。

　　她……她……她……她居然曲解了？

　　可是他刚才明明像个登徒子啊！

　　杨轻舟似笑非笑地看着她："所以，你以为我刚才是什么意思？"

　　"哦，没什么。"江群群赶紧转移话题，"我做实验，开始吧！"

　　就算喷嚏的真面目是一个魔鬼，她也要与之战斗。

　　杨轻舟伸出两根手指，堵住了江群群的耳朵。

　　"先看看堵住耳朵，你会不会打喷嚏。"

　　江群群也跟着捂住自己的耳朵，紧张地看着杨轻舟。只见杨轻舟笑着说了一句话，江群群没听见，但她只能判断出，这句话还挺长的。

　　"你说了什么？"她和杨轻舟同时松开堵住耳朵上的手指。

　　"没什么，我们等一下。"杨轻舟看了一下手腕上的表。

　　江群群紧张地等待着，大概过了五分钟，没有任何动静。

　　"如果你堵住耳朵，就不会打喷嚏。那么现在，我们再做一个实验，如果蒙住你的眼睛，你打喷嚏会发生什么——"

江群群拉开抽屉，拿出一个黑色塑料袋，就要往头上套。杨轻舟一把抓住她的手腕："你干什么？"

"制造黑夜的感觉啊，因为如果只是闭上眼睛的话，还是会有光亮的。"

杨轻舟一笑，眼睛弯弯如月牙："你真可爱。"

他将抽屉往外拉了拉，拿出一个黑色眼罩，轻轻戴到江群群的眼睛上。

江群群觉得，杨轻舟身上肯定也沾染了某种魔力。他总是能把气氛变得暧昧，让别人的灵魂跟着他上天入地。

"准备好了吗？这次你会听到每一个字。"黑暗中，杨轻舟的声音在耳边响起。

江群群咽了口吐沫，镇定了下："准备好了。"

她感到他轻轻搂住了自己的肩膀，顿时头皮一紧，那股毛孔过电的感觉重新回来了。

只听他在她耳边轻声说："喜欢。"

恍惚中，江群群想起了他们上一个实验，他问她：你喜欢，我吗？

仿佛这个"喜欢"，是回答上一个未解的问题。

江群群浑身都在发烧，但大脑不容她想太多，她就猝不及防地打了个喷嚏。

时间仿佛凝固。

十秒，二十秒，一分钟过去，始终都很安静。

终于，五分钟过去了。

江群群忍不住将眼罩摘下，看到杨轻舟正静静地看着她。

"发生什么事了吗？"江群群紧张兮兮地看了一眼手机。手机非常安静。

杨轻舟也在盯着手机，非常紧张。

"怕什么天道轮回，什么魄散魂飞，若没有你，才真是可悲……"一阵音乐声响起，手机有来电！

江群群不敢接手机，杨轻舟非常镇定地接听："喂？请讲。"

手机里传出了周溪的声音："是我，我是周溪。"

杨轻舟立即开了免提："我在听，你在哪里？"

江群群立即激动起来，周溪终于和她联系了！

她声音都颤抖了，几乎都说不出一句流畅的话："周溪，你在哪里呢？我们一直在联系你！"

周溪的声音十分低沉："我回家了。"

"是家里出了事吗？"江群群又加了一句，"你现在安全吗？"

"安全的，我不告而别，是因为我家里出了点急事。我……"周溪的声音有些犹豫，"我不知道怎么说，我希望……杨轻舟能帮帮我。"

江群群一愣。

杨轻舟将手机往自己这边靠近一些："是你的事，还是别人的事？你希望我怎么帮你？"

"不是我的事，我很好。就是……你们能来我老家吗？我遇到一些麻烦事，需要你的帮助。电话里，我也不知道该怎么说明白。"周溪的声音有些哽咽，"求你了。"

杨轻舟没有犹豫："可以，你把地址发给我。"

"好的，先谢谢了。"周溪弱弱地说，然后挂了电话。大概过了几秒钟，短信的提示音响起，是周溪老家的地址。

江群群心里五味杂陈，又高兴也有忐忑："杨轻舟，这算是实验成功，还是失败？"

"周溪是安全的，只是她的亲朋好友可能有麻烦事。"他说，"这算是成功吧，群群。"

没有发生出轨、偷情。

没有发生火灾、爆炸。

没有发生意外、横祸。

更没有奇奇怪怪的生活剧本。

江群群苦笑一声，想去倒一杯水，却发现双腿因为绷紧了站立过久，已经酸麻，差点跌倒。

杨轻舟适时扶住她。江群群攀着他的胳膊，眼泪夺眶而出。

"这是第一次，没有发生悲剧。"她哽咽着说，"我终于要看到曙光了。"

她放下矜持，闷头扑到杨轻舟怀里，号啕大哭起来。

2

第二天，江群群和杨轻舟根据地址，来到了周溪的老家。

周溪的家，在一处风景区里。江群群从大巴车上下来，望着眼前峰峦叠嶂、气势非凡的青山，不由得感叹，难怪周溪会长得这么漂亮，生在这样一个人杰地灵、钟灵毓秀的地方，颜值自然不会低。

"她的家在半山腰的小镇上，我们还要从景区门口买票，坐大巴车上去。"杨轻舟看了看十几米处的景区服务站。

"小镇？"江群群脸色微变。

"对，估计我们未来几天，都要住到山上小镇。"

江群群心里打了个寒战，莫名其妙地就想起了一部挺有名的恐怖片。

这山林幽密，藏了一些稀奇古怪、不干不净的东西，也不是没有可能。

杨轻舟睨她："你又有什么联想了？"

"周溪说自己遇到了麻烦事，不会是……阿飘吧？"江群群说完，自己都被这个想法吓了一跳。

"你想象力真丰富，不过确实有这种可能，毕竟我是小概率体质，指望我接到普通的心理咨询案例，是不大可能的。"杨轻舟耸了耸肩膀。

江群群周身一寒，转身就走，衣领却被杨轻舟一把抓住。他不由分说地将她拽向景区服务站："开个玩笑你都能当真？我是无神论者，我不信那一套。"

"可是我信啊……"江群群欲哭无泪。

杨轻舟冷笑："你居然还怕鬼，其实人比鬼要可怕得多。"

这句话真是让人无法反驳。

江群群打不成退堂鼓，只能乖乖地跟着杨轻舟去买票，坐上了开往山腰小镇的中巴车。

山路十八弯，江群群有些晕车，胃里一阵阵地翻腾。她忍住作呕的冲动，紧紧闭上眼睛。

这个时候吐出来，简直太丢脸了。

结果这个念头刚浮现，她就被坐在旁边的杨轻舟一把揽了过去："在我身上靠会儿，掐虎口，能缓解晕车。"

　　江群群脸一红，偷偷看了他一眼，发现杨轻舟面无表情，一脸正气。

　　"谢谢……"她嗫嚅。

　　他"嗯"了一声，算作回答，于是她心安理得地将头放在他的肩膀上，使劲掐着虎口。

　　结果他又说："你掐的位置不对。"

　　江群群一头问号，还没等她问出来，杨轻舟已经将她的手拉过去，按着她的虎口位置，说："是这里，笨蛋。"

　　"我刚才掐的就是这里……"江群群弱弱地解释。

　　"不，你掐错了。"他不由分说地拉着她的手，"现在感觉好多了吗？"

　　江群群放弃挣扎，温顺地答："好多了。"

　　他掐的地方，酥酥麻麻的，从虎口位置沿着胳膊一路往上，正中心口，直击灵魂。但是江群群一个人默默地忍住了，没有让他看出自己心乱如麻。

　　这是她很早就喜欢，也喜欢了很久的人，她只敢一个人偷偷地喜欢他。

3

　　十分钟后，中巴车在小镇的停车场里停下。江群群和杨轻舟下了车，看到来接他们的周溪。

　　两天不见，周溪清瘦了许多，眼下多了两个黑眼圈。

　　"周溪，到底发生什么事了？"江群群拉起周溪的手。

　　周溪将手抽出来，眼睛眨巴了两下，忽然落下两颗眼泪。江群群赶紧找纸巾，却看到周溪已经从口袋里拿出一张纸巾，开始擦眼泪。

　　看来，这两天她哭了不少。

　　"你脖子上怎么套了一个黑色眼罩？"周溪打量了下江群群，"别人都是套一个耳机。"

　　江群群下意识地用手摸了摸黑色眼罩："这样做，我比较有安全感。"

"古里古怪的。"周溪没往深处想。她苦笑一声，目光落在杨轻舟身上："先去我家吧，我家开旅馆的，够住。"

杨轻舟也不急问她什么事，拖着箱子跟在周溪身后。

这个小镇是民国建筑风格，满眼的古朴质感，就是现代化的旅馆招牌非常违和。江群群跟着周溪走了五分钟，忽然看到一家旅馆门口贴着红双喜，不由得惊讶。

"这家是办喜事呢，还是开的情侣套房？"江群群问。

周溪脸色一冷，冲上前去，将红双喜撕扯下来。江群群这才感到事情不对劲，和杨轻舟对了一下眼色。

"我才离开十分钟，你就作妖了！我给你说，有我在，这辈子你都别想结婚！"周溪将红双喜撕碎后仍在地上，使劲踩着。

门内冲出一个中年女人，身形略瘦，皮肤雪白，眼睛又大又亮，算是风韵犹存。她心疼地护住墙上剩下的红双喜："住手，给我住手！我给你说，明儿我就办喜事，你管不着！"

"我怎么管不着，我是你女儿，这个家有我的一半！"周溪冲上去又要撕红双喜，被中年女人使劲一推。

江群群赶紧上前扶住周溪，往左右一看，发现这场小风波已经吸引来了不少人，忙低声说："周溪，咱们进去说。"

周溪气喘吁吁，执拗着不想进去，就瞪着中年女人。江群群趁这个机会仔细打量了一下这个所谓的周溪的妈妈，只觉得她保养得实属上乘。按照年龄，她应该已经四十五六岁了，但是从面相上看，也不过三十五岁。

"她是你妈妈？"江群群低声问。

周溪草草地点了点头。此时，从门内又冲出了一个白净斯文的小伙子，看到地上的红双喜，就愣住了。

"小溪，我跟周姐是真心相爱的，你理解一下我们吧。"小伙子可怜巴巴地说。

周溪恶狠狠瞪了小伙子一眼，低声暗骂一句"不要脸"，闷头就往院子里走。江群群和杨轻舟赶紧跟了上去，小伙子好奇地打量他们："他们是……"

"这是我从车站拉的房客。"周溪冷不丁地接话,给江群群使了个眼神。

江群群赶紧问:"我们开两个标间,住一周呢,能打折吗?"

"九折吧,一天三百七。"周妈打量江群群和杨轻舟,皮笑肉不笑,"不是情侣啊?还开俩标间。"

"不是。"江群群脸红了。

小伙子笑呵呵地说:"两位里面请吧,你们准备下身份证。"

"让开,这个家还轮不到你说话!"周溪呵斥小伙子,"别一副男主人的样子,我没答应你娶我妈!"

小伙子依然笑嘻嘻的。

这场家庭风波,因为一场生意而暂时画上了句号。

江群群和杨轻舟走到前台,开始办理入住手续。周溪家的旅馆是二层小楼,带一个院子,设计得文艺、古朴、优雅。如果不是刚才亲眼看见的狗血言情事件,江群群觉得这真是个养老圣地。

周溪手脚麻利地办好了房间,将钥匙递给他们:"行了,押金四百,一天一结,210 和 201 房间。"

一直沉默的杨轻舟,突然开了口:"这俩房间,隔得太远了吧?"

"这个,也不要紧。"江群群不想太麻烦,只想赶紧躲进房间里。她偷偷看了身后的周妈和小伙子一眼,这俩人已经靠在一起说悄悄话了,一派你侬我侬的气氛,委实尴尬。

"不行,房间挨在一起,有个什么事也好有个照应。"杨轻舟说。

周溪惊讶地抬头看着杨轻舟,脸红了红,重新在电脑上操作。她将钥匙重新给了两把:"202 和 203。"

有那么一瞬间,江群群以为周溪是故意分开她和杨轻舟。但周溪面色很快恢复了正常,并没有太大的破绽。

也许周溪看到家里的狗血事件,根本顾不上失恋了?

"我陪你们上去。"周溪走上楼梯。

到了房间里,江群群将行李一放,才长长地松了一口气。

"说吧,到底怎么回事?"杨轻舟问。

周溪气不打一处来:"看到楼下那小伙子没有,他叫顾捷,今年23岁,比我就大半岁，居然要跟我妈结婚！"

"可能他们是真爱呢？"江群群尽量往乐观处想。

"真爱？我妈今年46岁，相差23岁，哪里有真爱？不就是图我家这个旅馆吗？"周溪愤愤不平，"我妈不听劝，还让他住旅馆里。要不是我拦着，他们已经领证了。"

钱锺书在《围城》里说过，上了年纪的人动了爱情，就如同老房子起火，不可救药。

江群群有些唏嘘："要不然做婚前财产公证，或者把这房子的产权转给你？"

"不……不行。"周溪摇头，"顾捷精明得很，每一条路都想到了，他说要一个保障，我妈现在跟喝了迷魂汤一样，怎么都不听劝。还有，他最近忽悠我妈去买什么投资，我觉得已经被套走了不少钱了。"

说到这里，她难过地低下头。

"要是我爸还在，就好了……"

江群群轻拍周溪的后背："周溪，你别急，遇到问题要冷静，多跟阿姨沟通沟通。"

杨轻舟一直在旁边静静地听着，忽然问："你知道是什么投资吗？"

"不清楚，也没兴趣，就听我妈说什么，回报率百分之四十。这不明摆着是骗局吗？"周溪说。

"你希望我做什么？"杨轻舟问。

周溪可怜巴巴地说："杨轻舟，我知道你很厉害，所以想着请你来，说不定你可以让我妈妈回心转意。"

杨轻舟眯着眼睛："难怪你在电话里不说是什么事，老实说，这是家庭纠纷，不是心理问题，不在我的业务范围内。"

"为老不尊，爱上小鲜肉，自我认知模糊，这还不算心理问题？"周溪反驳一句，忽然想起什么，态度又软了下去，"我可以付咨询费的，只要能让我和妈妈的生活回到正常轨道。"

杨轻舟点了点头，打量房间："这栋小楼旅馆，价值多少？"

"没去打听过，但是估值怎么也得八百万元，加上平时接一些零碎的婚纱摄影服务，一年盈利有四十万元左右。"周溪毫不犹豫地回答。

"回报率很正常，5个点，遇到40个点回报率的"杀猪盘"就会头昏脑涨。"

江群群心里想，那个叫顾捷的小鲜肉，是冲着钱来的，没错了。

"现在，我该怎么办？"周溪眼角含泪，眼巴巴地看着杨轻舟。

杨轻舟非常冷静："你现在要做的，就是装作不认识我们。换言之，你该离开了。"周溪愣了愣，尴尬地站起身，离开了房间。

江群群一阵唏嘘，正在胡思乱想，忽然而起的手机铃声打断了她的思绪。她拿出一看，是妈妈的来电。

江群群犹豫了，杨轻舟看出她的异样："接啊！"

"喀喀，妈，有事吗？"江群群背过身体，低声接电话。

江妈妈的声音里充满了商量的语气："群群，你快毕业了吧？工作怎么打算的，生活上有什么需要吗？"

"都挺好，我在实习，你不用操心。"江群群说，"我还有事……"

"哎，群群，你别挂电话！"江妈妈急了，"你回家吧，我们母女俩好久没见了，周末让你叔叔也来，我们聚聚。"

江群群拿着手机，半边身子如坠冰窟。她苦笑，语气却斩钉截铁："妈，我不想在家里见到除了我爸爸以外的，其他男人。"

"群群……"

江群群没有给妈妈机会，立即挂断了电话。她胸口闷闷的，像压了一块大石头，让她喘不过来气。

妈妈口中的叔叔，就是新交往的男朋友。江群群选择避而不见，也表明了自己的态度：妈妈想再婚，没门。

"你刚才还让周溪多跟她妈妈沟通，你这又是闹哪一出？"杨轻舟看她。

江群群转过身，撇了撇嘴："现在的男人含渣率那么高，我怎么能看着我妈被人家骗？"

"你见过吗？没见过，你怎么就判断别人是渣男？再说了，你妈妈也需要你的建议，她是有要再婚的打算的。"

"我的建议是，不结婚就不会被骗。"江群群冷酷无情地拿起行李箱，"行了，我去隔壁房间了。"

"明天早上八点，准时见。"

江群群点头，却在关上门的那一刻重重地叹了口气。

他们莫名其妙就成了一对拆婚联盟……关键是，中年人的爱情堡垒，能被他们两个给攻破吗？

那可是铁树开花，稀罕着呢。

4

江群群做了一晚上的梦。

在梦里，她梦见自己在空荡荡的走廊上来回地走。周溪从楼下上来，问她到底在干什么。

江群群回答，我在模仿钟摆。

说完这个答案，她也觉得好笑。于是一笑，就笑醒了。

天蒙蒙亮，晨光从淡蓝色的窗帘里透出。江群群伸了个懒腰，想起昨晚的梦，一个激灵，立即从床上坐起。

房门上除了挂了安全锁，还贴了胶带。看来，她昨天晚上没有梦游。

江群群拍了拍胸口，起身刷牙洗漱。这时，杨轻舟发来了一条微信："加快速度，咱们得演戏了，把我给你的台词背一背，还有一个视频，需要你在合适的时机打开。"

台词？

江群群叼着牙刷，发现下面一条微信居然是一段剧本，主角就是她和杨轻舟，顿时睁大了眼睛。

敢情他昨天晚上这样安静，原来是窝在房间里写剧本？

她赶紧拨通电话："杨轻舟，什么情况？"

"从现在开始，叫我老大。咱们要演一出戏，才能让周阿姨回心转意。"

"演戏？有这个必要吗？"

"这不是普通的心理咨询业务，只能兵行险招。周溪昨天晚上十点才总结出周阿姨的生活规律，我只能针对她的特点临时设计了一个剧本。"

江群群有些怯场："那也不用这么早……"

"顾捷有睡懒觉的习惯，十一点才起床，所以我们必须抓住早上八点到十一点这段时期给周阿姨洗脑。"

江群群挂了电话，匆匆将台词背下，穿戴整齐就出了房间。她刚要敲门，就发现杨轻舟再次发来一条微信："下来，我在餐厅。记住，喊我老大。"

她怀着复杂的心情来到餐厅，果然看到杨轻舟已经在餐厅里坐定，只是他的打扮和昨天截然不同——

大背头，西装革履，金丝眼镜，俨然一个斯文败类。

江群群按照剧本设定，恭恭敬敬地过去，朝杨轻舟一鞠躬："老大，对不起，我起晚了。"

"因为你迟到，少了你的配合，我损失了 5 个点的利润，一百万元没了。"杨轻舟头也不抬，在电脑上噼里啪啦地敲打。

江群群敏锐地感觉到，在一旁盛粥的周妈明显呼吸急促了一下。她顾不上分析太多，赶紧继续道歉："老大，下次不会了！"

"行了，反正交易已经到了尾声，你准备下账户。"杨轻舟说。

江群群赶紧拿出自己的笔记本，打开了提前准备好的视频文件，然后全屏播放。她睁大眼睛看着电脑屏幕，装出激动万分的样子。

"老大，"她刻意控制声音音量大小，既能凸显出神秘感，也能让周妈听到一部分，"到账了！"

"行，吃早饭吧。"杨轻舟合上电脑。

江群群依然照做，然后去端早餐。整个过程中，杨轻舟就像霸道总裁一样坐在餐桌前，像是与生俱来就养尊处优。

他甚至还接听了一个电话，神神秘秘地压低了声音。这不是剧本里的，江群群刻意去听，只能听到一部分，大概是有个大老板要投资他，被他一番讨价还价后屈服。

江群群的脑海里莫名就出现了一个词——金融小鳄鱼。

她还从没看出来，杨轻舟居然有这样的人设。可能所有精通心理学的人，都有无数个人格面具吧。

但是很明显，杨轻舟这个人设面具挺成功的。江群群走过周妈的面前，明显看到周妈的眼神多了几分尊敬和讨好。

那是对金钱的尊敬和讨好。

"伢们，要培根鸡蛋卷吗？我给你们现做。"周妈热情地招呼。

江群群露出了虚伪的微笑："谢谢。"

周妈一边准备煎锅，一边跟江群群套近乎："我还以为你们是大学生，原来你们是出来体验生活的呀？"

江群群在脑海中迅速复习了一下剧本，用近乎骄傲的神情回答："我是大四的，我老大是帮人做投资咨询的。"

"哦，这样啊！"周妈扭头过去煎蛋。

江群群尽量让自己表情自然，端过周妈手里的托盘，走到杨轻舟面前放下。杨轻舟慢条斯理地吃早饭，吃完后，他拿纸巾擦了擦嘴。

"休息十五分钟，陪我去后山考察一下。"杨轻舟说。

江群群愣了一下，点头。她用眼角余光看到，周妈走过来招呼前来的客人。大概，刚才这句话又被她听到了。

5

这座山很美，往山上爬有缆车，还有一些娱乐项目。

江群群和杨轻舟去爬山，走了老远，才忍不住问："杨轻舟，你到底在玩什么把戏？"

从她看到他的小剧本那一刻起，事情好像就开始歪了轨道。他的大背头，他金融小鳄鱼的人设面具，都让她不知所措。

杨轻舟在山路旁的石头上坐下来，淡淡一笑："当然是帮周溪啊！"

"这算什么帮啊？"

"周阿姨已经被顾捷那个小男生骗得晕头转向，我把毕生所学都用上，恐怕都无法让她清醒，毕竟回报率是百分之四十。"

"但是短短几天，周阿姨能相信你吗？"

杨轻舟轻描淡写："你听说过马克思的一句话吗？如果有百分之百的利润，资本就忘乎所以。"

江群群蹲下来，注视着杨轻舟的眼睛："所以呢？以骗治骗啊？"

"这明显是一个杀猪局，骗情骗钱。从现实的角度来说，我肯定要先保住周溪家的钱。"

"我是问你，是不是真的要用骗这个办法？"

杨轻舟犹豫了一下，才回答："当然是把周阿姨的钱弄过来，让顾捷无钱可骗。"

江群群霍然起身，怒火中烧："什么叫'弄过来'？为了赶走一个骗子，你先当一个骗子？你这样万一被扭到警察局怎么办？"

"到时候你就和我撇清关系。"

江群群怒了："这是撇清关系的问题吗？不是！"

"那你在关心我？"杨轻舟问。

江群群语塞，望着杨轻舟，一时不知道如何回答。天光从树叶的缝隙里落下来，将他的眼睛映得清亮。

她刚想说"是"的时候，杨轻舟突然说："关心则乱，从现在开始，你要表现得对我极度崇拜。"

江群群生生把那句话咽下去，有些赌气："什么？"

"你现在的人设是一个崇拜我的小跟班，你只关心钱。"杨轻舟说，"从明天开始，还有新的剧本，你要背会。"

江群群目瞪口呆："你写剧本上瘾了？"

"这出戏已经开始演了，就必须演好。"杨轻舟轻笑一声，站起身，继续爬山。

江群群望着他的背影，又是脸红，又是气恼。

这都是什么人？

居然不顾自己的前程？

6

两人从山上下来的时候，已经是下午三点半了。

江群群就吃了半包夹心饼干，饿得前胸贴后背。周溪在前台忙活，一见他俩，立即迎上来。杨轻舟一个凌厉的眼神扫过去，周溪立即反应过来，收起了所有的热情。

大概是被杨轻舟叮嘱过，江群群感觉周溪满脸都写着"开始演戏"。

"两位回来啦？"周溪拿出半个老板娘的架势，"大后天晚上镇上有音乐节，是我们本地的特色，有节目表演、嘉宾互动和篝火跳舞，两位要参加吗？门票是 200 块钱一个人。"

"参加。"

"参加的话，就来这边登记。"周溪将登记簿递给他。杨轻舟一边填写信息，一边说："给我们上点你们这边的特色饭菜。"

江群群捂着饥肠辘辘的肚子。

周溪热情地将他们往餐厅方向引导："好嘞，马上啊！"然后扭头往餐厅里喊，"妈，客人要吃饭！"

"来啦！"周妈从里面迎出来，一看是杨轻舟和江群群，立即喜笑颜开，"两位，吃点什么，这是菜单。"

江群群伸手去拿菜单，被杨轻舟不动声色地拨开。他看了菜单一眼，高冷随意："你看着好的都来一样吧。"

"吃不掉吧？"江群群担忧。

"我们现在不差这点饭钱。"杨轻舟说。

江群群将剩下的话咽了回去。她想起，杨轻舟现在的人设是金融小鳄鱼，吸金小能手。

餐厅里，顾捷坐在角落的位置，正对着面前的一盘菜细嚼慢咽。江群群看到他，不由得挑了挑眉头。

不得不说，顾捷的确有吸引人的皮相。

他长得很好看，皮肤白净，骨骼纤弱，一双大眼睛我见犹怜。如果不知道其中内幕，大概都以为这只是一个单纯弟弟。

看到周妈去了厨房，顾捷赶紧屁颠屁颠地跟了过去："姐，需要我帮忙吗？好心疼你呢，照顾生意这么辛苦。"

江群群听到这句话，立即起了一身鸡皮疙瘩。

"不忙不忙，有厨师呢。"周妈宠爱地将顾捷轻推到一边。

"那你有需要帮忙的，一定要告诉我哦，说好了的，这辈子我们分担彼此的重量。"顾捷撒娇。

"知道了，你快去玩游戏吧。"周妈喜笑颜开。

顾捷做了一个"么么哒"的动作，继续甜言蜜语："姐，我就知道，你是一个纯粹善良的人。"

江群群被两人的肉麻狗粮弄得有些反胃。她抬眼看了杨轻舟一眼，发现他淡定地看着手机，丝毫没有被这场秀恩爱影响到心情。

饭菜足足上了一桌子，周妈讨好地招呼："请慢用。"

面对满桌的美味佳肴，江群群大快朵颐，就是顾捷和周妈有些败坏食欲。

顾捷捏着嗓子，用奶音向周妈撒娇。两个人你侬我侬，简直是一个连体婴。江群群本来饿得前胸贴后背，但目睹两人这样黏糊，食欲也减退了不少。

周溪进来给他们倒了一次水，在看到周妈和顾捷之后，也气不打一处来。

"你们两个够了，注意一点，客人还在呢！"周溪气得将热水瓶使劲一放。

周妈哼了一声，说："注意什么……注意，小顾马上是你爸了，一家人不用那么见外。"

顾捷得意地瞄了周溪一眼。

周溪气得够呛："妈，我根本没答应你们结婚，你们要是敢……"

"服务员，你这话就不对了。"杨轻舟忽然打断了周溪。

周溪愣了两秒钟，才反应过来"服务员"是对她的称呼，难以置信地看着杨轻舟。

杨轻舟用纸巾优雅地擦了擦嘴："阿姨为了你操劳一辈子，现在终于遇到了自己的幸福，你要祝福他们。"

　　周溪瞪圆了眼睛，江群群也十分意外。

　　"对啊，还是小杨这伢们懂事，知道理解我。"周妈像是找到了知己一般，居然开始擦眼角，"我十几年前就没了丈夫，这辈子容易吗我？"

　　顾捷疑惑而戒备地看着杨轻舟，面上却礼貌地说："谢谢理解，谢谢。"

　　"你……你行！"周溪气得想说什么，却一句话也没说，愤愤地走出餐厅。杨轻舟没搭理她，继续慢条斯理地吃饭。

7

　　一顿饭吃完，江群群和杨轻舟返回房间。

　　杨轻舟刚打开房间的门，就看到周溪气鼓鼓地坐在里面，像极了一只鼓着腮帮子的青蛙。

　　这只青蛙愤怒地看着他，仿佛下一秒钟就要吐出火焰。

　　江群群赶紧跟着杨轻舟一起走进去，将门关上。

　　"周溪，你怎么来房间了？这样会让你妈发现我们认识。"江群群看了一眼身后的房门。

　　"我现在还怕这个吗？你们都和他们站在同一战线了！"周溪委屈地喊，眼睛里浮起泪花。

　　杨轻舟淡淡一笑："你回来了几天，也闹了几天，难道你分开你妈妈和她男朋友了？"

　　"没有，但是也不是你这样鼓励他们啊……我才不要一个比我大半岁的小爸！"周溪气得捶了一下床板。

　　杨轻舟靠在桌子上，长腿悠闲地微微曲起。他从鼻翼里哼了一声："放心吧，顾捷才不会跟你妈结婚，他要的只是钱而已。"

　　"什么？"

　　"你以为一个二十多岁的小伙子，会跟一个四十多岁的大妈结婚？别低估骗子的口味，你妈给他两个亿让他结婚还差不多。就你家里这千万资产，他还看不上。"杨轻舟毒舌。

周溪的脸色顿时变得很差。

江群群赶紧打圆场："杨轻舟，你要理解周溪的心情嘛。"

"理解？她刚才差点让我们的努力功亏一篑。"杨轻舟冷冷地说道。

周溪低着头，声音已经没有刚才的愤怒："我这不是……急吗？你知道镇子上的人是怎么议论我们家的吗？"

"行，我说点别的。你知道顾捷给你妈妈下了什么迷魂药吗？"杨轻舟问。

周溪摇头。

江群群猜测："难道是脸？"

毕竟顾捷这个人，唯一可取的地方就是长得好看了。

杨轻舟摇头："是洗脑，他无时无刻不在给周阿姨洗脑。"

"啊？什么时候？"周溪有些吃惊。

江群群有些迷茫："洗脑不是非法组织利用从众心理进行的行为吗？"

"洗脑也可以体现在小细节里。你注意到没有？我们吃饭用了一个小时，在这段时间里，顾捷一直说周阿姨是一个'纯粹善良'的人。这是一种心理暗示，长此以往，周阿姨真的会用'纯粹善良'这个标签给自己定义了。长此以往，她的一举一动都在往'纯粹善良'的方向去靠拢。所以当顾捷跟她说起投资计划，她就会不假思索，选择相信。因为这样做，才是一个'纯粹善良'的人。"杨轻舟解释。

江群群恍然大悟。

"原来是这样！"周溪气愤，"顾捷已经让我妈往一个理财 App 里投了十万块钱了！"

杨轻舟眯了眯眼睛："才十万块。一个骗子不榨干最后一分钱，他是不会收手的。"

江群群顿时感到心寒："天啊，这么无耻？"

"你知道蝗虫吧？骗子的本性和蝗虫没有区别。"

蝗虫会疯狂地啃食植物，所到之处，寸草不生。既然撒网，骗子就绝对不会剩下一颗面包渣。

周溪的身体颤抖起来："那，那现在我该怎么办？我还以为他图谋我家一半财产，弄了半天是所有积蓄？"

杨轻舟沉吟着说："为了保住剩下的钱，你必须跟妈妈搞好关系。比如，你答应她和顾捷结婚。"

"什么！答应他们？不行，我想起来就生气，我妈多大年纪了还恋爱脑……"周溪恼火。

"不这样做的话，你无论说什么，你妈妈都不会信，因为她对你有抵触情绪。"杨轻舟反问，"一旦陷入这种僵局，你怎么去挽回你妈妈？"

周溪怔了怔，终于点了点头。

"在破财和小爸之间，我还是选择暂时认一个小爸。"周溪哼了一声，"只要真的像你说的，顾捷根本不会娶我妈。"

杨轻舟点了点头，看向江群群。

"周溪的行动已经明确了，剩下的就是你了。"

江群群立即站直："说吧，又有什么剧本？人设给我，我一定做好！"

杨轻舟淡淡一笑："从现在开始，你是一个刚刚暴富的小女生。"

江群群的笑容立即消失。

暴富……

这对演技的要求也太高了吧？

万分之零点六的概率，对于我来说就是百分之百

1

江群群整整一个晚上，都在努力地练习如何做一个暴发户。

她对着镜子，练习各种眼神，以及潇洒的步伐。

"眼神不够睥睨，明白什么叫睥睨吗？"杨轻舟不满地敲了敲她的脑袋，"就是那种看到再昂贵的东西，你也要露出'这什么破烂东西'的眼神！"

江群群困得眼睛都睁不开了，打了个哈欠，撑着眼皮做了一个眼神。

杨轻舟恨铁不成钢："你这是睡眼蒙眬。"

"对，我就是想睡觉，明天再练吧……"江群群看了一眼手机，已经是深夜十一点了。

杨轻舟冷笑一声："哦，明天再练，后天我们执行计划？可能明天周阿姨会往理财 App 里投入二十万元。"

"我不管……"

"你再不练习，我就让你打喷嚏。"杨轻舟忽然说。

江群群猛然清醒，难以置信地看着杨轻舟，同时心里涌上一股愤怒，眼神也跟着凌厉起来。

杨轻舟满意地点了点头："有那个味道了，眼皮塌下来一点，就是'睥睨'的眼神。"

江群群气结："你骗我？"

"不骗你，你演技太差，我们要露馅的。"杨轻舟腹黑地笑了笑，指了指门口，"你可以回去睡觉了，明天七点我会把新剧本发你。"

江群群气呼呼地转过身，走到门口又觉得不甘心，返回床边，拿起枕头往杨轻舟砸了过去。

"金融小鳄鱼！"

杨轻舟一边看着电脑，一只手敏捷地抓住枕头，躲过了她的攻击。

他将枕头垫在腰后，看着她微微笑开："给我枕头，是怕我腰疼啊？谢谢了，奥斯卡新人奖。"

"你……"江群群举了下拳头，看到那个大灰狼的笑容，什么话也说不出来，赌气地转身走出房间。

只是她在关上房门后，却忍不住弯了下嘴角。

这样的杨轻舟，有点可爱。

2

第二天，江群群感觉自己没白练，入戏了。

她装作无意，在手机上下单了各种奢侈品，还装作跟代购讲电话，问代购国外大牌护肤品的价格。周妈在她身边来来去去，目光一直往她那边瞟。

"对啊，最近汇率是不太划算，要不然我加两单好了，那个……鱼子酱精华，给我拿5瓶，我要这个活动价格。没事，我用得完……"江群群一边吃着蒸饺，一边对着电话侃侃而谈。

杨轻舟则早已完成了他的表演，一番"金融操作"之后，随便吃了几口早餐就回了房间。

等江群群挂了电话，周妈凑了过来，两眼放光。

"小江啊，你这消费力可以啊，小富婆。"

江群群望着周妈眼神里的艳羡，明白她已经上钩了。她谦虚一笑："没啥，周阿姨，我就是跟着杨总挣了点小钱。"

"还小钱呢，你这一早晨的，花了有十万吧？"

江群群笑着点了点头。

周妈赶紧问："你们这是什么项目？这么挣钱？"

江群群简单明了："杨总会押注，赌球呗。"她想起杨轻舟说过的话，不能太渲染，会让人觉得另有所图。

"这么厉害？哎呀，多少的利润啊？"

江群群压低声音："也就是……翻一倍吧。"

周妈睁大了眼睛，明显是激动起来了。

江群群赶紧抛出欲扬先抑的一句话："周阿姨，你也别太羡慕我们，各人有各人的门路，你也不错啊！"

"啥门路，我这马上要结婚了，处处都要花钱。"周妈说起这个，脸上有些寥落。

江群群顺水推舟："阿姨，你这多让人羡慕啊，姐弟恋多好。我一直认为你是一个聪明贤惠，会打理内外的人。"

说完，她心里忍不住一阵窃喜。因为杨轻舟说过，女人一旦分享自己的感情生活，就等于开始交心了。

周妈叹了口气："结了婚不还要生孩子吗？我这把年纪，肯定是做试管了，到时候就是一笔不小的银子。"

江群群微怔，莫名就记起了杨轻舟昨天说的，顾捷不可能选择跟周妈结婚，不由得心中一阵惆怅。

她苦笑一声："这倒是啊……不过周阿姨，有了钱什么都好办。"

周妈继续大倒苦水，什么不做美容脸要垮了，不多挣钱孩子以后没出路啦。江群群时不时地抬头看时钟，心里有些焦急。她记得杨轻舟叮嘱过她，和周妈的谈话一定要在十点半之前结束，否则被顾捷发现，他一定会从中作梗。

终于，周妈话锋一转："小江啊，你能带阿姨一起挣钱吗？"

江群群眉心一跳，努力镇定下来："阿姨，你这样信任我，我肯定不能不答应啊！"

"我就知道小江你是个好孩子。这样，需要办什么手续，我马上去办。"周妈急不可耐。

江群群赶紧稳住周妈："阿姨，这事我得回去问问老大，就是杨总。

这样，明天我跟你回复，可以吗？"

周妈赶紧点头。

江群群将面前的餐盘一推："行，那阿姨，我先上去补觉了啊！"

周妈热情地将她送到餐厅门口。

说来也巧，江群群往外走的时候，迎面遇到了顾捷。他打着哈欠，一边整理着卫衣，一边瞟着江群群。

江群群一阵心虚，加快脚步上了楼。

3

江群群立即敲开杨轻舟的门，将刚才发生的一切都告诉他。

"很好，计划非常顺利，我们把周妈的钱全部拿过来交给周溪，任务就完成了。"杨轻舟一边敲击电脑，一边说。

江群群还在担忧："可是，万一周妈把这件事告诉了顾捷，怎么办？"

"他应该有所怀疑，但周妈应该不会告诉他，毕竟她也明白，顾捷会反对。"杨轻舟还在看着电脑。

江群群凑了过去："你在写什么呢？"

"刚拟完一份托管合同，让周阿姨觉得我们是专业的。还要跟周溪签订一份免责协议，省得以后说不清楚。"杨轻舟将电脑往江群群的方向转了一下。

江群群弯腰看着电脑，没察觉领口太低，杨轻舟赶紧往旁边挪开眼神。

"你这个写得还蛮专业的，让人不明觉厉。"江群群扭头看杨轻舟，"对了，咱们之间需要拟什么免责协议吗？嗯？你脸怎么了？"

杨轻舟的脸上一片酡红，仿佛两块高原红。江群群吃了一惊，伸手去摸："刚才还好好的，你不会过敏了吧？"

"我没事。"杨轻舟扭过脸。

"你不能讳疾忌医啊，过敏严重的话，要立即就医……"江群群歪着头往杨轻舟身边探去。杨轻舟猛然回头，鼻尖差点碰上江群群的鼻子，两人的距离骤然缩小。

他的五官猛然变大，江群群还是第一次这样近距离地看着杨轻舟。他的眼睛乌黑深邃，皮肤细腻瓷白，睫毛微微颤动，居然带起一阵暧昧的清风，吹拂在江群群的脸上。

江群群脸热心跳，赶紧往后退。杨轻舟也尴尬地摸了摸鼻子，两人一时间都不知道眼睛该往哪里放。

"喀喀，我们明天，还要继续演一场戏。"杨轻舟随便找了个话题。

江群群也结结巴巴："演，演什么啊？你说。"

"镇子上有舞蹈节，我们到时候请全场人喝啤酒，挥金如土，就更能让周阿姨深信不疑了。"杨轻舟说。

"那，很多钱吧？"江群群没话找话。

"几万块钱，周溪来出。她说，舍不得孩子套不到狼。"

江群群无语："她这句话也太奇怪了吧。"

气氛再次沉默下来。

江群群尴尬地往门口挪动："那个，既然都定好计划了，我就先回去休息，回头你把剧本发我。"

杨轻舟忽然站起来看着她，眼睛明亮。有一瞬间，江群群产生了一种错觉，那个眼睛里有星星的小小少年又回来了。

"舞蹈节那天，最好穿当地服装。明天，你陪我去逛街吧。"杨轻舟说。

江群群匆匆点头，再次草草道别，然后才出了房间。站在走廊里，她摸了摸脸颊，发现皮肤滚烫。

她想起明天要陪他买衣服的约定，忽然嘴角一弯。

很像是……约会呢。

4

小镇上的服装店装修都很古色古香，衣服也很有当地的民族特色。不过，杨轻舟和江群群逛了一圈，却什么也没买。

"这些衣服大同小异，穿的人太多了。"江群群很挑剔。

杨轻舟走进一家店，随手拿起一件衣服："我觉得这件还好！"

"这是我们第六次见到这件衣服，烂大街了好吧。"

服装店老板是一个面容和蔼的光头胖子，他笑呵呵地看着杨轻舟，热情地往里让。

"来来来，试衣间在这里。"

江群群无奈地在休息凳上坐下，她也走累了。本来她对杨轻舟那件衣服不抱希望，但等到杨轻舟走出试衣间的时候，她发现杨轻舟俨然一个俊朗非凡的少数民族小伙子。

江群群看呆了。

杨轻舟笑着对她伸开双臂。

江群群鬼使神差地就走上前去，打算回应他的拥抱。然而他下一句话让她瞬间清醒。

"好看吗？"杨轻舟问。

原来他伸开双臂，不是拥抱，而是展示服装。

江群群赶紧改变动作，拎着他的衣服左看右看："我，我我……觉得这衣服太好看了……老板，多少钱？"

老板在旁边嘿嘿地笑。

杨轻舟勾唇一笑："你觉得好看就行，不过，我突然觉得还是没什么辨识度，不好。"

江群群面红耳赤，讷讷地回应："是啊，我也觉得是……"

"要辨识度是吧？我这儿有！"老板忽然打了个响指，拿出两套衣服，"这两套衣服，绝对辨识度最高！"

那两件衣服重工复杂，上面钉满了钉珠，一个男款，一个女款。但江群群总觉得哪里不太对劲。

"好看是好看，但是有股说不上来的感觉。"

"好看就行了，老板，多少钱？"杨轻舟问。

老板眯了眯眼睛，笑得暧昧："给你们抹去零头吧，两套，一共两千块钱。"

"这么贵……"江群群想砍价。

杨轻舟拿出手机，调出支付宝的付款码。江群群正要阻拦，杨轻舟忽然靠近她耳边，轻声问："你忘了吗？我们的人设。"

　　对，他们的人设，现在是暴发户。

　　"人设是有了，不过话说回来，你的小剧本呢？"江群群反问，"没有剧本，我怎么演啊？"

　　"来不及写剧本了，只有给你的梗概。"

　　因为时间关系，杨轻舟这次给她的不是剧本，而是一个梗概。江群群迅速在脑海中复习了一下梗概——

　　舞蹈节上，等到主持人选择他们做幸运观众的时候，他们就向全场宣布：要请所有观众喝啤酒。在一派狂欢气氛中，他们就能打造出多金人设。

　　"话是这样不错，可是还是很贵啊……"江群群还在肉疼。

　　"不贵，我买了。"杨轻舟付款。

　　老板笑得眼角细纹都出来了："谢谢惠顾。"他又看向江群群："小姐，你真的很幸福。"

　　幸福？

　　江群群只觉得莫名其妙。

5

　　小镇上的舞蹈节活动，是在一个小型的露天广场召开的。广场中央布置着舞台，座位上稀稀落落地来了不少游客。

　　"我去买饮料。"杨轻舟说。

　　江群群答应一声，挑了一个座位坐下。按照计划，周溪会带着周妈来到舞蹈节现场。于是，她四处张望，查看她们的身影。

　　"群群？"周溪从远处走来，惊讶地打量她。

　　江群群紧张地看她身后，周溪无所谓地说："别看了，我妈在后面跟熟人聊天呢，顾不上看这边，不会露馅。"

　　"我说呢！怎么样，好看吗？"江群群伸开双臂，让周溪看自己身上的民族风衣服。

周溪没说话，用一种奇怪的眼神盯着江群群。江群群被看得发毛，忍不住问："到底怎么了？"

正说着，杨轻舟过来，给了江群群一瓶饮料。周溪看了一眼杨轻舟，激动地跳了起来，脱口而出："你们两个，要结婚啦？"

江群群刚好拧开瓶盖喝了一口，闻言差点喷出一口水。

"喀喀，周溪……你，你别乱说。"江群群好不容易才镇定下来，"什么结婚？我们就是来参加个舞蹈节。"

周溪语气古怪："不是我乱说，是你们乱穿！你知不知道，你们这身衣服是我们这边的结婚礼服！"

结婚礼服？

江群群震惊地低头看自己的衣服。果然，这件衣服的底色是喜庆的大红色，因为有繁复的花纹和钉珠，她才没有意识到。

难怪服装店老板会说她幸福，原来是误会了。

"你们究竟是什么关系……"周溪的眼睛都红了。

江群群赶紧解释："你别误会啊，我跟他就是买错衣服了。要是知道这是结婚礼服，我们肯定不买。"

说着，她还偷偷瞄了杨轻舟一眼，发现他只是看着舞台，面容上不喜不怒，看不出什么情绪。

"要不然，咱们别穿了吧？等会儿我们不还要执行'任务'吗？"江群群试着跟杨轻舟商量。

"对啊，你们不是还要扮演暴发户吗？"周溪的语气里酸溜溜的。

"不冲突。"杨轻舟表情依然云淡风轻，"穿，为什么不穿？"

那淡凉的语气里，带着一丝不容拒绝的坚定。

周溪更难过了，擦了擦眼睛，一言不发地扭头离去。江群群"哎哎"了两声，她也没有回头。

江群群坐直了身子，认真地看杨轻舟："你怎么都不劝着点？周溪估计又要难受好久。"

"长痛不如短痛，她会想明白的。"杨轻舟说。

江群群无奈，伸出袖管："但是这衣服确实很尴尬，距离表演开始还有一段时间，要不然我们回旅店把衣服换了吧。"

"不用，我觉得很好。"杨轻舟喝了一口饮料，继续看舞台。

很好……

江群群头脑里莫名其妙地就冒出了一个念头：难道杨轻舟喜欢她？

随即，她赶紧否认，这世上会有人喜欢一个怪物吗？

江群群偷偷地看杨轻舟。舞台四周的彩灯扫过，在他清俊的脸上投下斑斓的色块，倏忽又迅速淡去。

江群群回过头，努力压下内心的感动。可能杨轻舟还是那个疏离的杨轻舟，他只是将她当作工具人。

一个能击退周溪爱慕的工具人。

可是这个时刻还是很美妙。美妙到让她觉得，一生有这样的一瞬，就已经足够。

表演很精彩，加上精美绝伦的舞美设计，引起了观众们的阵阵掌声。但是，江群群基本上没有看表演，注意力全部集中在杨轻舟身上。

她用眼角余光偷偷地看杨轻舟，然后再迅速看向舞台上。如此往来，乐此不疲。

直到表演间隙的时候，有个工作人员走了过来："你好，恭喜两位已经被选为幸运观众，上台互动的话可以获得礼物哦。"

"幸运观众？"江群群凑到杨轻舟耳边，"你安排的？"

杨轻舟点头承认："安排得有点仓促，可能需要我们临时发挥。"

"别紧张，重在参与嘛。接下来，让我们再挑两个幸运观众……"工作人员四处搜寻。

"两位，请上台。"主持人在台上发出了邀请。

江群群和杨轻舟一同走上舞台，此时他们才看到，舞台的上方悬挂着一块大屏幕，上面直播着记者采访的画面。

主持人热情地迎了上来："两位真是郎才女貌，请问你们来自哪里？"

杨轻舟胡诌了一个地名后，主持人又问："那你们的职业是？"

"金融。"杨轻舟扭头看了看江群群，补充了一句，"她也是。"

"哇，两位真的是郎才女貌，十分般配。"主持人已经完全将杨轻舟和江群群当成了情侣。

江群群有些羞涩，忽然听到主持人问："请问这位小姐，你喜欢我们刚才的节目吗？"

江群群根本没认真看节目，闻言蒙了一下，只好干笑："你们的舞蹈非常精彩。"

主持人的笑容顿时僵硬在脸上。

"喀喀，戏曲很好听。"杨轻舟纠正。

主持人更尴尬了："先生，女士，我们刚才表演的是杂技。"

江群群和杨轻舟同时愣住。

"哈哈哈，看来两位都没有认真看节目啊，是在干什么呢？"主持人试图用开玩笑来缓解尴尬的气氛。

"我们，就在看表演啊……"江群群心虚，用胳膊肘捅了捅杨轻舟。

她指望着杨轻舟能说个一两句转移话题，没想到这厮居然比她还尴尬——他一言不发，面对镜头居然词穷。

在江群群的印象里，杨轻舟还是第一次这样沉默寡言。他该不会是，跟她一样，也走了神，没有认真看表演吧？

江群群脑袋里一阵胡思乱想，而主持人此时再次转移话题："谢谢两位，不知道两位有什么心愿呢？"

杨轻舟没有立即回答，而是扭头看着江群群。他的眼睛在灯光的照耀下，明亮如星，而内里汹涌的情绪，不可名状。

只见杨轻舟上身微倾，对着话筒，语气轻柔："说起我的心愿，我想先说说我这个人——其实我有一个特殊的能力，就是我总是遇到小概率事件。"

这句话立即引起了观众的兴趣，全场屏气息神。

"我因此有了几个外号，小概率先生，狗血男生，等等。我也经常中奖，捡钱，踩线过红灯……可能你们听到这里都会羡慕我的幸运，但我本人并不这么觉得。因为，我曾经因为这个能力陷入过深深的苦恼。比如，面条里出现菜青虫的概率是三百分之一，对于你们来说，这是一个很低的概率。但是对于我来说，我每买三碗面条，就会遇到菜青虫。你们说，我是不是很苦恼？"杨轻舟语气轻松。

台下气氛轻松起来，有人轻笑。

江群群惊讶地看着杨轻舟，在她的印象里，这还是杨轻舟第一次承认，他很不喜欢"小概率事件"这个特殊的能力。

他也为此苦恼过吗？也因此将自己看作是怪物吗？

"不过，我现在很感激上天给我这种特殊的能力，哪怕让我经常买到过期商品，在面条里吃到菜青虫，我也心甘情愿。"杨轻舟忽然话锋一转。

江群群有些莫名，台下观众也面面相觑。

杨轻舟淡淡一笑："那是因为，在人的一生里，只有 0.00006% 的概率能够遇到真爱。也就是说，167 万人中，只有一个人会遇到真爱。这个概率很小很小，但是——"

他重新看向江群群，眼睛里都是深情。

"但是我不一样，我因为总是遇到小概率事件，所以我比别人更容易遇到真爱。0.00006% 的概率，对于我来说就是百分之百。也因此，我不再讨厌我这个特殊的能力。"

江群群愣住了。

"现在，我可以回答主持人的问题了。我此生最大的心愿，就是和我爱的人共度一生。因为这个小概率的特殊能力，是一个让我感到幸福的能力。所以——我希望观众都能来祝福我们。今天，我也打算请在场的全部观众们喝啤酒！不醉不休！"

这句话如同火药，瞬间点爆全场。

明明是一场很普通的嘉宾互动，硬是变成了爱的宣言。台下观众纷纷吹起了口哨。

"看来这对新人非常想要和大家分享他们的幸福，让我们热烈地祝福他们！"主持人脸都红了。

"哇，很好的一场演讲，我都感动了！"

"你说，他真的总是遇到小概率事件吗？我总觉得他是编的。"

"你管他是不是编的呢？我觉得他很真诚……"

台下观众开始议论，不过这种议论很快就淹没在一片震天的欢呼声中。

因为提前安排好的厂商已经运进了成车的啤酒。工作人员蜂拥着上前，将啤酒分别发给观众。

远处，周溪从工作人员手里接过啤酒，递给身边的周妈。周妈顾不上开啤酒瓶，只顾着望着台上的杨轻舟，眼睛里闪烁着激动的光芒。

从直播的大屏幕上，江群群看到了周妈的反应，他们此行的目的算是达到了一半，但是……

他想和喜欢的人在一起，这究竟是剧本里的台词，还是他的真心话？

"杨轻舟，我接下来的台词是什么？"江群群踮起脚尖，试探地低声问。

杨轻舟顿了顿，镇定回答："你只要害羞地笑就可以了。"

江群群的头脑瞬间清醒。

是的，这只是一个任务，只是一个剧本。戏里他们挥金如土，戏外他们就能取得周妈的信任，然后曲线救国，帮周溪保住不少财产。

关于身上的婚礼服装，刚才的告白，全部都只是台词罢了。

戏里戏外，都只是戏，不能当真。

"知道了，我接下来会演好的。"江群群语气有些生硬。

杨轻舟一愣，想说什么，江群群已经说出口："接下来，我们的手要攥紧一点才能像那么回事吧。"

江群群没在意杨轻舟的表情，露出职业化的笑容，然后拉起了杨轻舟的手，用尽全身的力气攥住。

"群群……"杨轻舟皱了皱眉头，但很快温柔笑开，靠近她想要说些什么。

就在这时，台下忽然传来一个声音："我不同意！"

这个声音犹如一个不和谐的音符，将温馨的气氛击得七零八落。

江群群循声望去，发现一个戴鸭舌帽的小伙子站出了观众席。因为微微低头，她看不清楚这个小伙子的面容。

"哈哈哈，这个观众真是幽默。他们的爱情，不需要别人的同意……"主持人非常尴尬，打算圆场。

小伙子却径直离席，气势汹汹地往舞台上走来。江群群眯了眯眼睛，忽然觉得他的步伐有些眼熟。

小伙子抬起头，露出了一张让江群群熟悉的五官。

他，居然是姜礼浩！

江群群脑中顷刻间电光石火，迅速看向观众席。远处的周溪向她摇了摇头，表示她也不知道姜礼浩要来。

姜礼浩的表情十分古怪，笑容浮于表面，满脸的醋意。

江群群赶紧求助地看向杨轻舟。杨轻舟淡看她一眼，并没有惊慌失措，而是安抚地捏了捏她的手。

姜礼浩快步走上舞台，没有搭理主持人，而是直接拿过了主持人手中的话筒。他直接向杨轻舟发问："你说你是学金融的？"

语气里的不屑十分强烈。

"是。"

姜礼浩再次发问："你请大家喝酒，是因为你很幸福？"

"是。"

姜礼浩的面色更阴沉，冷笑着质问："你们两人，是情侣？"

江群群的脑袋"嗡"的一声大了。

她望向观众席，发现观众都在议论纷纷。更关键的是，周阿姨正用异样的眼光看着他们。

这么多天的筹谋，全部毁于一旦！

杨轻舟没有回答，而是伸手抢过姜礼浩的话筒："这位先生，希望你能给我们祝福。"

"江群群，你别被这个渣男给骗了！"姜礼浩抢过话筒，气愤地看着杨轻舟，"你觉得这样作秀很好玩吗？你们都是大四快毕业的学生，在这里假装社会成功人士？"他指了指大屏幕，"想上电视对吧？想出名对吧？周溪估计都要抑郁了，你们还有心情在这里弄这些把戏？"

姜礼浩的声音并没有传遍全场，因为就在杨轻舟抢过话筒的那一瞬间，他就关掉了话筒的开关。

江群群劝说："姜礼浩，有什么事下了台再说，行不行？"

"你们是心虚了吗？江群群，你是不是被他洗脑了。他不喜……"眼看，姜礼浩就要说出"喜欢"这两个字。

只要有杨轻舟在场，再有人说出"喜欢"两个字，她就会打喷嚏，然后发生惊天逆转！

江群群赶紧扯起脖子上的眼罩，以迅雷不及掩耳之势戴在眼睛上。就在千钧一发的时刻，周围忽然"啪"的一声，陷入黑暗。

而姜礼浩也说出了那句完整的话："……他不喜欢你！"

黑暗中，她捂住胸口，心脏怦怦地乱跳，万分庆幸自己没有打喷嚏。

此时，观众开始议论纷纷。

"停电了，怎么停电了啊？"

"说好的啤酒狂欢呢？还有爱的告白呢？"不少观众开启了手机的手电筒功能。

江群群的内心涌起了一阵阵恐惧。就在这时，耳边忽然响起了杨轻舟的声音："别怕，什么都没发生。"

他的声音温暖软糯，让她的心安定了一下。江群群试探着摘下眼罩，这一次，她真的没有打喷嚏。

两名保安拿着手电筒冲上台前，将姜礼浩拖了下去。姜礼浩还在叫嚷着"杨轻舟你是个骗子"，却力不从心地被拖走。

面对台下观众的窃窃私语，主持人叮嘱杨轻舟："小插曲排除，杨先生，接下来就看你们的了。"

只听杨轻舟"嗯"了一声，然后江群群感到他将自己的手轻轻牵起。

"江群群，我们继续。"他居然俯身在她耳畔，轻声细语。

江群群只觉得耳中一阵酥麻，像电流般流遍全身。她往台下望去，只见工作人员早已启动了停电预案，给在场的观众发送了许多小手灯。小手灯像一颗颗小星星，亮在夜色里，仿佛是一颗又一颗的小星星。

一束顶光落下，正洒在杨轻舟和江群群身上。望着足下的光圈，江群群一时间有些恍惚，等她回过神来，手已经被杨轻舟轻轻地牵起。

灯光将他的脸庞照得雪白雪白，他犹如一尊俊美的神像。他唇角微微一弯："群群，跟我一起跳舞。"

与此同时，优美的音乐也及时响起。几乎是不容拒绝地，江群群的身体随着杨轻舟翩翩起舞起来。她感到自己像是一阵风，飘在软绵绵的云朵上，到处都充斥着一种不真实感。

"放轻松，把头靠在我的肩膀上。"杨轻舟说。

江群群身体一僵，脸红了。杨轻舟见她没有动作，轻笑一声，抬手按在她的后脑勺上，将她的头按在自己的肩膀上。

粉红色的花瓣从天而降，纷纷撒落在他们的肩膀上，整个场面的气氛如梦似幻。江群群忍不住咕哝了一句："你花了多少钱？还有，穿这身衣服跳交谊舞，是不是太违和了？"

他的声音响在耳边："我高兴。"

江群群闭上眼睛，弯起嘴角。

她知道眼下的一切都是在演戏，但在她内心深处，却还是入了戏。

6

后来，江群群都不记得舞蹈节是怎么结束的。

她只记得和杨轻舟跳完舞之后，便和台下的观众们一起开始了啤酒狂欢。她跟着喝了不少酒，最后酒劲上来，整个世界都开始醉醺醺地蹦迪。

彩灯炫目，在眼前胡乱涂抹出光怪陆离的景象，又化为万花筒里的五彩斑斓，在她的世界里炸开，化作璀璨光点。就这样循环往复，世界为之疯狂，她也索性放任纵情。

在梦里，江群群的思绪带着她回到了小学。她记得小区楼下有一个大花园，花园里有一组司马光砸缸的石像。

有一次，小学时的江群群和小区里的小伙伴们玩捉迷藏，偷偷地钻进那个大石缸里。她以为自己可以从石缸的洞里钻出来，结果不小心卡在洞口，怎么都钻不出来。

她急得直哭，又怕丢脸不敢喊人。后来，杨轻舟经过花园外面，她像看到救星一般将他喊过来，结果却被杨轻舟好一顿嘲笑。

"你是 cosplay 吗？我看你特别像压在五行山下的孙猴子，哈哈哈。"他对她进行无情的嘲笑。

"你到底帮不帮忙？你不帮我，我再也不理你了。"江群群气得哭。

杨轻舟憋住笑，摆出一副傲娇的模样："那我救了你，你给我什么好处？"

江群群气得指着石缸旁边的司马光雕像："你学学人家司马光，无偿大义拯救小伙伴，你不觉得脸红吗？"

"哦，我没这种觉悟。"杨轻舟站起身，假装要走。江群群赶紧喊住他："别走，我给你好处还不行吗？"

杨轻舟这才点头："这还差不多。"

他小心翼翼地将她的身体挪动，协助她先将一部分肩膀挪出来，然后钳住她的腋下，将她从石缸洞里一点一点地拖出来，像是匠人认真地对待一件完美的瓷器。

重新站在地面上之后，江群群拍了拍自己身上的土，然后警惕地看着杨轻舟。他看着她笑，笑容里有些促狭。

"我丑话先说前面，你不许狮子大开口。"江群群警惕地捏紧自己的书包。她在心里预估，杨轻舟至少要让她请三顿肯德基。

没想到，杨轻舟摇了摇头："不用了，逗你玩的。"

"真的？"江群群简直不敢相信自己的耳朵。她反而有些不好意思："要不然，我还是请你吃肯德基……的鸡米花吧。"

杨轻舟站住看她，很认真地说："真的不用。如果你真的想报答我，就和我一辈子都在一起吧。"

一听到不用请鸡米花，江群群兴奋地点了点头。

后来，她每次想到这个关于一辈子的承诺，心里就暖洋洋的。她想，既然许诺了一辈子在一起，那怎么可以不是同一个年级，同一个班级呢？她要努力地学习，争取跳级，和杨轻舟在一起。

江群群这个人有个倔脾气，轻易不承诺，但是承诺了就一定要履行。

那段时光沾染了蜂蜜的甜香，在梦里循环缠绕。

江群群是笑着睡着的。一直到日上三竿，她才醒来。睁开眼睛，窗外是灿烂的阳光，将白色纱帘照得透亮轻盈。

她仰起头，立即感受到了宿醉之后的沉重感，整个脑袋像是灌了铅。她吃力地坐起上身，扭头看到床头柜居然放着一杯柠檬水，立即拿过来喝下。柠檬水凉润而下，让她灼热的嗓子舒服了许多。

喝完，江群群才想起了什么，四处观察，顿时起了一身鸡皮疙瘩：她居然又是在杨轻舟的房间！

"不是吧，我又梦游了？"她跳了起来，迅速检查自己的衣服。让她心惊肉跳的是，身上居然换了一件陌生的女式睡衣。

谁给她换上的……

难道？

杨轻舟的声音从地上幽幽传来："放心吧，你没梦游，我也很君子。"

江群群被这个声音吓得跳下床，结果一脚踩到软绵绵的"垫子"上，整个人往前趴去，眼看就要撞到椅子上，腰部却被人一把搂住。

她的额头，距离椅子一角只有3厘米。

江群群惊魂未定，努力平衡了下身体，低头看到一双肌肉结实的手臂抱住自己的腰部。她回头看杨轻舟，手忙脚乱地挣扎着站起来，揪紧了身上的衣服。

"我知道你在想什么，放心，不是我给你换的衣服，是周溪。"

杨轻舟坐在地上，身下铺着一张被子。可见，他昨天的睡姿就像一条大白虫卷起树叶，蜷缩着睡的。

"那你，你为什么会在这里？"江群群有些心疼地看着杨轻舟的地铺。虽然地板上铺着厚厚的地毯，可是在上面打地铺，也是很容易惹上寒气的。

然而，杨轻舟却误会她是避嫌，脸色微冷："当然是为了照顾你，你昨天喝醉了，我怕你呛死在睡梦里。"

"谢谢你。"睡衣有点短，江群群使劲扯了扯下摆。

杨轻舟挪过目光，淡淡地说："自己酒量多少不知道吗？我照顾你差不多一个晚上，你说吧，要怎么报答我？"

江群群莫名其妙地就想起昨天的梦境，梦境里的小时候，杨轻舟对她说，如果你真的想报答我，就和我一辈子都在一起吧。

想到这里，她脸颊有些发热，鬼使神差地说了一句："哦，报答啊……那和上次一样吧？"

"上次？"

"对。"

"上次是哪次？"

"就是上次……"江群群有些心虚。

杨轻舟疑惑地观察江群群，一双眼眸犀利无比，仿佛可以看透她的心事："说清楚，上次，到底是哪次？我怎么不记得了？"

江群群急着转换话题，想起一事，忙问："就是上次，以后再告诉你！哦对了，姜礼浩……他人在哪里？"

"放心吧，都安排妥当了，他一时半会儿是不会跑出来影响我们的计划的。"杨轻舟站起身，开始整理衣服。

江群群四处张望，没发现自己的衣服。杨轻舟睨她一眼，扔过来一个塑料袋："你的衣服拿去洗了，这是周溪借给你的，你去换上。"

"可是我带了很多衣服啊？"

杨轻舟白了她一眼："大小姐，你昨天是吐在自己的行李箱里的。现在他们还在打扫房间。"

难怪……她是躺在杨轻舟的房间里的。

江群群赧颜，猫着腰走进卫生间，小心翼翼地打开塑料袋。让她大跌眼镜的是，周溪借给她的衣服居然是一条蛋糕裙，这阿宝色的搭配，乡土风的设计，别提多难看了。

"周溪……"江群群咬牙切齿，脑海中出现周溪恶作剧般的神情。周溪这个损友，真的是无时无刻不在想方设法让她在杨轻舟面前出糗。

但是她也没办法，只能换上这条裙子，然后走出了卫生间。

杨轻舟换好了衣服，凝眸看到江群群，忽然弯起嘴角。

"很丑吗？"江群群恼火。

"好看。"

"不可能，这就像一块粉色大蛋糕。"江群群气不打一处来。

杨轻舟笑得眉眼弯弯："真的好看。"

说完，他又补了一句："你穿什么都好看。"

江群群很没出息地红了脸。

为了挽回面子，她咳嗽两声，才说："你很有当渣男的潜质。"

"谢谢夸奖。"杨轻舟拿起手机给她发了一个文档，"这是今天的小剧本，收拾好就走吧，我们还要继续演戏。"

江群群翻了个白眼，点开手机，忍不住吐槽："这写剧本的功夫，你是跟姜礼浩学的吧？"

"天赋。"他脸皮很厚地回答。

7

整理好衣服，江群群和杨轻舟来到隔壁的房间，意外地发现周阿姨居然在里面打扫卫生。

她有些不好意思地笑了笑："周阿姨，不好意思，昨天让你见笑了……这打扫起来很累吧？"

"不要紧，我们做服务业的，不就是这样吗？"周阿姨眉开眼笑。

江群群还是有些过意不去，帮忙收拾垃圾袋。周阿姨赶紧上前制止："别啊，你是客人，怎么能让你收拾？"

"周阿姨，你歇着吧，我自己慢慢打扫，反正这个房间我也是要住的。"江群群还在谦让。

周阿姨笑得暧昧："你们开一间房吧，我给你们升级到最好的，这个房间我得尽快打扫出来让给其他客人了。"

说着，她嗔怪地推了江群群肩膀一把："小年轻不是应该干柴烈火吗？关系都确定了还这么害羞。"

江群群尴尬得无地自容，杨轻舟的反应倒是很正常，微微一笑："谢谢阿姨，不过不用升级了，我那房间住着挺好的。"

"是啊，再说我们也该回去了。"江群群感觉自己快要演不下去了。

杨轻舟忽然开口："群群，你让周阿姨收拾吧，咱们还有事情要忙。"说着，杨轻舟已经坐在桌前，打开了自己的笔记本电脑。

在这之后，杨轻舟给江群群递了一个眼神，暗示她开始表演。

江群群也是非常意外，本来她打算去食堂找周阿姨的，没想到周阿姨自己出现在房间里。她立即进入演戏状态，对杨轻舟说："好的，我看时

201

间也到了。"

杨轻舟点头，在电脑上一阵操作。当然，又是之前的路数，"理财App"里的余额迅速飙升。

周阿姨凑了上去，诌媚地笑着说："杨先生，我听小江说你现在在做大生意，你看……阿姨也想发财，你们教教阿姨呗。"

江群群心里一个激灵，来了精神。

鱼终于要上钩了？

她看向杨轻舟，杨轻舟微微一笑，答非所问："群群，去倒两杯水来。周阿姨，你先坐下。"

周阿姨立即端正神色，坐在杨轻舟的面前。

江群群赶紧倒了两杯水，分别放在周阿姨和杨轻舟的面前。杨轻舟两手交叉放在膝上，气质冷峻周正："周阿姨，我这个是高收益，高风险，你可要想好了再跟。"

"跟，我跟啊！"周阿姨赶紧表忠心。

"你要跟多少？"

周阿姨犹豫了一下，伸出三根手指："我先跟三万块钱吧？"

杨轻舟淡淡一笑，没有回答。江群群露出为难的表情："周阿姨，我们一天的利润都不止三万元呢。"

周阿姨咬了咬牙："那你们要多少？"

"怎么样也要三十万元吧。"杨轻舟目光重新回到电脑上，仿佛并不在意周阿姨。

周阿姨反而被勾起了好胜心，再次豁了出去："我跟！三十万元就三十万元。不过，咱们得有个合作方式吧？"

杨轻舟淡淡一笑："这是两种合作模式，一种是我们付固定利息给你，等于是你借钱给我。第二种是我帮你代管，利润分配，赚得越多，你分得越多，我也提成越多。周阿姨，第一种收益小，但肯定保险很多，第二种就需要你和家人商量一下了，毕竟高收益的同时也有高风险，不知道你想选哪种？"

周阿姨反而冷静下来，半晌没说话。

江群群紧张万分，有些担心周阿姨会打退堂鼓，甚至有些看不懂杨轻舟的操作。这个节点上，跟她提什么协议啊？要知道人是很讨厌做选择的。有些人为了不做选择，宁愿放弃。

"我先看看协议？"周阿姨试探地问。

杨轻舟点头，从皮包里拿出两份协议，放到周阿姨的面前。然后，他将右手放在其中一份协议上："阿姨，你选吧。"

周阿姨拿起两份协议，分别看了看，最后选择了右边那份协议。

杨轻舟淡淡一笑："这份协议，是第二种模式，恭喜你做出了正确的选择。"

"阿姨相信你们。"周阿姨笑眯眯的。

将周阿姨送离房间后，江群群拍了拍胸口："幸好她选了第二种，要不然我们真的不好收场。"

"其实，我本来就暗示了，她应该选第二种。"

"你什么时候暗示的？"

杨轻舟抬起右手，认真地看着："这叫冷读术，就在我将右手放在协议上的时候，我就已经对她进行心理暗示，让她选择我按住的那份协议。"

江群群对杨轻舟竖起了大拇指："厉害，以你的水平，你可以当一个恋爱大师。"

"只想恋爱，不想当大师。"杨轻舟一笑。

江群群想了想，又有点担心："不过，周阿姨会跟顾捷商量吗？如果顾捷撺掇周阿姨，让她反悔了，我们岂不是白演戏了？"

"不会，周阿姨现在更相信我们。"杨轻舟淡淡一笑。

江群群切了一声："我不信。"

"你不信，那打个赌怎么样？"杨轻舟说，"谁输了，谁就打地铺。赢的那个人睡床。"

"你……"江群群惊愕。

打地铺？

"你忘了吗？"杨轻舟笑得像个斯文败类，"咱们为了演戏就要住一间房。这间房嘛，我估计十二点就得退了"。

江群群这才想起周阿姨的自作主张，不由得有些羞涩。

今晚，就要跟他共居一室了？

有一只公鹿，后来变成了高速公路

1

　　周阿姨果然给他们升级到了最好的房间。

　　江群群拎着行李进去，杨轻舟很体贴地将箱子拎过来。周阿姨看着他们，露出标准的姨母笑："你们在这里多住几天，阿姨想让你们尝尝我的手艺。"

　　"谢谢阿姨。"江群群甜甜地笑着。为了看起来像情侣，她还主动挽住了杨轻舟的胳膊。

　　周阿姨欲言又止地看着杨轻舟，终于下定决心："小杨啊，要是你能帮我赚到钱，我还想再投，可以吗？"

　　杨轻舟没有激进："阿姨，如果有更大的钱，我建议可以放到其他的项目上，到时候我会和你解释。"

　　"行，先谢谢了啊！"周阿姨点头，又神秘兮兮地叮嘱，"不过，你们可要帮我保密，别跟我女儿说，也别跟……"

　　她说到一半，没有说下去。江群群知道她想说顾捷，故意问："周阿姨，你还忌惮谁啊？"

　　周阿姨刚想回答，外面忽然响起了"嘭嘭嘭"的敲门声，接着娇嗲的声音响起："姐，你在这儿吗？姐姐……"

这声音，一听就是顾捷。

"来了来了。"周阿姨应着，低声再次叮嘱杨轻舟，"别跟他说啊！"

叮嘱完，周阿姨才打开房门。顾捷站在门口，一脸纯真地望着周阿姨撒娇："你去哪里了啊？咱们上次联系的老师，催咱们交钱了。"

"知道了……不过我想，也没必要买太多的保健品……"周阿姨一边关门，一边和顾捷絮叨。

杨轻舟给江群群使了个眼色，江群群立即拎上手提包，打开门，装作下楼，跟在周阿姨和顾捷身后。

从周阿姨和顾捷的对话中，她多多少少听到了一些内容。

顾捷果然是软饭男中的王者，渣男中的战斗机。他凭借着一张英俊的脸蛋，在跟周阿姨交往的过程中，让周阿姨购买了保健品、赌球、莫名其妙的投资项目。这林林总总加在一起，估计有个十几万元了。

这恋爱谈的，真烧钱啊！

江群群跟到楼下，顾捷和周阿姨去食堂了，她不好再跟上去，就只能走到庭院里。

庭院里有一张白色的躺椅，供游客们休息。江群群躺在上面，给杨轻舟发微信，告诉她自己偷听到的情况。杨轻舟冷静地分析："你只偷听了几分钟，就听到顾捷骗了周阿姨十几万元。那说明周阿姨被骗的不止十几万元，可能更多，几十万元不止。"

"怎么办？周溪不会破产吧？"江群群问。

"不会，周阿姨已经想把钱放到我们这里了。你先在楼下晒会儿太阳，别先上来。"

"行。"

江群群坐在躺椅上，头部微微仰起，看上去像在舒舒服服地晒太阳，但其实眼角余光在瞥着食堂的方向。她看到，周阿姨似乎在拒绝着什么，而顾捷情绪有些激动，两个人似乎在争吵。

不多时，两人就提高了声音。

"姐，咱俩马上结婚了，你现在还给我分得这么清楚，真的让我很伤心。我都说了，那个项目我看得很准！"顾捷不高兴地说。

周阿姨这次没同意顾捷的提议，大手一挥："就是不分彼此，我才要把话说清楚，钱不能全部投资出去，咱们以后还要生活的。"

顾捷撒娇："姐……"

"要不然，就是你根本没打算和我过日子。"

……

江群群正听得入迷，忽然看到顾捷气冲冲地从食堂里冲出来，赶紧从包里掏出饮料和面包，一边看手机，一边啃面包。

让她意外的是，顾捷没有上楼，反而往庭院这边走过来。江群群立即紧张起来，但她没有表露出来，而是继续将目光落在手机上。

顾捷走到水池边蹲下，心情不佳地看着池水，手里掰着一块面包，有一搭没一搭地喂着锦鲤。

他的神情充满了哀伤，看上去楚楚可怜。没过多久，他手里的面包就全被掰成碎屑丢进了池塘。

出于穿搭博主的职业敏感，江群群注意到，顾捷的白衬衫上绣了一个小丑假面。那个设计非常特别，小丑笑起来的嘴巴中间有一颗红心。她在脑海里搜索了一圈，也没想起来这是哪个服装品牌的设计。

正想得出神，她忽然听到顾捷的声音。

顾捷抬头看江群群，目光里充满了祈求："姐姐你好，你的面包可以借给我吗？"

"我？"江群群十分意外。

顾捷微仰着头，静静地看着江群群，那种眼神柔弱无骨，人畜无害。要不是提前知道顾捷是个渣男，江群群真的会以为这就是个纯真小男生。

江群群莫名就把手中的面包递了过去。顾捷接过来，笑了笑："谢谢你，你真是个善良和善的人。"

江群群明白，"善良和善"是顾捷给她贴上的标签，也是一种心理暗示，让她不好意思去违反这个定义。他都说她是善良和善的人了，她还好意思摆脸子不成？

江群群心里冷笑一声，面上却没有任何反常："我觉得，你也是一个善良和善的人呢。"

"那我们这么投缘，我以后都叫你姐姐，好不好？"顾捷惊喜。

江群群点了点头。

顾捷居然握住了江群群的手："太好了，那我们以后就是姐弟了。姐，一起来喂鱼啊？"

他的手冰凉润滑，江群群一时有些恍惚，赶紧将手抽出来。顾捷好奇地问："姐，你怎么了？"

"你对谁都这样吗？"江群群忍不住鄙视这个绝世绿茶男。

"当然不是，我是跟姐姐你有眼缘，才想要结交的。"顾捷歪着头，像一只小动物般看她。

江群群只觉得好笑："我们才见过几面，你凭什么觉得我有眼缘？"

"你可能不认识我，但是我认识你……"顾捷的眼神深邃起来，"你是一个穿搭博主，可可爱爱的，你每一期的穿搭视频我都有看。"

江群群心头顿时揪紧。

他认出她是一个穿搭博主了？

"你认错人了，我怎么可能是网红呢？"江群群不自觉地将身体往后靠。顾捷一步步地上前，眯着眼睛看她："你身上这件衣服，上期视频还用过了呢，你都忘了吗？"

江群群知道对方是在诈她，于是冷笑了起来。

"你也太不专业了，这衣服根本就不是我的，我上哪儿给你录穿搭视频？"江群群装作吊儿郎当的样子说，"你……"

她说到一半，忽然觉得不对劲。

果然，顾捷的眼神立即变得锐利："不是你的？那是谁的？"

江群群愣住，这蛋糕裙子是找周溪借的，她自然不能说。否则岂不是暴露她跟周溪的关系了？

"说啊，姐，你这裙子是找谁借的？"顾捷像是一只笑面虎，笑着逼问江群群，"不会是你的同伴的衣服吧？他可是男生。"

江群群冷笑："跟你很熟吗？问这么多。"

没想到，顾捷居然拉住她的胳膊："姐，你怎么说我了？我一直觉得你是温柔善良的大姐姐。"

江群群挣扎："你干什么？"

顾捷表面上笑吟吟的，手上力道却丝毫不减。江群群忍不住内心里一阵作呕，直觉顾捷这个茶艺大师不是善茬。就在这时，一只手伸出，一把拨开顾捷的手，将江群群拉到身后。

来人是杨轻舟，他冷冷地看着顾捷，周身散发的气息冰冷锐利。

"她是温柔善良，不过与你无关。"

顾捷毫不生气，反而笑嘻嘻地问："哥，我跟姐姐说话，你吃醋啦？"

"别攀关系，我警告你。"杨轻舟咬着每一个字，说完后，拉着江群群就往楼上走。江群群看着被他握住的手，脸有些红。

等上了楼，进了房间，杨轻舟才松开她的手，语气里充满了不悦："我让你去打探情况，并没有让你跟那个顾捷接触。"

江群群看着他的脸色，忽然想要逗逗他："你吃醋啦？"

"没有！咱俩现在是雇佣与聘用的关系，我是讲师，你是助理。"杨轻舟没好气地扔过来一张酒精棉片，示意她赶紧把手擦干净。

雇佣与聘用的关系，多精辟的总结。

江群群心里酸溜溜的，但也没失态，而是默默地用酒精棉片将手心手背擦了一遍。

杨轻舟似乎于心不忍，主动发问，以缓和气氛："你跟他都说什么了？"

"我觉得他知道我的身份了。"江群群只觉得心头揪紧，"他居然问我是不是穿搭博主，还问我身上的裙子是找谁借的。你说，他为什么会知道这些……"

说到这里，江群群忽然捂住了嘴巴，一个可怕的念头浮现在脑海中。

杨轻舟的脸上也覆满冰霜，微蹙眉头，似乎也意识到了什么。

"自从来到这里，你有登录过你的网络账号吗？"他问。

"没有。"

"那你看看自己的箱子，有没有发现什么不一样的？"

江群群听了，脸色都变了。她赶紧去翻自己的皮箱，里面的衣服因为拿去清洗，所以只剩下日用品等杂物。东西倒是没少，但是她已经不记得之前置放的顺序了。

杨轻舟拿起酒精喷雾，递给江群群："全部都消消毒吧。"

江群群一边喷着酒精喷雾，一边忍住内心的恶心："顾捷不会是翻过我的箱子吧？"

"很有可能，顾捷比我们想的还要深。"杨轻舟沉吟说，"我要跟周溪说，咱们必须快点结束这里的事情，该回去了。"

江群群点头，心头却涌上一阵不安，悬了起来。

2

到了下午，江群群故意打电话给前台，让周溪当导游，和杨轻舟一起去山区的景点转了转。

周阿姨满脸谄媚地将三个人送出客栈："小江，小杨，早点回来吃饭，阿姨还给你们做好吃的。"

"谢谢阿姨，但是这几天不太舒服，饭菜还是清淡点。"江群群故意苦着脸。

杨轻舟问："水土不服吗？要不我们订飞机票回去吧？"

"别啊，这里风景多好，多待几天看看吧。"周阿姨赶紧挽留，靠近他们，压低声音，"阿姨还得跟你们学投资呢，你可别不带阿姨啊！"

"那是，肯定的。"江群群信誓旦旦。

说话时，江群群特意留意了一下客栈的院落。顾捷还穿着上午的那件白衬衫，手里拿着一块面包，站在池塘里喂鱼，瘦高文弱的身形犹如一棵瘦竹。

似乎是感应到了，顾捷忽然抬起头，目光对上江群群，森然一笑，露出了一口白牙。

明明是美少年的笑容，在此时却透着一股阴森的味道。江群群忍不住打了个哆嗦。

杨轻舟适时挪步，恰好挡住了江群群的视线。

他歪头看她："走吧。"

江群群赶紧往外走："是啊，再不走今天就来不及逛了。"

周阿姨叮嘱周溪："丫头，要好好导游啊，照顾客人啊，勤快点。"

"知道了。"周溪懒洋洋地说。

3

出了客栈，周溪在前面带路，刚开始还介绍了一些当地的风土人情，到了游客稀少的地方，才松了口气："看来我妈，还真的入戏了。"

"姜礼浩还好吧？他现在在哪里？"杨轻舟问。

周溪答非所问，而是看着江群群："你想见他吗？"

昨天晚上，姜礼浩大闹音乐节现场，结果被保安架走。幸好保安是提前安排好的，将姜礼浩"控制"在一个偏僻的旅店里，才没有让局面变得不可收拾。这才过去不到一天，姜礼浩肯定是寝食难安。

江群群尴尬一秒："我们要回去了，姜礼浩肯定要跟我们一起回去。"

"什么？"周溪惊讶，一百个不乐意，"你们要回去？不行！"

江群群叹气："是这样，我怀疑顾捷盯上我了，他可能还搜过我的行李箱。再待下去，咱们的计划就全盘暴露了。"

"不行，你们多待几天，不然只有我一个人对付顾捷！"周溪语气强硬，"眼看我们的计划就要成功了，你们要是走了，就功亏一篑了啊！"

"我完全有理由怀疑，顾捷是一个危险分子。再待下去，江群群会很不安全。"杨轻舟说。

周溪哽咽了："那我呢，你的心就是铁做的，就一点不考虑我吗？"

她这样说，语气里已经带了不少控诉的成分。

"周溪……"江群群想要解围。

"你别说话！你现在说什么，在我耳朵里都是炫耀！"周溪激动起来，漂亮脸蛋上瞬间布满泪水，"你们两个都是冷心冷肺的，要是真谈了恋爱，那可真的是般配。"

江群群也火了："周溪，你还记得我们是来帮你的吗？"

"记得，但是你们帮一半就走，还不如不帮。"周溪开始不讲理了。

杨轻舟似乎也生气了，干脆将背包往松散的地面上一扔，他抬起眼睛看周溪，面上似笑非笑："周溪，你刚听了个开头就发火，都不知道我们下一步要怎么做。"

"你说。"周溪幽怨地望着杨轻舟。

阳光从树叶的缝隙里落下，密密匝匝地落在杨轻舟的身上，在他白皙立体的脸上投下斑驳的光影。他垂眸看着周溪，眼睛里的热度一点一点地冷下去。

"第一点，你说我们置你的安危于不顾，但问题是，如果顾捷是不法分子，我和群群俨然第一打击目标，而你周溪，你是本地人，你有街坊邻居，你还可以选择报警。从这个角度来说，你其实比我们安全得多。"

周溪委屈地擦着眼泪："可是，有你在我身边，我觉得更安全。"

"这是我要说的第二点——你怎么知道，我不会回到这里？"杨轻舟反问。

周溪愣了。

杨轻舟冷冷地看着她："你总是用最极端的逻辑去揣测别人，从来没有站在我的角度去思考问题。我是要打算离开这里，但我是想要带江群群离开。等把她送到一个安全的地方之后，我会再回来，继续剩下的计划。"

"什么？"这回轮到江群群急了，"不行！"

杨轻舟没有说话，江群群更急了："杨轻舟，我不走！你要是单独把我送走了，你写了小剧本谁来演？"

"周溪的演技也不差。"

"那万一是我们想多了呢？可能顾捷就只是个骗子，没什么危险的呢？"江群群只觉得心乱如麻。

杨轻舟沉吟了一下，才说："我不想拿你冒险。"

我不想拿你冒险。

七个字，在江群群的心上重重地砸下。她看着杨轻舟，他的脸沉在日光里，每一寸都白得发光，也让她心折。

有那一瞬间，她都要问出一句话——

不想拿我冒险，是因为我在你心里，很重要吗？

可是还没等她问出来，就听到周溪咬牙切齿的声音。

"杨轻舟，你真是句句扎心，不会说话就别说。"

周溪捂住双眼，呜呜地哭起来。

江群群知道她还是放不下杨轻舟，从包里掏出纸巾递给她。周溪没好气地将纸巾接过去，使劲擦着眼泪。

"就算我们是情敌，也请你分分情况，我是来帮你的。"江群群硬着声音说。周溪没回答，只转过头，不甘心地说："杨轻舟，你知不知道，你走了再回来，要怎么跟我妈说你的理由？眼看她就要把钱都投给你们了，你们却要离开这里，引起她的怀疑？"

"不行，我说过，我不想冒险。"杨轻舟的语气不容反驳。

江群群看着对峙的两人，想了一个折中的办法："要不然，我一个人走也可以，反正交通工具这么发达。"

就在这时，旁边树林里突然传出一个声音："我送你。"

众人毛骨悚然，往旁边灌木丛里望去。

只见树林里一阵窸窸窣窣，半晌才出现了一个人影。那个人头发蓬乱，步履踉跄，走起路来东歪西倒，衣服也脏兮兮的。如果不是生活在文明社会，江群群都要以为这是个野人。

那人嘶哑着喉咙："群群。"

"姜礼浩？怎么是你？"江群群揉了揉眼睛，发现面前的男生的确是他。只见他精神萎靡不振，双眼布满了红血丝，浑身还散发着阵阵酒气。

姜礼浩走到周溪身前，伸出双臂揽过周溪，轻轻地拍打她的后背："周溪，你面前明明有一整片森林，别在一棵歪脖子树上吊死。"

周溪"哇"的一声，哭声更大："可是这棵歪脖子树，我还挺……挺喜欢的。"

江群群默默地将眼罩戴上。

眼前陷入一片黑暗，她才不会打喷嚏。

她听到姜礼浩安慰着周溪："喜欢也没办法啊，强扭的瓜不甜。"

"那你呢？你还劝我，你还不是在一棵树上吊死？"周溪问姜礼浩。

江群群默默地将眼罩摘下来，发现姜礼浩正用通红的眼睛看着她。那眼神让江群群十分内疚。

她无奈地说："姜礼浩，对不起。"

"你不用道歉，是我擅自暗恋你的，是我活该。"姜礼浩红着眼睛说，"你们刚才的讨论我都听到了，群群，跟我一起离开吧。"

周溪揉着眼睛："我把所有的计划都告诉姜礼浩了。"

"可是，我不想走。"江群群央求地看着杨轻舟。

"说好了的，你必须走。"杨轻舟盯着姜礼浩，一字一句地说，"你送江群群回去，可以。但是请你记住——第一，把你收拾妥当。第二，路上出了什么差错，我跟你没完。"

这句话男友力爆棚，江群群感觉心脏跳动瞬间加快速度。

杨轻舟的眼神不怎么友好，姜礼浩也不甘示弱。他走了两步，逼到杨轻舟面前，吐字很重："知、道、了。"

气氛顿时僵住。

江群群赶紧解围："你们两个人行了啊，大家都是朋友，就这么说定了，谁都不要在这个问题上多说一句了。"

周溪也停止了哭泣，点了点头。

"行，那我们赶紧去逛景点吧。"

杨轻舟摇头："我没心情，慢慢走回去，时间也差不多。"

周溪抽了抽哭红的鼻头，凑到杨轻舟身边。不动声色间，已经隔开了江群群和杨轻舟。

她眼神里充满了歉意："群群，我很抱歉刚才……误会你们。杨轻舟，你能原谅我吗？"

那声音又细又软，是专属于美人的，是任何一个男人都无法抗拒的那种含娇带怯的温软语气。

然而杨轻舟却依然不为所动，他严肃地看着周溪："你应该，祈求周阿姨的原谅。"

"啊？"周溪明显没有反应过来。

"在这个世界上，没有任何一段感情是无迹可寻的。周阿姨为什么会落入顾捷的"杀猪局"，难道你就没有一点责任吗？一个女人，早年丧夫，身边只有一个女儿和她相依为命。可是这个女儿在外面读大学，平时推脱学习忙碌，不怎么电话回家，放假了就出去旅游。我请问，你给过周阿姨足够的陪伴吗？周阿姨要跟顾捷结婚，你一不开心就吼，就闹，这难道是母女之间正常的沟通方式吗？如果都没有，那我可以说，正是你的忽视和任性，才让阿姨落入这场情感骗局！"杨轻舟冷冷地说。

周溪没想到杨轻舟会直接骂自己，震惊地看着他。

"你应该好好关心妈妈。因为周阿姨才是真正爱你的人。"杨轻舟说完，转身离开。

江群群怔在原地，不知道是走，还是留。

杨轻舟的一番话，勾起了她的回忆。在她过去的时光里，也有过类似的瞬间。

曾经，妈妈哭着抱着她说，群群，没有一段感情是无迹可寻的。而她不等妈妈说完，就捂着耳朵大喊——

不，我绝对不接受你再找一个男人！爸爸背叛了我们，为什么连你也要选择离开？

她当时只是怕，怕这个家真的只剩自己一个人。而现在，江群群忽然觉得脸上火辣辣的——

她并没有比周溪好到哪里去，同样忽略了妈妈的个人意志，剥夺了妈妈的人生选择。

江群群陷入回忆中，怔怔地看着，心里五味杂陈。

杨轻舟走了两步，回头看江群群。江群群这才恍然大悟，十分歉意地对着姜礼浩鞠了一躬，然后跟着杨轻舟离开。

她走了两步，回过头，看到周溪一反常态地站在原地，没有哭也没有闹。姜礼浩在旁边轻声安慰她，而她的目光却犹如失去了焦距一般，无力地落在杨轻舟的后背上。

杨轻舟自始至终，都没有回头看她一眼。

江群群叹了口气，默默地在心里给杨轻舟的简历上添了一句话——

杨轻舟，华西大学心理学专业，现任紫辰大学心理学讲师，兼职心理健康咨询师。

特点：用药过猛，十分虎狼。

4

回到房间，杨轻舟在收拾东西，江群群则趴在桌子前，将顾捷衣服上的小丑标志画了下来。

她在网络上搜图，却一无所获。

难道，这只是一个私人定制的绣样？

江群群望着纸上的小丑图案，越看越觉得那笑容又古怪又阴冷。她干脆找出一个在服装加工厂工作的朋友，将小丑图案发给了她。

"红豆，能帮我查查这是哪个牌子的标吗？"

红豆是跟她合作过的个人自创品牌设计师，曾经找她推荐过几套衣服。一来二去，两个人在合作关系之外又多了一层友情。

看到江群群有需要，红豆也很热情："这图案有点意思，不过我看着啊，这不像是哪个服装品牌的 logo，你从哪里看到的？"

"我就是好奇，那个人穿的衣服我想查查。我感觉应该是个小众品牌，但就是查不到。"江群群打字。

红豆很快就给了回复："开玩笑，全国最有名的服装代工厂我都知道，只要生产批量达到 200 件，我肯定能摸清楚是什么底细。不过，这件事对你很重要吗？"

"重要！特别重要！"

红豆发来一个奸诈的表情："那我就帮你问问吧，不过，你要帮我的新品录上一个视频，友情价。"

"没问题，那我先谢谢你了。"江群群赶紧道谢。

"不过你也别抱太大希望，如果这真的是个人定制，那我可就查不到了。"红豆实话实说。

江群群和红豆寒暄了几句，然后关上了电脑。

她转过身，发现杨轻舟已经收拾好了皮箱。床上堆着一堆刚刚晾晒好的衣服，杨轻舟正拿着一件上衣，准备叠起来。

江群群赶紧将上衣抢过来，强笑着说："不用了，怎么敢劳烦大神下凡帮我叠衣服，我来就好。"

她这边开着玩笑，杨轻舟那边面上丝毫没有松懈："明天一早，你就和姜礼浩赶最早的一班车回去。"

"知道了。"江群群叠衣服，偷偷将衣服堆里的两件内衣拿起。

"一旦有异常情况，一定要立即通知我。"他说。

江群群点头。

5

入夜时分，客栈里的气氛立即变得非同寻常。

院子里挂满了彩灯，投射在窗玻璃上，映出一圈圈的迷离光彩。房间里没有开灯，江群群躺在床上，出神地望着躺在沙发上的杨轻舟。

杨轻舟往里躺着，江群群只看得见他的背部线条。这是两个人第二次独处一室，她只觉得心头五味杂陈。

从明天起，她再也看不到杨轻舟的小剧本，也要和他分开几天时间。直到此时，她才发现，她对杨轻舟又产生了依赖感。

这种依赖感非常讨厌，会让她忍不住想看他，想和他说话，控制不住地去关心他。

不过，想来也是，沙发上躺着的他，是她喜欢了很久很久的人，尽管她很小心地没有让任何人发现。

江群群曾经无数遍地在想：杨轻舟将来的女朋友，应该是什么样的？到底是朱砂痣还是白月光？

这是一个没有问题的答案。

空调开着，室内很是凉爽。江群群忽然注意到，杨轻舟身上的薄毯只盖住了他的腰部，肩膀正暴露在空调的冷气中。

"杨轻舟？"江群群悄然爬起来，轻轻喊了一声。

杨轻舟没动。

江群群放心下来，悄悄地从床上爬起来，蹑手蹑脚地走到杨轻舟身后，拎起薄毯，打算给他盖上。

"别盖，太热。"

他的声音忽然响在暗夜里，炸开了死寂。

江群群吓得一哆嗦，薄毯掉在地上。杨轻舟翻了个身，将薄毯捡起来："也不能不盖，太冷。"

"我以为你，你睡着了。"江群群干笑着后退，不小心磕碰到床边，整个人坐到床上。

杨轻舟半坐在沙发上，低着头："睡不着。"

"为什么？"

杨轻舟没有说话，他的身形隐在暗夜里，像一团浓雾。就在江群群以为他可能坐着睡着的时候，他却突然开了口。

"因为，太安静了。"

整个房间，安静得让人孤独，安静得让人无所适从。

"啊……是有点安静，不如我给你讲个笑话……"江群群没话找话，忽然看到杨轻舟从沙发上站起来，径直向她走来，没说出口的话语，就这样生生被堵在了嗓子眼里。

他走到她面前，因为身高的优势，一股无形的压迫感从天灵盖袭来。江群群仰着头，怔怔地看着他。杨轻舟慢慢弯下腰来，伸手抚摸着她的脸颊。

江群群这才发现，杨轻舟的手指冰凉，反倒是她的脸滚烫滚烫。

这气氛暧昧到了极点。

"有，有一只公鹿……"江群群慌得口不择言。

杨轻舟的手指一顿。

他凝眸看着她，眼神变得促狭："公鹿？"

"有，有一只公鹿，它走着走着，越走越快，最后它变成了高速公路（鹿）！"江群群结结巴巴地说完，挤出一个勉强的笑容，"很好笑吧？这个笑话……我以前，笑了很久！"

杨轻舟笑而不语。

江群群继续在脑海中搜刮词汇："你要是觉得不好笑，我……我再想想吧！有只鸭子叫小黄，一天它被车撞到，它就大叫一声……"

"群群。"他打断了她的声音。

江群群紧张地绷紧身体，看着他越靠越近，他的呼吸几乎都喷到了她的脸颊上，温热一片。

更让人血脉偾张的是，他的喉头居然滑动了几下，更是让江群群觉得此时的气氛已经灼热到了顶点。

他难道……

江群群的大脑已经空白一片。

"我想告诉你，我……"杨轻舟的声音有些喑哑。

就在此时，楼上却突然传来沉闷的"咚咚"声，接着隐约传来了争吵声。听声音，似乎是楼上有人在打架。

暧昧的气氛就此烟消云散，江群群一跃而起："楼上怎么了？不会是出事了吧？"

杨轻舟也恢复了常态，伸手拿起一件外套："我出去看看。"

"我也去。"江群群匆匆套上一件小开衫。

6

江群群一边给周溪发微信，一边和杨轻舟到了楼上。周溪没有回复，也没有接电话，让江群群非常纳闷。

他们原本住在二楼，楼上是三楼。刚到楼梯口，江群群就听到一个熟悉的声音，居然是周阿姨："你给我滚！我一辈子都不要看到你！"

江群群和杨轻舟对视一眼，彼此眼中都带着惊讶。

"现在让我滚了，当初可是你让我留下来的。"顾捷的声音带着森森冷意，"就算让我走，我也得要个说法。我在你这里耗费了这么久，你总得给我点青春损失费吧？"

"还青春损失费，我平时给你的不够多？我现在不报警都算是给你情面了！"周阿姨的语气里充满了愤怒。

江群群怕出事，加快脚步，却被杨轻舟一把拉住。她惊讶地回头看他，他摇了摇头："你跟我身后，别出头。"

"不……"

"听话。"他的语气不容置疑。

江群群心头一暖，乖乖地躲在杨轻舟的身后。他们走到走廊上，正好看到顾捷、周阿姨和周溪站在走廊里。

顾捷还是穿着那件带小丑头像的白衬衫，吊儿郎当地看着两人。周阿姨站在房间门口，气得胸口剧烈起伏。周溪在旁边搀扶着周阿姨，恶狠狠地瞪着顾捷，轻拍周阿姨的后背。

"报警？你报啊？"顾捷冷笑，"我陪你那么久，警察来了也只能说我们是感情纠纷，我需要你给我情面？"

周阿姨震惊地看着顾捷，似乎是第一次看清楚顾捷的真面目。

周溪气得上前就要打顾捷："你现在说这些是人话吗？你要不要脸？你就是一个……骗子！"

顾捷抬手挡开周溪的攻击，冷笑一声。杨轻舟冲上前，一拳将他打倒在地。周阿姨想上前扶，却克制住了。

"你打我？你敢打我？"顾捷如同被激怒的豹子，从地上一跃而起。杨轻舟也不甘示弱："我就打你，怎么？你敢骗，不敢认？"

"你凭什么说我是骗子？我现在报警，都可以弄你一个故意伤害！"顾捷开始耍赖。

杨轻舟冷笑："是不是骗子，你心里清楚。"

江群群想要说话，却被杨轻舟一把塞回身后。从杨轻舟的胳膊缝隙里，她看到顾捷恶狠狠地瞪了自己一眼，然后快步走下楼。

周阿姨反倒有些不忍，想要追上去，被周溪一把抓住。

"妈，这个渣男要走，你就让他走。"周溪带着哭腔说，"他把我们家搅成这样，你不能再陷进去了。"

周阿姨摇头："不，他不会真的走，我得去看看……"

"妈！"周溪一把抱住周阿姨，哭了出来，"对不起，是我忽略了你的感受，让你太孤独，才会中了这种人的圈套。以后我会好好对你的……"

周阿姨也有些泪意，抱住周溪，轻轻拍了拍她的后背。江群群呆呆地望着眼前的母女情深，心头的感动一点点地涌了上来。

当时妈妈告诉她，她找到了新的归宿之后，江群群的反应也是非常激烈。她摔坏了妈妈珍藏的一套盘子，然后坐在地上号啕大哭。

在那之前，她的世界是单线的，纯粹的，长大了就会遇到爱人，相爱就会结婚，结婚就会白头偕老，老了就有天伦之乐。但是那一刻，她发现这个世界太复杂了，命运永远不会按照你的期待往下发展，这一点让她失望。

可此时她才明白，错综复杂就是这个世界的特色。

她的妈妈，不是只有"江群群的妈妈"这一个身份，也可能是一个孤独的女人。

江群群想着想着，心里又是懊悔又是感慨。

她扭过头，从走廊的窗户里看到，顾捷在院子的水池边停留了一下，快步走出了客栈。

他真的走了？

江群群有些意外，但想了想，也在情理之中。以利相交，利尽则散。顾捷本来就是图钱，现在看圈不出什么钱了，肯定会掉头离开。

她刚要收回目光，忽然看到顾捷居然回过头来，向她的方向看来。那目光如同夜色里的恶鬼，透着冷冷的寒意。

江群群莫名地就吓了一跳。

"我们也回房间吧。"杨轻舟扳过江群群的肩膀。

"哦，是……"周阿姨这才反应过来，"真是对不起啊，我们的私事打扰你们休息了。"

周溪也低声说了声"谢谢"。因为要装作和周溪不熟悉的样子，江群群赶紧镇定了一下，握紧了杨轻舟的手。

7

回了房间，江群群想起顾捷的眼神，还是心有余悸。

杨轻舟察觉到了她的异样，问："你怎么了？"

"没什么，我在想，要不要明天……我不回去了。"江群群试着商量，"你不是说你怕安静吗？那我走了，没人跟你讲笑话，你肯定不习惯。"

杨轻舟静静地看着她："你可以用微信语音讲给我听。"

"哦，也是哦……"江群群语塞。

"再说，既然顾捷走了，那我打算留下来帮周阿姨做真正的理财。"

江群群张大嘴巴："你不演戏了？"

"骗人总是不好的，算了。"杨轻舟的表情很奇怪。他脱了外套，躺倒在沙发上，"睡了。"

江群群坐在床上，呆呆地看着他的背影。他真的是一个称职的编剧，演员离开，连带着她的戏份也一同删去。

她说不上心里什么滋味，轻手轻脚地躺到床上，关上电灯。在安静的夜色里，她很快就睡着了。

一夜无梦。

江群群醒来的时候，发现天已经蒙蒙亮。她揉了揉眼睛，发现沙发上空无一人，忙坐了起来。

杨轻舟坐在电脑前，正在敲击键盘。似乎是听到了动静，他头也没回地说："醒了？快点洗漱，我送你去车站。"

江群群伸了个懒腰："我下午再走吧？"

"不行。"杨轻舟不容拒绝，站起身，走到床边，居然将江群群拎了起来，"上午就要走。"

江群群翻了个白眼，气呼呼地走到洗漱间，开始刷牙。她很想问杨轻舟，昨天晚上他到底想对她说什么。

夜色里，他的眼睛里有复杂的情绪微闪。

——我想告诉你，我……

这句话，他说了一半，就被楼上的吵架声给打断了。江群群觉得有些可惜，一边刷牙一边在脑海中想：说不定，他是想告白呢？

这个念头一出，江群群立即心乱如麻。她偷偷地将卫生间拉开一条缝，发现杨轻舟居然正对着她的皮箱发呆。

他坐在床沿上，两手托着他们在音乐节上穿的民族结婚礼服，正对着皮箱呆呆地看，也不知道正在想些什么。江群群也看出了神，慢慢放下手中的牙刷，直到差点被牙膏沫呛到，才赶紧关上门。

她看着镜中的自己，使劲拍了拍脸，但还是有许多片段涌进脑海里。自从踏上这个小镇，杨轻舟就变得十分不对劲。他们一起去买了结婚礼服，之后他在音乐节上对自己"告白"，还有那些不知有意还是无意的亲密，突如其来的暧昧，此时都指向了同一个可能……

他喜欢她！

江群群被这个念头搅得坐立不安，用最快的速度洗漱完毕，走出了洗漱室。杨轻舟已经恢复了正常，而那只蓝绿色皮箱正静静地站在房间中央。

"走吧，该吃早饭了。"杨轻舟抬腕看了看手表，随手拉起皮箱。看来，他不打算让江群群返回房间一趟了。

8

江群群跟在杨轻舟身后，满怀失落地出了房间。他们刚走到食堂，就看到周溪站在煎锅前做早餐，而周阿姨则不见了人影。

"两个煎蛋。"杨轻舟说。

周溪点了点头，熟练地拿起两个鸡蛋，打碎了放在煎锅上。尽管她没有看杨轻舟，但江群群知道，她对杨轻舟还是有点意难平。

"周阿姨呢？"江群群随便找了个话题。

周溪有气无力地说："昨天哭了一夜，好不容易哄好了。今天早晨说心情不好，在院子里呢。哼，失恋的女人。"

最后那句"失恋的女人"，像在嘲讽，又像自嘲。

说话时，煎蛋已经熟了七八分。其中一个煎蛋破了点边，另一个则是比较规则的圆形。

江群群看到煎锅前面有盘子，拿起一个递给周溪，示意周溪将煎蛋放在自己手中的盘子里。

周溪却一撇嘴，自顾自地从手边拿起一个小盘子，盛起那个规则的圆形煎蛋，塞到杨轻舟的手里。

"你……"江群群心里酸溜溜的。

周溪瞪了她一眼，不情愿地将那个破了边的煎蛋放到她盘子里："喏，你的煎蛋做好了。"

不愧是她的损友，连煎个蛋都这么多戏。江群群夺过杨轻舟手中的煎蛋，然后把自己的煎蛋塞给他，哼了一声。

这次，轮到周溪不服气了："你……那份是给他的！"

"我就爱吃这份，你管我呢？"江群群对着周溪做了一个鬼脸。杨轻舟没说什么，只是脸上带着淡淡的笑容。

江群群坐到座位上之后，杨轻舟去自助区拿了许多菜品。她正在分菜，忽然感到周溪的目光还在往这边瞥来。

周溪，还是不死心啊！

江群群拿起筷子，夹起一根脆皮肠，猝不及防地塞到了杨轻舟的嘴里。杨轻舟大概也没想到她会突然如此，咳嗽了两声，咀嚼起香肠来。

"你干什么？"他挑了挑眉毛。

"宣布主权啊，周溪对你还不死心呢。"江群群用眼角余光看了一眼周溪，果然发现周溪满脸醋意。

她顿时有了一种被冒犯的感觉，示威地瞪了回去，却没留意到——

杨轻舟淡淡一笑，夹起一块脆皮肠，不由分说地塞到了江群群的嘴里。

江群群愕然看着杨轻舟。

"宣布主权这件事，让我来比较好。"

江群群咀嚼着脆皮肠，心头涌上一股甜蜜。没有戳破窗户纸的恋爱，就是这种感觉吧？

两人的暧昧举动落在周溪眼里，周溪更加嫉妒。她愤愤地拿起一个鸡蛋，再次敲破，放到煎锅上。

然而就在这时，外面突然传来了一声尖叫声。

江群群脸色一变，扭头看到杨轻舟也是表情瞬间肃冷。周溪也放下了厨具，嘴唇颤抖地喃喃说："是，我妈……"

三个人顿时忘记了较劲，慌忙放下手中的东西跑了出去。江群群在最前面，刚进院子，就看到周阿姨蹲在水池边号啕大哭。

"我的鱼啊，全翻肚子了……天啊，这是谁干的啊？"周阿姨蹲在地上痛哭流涕。

果然，池塘的水面上漂着许多白肚皮。前几天还在水中畅游的锦鲤，此时全都死了。

"妈！这，这是怎么回事？"周溪尖叫一声，抱住了周阿姨。杨轻舟皱了皱眉头，伸手拦住两人："别再靠近了，我建议报警。"

江群群突然记起，顾捷曾经站在池塘边上，掰碎面包喂鱼的场景。她脱口而出："是顾捷？"

周阿姨和周溪都震惊了，怔怔地看着江群群。

江群群脑中再次想起昨天晚上，院子里的顾捷向自己投射而来的那道目光。那目光阴冷森寒，就像在不见天日的森林里的一只小兽，兽眼幽绿，充满猎杀。

"这是顾捷的报复。"杨轻舟眉头紧锁。

周阿姨又是懊悔又是痛惜："是我引狼入室，这池子……"她的声音转而温柔哀伤，"还是周溪她爸走的那年，亲手砌成的。"

周溪眼睛一红，将头靠在周阿姨的肩膀上。

江群群难过地看着周溪母女两人，心头的悲伤一点点地蔓延上来。

9

上午十点，江群群和姜礼浩一起坐上了离开小镇的大巴车。

杨轻舟去车站送她，将那只蓝绿色皮箱放到车后座，走到车窗前。江群群扒在车窗上，像只小动物般地看着杨轻舟。

"我不想走。"她说。

杨轻舟没搭理她，而是盯着江群群身边的姜礼浩，淡淡地说："路上照顾好她。"

姜礼浩"嗯"了一声。

"杨轻舟，我想留下……"江群群还没放弃。杨轻舟打断她的话："你听话，我帮周溪处理好，过几天就回去了。"

江群群无奈，只能点了点头。直到大巴车开了老远，她还是眼巴巴地看着杨轻舟。他站在原地望着她，目光绵长而难懂。

"别看了，留在这里不安全。"姜礼浩酸溜溜地说了一句，"我不懂，你到底喜欢他什么？他这个人捉摸不定的。"

江群群回头，震惊地看着姜礼浩。

姜礼浩还没察觉到哪里不对劲："喜欢他的女生很多，我觉得他八成已经谈过恋爱了……"

"啊！"江群群惊恐地捂住嘴巴。

姜礼浩一头雾水："你怎么了？"

江群群感到鼻子痒痒的，但她还是没能控制住，打了个喷嚏。

这次是她完全没防备，在还能看到杨轻舟的时候，姜礼浩就说出了"喜欢"两个字，所以诱发了喷嚏！

接下来，她要面临怎样的生活反转？

江群群顿时六神无主，姜礼浩赶紧将一瓶水递给江群群："到底怎么了？你先喝点水，脸色这么差。"

她接过矿泉水，闷闷地喝了一口。

姜礼浩还在担忧地看着江群群："群群，你怎么会突然打喷嚏？"

江群群深呼吸一口气，决定对姜礼浩和盘托出。

"我想告诉你一个秘密——"江群群表情严肃，声音很低，"在我能看到杨轻舟的时候，只要我听到'喜、欢'两个字，就会打喷嚏，生活就会发生坏的反转。"

姜礼浩睁大了眼睛："这么帅？都叫你是反转猫，但我一直以为那是开玩笑的！"他兴致勃勃地问，"哎，那接下来要发生什么样的反转？不会发生山洪吧？或者车祸？"

"别乌鸦嘴。"江群群没好气地说。

"不是我乌鸦嘴，而是你们两个人也太奇怪了，居然没发现问题的关键。"姜礼浩很认真地说，"让你打喷嚏只需要两个条件，对吧？一个是有杨轻舟在，一是有人说出'喜欢'两个字。那么我问你，你只要这辈子不见杨轻舟，就不会打喷嚏！这个问题不就解决了吗？为什么你要舍近求远，去解决掉'喜欢'这个词呢？"

江群群张口结舌。

姜礼浩继续说："我认为在生活中，听到'喜欢'这个词的概率，比见到杨轻舟大多了。这辈子你只要不见杨轻舟，你就是正常人。所以，江群群，你跟杨轻舟绝交吧。"

"不行！"江群群不假思索地拒绝。

姜礼浩好笑地看着她："你不是一直苦恼这个问题吗？我提出了解决方案，你却否定了？"

江群群只觉得眼角一酸，犹如蒙上了一层朦胧雾气。她使劲摇头："姜礼浩，我不能离开杨轻舟，我……"

说到这里，她就如鲠在喉，再也无法言说。

只要离开杨轻舟，她就不再是怪物。

只要一生都不见面，她就能过上正常的生活。

可是她刚想象了一下那样的人生，就心如刀绞，万箭穿心。没有杨轻舟的世界，跟死去有什么差别呢？

"行了，我就随便一提。"姜礼浩冷下神色，坐正身体，"江群群，你又让我失恋了一次。从现在开始，别在我面前表现你们……感情有多好了。"

江群群抿了抿嘴，小声地说了一句"对不起"，但姜礼浩已经不再回答。她无奈，只能重新望向窗外。

窗外是山路，山路的栏杆外则崇山峻岭。这一路风光无限，江群群却无心欣赏。她满脑子都是和姜礼浩刚才的对话，也就是在这一刻，她才发现——她早已深深地爱上杨轻舟，和他再也分割不开。

江群群努力让自己镇定下来，并拿起手机搜索了一下最近小镇的天气。因为刚才她打了喷嚏，白天打的喷嚏容易引发坏事，所以她内心是真的有点担心会发生山洪。

江群群环顾四周，想要提前预设好一条逃生路线。结果这一看不打紧，她发现大巴车上居然只有三四个乘客。

"怎么就这几个人？"

姜礼浩也看了一下周围，并没有觉得哪里不对："现在是上午，一般游客哪有现在离开的？都要等到下午玩尽兴了才走。"

江群群点了点头，靠在座椅上，百无聊赖地看着窗外。姜礼浩安慰她："睡会儿吧，从这里到景区服务站还要半个小时，我觉得你也别多想，不会发生什么事的。"

"嗯。"江群群闭上眼睛，然而就在这时，手机忽然振动起来。

她拿起手机，发现是红豆来的微信电话，赶紧接听。

"红豆，你是不是打听到什么了？"江群群莫名紧张起来。

红豆的声音里充满了紧张："我问到了，这个小丑 logo 不是什么服装品牌的，是有人在工厂里定制的。我大概问了问，发现那是一个情感辅导的组织。"

"情感辅导？情感专家？"江群群皱起眉头。

她因为经常浏览网页，经常看到网络上有许多情感导师，打着"帮复合""寻桃花"的旗号，给人做恋爱指导，其实出售的课程水分很大。

"比那个还要奇怪呢！这里面，绝对有古怪。"红豆压低了声音，"我就装作好奇，问了问对接的人，我能不能去报名。结果对接的人哈哈一笑，说他们那个组织只收男学员。因为他们来定制服装，从来都只做男款。"

"精神控制？"江群群脱口而出。

她声音大了点，立即引起了其他乘客的注意。姜礼浩也凑了过来，低声问："怎么了？"

江群群赶紧摆了摆手："没什么。"然后她压低声音："红豆，你继续说，还知道些什么？"

红豆吞吞吐吐地说："我还从对接的那个人那里打听到，这个组织的账面流水很大。群群，你说做什么生意，流水这么大？简简单单的培训课，不至于有那么多收益吧？所以，我觉得这个事绝对不简单。"

"我明白了，谢谢你，红豆。"手机信号开始变弱，江群群心情沉重地挂上了电话。

如果她没猜错，那个小丑 logo 的组织，就是一个诈骗机构。

顾捷并不是一个简单的情感骗子，他很可能是这个诈骗机构里的学员，出来猎艳，布下陷阱，从女人手里骗取钱财。如果是这样的话，那么他们得罪的就不是一个骗子，而是一个组织。

而且，顾捷已经表现出了强烈的恨意。下一步，他会不会对周溪一家，以及杨轻舟不利？

江群群不敢想下去了，加上刚才那个喷嚏，她整颗心都揪了起来。想到这里，她大声喊了出来："师傅，麻烦停一下车。"

"你想干什么啊？"姜礼浩惊讶。

江群群低声解释："我必须回去。"然后，她又往驾驶室的方向喊了一句："师傅，请你停一下车，我要下车。"

"你在这里下车，要怎么回镇子上啊？"姜礼浩看了看车窗外面，外面就是荒凉的山路。

江群群一边收拾书包，一边站起来："我就在路边等，总会有上来的大巴车，我到时候拦下一辆就可以了。"

姜礼浩还想阻拦："群群，你有什么事电话告诉他就可以了。我看……这一路上也没多少从山下来的大巴车啊！"

犹如暗夜闪电般，江群群忽然察觉到有些不对劲。

这条路是送游客上来的山路，按理说，路上肯定会遇到从山脚下上来的旅游大巴车。可是车子行驶了十几分钟了，她居然没见到一辆大巴车。

不对劲！

江群群有些惊心，望向驾驶室，发现司机自始至终都没回头看她一眼，仿佛当她是空气。

"师傅？司机师傅！我要下车！"江群群尖叫一声。

司机依然没有理她，而车内气氛却变得诡异起来。江群群回头一看，顿时吓得脸色发白。

车里的其他四个乘客，全部都是中年男性。他们抬起头，冷冷地看向江群群和姜礼浩，慢慢站了起来。

姜礼浩也察觉到了不妙，戒备地站起身。

"你们想干什么？"姜礼浩指了指窗外，"这条路到底是不是去服务站的啊？我警告你们啊，别乱来啊，这是法治社会！"

江群群趁着姜礼浩说话的工夫，哆哆嗦嗦地打开手机，打算拨通电话。然而一个男人扑过来，伸手将她的手机抢了下来。

大巴车"吱嘎——"一声停下了。

五大三粗的司机这才转过身，和其他乘客一起，慢慢地形成一个包围圈，围住了江群群和姜礼浩。

江群群脑中空白，只剩下两个字——

糟了！

第十一章

你可能不知道，你在我心里有多重要

1

江群群和姜礼浩快速对视一眼，彼此都有些无奈：他们被挟持了。

"下车！"司机和另外四个歹徒逼迫他们下车。

姜礼浩尽管满脸愤愤不平，但还是举起了双手。江群群一边拖慢脚步下车，一边在脑中复盘整件事情。

他们是被算计了，上了一辆黑车，可是这车是怎么混进小镇的停车场的？又是在哪个路口岔到另一条路的？

"大哥，你们要钱的话我给，别冲动啊！"姜礼浩颤颤巍巍地说。

"少废话！"司机毫不客气。他皮肤黝黑，方正脸形，砍刀眉下两只锐利的眼睛，十分凶。

姜礼浩还不放弃："你们要多少钱我都给，30万元？50万元？你们开个价嘛，大哥！"

歹徒只是冷笑。

"只要你们别伤害我们，我愿意付100万元！"江群群一边装作协商的样子，一边用眼角余光四处乱看。她发现这条山路的一边是峭壁，另一边是密林。要想逃走就要潜入密林，但从山路到密林的坡度太陡，一个不小心就容易扭脚。

一名歹徒冷笑出声："100 万元，好大的口气！我看你这个小丫头，是装有钱人装上瘾了！"

江群群后背一阵发凉。她自从来到小镇就没见过这个歹徒，而他却知道她做了什么，看来真的是有备而来。莫非，跟顾捷是一伙的？

姜礼浩也想到了这一层面，脸色发白，嘴唇颤抖："大哥，我真的有50 万元的存款，你们把我们两个都放了吧！"

司机指着江群群："她不能放，今天一定要她好看。"

其他几名歹徒也盯着江群群，目露凶光。

"她，她干什么了呀？你们别针对她啊，要打要杀，都冲着我来！"姜礼浩一边和他聊天，一边用眼神暗示江群群。

江群群心领神会。

"少啰唆，从现在开始给我闭嘴！等会儿你们就知道怎么整治你们了！"歹徒凶神恶煞起来。

江群群趁他们的注意力暂时集中在姜礼浩身上，忽然脱下书包，狠狠地砸在司机头上。司机下意识地去拽书包，江群群猛然一推，将司机推了一个趔趄，后退了两步。

江群群扭头就跑。

"站住！"歹徒们想追。

姜礼浩突然大喝一声，抱住其中一名歹徒，然后踢中另一个歹徒的腰部，和他们缠斗起来。但是他只有一个人，势单力薄，很快就被打倒在地，鼻子上挂了彩。

江群群在前面飞快地跑着，焦急地望着路的尽头。她多么希望，这条偏僻的路上能出现一个人，或者一辆车……

"小丫头，你跑不了！"

"找死！"

歹徒们眼看就要追上来。

江群群拼尽全力跑着，耳边风声呼啸。她想冲进密林，但无奈沿路的坡度都太陡峭，以这个速度贸然跳下去，肯定会崴脚，反而逃不掉。

她正六神无主，忽然听到身后响起了大巴车的鸣笛声。江群群茫然回头，发现大巴车居然向歹徒们冲来，而驾驶座上的人是姜礼浩！

　　歹徒们赶紧让开，却已经晚了，还是被大巴车撞得飞出老远。眼看大巴车就要撞上江群群，姜礼浩猛打方向盘，大巴车"轰"的一声撞上峭壁，车头冒出一阵青烟。

　　"姜礼浩！"江群群急忙上前。

　　驾驶室里，姜礼浩推开车门，额头上两道血痕。他手里拎着江群群的书包，使劲扔到江群群的怀里，然后撕心裂肺地喊："走啊！你快走！"

　　江群群抱着书包，不知道该怎么办。

　　"走！再不走我就兜不住了！"

　　躺在地上的几个歹徒，正吃力地爬起来。姜礼浩踉跄地下车，往其中一个歹徒后背上踩了一脚。他能拖延的时间很有限，如果江群群再犹豫下去，就真的逃不掉了。

　　江群群咬了咬牙，转过身小心地下了山坡。等到双脚踩实，她飞快地窜入密林中，很快就将歹徒抛在身后。

　　林子茂密，地上树枝丛生，江群群的双腿很快就被刮出几道口子。她躲在一棵大树后面，回头看去，身后静悄悄的，估计那几个歹徒没有追过来。

　　她抬头辨别了下太阳的位置，找到一条靠近山路的方向，艰难地跋涉而去。只要走到山路上，碰上车辆，她就得救了。

　　然而不知道走了多久，她仍然没有看到山路。江群群有些慌了，难道方向不对？

　　她往来路看了看，还是决定不能回去。回去的风险太大，万一再碰上歹徒，那就得不偿失了。

　　密林里的蚊虫肆虐，嗡嗡地往江群群身上扑。江群群坐下来，打开书包，拿出驱蚊水一顿乱喷。书包里有水和饼干，她狼吞虎咽地吃着，胃部的不适感才有所舒缓。

　　景区里不可能有猛兽，但是要小心虫蛇，毕竟此时是初夏。江群群绝望地望着四周，根本不知道接下来该往哪个方向走。

　　她抽了抽鼻子，两颗眼泪掉了下来："杨轻舟，我想你了……"

2

没有手机在身边，时间却过得飞快。

江群群不敢再四处乱走，眼睁睁地看着太阳落山，暮色四合。山风起，发出低沉的吼叫，将树冠摇晃得哗啦作响。

"有人吗？"江群群试着喊叫了一声，却只有山谷回音。

幸运的是，书包里有一只手电筒，可以用来照明，而接下来的山路也不再像之前那样杂乱无章，看上去很像是有人踩过。江群群决定往高处走，如果看到小镇的灯光，她就能辨别方向。

不知道爬了多久，江群群累得气喘吁吁，身体也酸楚不已。她抬手往额头上一抹，滚烫滚烫。

刚才一直在爬山，她没觉得哪里不舒服。现在猛然停下来，她才觉察出全身酸痛，明显是发烧了。

山风渐烈，夜露悄然而落，她又冷又饿，因为发烧浑身都使不上力气，疲惫地坐在地上。结果这一坐，她感觉整个人都不受控制了，居然像根面条，四仰八叉地躺倒下来。

这块山地比较空，头顶上方露出了一大块夜空。夜空如同深蓝色丝绒，上面点缀着许多明亮的星子。江群群躺在地上，痴痴地看着星子，眼泪忽然就流了下来。

她和姜礼浩的手机都在歹徒那里，如果歹徒用他们的口吻给杨轻舟发微信，那杨轻舟还能知道他们遇险了吗？

还有姜礼浩，他一个人面对四个歹徒，现在是生是死？他对她的付出，她这辈子还能报答吗？

江群群胡思乱想着，更加绝望。

书包里的食物和水已经耗费殆尽，她又生病了，再这样下去，她撑不过三天。而且，眼看着手电筒的光亮，也一点一点地微弱下去了。

"不行！"江群群挣扎着从地上坐起来，从书包里翻出黑色水笔和笔记本。就算是死，她也不能死得无声无息。

江群群翻到一个空白页，在上面写下"遗言"两个字。

这个笔记本是杨轻舟的《喷嚏日记》。她本来拿在身边是为了研究打喷嚏的规律，没想到有一天，她会在上面写下遗言。

"杨轻舟，今天是 5 月 15 日，明天是 16 日，后天是 17 日，我没想到这三天中的一天，会是我的忌日。我想告诉你，你是一颗星星，照亮了我的世界。谢谢你的出现，让我二十多年的时光从未褪色晦暗。我不想把这些话带到天堂里，所以我要写下来，让你永远记住……我……"江群群就着手电筒的微弱灯光，在笔记本上边写边念。

"我……"江群群犹豫。

时光的碎片在脑海中划过，像在播放小电影，全都是甜蜜的瞬间，也冲破了她最后的矜持。

她郑重其事地继续写："我，喜欢你。"

"我有一个愿望，那就是希望多年之后，你还能记得我。我知道关于我的一切是个悲剧，让你记住我太不公平，可是这是我唯一的愿望，请你一定要答应我，不要忘了我……"

江群群写到这里，突然悲从中来，眼泪落下。

"不写，这段不写了，太煽情。"江群群另起一行。

应该给妈妈留一段话吧？

江群群犹豫地望着笔尖，终于认真地写下一行字——

妈，对不起，我以前伤害了你。我走了之后，我们的家不能再少什么人了，希望你能找到属于自己的幸福。请你，一定要幸福。

写完，她如释重负地松了口气，似乎卸下了什么重担。

原来，一个人在生命进入倒计时的时候，许多想法真的会改变。江群群将遗书折叠好，小心地放到书包的内里夹层，然后才枕着书包躺下去。

她看着天幕上的星子，感觉身体一阵阵地发抖，力气也渐渐微弱下去。不仅如此，身边的手电筒的光也不复明亮。

童话故事里，卖火柴的小女孩也是同样的心情吧？

最后一根火柴熄灭的时候，小女孩在火光中看到了奶奶，她在临时的一瞬间是幸福的。

可是江群群的手电筒也要没电了，她却没能在最后的光亮中看到杨轻舟。

江群群鼻子一酸，眼泪流了下来。

很快，电池耗尽，手电筒的电就灭了下去。

世界仿佛一分为二，这个小天地里无比安静，没有风声和虫鸣。江群群努力挪动沉重的身体，翻了个身。

她要死了吧？

江群群脑中划过这个绝望的念头，打算闭上眼睛。但就在这时，她忽然看到天幕上掉落了一颗星。

"流星？"她以微不可闻的声音自言自语。

那流星并没有消逝，反而化为一颗光点，隐约在山林里闪烁。江群群揉了揉眼睛，发现那颗星星的确没有消失，正在向自己移动。

她意识到了什么，浑身战栗起来，吃力地抓过手电筒，打开开关。手电筒只有微弱的光丝，她颤抖着双手打开电池箱抠出电池，将电池咬了几下。据说这样做，能让电池"回光返照"一会儿。但如果咬破了金属保护膜，里面的有毒物质会损坏胃黏膜。

眼下，她什么也顾不上了。

终于，手电筒重新亮了起来。江群群将手电筒对准那颗星星，轻轻地晃动着。而那颗星星也越来越大，最后照耀在她的脸上。

那颗星星，原来也是一个手电筒啊！

而拿着手电筒的人，是一脸焦急的杨轻舟。

"群群，群群……"杨轻舟身后似乎还有其他的人员，但江群群只盯着他一个人看。他的声音那么遥远，她此时才知道，自己因为发烧，五感都异常了。他明明近在眼前，她就是很难听清楚他在说什么，也感觉不到他的体温。

世界轰隆一声黯淡下来，江群群晕了过去。

3

江群群不知道睡了多久，才慢慢醒了过来。睁开眼睛，她看到眼前是雪白的天花板，足足愣了十秒钟，直到听到耳边传来体征检测仪的声音，才确定那不是天堂，而是医院。

扭转视线，她看到手臂上挂着一根滴液管，晶亮的药液正在一滴一滴地落下，顿时感到手臂上一阵疼痛。

"呜！"江群群想喊人，喉咙却干燥难耐，只发出了一个单音节。她扭头往左右看了一圈，发现病房里静悄悄的，居然没有一个人。

据说，女主角醒来的时候，都会发现男主角沉睡在手边，而她却一个人孤零零地躺在病床上。

江群群正在愤愤不平，病房的门忽然打开了，杨轻舟推门进来，手里拎着一个饭盒。他看到江群群后，愣了一下，眼中充满了激动，也有惊喜："你醒了？"

杨轻舟眼睛里布满了红血丝，看来没有睡好。江群群顿时有些心疼，默默地点了点头。

"我真的是容易遇到小概率事件，刚出去买饭，也就五分钟工夫，你就醒了。"杨轻舟将饭盒放到床头柜上，半开玩笑。

"你……"江群群只觉得喉咙刺痛。

杨轻舟将江群群扶起坐好："你退烧了，但是咽喉发炎还是免不了的，忍一忍。"

他拿起杯子，倒了一杯温水给她。江群群在他的辅助下，将一杯水喝下，才觉得舒服了许多。

"现在什么感觉？"杨轻舟一边问，一边按了下呼叫器。很快，一名小护士走进来，给江群群做检查。

江群群配合护士做检查，头脑清醒了一些，连带着被劫持的画面碎片也冲进脑海里。她浑身绷紧，紧张地抬头看杨轻舟，话未出口，他却已经猜到了她的想法。

"歹徒都逃了，正在追捕。"

"姜礼浩呢？"

"他没事，就是他和歹徒斗智斗勇，逃回镇子喊人。我们带着人在山林里找了你一夜，终于把你找到了。"说起这件惊险的事，杨轻舟的脸色沉了下来。

江群群松了口气。

小护士检查完江群群，开始在本子上记录："基本上没事了，再住一天院就可以出院了啊！"

"谢谢。"杨轻舟道谢。然后他拿过饭盒打开："既然醒了，就吃点饭吧，你已经昏迷了一天了。"

江群群望向窗外，夕光金黄，果然是日落黄昏了。她揉了揉肚子，摇头："我不饿。"

杨轻舟眼神立即变得锐利："怎么会不饿？"

旁边的小护士对杨轻舟翻了个白眼："她怎么会饿？发烧之后容易腹胀，她现在没胃口也是对的。再说，她昏迷一天，你就喂了她三餐白粥，更是没食欲了。"说到这里，她看着江群群："不过，你男朋友真的很体贴，你就算不饿，为了他也要吃一点。"

江群群脸上一红："那个，我们不是……"

"护士都这样说了，你就乖乖吃饭吧。"杨轻舟一脸得了便宜还卖乖的表情，将饭盒凑到江群群面前。

一股饭菜的味道窜入鼻子，江群群此时却有些反胃。大病初愈后，她的胃口是变差了许多。她皱着眉头，正要拒绝，忽然看到饭盒里居然有几只剥了壳的小龙虾，顿时惊喜："小龙虾？"

"嗯，特意给你点的。"杨轻舟将筷子递给她。

江群群夹起一只虾肉，正要往嘴里送，忽然忌惮地望了望身边的护士。小护士戴着口罩，但眉眼弯弯，估计在笑。

江群群这才放心地将虾肉扔进嘴里，满足地咀嚼起来。可是她没有吃到熟悉的虾肉味，却吃出了一股馒头味！

她惊愕地看向杨轻舟，却看到这厮笑得暧昧。

江群群夹起另一只"虾肉"，用力夹断，发现那虾肉果然是用面粉做的，只是表面上被烘烤出了虾粉色。更绝的是，"虾身"上居然还有深色印痕，这块"虾肉"更是被模仿得惟妙惟肖。

"你，你骗我！"江群群目瞪口呆。

杨轻舟不由分说地从她手中夺过筷子，夹起一块"虾肉"填到她嘴里。江群群捂住嘴巴，恼火地瞪他。

"谁让你不好好吃饭，这是为了让你多吃。"杨轻舟强调。

护士再也忍不住了，扑哧一声笑了出来："你们小两口真甜蜜。"

"我们不是小两口……"江群群想解释，小护士却已经合上本子，转身出去了。

江群群气恼地看着杨轻舟，杨轻舟耸了耸肩膀："我什么也没说，都是她误会的。"

尽管被人误会，江群群却觉得心里甜甜的。她拿过饭盒，老老实实地吃起饭来。杨轻舟笑得十分促狭，江群群顿时觉得自己很没面子。

"下次不要把我当成小孩子，被人笑话。"她狠狠挖了一口米饭。

杨轻舟抿唇一笑："你比我小一岁，无论你多大，在我眼里都是小孩子。"

"你……"

"行了，先吃饭。"杨轻舟揉了揉她的头发。江群群脸上红了红，埋头将饭菜吃完。

杨轻舟很自然地将饭盒接过去，然后拿过一张餐巾纸，给她擦了擦嘴。这一系列的动作十分流畅，行云流水一般，江群群根本就没反应过来。

这感觉，太像恋人了吧。

江群群如同鸵鸟般，慢慢地缩回到被子里，只露出两只眼睛，眨巴眨巴地看着杨轻舟。

杨轻舟低头看着她的怯懦的样子，忽然一笑。

江群群赶紧闭上眼睛："我先睡了。"

杨轻舟俯下身来，看着她紧闭的双眼，也就没再逗她，转身收拾了一下，出去了。

4

下午，两名警察来到江群群的病房，开始询问当时的情景。江群群认真配合，将当时的情景事无巨细地说了一遍。

"看来，这群歹徒是有计划，有目标的。他们从一开始就潜伏在停车场里，伪装成正常的旅游大巴。"警察下了判断。

杨轻舟问："监控有拍到他们的脸吗？"

"他们很狡猾，只拍到侧面。远处只有一个身影，我们的专家还要辨别。"

杨轻舟点了点头，看向江群群："你还有什么要补充的？什么都可以。"

江群群摆弄着手机，下定决心，从手机上调出那个小丑的 logo 图像，说出了自己的怀疑。

"我怀疑，那个顾捷和他们是一伙的。我曾经在顾捷衣服上看到了这个 logo，不是普通的服饰品牌，而是一个情感培训机构。我怀疑这个机构就是一个骗子团伙，当他们发现骗不到钱之后，就有了报复心理，从而对我下手。"江群群一股脑儿地说了出来。

这些全都是猜测，但此时她也顾不上太多。她在明，歹徒在暗，她必须多防范一些。

警察在笔录上写着："除此以外，你还发现了哪些线索？"

江群群摇了摇头："没有了。"

警察将那个小丑 logo 用便携打印机打印出来，拿在手里看了看，才放在一边，继续做笔录。

"你提供的这个信息我们可以作为参考，接下来我们会对这个机构进行调查，有新的线索我们会和你们联系。不过，涉及办案的具体过程，你们要绝对保密。"警察叮嘱。

笔录做完后，江群群如释重负。

窗外的阳光很好，远处青山葱翠可爱，完全想象不到那片密林里，差点发生恶性事件。

"再让医生检查一下，下午就可以出院了。"杨轻舟抬手试了试江群群的额头。

江群群点了点头，看着手机，脑中不停地播放当时被歹徒们抢走时的情形。她想了想，问："我的书包呢？"

杨轻舟弯腰打开床头柜的柜门，拿出书包递给她。书包已经被浆洗得干干净净，江群群打开后，看到里面的东西都放得整整齐齐的。

"我帮你洗了。"

"洗了？"江群群下意识地问。

江群群猛然想起，夹层里还放着她的一封遗书。她脱口而出："你掏干净了吗？"

"干洗，就算没掏干净也没事。你包里是有什么重要的东西吗？"杨轻舟紧紧盯着她。

江群群想拉开拉链，抬头看到杨轻舟在注视自己，顿时迟疑了。那封遗书上，她给杨轻舟留下的话语字字露骨，行行深情，要是被他看见了，他会是什么反应呢？

可能他会说，江群群，咱俩的关系没到这份上呢。

或者他会哈哈一笑，说你想多了，我会每年给你上香，你不用给我讲这么一大段。

最可怕的一种可能是，他会沉默着离开，然后他们从此连朋友都做不成。

"你真的，没看我书包的夹层？"江群群结结巴巴地问。

杨轻舟没说话，只是静静地看着她。江群群忽然心中慌乱，正想要拉开夹层看个究竟，门外却匆匆走进一个人，看到江群群就哭了出来："群群！"

江群群看着眼前的女人，愣住了。

若不是表情充满担忧，江妈妈本应该有一脸好气色。她年龄五十上下，保养适宜，衣品优雅，举手投足里带着一股与生俱来的傲气。

"妈，你怎么来了？"江群群愣了。

江妈妈开始擦眼泪："你这孩子，没事跑旅游景区干什么？我听说你在山上晕倒的事情之后，急得不行……"

"阿姨，对不起，是我没照顾好群群。"杨轻舟打断了她的话。

江妈妈抬头看杨轻舟，叹了口气："不怪你，我还要谢谢你救了群群。"说着，她困惑地看着江群群："怎么？你不知道我来？"

江群群这才想起，自从她拿到手机后，还没看微信呢。

她赶忙点开微信，果然发现有不少留言。滑动到"妈妈"的聊天框上，她粗略看了几条聊天记录，立即僵住了。

妈妈给她发来了 20 条微信，刚开始是联系不上的焦急，后来估计知道江群群被送到医院了，语气变成了有惊无险后的庆幸。最后，她告诉江群群，打算跟陈叔叔一起赶来这边医院看她。

陈叔叔？

江群群心里有了一股不好的预感，猛然就记起了某个午后，一个和妈妈有说有笑的中年男人。那是即将取代她父亲位置的男人，也是将要分割她家庭的男人。

江妈妈扭头看向外面："老陈，你进来啊。"

病房外走进一个拎着水果的中年男人，正是老陈。老陈温然看着江群群："群群，我和你妈妈特别担心，这不，赶紧过来看你。你这……什么时候出院啊？"

江群群盯着老陈，一句话没说。

"下午就可以出院了。"杨轻舟帮江群群回答了一句。

老陈感激地望了杨轻舟一眼："出院了好，等群群出院了，我们一家人吃个饭。"

江群群心头一沉。

一家人？

她可没承认！

江群群刚想说什么，杨轻舟已经接过话茬："好，谢谢叔叔阿姨。群群上午还说，想要跟家人团聚。"

江妈妈满脸欣慰，抚摸着江群群的头发，眼睛里泛出泪光。

"群群，谢谢你理解妈妈。"

江群群尴尬地笑，然后狠狠瞪了一眼杨轻舟。

5

因为是山城，所以就算在县城里，也能望见远山连绵。

老陈将饭局安排在一家装修高档的饭馆里，入门可见汩汩溪声的假山假石。包厢里布置幽雅，推开古色古香的窗户，可以看到蜿蜒而过的河水。

圆桌上布了一桌饭菜，大多数是温补益气的食材。老陈张罗着给江群群盛了一碗汤，和颜悦色地说："群群，我听你妈妈讲起你已经很久了，过了这么长时间才见面。"

江群群点了点头，低头喝汤。

杨轻舟坐在她身边，礼貌一笑："现在见面也不晚。"

江群群顿时觉得这口汤有些难以下咽。杨轻舟却没有察觉任何不妥，依然彬彬有礼。她实在忍不住，凑近他，压低声音，咬牙切齿地问："你是我的小喇叭吗？总是帮我说话。"

"我不帮你说话，气氛就冷了。"杨轻舟坦然。

江群群翻了个白眼："你是中央空调吗？还管气氛冷不冷。"

江妈妈看两人凑在一起讲话，还以为他们在说甜蜜的悄悄话，笑容立即爬上了眼角："对，现在见面也不晚。对了，群群啊，以后你陈叔叔和咱们就是一家人了……"

江群群剧烈地咳嗽起来，江妈妈的话戛然而止。

老陈关怀地问："群群，你没事吧？"

江群群咳嗽得脸都红了，使劲摆手，艰难地说："没事没事，我得……出去透透气。"

"我陪她一起。"杨轻舟眼疾手快地站起身，扶着她往外走。

江妈妈满脸尴尬，想跟上去，两人却已经走到了门口。她无奈地看了眼老陈，叹了口气。老陈却不觉得哪里不对，只对江妈妈说："下次群群喝汤的时候，你别跟她说话，省得她分神了。"

房间门关上之后，江妈妈才说："哪里是分神的问题。"

顿了顿，江妈妈又说："我的女儿，我最了解。"

6

杨轻舟扶着江群群，径直往洗手间的方向走去。卫生间的门口设置有洗漱台，江群群捏着嗓子，一边咳嗽一边说："喀喀，你回去吃饭吧。喀喀，我自己喘会儿就好。"

"我陪你。"

"喀喀，不用了……"

杨轻舟面无表情地看着江群群，忽然说："我要不陪你，你等会儿就从后门走了吧？"

江群群佯装听不懂的样子，边咳嗽边做出茫然状。

"别咳了，演戏很浮夸。"

江群群看事情败露，无奈地停止咳嗽。

"杨轻舟，我真的不知道如何表态。你回去告诉我妈，我先回学校了。"江群群轻咳一声，恢复了正常。

杨轻舟垂眸看她，眸子里深不可测："为什么？"

"什么一家人，这事太突然了……"她犹豫了一下，"这顿饭就是鸿门宴，我暂时还不能接受陈叔叔。"

杨轻舟定定地看着她，忽然意味不明地笑了笑："女人就是善变，你大概是忘了，你之前已经接受了他了。"

"我什么时候接受了？"江群群反问。

杨轻舟眼神古怪，抬手点了点自己的太阳穴："你再仔细想想。"

"我哪有……"

"你就有！"杨轻舟居然有些生气了，"自己说过的话，就能推翻吗？江群群，你能负点责任不？"

江群群刚想反驳，猛然记起了那封遗书。思前想后，她只有在遗书里才明明白白地写了，她希望妈妈能找到幸福。

如果要说接受，那她在遗书里的态度就是接受陈叔叔当自己的爸爸。

江群群目瞪口呆，震惊地看着杨轻舟，心里打起了鼓。难不成，他看了她写的遗书？

她后背凉凉麻麻的，说不上是紧张还是惊恐。杨轻舟看到遗书，也必定是看到了她的那些表白字句。

"你，你是不是翻我书包了？"江群群问，"你看到什么了？"

杨轻舟咬牙切齿："什么，也没有看到！"

"不，你别意气用事啊，你得听我解释……"江群群试图沟通。

杨轻舟却不愿意跟她多费口舌，揪住她的衣领，将她往回拽。江群群挣扎："杨轻舟，你说清楚啊，你到底看到了什么？"

他面色肃冷："我看到什么，重要吗？你还不是说不认就不认？"

江群群心头一凉，觉得杨轻舟这话等于间接承认自己看到了那封遗书。

同时，她也觉得他这股怒火来得简直莫名其妙。

喜欢一个人有错吗？

江群群满心委屈，被杨轻舟揪着走到包厢门口。杨轻舟推门，江群群无奈地迈进房门。

江妈妈和老陈看到她进来，同时站起来，近乎谄媚地向她走过来："群群，没事吧？"

"没事。"杨轻舟再一次替她回答。

江群群敷衍地点了点头，坐回自己的座位。杨轻舟在她身边坐下，在她面前铺好一张方巾。

"慢点喝汤。"杨轻舟虽然依然满面冷漠，行为却很温柔。

江妈妈和老陈对视一眼，暧昧一笑。

"轻舟啊，你们打算什么时候回去呢？要是这两天动身，就坐我的车吧。"老陈说。

杨轻舟回答："群群坐不惯小车，容易晕车，我们打算火车回去，平稳。"

"行，那就辛苦你了，群群和你在一起我们放心。听说你是群群学校的讲师了？希望你以后多指导群群。"江妈妈开始客套。

杨轻舟举起酒杯："那是自然，我和群群是从小一起长大的。"他看向江群群，平静地说，"我们敬叔叔阿姨一杯吧。"

江群群脑子蒙蒙的，还在想着遗书的事，和杨轻舟一起举着酒杯。她机械地说："陈叔叔，妈，谢谢你们。"

老陈受宠若惊，赶紧起身回敬："群群，轻舟，叔叔也要谢谢你们。"顿了顿，他继续说，"我和你妈妈，会努力操持好这个家。"

言下之意，他俨然把自己当成了男主人。

江群群挤出一个微笑，一仰头将酒水一饮而尽。杨轻舟也将酒水喝完。两人这一敬酒，饭桌上的气氛才算真的有了一丝轻松了。

江妈妈慈爱地看着两人，就在这时来了一句："看到你们两个这样好，我这心事也放下了一半。"

"喀喀！"江群群这次是真的被呛住了。

她咕嘟嘟喝了一口水，然后才艰难地说："妈……你，你乱说什么？我跟他是朋友，还有上下级关系呢。"

"啊？"江妈愣了愣，却忽然露出了笑容，"看你急的，妈妈也没说什么啊！"

老陈拿着筷子夹菜，沉默不语。江群群面红耳赤，偷偷看了杨轻舟一眼，发现他反常地一言不发，只顾着吃菜。

7

这一顿饭，江群群如坐针毡。

饭局的后半场，江妈妈和老陈笑语晏晏，江群群也忍不住说了两句玩笑话。唯有杨轻舟，态度一百八十度大转弯，居然高冷起来。

江群群几乎要怀疑，杨轻舟其实有双重人格。他这个状态，就是他的第二人格。

至于他的第二人格是什么身份，那应该是个杀手。

她在心里重重地叹了口气，自己可能不知道哪里得罪了杨轻舟的杀手人格，眼看着他要对自己下手了。

好不容易等到饭局结束，江妈妈和老陈往外走，江群群赶紧凑上去："妈，我想跟你们的车回去。"

"你不是说跟杨轻舟一起吗？"江妈妈有些惊讶。

江群群使劲摇头："我想起来，我还有急事。"

"哦，那行。"江妈妈和老陈交换了一下眼色。江群群捏紧了后背的书包，回头对杨轻舟说："那个，我先跟我妈回去了，你回头跟周溪说一下就行。行李，就拜托你帮我拿回去了。"

杨轻舟睨她："你就这么着急吗？"

"对，我想起……论文，我要跟导师讨论的。"江群群胡乱抓了个理由，"你也知道，还有一个月，我就论文答辩了。"

杨轻舟点了点头，没再说话。江群群心虚地跟着江妈妈和老陈走到停车场门口，和杨轻舟挥手告别。

阳光下，他眯着眼睛看她，似乎看穿了她的心事。江群群不敢看他，说了一声"再见"，然后开了车门坐到后座。

汽车缓缓行驶出停车场。江群群回头，看到杨轻舟还站在原地。她鼻子一酸，眼泪就要掉下来。

江妈妈观察着女儿的表情，冷不丁地说了一句："群群，你要是真喜欢他，就留下来。"

江群群声如蚊蚋："不留了。"她转过身，揉了揉眼睛，忽然感到鼻子有点不舒服。

"妈，你刚才说了什么？"江群群这才反应过来。

江妈妈怔然："我说，你要是喜欢他，你就……"

"你……你……"江群群惊恐地捂住鼻子。在能看到的杨轻舟地方，她只要听到"喜欢"两个字，就会打喷嚏！

念头刚落，她就"阿嚏——"打了个喷嚏。

江妈妈惊讶："群群，你怎么了？"

老陈也说："是不是太冷了？可是我没开空调啊？"

江群群脑子蒙蒙的，在脑海中盘算着到底会发生什么样的意外。难道是，车祸？

"群群，你脸色怎么这么差？"江妈妈还在安慰。

江群群摇了摇头，看到怀里的书包，下定决心，将书包打开。她捏住夹层的拉链，狠了狠心之后，使劲拉开。

出乎她的意料，那封遗书，静静地躺在夹层里面。

他，没有看过……

江群群怔怔地看着那封遗书，说不上心里什么滋味。她原本担心杨轻舟看见遗书上的告白，可是现在发现他没看，却又是遗憾，又是失落，还有一股说不清道不明的感觉。

"群群，这是什么？"江妈妈问。

"遗书。"

车子猛然减速。

江妈妈扶着前排靠椅，惊恐地看着她。江群群叹了口气，将遗书拿出来："是在山上，我以为自己快不行的时候写的。"

"哦——"江妈妈和老陈同时松了口气。

"你们要看吗？里面有我给你们的话。"江群群问。

江妈妈点了点头。

"我在遗书里说，我希望你们幸福。陈叔叔，妈妈，以前是我太自私了，没考虑你们的感受，如果你们觉得彼此是合适的，那就在一起吧。"江群群一边说着，一边展开遗书。

老陈和江妈妈十分感动。江妈妈擦了擦眼角："我的孩子，你会体谅我们大人了。"

江群群苦笑一声，低眸看向遗书。然而，她却在此时发现——

遗书上，居然多了一行字！

遗书上半部分的最后一行，写着："请你一定要答应我，不要忘了我……"就在这行的下面，多了一行字：

江群群，你也是我的星星。

江群群震惊地看着那行字。这笔迹，她太熟悉了。

她曾经偷偷地观摩着杨轻舟的一笔一画，然后不自觉地笑起来。她清清楚楚地记得，高一的某天，他在她的语文课本上写：此心犹记江沙岸，轻舟不愿过群山。

那时的一笔一画，就是现在的一笔一画。

江群群拿着那封遗书，心里甜蜜得想哭。她突然哭着笑了出来，哽咽着说："陈叔叔，停车，我想回去。"

"群群……"江妈妈瞪大眼睛看她。

江群群几乎是吼了出来："我求求你们了！我现在就要回去，我要跟他说，我喜欢他……求你们了。"

后半句，她是哭着说出来的。

杨轻舟是一个忽冷忽热的人，她从来都不确定他到底是什么心意。可就在这一刻，她终于明白了，原来他对自己也是同样的心情。

这样的时刻，拖延一秒都是巨大的浪费。

"不是，我想说，他就在后面。"江妈妈指了指车子的后车窗。江群群回头，泪眼蒙眬中，看到杨轻舟居然跟在车尾后面大步地跑。

车子"嘎——"的一声停住。

江群群打开车门，奋力向杨轻舟跑去。风扬起她的头发，她也像一股风，展开双臂扑进杨轻舟的怀里。

他的气息既熟悉又陌生，将她紧紧地包裹在其中。江群群闭上眼睛，哽咽着问："你为什么追过来？"

杨轻舟没有回答。

江群群抬起头，看着他，又问了一遍："你为什么追过来？"

他低头看她，眼睛里有微光在闪闪烁烁。

"我想告诉你，你不许忘记你说过的话，否认你写过的字！"他激动得声音都有些变了，"你说过，我是一颗星星，照亮了你的世界，让你的时光从未褪色晦暗。你只要说了，就不许变！知道吗？"

江群群咬着嘴唇，使劲点头："不变……"忽然，她恍然大悟，"原来你吃饭的时候，是生气这个？"

杨轻舟点头："我以为……你彻底不认账了。"

他满心欢喜地以为，等到江群群病愈，他们就能自然而然地在一起，成为一对情侣。可是没想到，她居然否认自己遗书上写过的话。虽然江妈妈的婚姻和他没有关系，但是在他的认知里，江群群能否认一，就能否认二。她可能真的不会承认自己说过喜欢他这件事。

没人知道，他站在停车场门口的时候，心里有多失望。

也正是那种强烈的失望，让他意识到，可能她这一走，他真的没有任何机会开口确定了。

江群群破涕为笑，用额头蹭了蹭他的胸膛："傻瓜。"

傻瓜。

8

三个小时后，他们依偎在一起看星星。

夜空里星子万千，凉风习习而来，江群群和杨轻舟并肩坐在楼顶的一张凉席上。她小心地将头靠在他的肩膀上，然后拿起手里的啤酒易拉罐，和他的碰了碰。

夏夜和啤酒最般配，他和她也最般配，唯一不完美的地方是——

"杨轻舟，我觉得太扯了。"

"什么？"

"我第一次告白的工具不是情书，而是遗书。"江群群向他伸出手，"你把那封信给我，我烧掉。"

杨轻舟使劲拍拍自己的胸脯："不行，一辈子珍藏。"

"遗书，很不吉利耶！"江群群半是撒娇，半是揪起了他的耳朵，"你给不给！那东西必须烧掉。"

杨轻舟抬眼看她，眼睛亮晶晶的："可是我觉得，那封遗书很吉利。你看你就算写了遗书，还活生生地在我眼前，多好。"

江群群还想说什么，忽然察觉到他的耳朵变得很烫，几乎烫手。

她意识到了什么，赶紧松开手坐好，掩饰性地喝了一口啤酒。

"你不烧也行，就是……"江群群借着微微的酒劲，"你也得写一封情书给我，要不然我多亏啊！"

"啊？哪里亏？"杨轻舟笑着看她。

江群群继续解释："别人以后问起来，咱俩谁追谁，我那封……姑且算是情书吧，算我追你，我多没面子啊。"

他打破砂锅问到底："别人，都是谁啊！"

"爸妈，周溪，姜礼浩，还有其他亲戚朋友。"

"还有呢？"

"还有以后啊，咱俩的……"江群群忽然意识到不对，赶紧闭嘴。

真的是喝得有点高，都胡说八道了。

杨轻舟接了下去："咱俩的宝宝也会问咱们吗？"

江群群心跳瞬间加速，匆忙起身："我没说！你别乱说啊你……"

还没等她完全站起身，杨轻舟一把拉住了她的胳膊。江群群整个人重心不稳，跌坐在他怀里。

"你……"她挣扎。

杨轻舟没有给她挣脱的机会，直接低头吻住了她。潮湿热气迎面扑来，江群群顺势闭上了眼睛。

这一刻，仿佛等待得太久，又好像恰到好处。

轻舟不愿过群山，是因为爱上了群山。

影响我女朋友的心情，我当然生气

1

天空瓦蓝瓦蓝的，一抹淡淡的云虚浮，漂亮得像是一尾游在海里的鱼。

江群群和杨轻舟手拉着手下了出租车，望着眼前的紫辰大学校门，轻快地长舒一口气。

如今的江群群，完全不是以前的略微萎靡的状态，而是眉眼弯弯，任由春风拂动长发。

恍若经年啊！

"我怎么有一种爱因斯坦解释相对论的感觉呢？"江群群嘀咕，"虽然只是过去两周，但我感觉过去了两年。"

杨轻舟将她的手攥得更紧："我恰恰相反，我感觉只过了两天。"

江群群抿唇一笑，感受手心里传来的温度。

两人手拉着手往校园里走，迎面走来几个女生，见到两人顿时脸色微变，开始交头接耳起来。

其中一个白衣女生更过分，居然拿起手机拍起两人。

"天啊，师生恋……"

"拍拍拍，举报他们……"

"杨轻舟，怎么办……"江群群赶紧捂住脸颊。

杨轻舟皱起眉头，径直走到白衣女生面前，微微一笑："你好，能要一下你的微信号吗？"

白衣女生怔住，瞬间满脸娇羞，将微信的二维码点开："杨老师，这是我的微信，我叫……"

杨轻舟一把将她的手机夺过去，点开相册，将她刚才拍的那张照片删掉。白衣女生目瞪口呆："你……"

"澄清一下，我和江群群不是师生恋。第一，我不是本校正式编制的老师，也不是江群群专业的；第二，请你弄清楚师生恋的概念，江群群目前是我的助教，我和她属于临时同事关系；第三，请不要双标，举报别人师生恋，自己却愿意给一名男老师自己的微信号！"

白衣女生被反驳得一句话也说不出来，抽出手机就和同伴落荒而逃。

杨轻舟目送女生们离开，才转身看江群群。江群群眨巴了两下眼睛，一脸崇拜："杨轻舟，你发脾气堪称变脸。"

"影响我女朋友的心情，我当然生气。"

江群群忍不住扑哧一笑。

这一笑，明媚至极。

2

江群群和杨轻舟开始了秘密恋爱。

虽然杨轻舟觉得没必要藏着掖着，但是江群群觉得，距离毕业还有三个月，就算还剩三个月，也是学生。

最尴尬的是，随着毕业的临近，相亲戏码也在轮番上演。

每周二都有一堂心理课。课后，江群群和杨轻舟一起到系办。刚走到门口，两人就听到里面传来了老师们讨论的声音。

"这个女孩子不错，咱们实习的心理学老师小杨，不是还单身吗？"

"小杨好像有女朋友。"

"你见过他女朋友吗？"

"这倒是没有。"

"那没事……可能根本没什么感情基础。"

接下来的系办辅导员们，就开始转移话题，讨论起各自专业的情况。

江群群扭头看杨轻舟，嘿嘿笑了两声："小杨，你被人盯上了。"

杨轻舟不自然地摸了摸鼻子："你关注的重点应该是，她们说咱俩没有感情基础。"

"是没有感情基础，刚谈了几天恋爱而已。"江群群故意说。

杨轻舟瞪了她一眼，越过她走进系办办公室。江群群赶紧收起表情，紧跟其后。

系办主任抬头看了一眼杨轻舟，笑眯眯地问："小杨，工作还习惯吗？"

可能是预感到系办主任接下来要说什么，其他辅导员老师开始各忙各的。杨轻舟很恭敬地回答："还挺习惯的。"

"习惯就好，"系班主任说完开场白，终于说出了重点，"谈女朋友了吗？"

江群群从饮水机倒了一杯水，一边喝一边支棱起耳朵。

杨轻舟微微一笑："快结婚了。"

江群群差点被水呛到。

办公室里陷入三秒死寂。

"啊……结婚？这么早啊！哈哈，不过小杨一表人才，也真的是……理所当然。"系班主任惊讶。

其他辅导员也跟着恭喜："是啊，真没想到小杨快结婚了。""小杨这么年轻就要结婚啊？"

杨轻舟一一应承："到时候请诸位前辈吃喜酒。"

"那是应当，哈哈哈！"众人发出尴尬且不失礼貌的笑声。

从办公室里出来后，江群群追上杨轻舟，哭笑不得："说什么结婚啊？吓人一跳。"

杨轻舟扫了她一眼，唇角微微勾起："一步到位，省得你男朋友整天被人惦记。"

江群群抿唇一笑，看了看走廊上四下无人，轻轻勾起杨轻舟的手指。

"这个时候不怕被人看见了？"他问。

江群群摇头，骄傲："不怕，你是我一个人的小杨。"

3

做完毕业论文答辩，毕业在即。

江群群面临着职业生涯的岔路口。这个小助教要不要继续不痛不痒地做下去，是一个问题。

在这段时间里，他们解决了一些心理咨询的问题，但是总体来说，这个发展是不符合未来前景的。

"你可以辞职，本来我就是为了解决你的心理问题，才让你做的助教。"杨轻舟倒是很坦白，"世界很广阔，你应该去多尝试不同的生活。"

咖啡馆里，明朗洁净的玻璃窗边，阳光温柔地在桌面上跳舞。

江群群看着坐在对面的杨轻舟，他的眉眼很温暖，让她的心安定了许多。

"其实我有想过未来的发展。"

"说来听听。"

江群群斟酌了一下，才说："我想过几年再去做造型师，虽然戏剧影视美术设计是我的本专业，但是要吃住在剧组，一年里有大半的时间在外面跑。还有，最近影视行业不景气，也没有太好的就业机会，所以我想先做点别的事情。"

"比如？"

"大学这四年，我也做视频博主嘛，有了一点粉丝。但是最近，我账号的流量下滑得太厉害了，我想试着去改变一下视频内容的方向，如果还是不行，那我就潜下心思去找工作，熬资历。"

在如今这个社会，好玩的东西和热点都太多了，短视频、游戏……她的穿搭视频很快就会淹没在一片娱乐的海洋里。如果要求变，她要么是改变方向，重新找到热点，要么是签约专业的 MCN 公司，让公司来进行包装。

但是她很抗拒后者，只要签约了公司，视频的内容和风格就不再受自己控制，这一点违反了她的初心。毕竟，她最初做视频只是爱好。

杨轻舟沉思了一阵："那视频的改变方向，你想好了吗？"

江群群摇头。

"学校明天有一场演唱会，我们去看看。"杨轻舟将演唱会的票推给江群群，"说不定轻松轻松，自然而然就找到答案了。"

江群群惊讶："这票特别火爆，还是好座位，你怎么弄到的？"

"主办方恰好是我的客户，他送我的。"

认识一场演唱会的主办方，是小概率事件，但是在杨轻舟这里，概率大得如同是家常便饭。

江群群收起票："我很高兴你能把我的事放在心上，但是你也要想一下自己的事。"

杨轻舟两手交叉："比如说？"

"你不会真的就在这里做讲师吧？你还是要读研究生的吧，华西大学是很好的选择，你不要为了我……去放弃自己的前程。"

杨轻舟低头轻笑，笑容里微微苦涩。

"我，并不是完全因为你放弃的研究生。"

这句话说出来，江群群心里有些不是滋味，但也在情理之中。她试探地问："那是因为什么？"

"因为我的小概率体质。"杨轻舟苦笑，"江群群，其实不只是你一个人有被命运操控的感觉，我也有。"

江群群赶紧坐直，这个话题有些敏感。

"其实去年考研，我有做实验的性质。我故意报考了一所我百分百能考上的大学，按照我的分数，我被录取的概率非常大。但是很讽刺的是，那所大学的录取分数线今年突然大涨，我差了一分，居然是被调剂到了华西。这就是命运的可怕之处——大概率事件到我这里，就会变成小概率事件，我只是命运的提线木偶。"杨轻舟有些无奈，"江群群，和我在一起，你也会面临许多小概率事情，甚至会有一些危险。比如高楼上扔下一个烟头，正好砸在我们身边。大马路上失控的车辆，正好向我们冲来。这些事情，你都能接受吗？"

说话的时候，他眉心蹙成了一个川字。

红尘炼狱，世人都不能免俗。一个心理咨询师，也会有他无法跳跃过去的心理障碍。

江群群想了想，突然嘿嘿一笑。

杨轻舟瞪她一眼："你笑什么？"

"那你说，我们俩分手的概率是多大？一辈子在一起的概率又是多大？"江群群直勾勾看着他，"你能说出这种概率吗？"

杨轻舟斩钉截铁地说："分手的概率是零，在一起的概率是百分百。"

"我不爱你了，分手吧，我们从此老死不相往来。"江群群故意板起脸，语气也变得冷冰冰。

杨轻舟愣住了。

江群群的戏过不了三秒，突然扑哧一笑。

"你看，你以为的小概率事件，其实也可以是大概率事件。反之，也一样！所以，你怎么能提前预知你遇到的事情的概率呢？说不定都是你的误判而已，这一切都是你的心理作用！"江群群拉过杨轻舟的手，很认真地说，"你放心吧，我爱你这件事不会反转，我们一生一世也不会是小概率事件。"

说最后一句话的时候，她的脸在发烧。

杨轻舟的眼神顿时深邃起来。

江群群有些后悔，但她真的很想让他知道，他能让她摆脱心理暗示带来的心魔，那么她也同样可以。

杨轻舟直直地看着她，忽然一抬手："服务员，买单。"

"哎哎，我哪里说错了吗？"江群群有些委屈，也有些慌了。原本，他们今天下午的安排明明是约会，这才过了一个小时。

杨轻舟一边掏钱包，一边说："你没说错，但是你要记住一点……"

他把钞票拍在桌子上，语气略带不悦："下次，告白的事情让男士主动。"

江群群瞪了他一眼。

这个直男脾气。

4

谢峥然是去年刚红起来的校园歌手，据说和另外五名歌手一起来到紫辰大学开办演唱会。消息一出，整个校园都沸腾了，演唱会火爆到一票难求。

周溪也在四处找门票，但是打了一圈电话，发现都是后排的票，顿时泄气："还说这次演唱会没有黄牛，我看票都是被黄牛抢光的吧？"

江群群坐在床上，偷偷地从包里拿出两张演唱会的门票。杨轻舟一共给了她两张票，并提醒她，可以拿出一张送朋友。

这个朋友，除了周溪也没别人。

"杀猪盘"事件结束之后，周溪从老家重返校园。见到江群群和杨轻舟，她付了心理咨询的费用，并简单地请了一顿饭，以示感谢。在知道两人谈恋爱之后，周溪没有过多的表示，只说了一句，恭喜。

姜礼浩也是，平时在学校里碰见，也只是简单地打个招呼，然后形同陌路。那个以前开朗的小伙子，沉默了不少。

论失恋对人际关系的冲击，真的很有毁灭性。

江群群犹豫了很久，下了床，试着拍了拍周溪的肩膀。周溪回头看她，态度有些冷淡："有事？"

"这张票给你吧，第三排的，反正也是多出来的……"江群群心凉了一半，"你不要，我也是给别人。"

周溪呆呆地看着她。

江群群将票往桌子上一放，转身就要走，结果从身后突然被人抱住。

她低头看周溪搂住自己腰的双手："……"

"群群，你太好了！其实我好几次都想跟你像往常那样说话，但是都抹不开面子。"周溪的声音有些哽咽，"我其实早就放弃杨轻舟了，但是我就是自尊心作祟。"

江群群转过身，抱住周溪："都过去了。"

周溪的眼睛亮晶晶的："谢谢你，给了我一次看到自己偶像的机会。"

"你偶像是？"

"谢峥然！我最近好迷他，要是能去后台找他要签名照就好了！"周溪叽叽喳喳地说了起来，"杨轻舟能带我去后台吗？"

"别人我不敢说，但是他可是小概率先生，小概率的事情最拿手。"

"太棒了！我爱你！"周溪欢呼雀跃。

江群群在心里叹了口气。

周溪这个家伙，跟她和好的契机居然是一张演唱会门票。果然，唯有偶像解千仇。

5

演唱会那天，大礼堂人山人海。

江群群和周溪来到入口处，看到杨轻舟居然和姜礼浩谈笑风生。她有些难以置信地走上前："你们……"

"群群，你来得正好，我正跟杨轻舟聊得正好。"姜礼浩满脸都是崇拜，"杨轻舟刚才提了一个创业的好点子，我觉得可行性非常大。"

江群群歪着头看杨轻舟。

杨轻舟笑了笑，将他们带到人流稍微少的地方，才说："其实，这也只是在计划阶段，我们可以做小短剧类型的视频账号，具体的风格就参考影视剧的高潮片段。前期先积累粉丝，后期推广我们的服装品牌，这样先做做看。"

江群群眼神一亮："很好的主意啊！"

她知道国内几个短视频的 App 上，那种主打颜值，再带一点剧情的短视频非常受年轻人欢迎。如果以这种模式去做账号，商业前景很可观。

杨轻舟点头："我觉得完全可以以团队的形式去做。群群和周溪的优势是服装设计，姜礼浩的优势是编剧。"

江群群知道周溪最近找工作不顺利："周溪不仅能当设计师，还能当模特，毕竟她是校花。"

周溪不好意思地捋了下头发，居然脸红了："你也不差，你都自带一百多万的粉丝。"

"目前的计划就是这个，不过能让这个计划锦上添花的是——"杨轻舟眯了眯眼睛，望向演唱会入口，"主办方正好是我的一个客户，他答应带我们引荐谢峥然。如果能跟谢峥然合作一次，那么对于我们账号前期积累粉丝有很大的帮助。"

身旁的周溪呼吸骤然急促，江群群赶紧搂住她："淡定。"

周溪激动得满脸通红："那当然，我偶像的号召力杠杠的！"她崇拜地看着杨轻舟，"不愧是你，小概率男神。"

姜礼浩不悦地咕哝了一句："你又换偶像了？你的偶像多得都成一个后宫了吧？"

"我高兴！"周溪反驳。

刚才还兴致勃勃的姜礼浩，气呼呼地扭过头去。江群群忽然觉得，姜礼浩的表情像是在吃醋。

"时间差不多了，我们该进去了。"杨轻舟从口袋里掏出票。

江群群点头，正想跟着进去，忽然鼻子里痒痒的。她心里感觉不妙，赶紧拿出眼罩，蒙上眼睛。

"你怎么了？"杨轻舟问。

江群群声音颤抖："我，我想打喷嚏。"

"别别别，你这样会引来坏……"周溪惊慌失措的声音刚响起。

"不用怕，这是心理作用。"杨轻舟打断了周溪，轻轻拉过江群群的手，还要扯下她的眼罩。江群群赶紧捂住双眼，不敢让一丝光线漏进来。

她摇头："不，我还是不制造麻烦了。"

"有我在，别怕。"杨轻舟将她的眼罩摘下来。江群群心情紧张，试着睁开眼睛。

一秒，三秒，半分钟……什么也没有发生。

江群群怔怔地看着前方，慢慢地举起手。手纹横杂，像极了她的心情。

一只手将她的手心牢牢攥住。

杨轻舟弯下身子，直视着她的双眸："群群，都过去了，你不是怪物，你很好。"

江群群鼻子一酸，搂住了杨轻舟的脖子。

6

大礼堂里人山人海。

江群群和杨轻舟找到座位坐下，举起手中的荧光棒，望着光怪陆离的台上。手心蓦然一暖，她低头，发现杨轻舟眼睛目视前方，左手却勾着她的小手指。

他戴着一顶鸭舌帽，但不妨碍帽檐下的眼睛光彩闪烁。

她抿唇一笑："干吗？"

"想你。"他语气暧昧，却看也不看她。

"想我，就看看我啊！"江群群支肘托腮。

杨轻舟："那样就没理由拉你的手了。"

江群群脸一红，干脆将整个右手都拱进他的手心里。手心里烧起了小火苗，她的心是温暖甜蜜的。可能所有的情侣，都喜欢在黑暗里做一些小动作吧。

大屏幕上开始切镜，每次切到观众的脸，那些观众就会兴奋地对着镜头打招呼，笑脸会同步在大屏幕上播放。

欢呼声像是烟花，在他们周围不停地炸开。

突然，声浪陡然下降，周围安静了一瞬。

江群群抬头一看，赫然发现镜头居然切到自己和杨轻舟，赶紧低下头。杨轻舟也迅速将她的手放开，将帽檐拉低。

足足过去了五秒钟，周围的气氛依然古怪。

江群群忍不住抬头，发现镜头居然没有切走，还是对准了他俩！

"谁是导演啊，会不会切镜啊？"江群群有些慌了。此时周溪的电话冲了进来："你们两个怎么回事？镜头怎么一直对着你俩？"

江群群弯着腰，咬牙切齿地回复："谁知道啊？你帮我看看，镜头切走没？"

"没有！"

"天啊，你们又摊上小概率事件了，我服……"周溪絮絮叨叨。

江群群偷偷往旁边瞅了一眼，发现杨轻舟也是弯腰躲避镜头。他倒是没那么惊慌失措，而是眉尖微蹙。

江群群冷汗都要下来了，要是镜头再不切走，他们恋爱的事情不就曝光了吗？

所幸镜头很快切走，其他观众再次跟着镜头欢呼，在屏幕上留下了一张张笑脸。江群群松了口气，挂了电话，靠在杨轻舟的肩膀上低声说："我怎么有一种做贼的感觉？"

"我倒是相反，有一种被贼盯上的感觉。"杨轻舟说。

大屏幕上播放了观众现场之后，又开始播放各种广告。江群群这才发现，距离演唱会开始的时间已经过去了五分钟了。

观众不再热烈，而是开始交头接耳。不安的气氛开始蔓延。

"怎么回事？谢峥然一向守时啊！"江群群好奇。当红唱跳歌手谢峥然，在业内的守时是出了名的。

杨轻舟凝视舞台几秒钟，忽然掏出手机，手机正在振动，上面是一个陌生的号码。接听之后，他沉默一瞬，才说："好，我这就去。"

"怎么了？"江群群问。

杨轻舟拉着她的手，直接离开座位，就着昏暗杂乱的光线，往舞台的后台方向走去。一边走着，他一边低声说："是我认识的那个主办方给我的电话，后台出事了。"

江群群："猜到了。"

既然和小概率先生在一起，那她就要做好随时随地遇到奇葩事件的准备。

7

首秀节目临时被替换，后台乱成一团，不过休息室门一关，所有的嘈杂声都被隔绝在外。

江群群惊诧地看着这些唱跳歌手沉默地坐着，站在房间中央的经纪人肖博正在发脾气。

"出了这样的事，你们为什么不早跟我说？啊，临到跟前了，给我换节目？"肖博发火。

这四名唱跳歌手，分别是谢峥然、林霖、罗小湖和丁明。四个人五官精致，身穿黑色舞台装，胸口银链流苏在灯光映照下闪闪发光。此时，他们一言不发地坐在四个方向。

本来是各自发展的新人，但被网友封为"神颜四美"，而这四个人又签在同一家经纪公司，所以公司干脆将四个人放到一起以男团出道。谢峥然年龄最大，性格又沉稳，所以他担任队长。

队长谢峥然面容凝重，侧脸看罗小湖，目光锐利冷肃。

而罗小湖则像一个犯了错的孩子般低着头，一言不发。

"到底怎么了？"杨轻舟问。

肖博一指罗小湖："怎么回事，你说！"

其他两人立即挪后一寸，罗小湖可怜巴巴地抽了抽鼻子，求助地看向谢峥然。谢峥然微微叹气，站起身："我来说吧，罗小湖得了口吃，没办法负责 RAP 部分。"

江群群一听差点乐了。有意思，RAP 歌手得了口吃？

"你们要是早点说，我还能安排，结果一个的，居然帮他瞒着我？"肖博恨不得把手指头点到几个人的鼻尖上去。

谢峥然不耐烦了，眉心涌上一股傲气："都以为两天就好了，谁知道到了演唱会还不行？"说到这里，他扭头冲罗小湖发脾气："说话啊你！你现在是结巴，又不是哑巴！"

罗小湖涨红了脸，半晌才艰难地开口："我……我……我，我真……真的，唱……唱……唱……唱不了……"

口吃的程度有点严重。

其他人默默地低下头，用手指揉捏眉心。

"谢峥然，你白当队长了，都这样了还拎不清轻重！"肖博恨铁不成钢地骂了一句，转而向杨轻舟征求建议："杨先生，你看……"

从刚才到现在，杨轻舟一直没说话，而是盯着罗小湖观察。现在肖博开了口，他也很快提出了解决方案："你们今天晚上一共几首歌？都是什么歌？"

"这是歌单。"肖博将节目表递过去。

杨轻舟扫了一眼，言简意赅："罗小湖先别参加，你们准备把他的部分承担下来吧。"然后他看向肖博："还有，你作为经纪人，不能一味地训斥，对小湖的态度要温和。"

"是，我觉得他就是压力大，只要你能辅导好他，怎样都行。"肖博赔着笑脸，对着几个人做了个手势。

谢峥然会意，拍了拍罗小湖的肩膀，以示鼓励，然后带着其他两名成员离开了房间，应该是排练歌曲去了。

肖博站着没动，杨轻舟乜斜看他："你也要出去。"

"啊？"

"你在这里，压力会很大。"杨轻舟下了逐客令。

肖博无奈，叮嘱了两句，也推门出去了。一时间，房间里只剩下罗小湖、江群群和杨轻舟三个人。

杨轻舟找了一张椅子坐下，让罗小湖坐在自己对面，看着他的眼睛说："从现在开始，我是你的心理治疗师，这位是我的助理。你现在可以对我说实话，我会帮你解决问题。"

罗小湖无精打采地点了点头。

"口吃的形成原因有遗传因素、心理压力因素、自身的神经生理发育因素以及语言行为。这四点里，只有心理压力因素符合你的症状，你不会无缘无故地口吃，一定有什么原因吧？"

罗小湖看了杨轻舟一眼，很快就垂下了头，显然并不想回答。

"OK，那随便聊聊吧。简单的问题，你点头就行。你在哪里学的唱跳？"杨轻舟问。

罗小湖："韩、韩国。"

"那你会韩语喽？熟练吗？"

罗小湖眼神一亮，使劲点头。

杨轻舟掏出手机，打开了一个翻译软件，然后才说："行，那你现在用韩语和我说说，到底发生了什么事？"

罗小湖犹豫了。

"你必须说实话，我才能帮到你。"杨轻舟循循善诱。

罗小湖面露难色，用韩语说："我并不是不想说韩语，而是觉得这件事太匪夷所思，你不会相信我的。"

他说话的时候，江群群惊讶地发现，罗小湖的韩语没有任何磕磕绊绊。

"不会，我会无条件相信你，只要你对我敞开心扉。"杨轻舟说。

罗小湖深呼吸一口气，开始讲述起来。手机里的翻译软件不停地进行翻译，江群群看着那些蹦出的中文，内心的惊诧犹如海啸。

简而言之，就是罗小湖认为自己口吃是被诅咒了。

是的，都 21 世纪了，这世上还存在"诅咒"这种古老的文明病毒。

罗小湖，是这支"sun"男团里最具弟弟气质的人。他面庞精致，气质清新，声线清亮，姐姐粉最多。这样的人一旦爆发出阳刚的男子气概，会让粉丝们疯狂到极致，所以在演唱的时候，罗小湖会承担一部分 RAP 饶舌部分。

这样一个闪闪发光的唱跳明星，自然也有强大的粉丝后援会。罗小湖的后援会，是他的姐姐粉们自建组织的，一般跟公司的人对接。罗小湖有什么活动需要应援，姐姐粉们闻风而动，给足排面。而罗小湖需要付出的，就是定期和这些后援会的粉丝见面，给一些签名照、纪念品之类的。

事情，就出在上周的粉丝见面会上。

当时现场有些嘈杂，粉丝比平时来得都多，罗小湖昨天刚练歌到很晚，就有些不耐烦。他在公司工作人员的安排下，给这些粉丝后援会的"高层"粉丝最新的签名照，和她们一一握手。

轮到最后一个粉丝的时候，罗小湖心里松了松，觉得任务快要完成了。没想到就是这最后一个人，出了问题。

那是一个皮肤白皙，圆脸大眼的姑娘，穿衣打扮有些漫画风。她对着罗小湖甜甜一笑，递过来一张剪裁成星星的卡片。罗小湖提笔签名，卡片上的凹凸不平让他无处下笔。

罗小湖定了定神，在看清楚卡片上的构造之后，顿时炸了。

星星卡片下面有一个可以拉出来的暗槽，罗小湖随手拉下来，发现那上面居然画着他的星盘，下面画着另一个星盘，估计是这位姑娘的。旁边还写着一行日文：これは彼の運命と接続される住んでいる。

罗小湖不懂日文，但是他看得懂这行日文里的"運命"和"接続"，隐隐觉得这是一行咒语。当时他就发火了，将星星卡片往桌上一拍，质问姑娘："你什么意思？"

姑娘吓呆了，嘴唇颤抖，不知道该怎么说。其他粉丝也震惊地往这边围了过来，七嘴八舌地问到底怎么了。

罗小湖一整天的疲惫和压抑，在这一刻终于释放出来。他大声再次质问："我问你这是什么？这是诅咒我的吗？"

姑娘吓得快哭了，终于开了口："不……不……不……不是！你你你一定要，相相相信我……我，我……"

这不是一般惊吓后的慌不择言，而是口吃。旁边聚拢的粉丝哄然大笑，然后就是愤怒的指控："她是结巴！""她有什么资格粉我们的小湖弟弟？""她是谁带进来的？啊？都不知道审核一下吗？"

姑娘吓哭了，对着罗小湖鞠躬："对……对……对不起……我……我……我真的只是喜……喜……喜……喜欢你……"

一时心血来潮，罗小湖也学着那个姑娘说："对……对……对不起……我……我……我真的只是喜……喜……喜……喜欢你……"

这下子，粉丝们再次哈哈大笑起来。

姑娘愣住了，大概是没想到自己一直喜欢的偶像会这样嘲笑自己。罗小湖继续挤眉弄眼地说："你你你想脱粉是吧？脱脱脱脱粉就……脱粉！"

他当时真的只是想发泄一下内心的烦躁情绪。

姑娘不再说话了，抬手擦眼泪。一旁的工作人员上前，低声劝罗小湖："别闹出事情，她毕竟也能进后援会。"

能进后援会的人，一般都是富贵家庭的孩子，舍得为偶像花钱。罗小湖也觉得没必要再跟这个姑娘纠缠下去，提笔在卡片上签下自己的名字，然后把卡片递给姑娘。

"下……下……下次别这样了。"罗小湖说。

姑娘深深地看了他一眼，没有接卡片，而是用一双黑白分明的大眼睛直勾勾地看着罗小湖。

罗小湖莫名就有些心慌。

就在罗小湖想发脾气的时候，姑娘突然开口了。

她说："你，会受到诅咒的。"

罗小湖真的很想发飙，但姑娘此时转身走了出去，身后响起了罗小湖粉丝们的嘘声。罗小湖表面上平静，内心却已经有些发慌。

他对姑娘说的第三句话，并不是故意学结巴的……他本来就想正常语气说话的，但是舌头不听自己使唤了。

罗小湖不动声色，对工作人员做了一个"我累了"的手势，然后快速离开了见面会。等到私底下一个人在房间里，他尝试说话和唱歌，惊恐地发现——他真的口吃了。

他苦恼，他郁闷，他用尽了全部的方法，就是没办法让自己顺畅地说出一句话。团队里其他三个人很快知道这件事，有的大惊小怪，有的不以为然，但大家都认为，罗小湖的口吃肯定是暂时的。

罗小湖重新联系后援会，想找到那天那个漫画姑娘的信息，却发现漫画姑娘填写的是假名字。罗小湖不得已，拿着那张卡片，上网搜索了那段日文的翻译，发现真正的意思居然是：愿我和他的命运永远绑定。

他看到这句话之后，如遭雷击。

漫画姑娘的命运是口吃，而他的命运和漫画姑娘如出一辙，也口吃了。他已经在咒语下面签了名，事实无可更改。

罗小湖讲完前因后果，捂住脸哀号："你说，我是不是真的完了？我要告别这一行了？"

"现在下定义还为时尚早，你先把卡片给我看，我有办法找到那个漫画姑娘。"杨轻舟说。

罗小湖吓了一跳，用韩语说："找她干吗？我都没找到。"

"找到她，你跟她道歉，说不定可以解决口吃。"

罗小湖拒绝："不，她就是个巫婆，我不要！"

杨轻舟淡淡一笑，目光突然变得凌厉："罗小湖，你没和我说实话。"

"我……我……我……"罗小湖一慌张，又开始了结结巴巴的中文对话。杨轻舟冷冷地说："你打算永远这样结巴下去？"

罗小湖站起身，椅子"轰"的一声倒在地上，发出尖锐的刺啦声。江群群下意识地捂住耳朵。

杨轻舟不悦地瞪了罗小湖一眼，询问江群群："你没事吧？"

江群群摇头，劝说罗小湖："我也觉得，你最好找到那个女孩。"

罗小湖脸上的表情十分丰富，大概是在思考这个提议，胸口因为紧张而起起伏伏。他忽然冷笑着，用韩语说："我凭什么相信你们，找到那个女孩，就可以治好我的口吃？"

"你可以选择不相信。"杨轻舟作势就要起身。

罗小湖这才软了态度："我听你们的，你别走啊，毕竟肖博会付给你们一大笔的费用。"

"费用不是最关键的，关键是我不想接了。"杨轻舟站起身，看了一眼江群群。江群群赶紧跟着起身，转身就往门边走。

"哎……哎……哎，你……你……你……你们……等等！"罗小湖一急，没说韩语，又开始结巴起来。

杨轻舟的一只手已经放在了门把手上，闻言微微一笑，转身看着罗小湖。江群群眼睛骨碌碌一转，开始了演技："老大，这个咨询太费事了，要不我们不接了……"

"接，你们……你们你们一定要接！"罗小湖结结巴巴地说，只能用韩语，"你们只要答应接了，我就答应你们一个条件！"

等的就是他这句话。

杨轻舟低头看手机，他刚才打开了录音软件，把罗小湖这句话录了下来。

"我们马上成立一个工作室，专门生产短视频，你只要来给我们捧捧场就行了。"杨轻舟说。

江群群一怔，内心顿时狂喜起来。杨轻舟这是在给她的视频账号引流！

罗小湖犹豫："这……这……这……这，不行！我……我是有公司……来安排工作的！"

杨轻舟冷笑，转过身。

"行行行！你……你别走！"罗小湖屈服。

"那就按照我们说的，你把那张卡片拿给我。"杨轻舟说。

罗小湖一脸不情愿地从口袋里掏出一张卡片扔了过去，用韩语低吼了出来："就是这个鬼东西！你们能找到她就找，我本来想一把火烧了，但是就怕这个诅咒永远无法解开才没下手。"

杨轻舟将卡片收好，温文尔雅地说了一句："告辞。"就带着江群群离开了房间。

身后，罗小湖还站在原地，面色惨白。

8

杨轻舟找到经纪人肖博，把罗小湖答应他的录音播放给肖博听，肖博顿时炸了。

"你知道小湖的出场费是多少吗？"肖博面带轻蔑，"杨先生，我敬重你，但是你也不能乱开条件啊！"

杨轻舟微微一笑，仰头望着天花板："你居然觉得我在乱开条件？如果我放任不管，我相信小湖的出场费很快就是 0。"

肖博被戳到痛处，脸色很难看。

"我知道你们对艺人的管理都是统一的，但我的要求也不是特别难办到，你想想吧。"杨轻舟起身。

肖博赶紧挽留："杨先生，我可以答应你，但你要绝对保密。"然后顿了顿，"我们签一份保密协议吧。"

话说到这份上，算是搞定了。

江群群几乎无法控制住内心的狂喜，嘴角弯了弯。桌子下面，杨轻舟伸手过来，轻轻握住了她的手。

他将温暖偷偷渡了过来。

江群群心里非常甜蜜，她知道杨轻舟完全可以不用那么麻烦，他这样做，是把她的事情放在第一位。

和肖博沟通完协议，杨轻舟签了字，然后提出要看那天见面会的监控视频。肖博答应："行，回公司之后，我调了监控就把视频发到你手机上。"

"那就行，只要找到那个女孩，我相信可以解决罗小湖的口吃问题。"杨轻舟说。

肖博愁容满面地点了点头，忽然问："那现在怎么解决？罗小湖真的不上场了？"

"他暂时可以唱韩文歌。"杨轻舟说。

肖博想了一会儿，无奈地点头叹气："这次没练韩文歌……还不如第二首歌临时编曲，让罗小湖先用韩语顶替。"

暂时解决了问题，杨轻舟和江群群走出后台，回到了演唱会的现场。演唱会已经开始，其他歌手正在台上唱歌，台下观众热烈回应，全场挥舞的荧光棒，像是一片光点海洋。

江群群看了看手表，距离演唱会结束还有一个小时。她趴在杨轻舟耳边说："咱们先走吧，我们还得去调查呢。"

"不用，就算天塌下来，演唱会也要看完。"杨轻舟伸手搂住她的肩膀，"是他们浪费了我们一个小时的时间。"

江群群抿唇一笑，顺势将头靠在杨轻舟的肩膀上。台上的歌手正在声情并茂地唱着情歌，她轻轻地跟着和了起来。

"恨天意太弄人，当我有了一切，我却只能怀念你……"动听的歌声回荡在演唱会的上方。

江群群偷偷改了歌词，扭头看着杨轻舟，轻轻地唱："我宁愿没有一切，也要你在身边。"

她本以为周围声势浩大，杨轻舟不可能听到。没想到他却扭过头，满眼笑意地看她，忽然伸出手，在她鼻梁上迅速一刮。

"我很贪心的。"他在她耳边说，"我给你一切，也要你在身边。"

只要和你在一起，每一分都是宝贵的。

9

从演唱会出来，江群群拿着那张星座卡片，左看右看，也想象不出这张卡片居然会诅咒。

上面的确是有奇怪的日文咒语，但也不至于有那么大的魔力吧？

她掏出某宝 App，进行图片检测，发现一无所获。

"这居然是定制的。"江群群疑虑重重，也很失望，"看来我们没办法找到她了。"

杨轻舟看着那张卡片，半天才说："不过我倒是有一个想法。"

"什么？"

"罗小湖没有说实话，他对我们有所隐瞒。"

"啊？"

"如果是简简单单的卡片诅咒，怎么可能让一个当红明星吓破了胆子？一定发生了其他的事情，是经纪人和罗小湖都不愿意说的事实。"杨轻舟盯着那张卡片，出了神。

江群群摸索着手中的卡片，忽然感觉哪里不对劲，将卡片凑到眼皮子底下，惊讶出声："我的天……"

"怎么了？"

江群群拿过杨轻舟的手，将他的手指肚在卡片上摩挲："这卡片，居然是画上去的。"

卡片上的纹理居然不是印刷品，而是带了丙烯颜料的凹凸感。杨轻舟拿起卡片，凑到阳光下看了一看，赞叹地笑了出来："画工超赞。"

"按照这个思路，是不是要找遍全市所有的画室了？"江群群问。

本市的美术培训机构多如牛毛，要从美术行业里找出一个人，可谓大海捞针。

杨轻舟并不慌张："没关系，还是能找到的，因为我们还是有一个区间范围的。"

如果罗小湖嘴里还有真话，那这就是个漫画风的姑娘。

江群群点头，盯着卡片上的花纹图案出了神。

四个花纹拼凑在一起，像是一朵怪异的花瓣。

10

这是一处破旧的筒子楼，墙皮脱落，红砖外露，一半墙根爬满了爬山虎。本是一片萧瑟的景象，另一半墙面上的艺术涂鸦让这栋小楼有了别样的气质。如果往上仰视，就可以看到楼上挂着各种美术班的广告，当地人给这栋楼起了个名字，艺术小楼。

江群群四处打量周围的环境，摸了摸胳膊上的鸡皮疙瘩："我怎么感觉这里有些阴森。"

"房租便宜，是个创业的好地方。"

"你确定，那个漫画姑娘就在这儿？"

杨轻舟拿起名片上的地址，再三确认后说："地址没错，漫画姑娘的培训班，估计就是……"他指着那一排广告牌，手指停在第三个，"应该就是那个。"

江群群眯着眼睛，发现第三个广告牌上的花纹，和罗小湖收到的卡片上的花纹，一模一样。

"梦想画室……"江群群念了出来。

杨轻舟往楼梯的方向走去："走，我们上去看看。"

江群群跟着杨轻舟上了楼，忽然后背一凉，下意识地往身后看去。这栋小楼有一个大院子，院子外是另一栋空旷的小白楼。就在她回头的瞬间，她看到有一个人影从小白楼二楼的一扇窗户后闪过。

"啊！"她下意识地惊叫一声。

"怎么了？"杨轻舟皱了皱眉头，也跟着望向小白楼的方向。

江群群颤抖着手指，指向小白楼二楼的窗户："那里……有有有个人影……"

因为紧张，她舌头打了结。

杨轻舟蹙眉盯着那扇窗户，右手搂上了江群群的肩膀。

"是不是……有人在跟踪我们？"江群群不由自主地往杨轻舟身边靠了靠。

杨轻舟直觉怀里的人浑身发抖，将她搂紧了一些："没有人，我估计就是普通的居民。"他低头刮了江群群的鼻梁一下，语气十分宠溺，"看你吓的，胆小鬼。"

气氛轻松了些，江群群也觉得自己有些小题大做。两人重新上楼，杨轻舟却意味深长地回望了那扇窗户一眼。

那扇窗户的玻璃，破了一个洞。

此时正是炎夏，如果不处理那个洞，会有大量的蚊子飞进去。如果刚才那个奇怪的人影是居民，那他不可能放任这个洞口不管。

只有一种可能，就是江群群刚才看到的人影，真的只是在偷窥他们。

究竟是谁？

疑惑涌上杨轻舟的心头，但他没有再纠缠这个问题，只是不动声色地跟着江群群继续上楼。

这栋小楼太过潮湿，一楼都是空荡荡的，没住什么人。画室一般集中在二楼，而三楼和四楼晾晒着衣服，估计是租给了外地的艺术生。

其他的画室都在上课，不少学生正在对着石膏像练习素描。江群群找到梦想画室，发现门口上着锁，没有一个学生。

"生意不太行啊，一个学生都没有？"江群群有些疑惑。

杨轻舟左右看了看，忽然看到旁边的画室里出来了一个戴眼镜的中年女人，看打扮和气质，应该是画室的老师。

"你们报名吗？"女老师推了推眼镜。

"我们不是……"江群群说了一半，立即被杨轻舟打断。他微微一笑："想咨询一下，艺考的事情。"

女老师立即满脸堆笑："你们高几？我们只收高二的学生。"

"下半年读高二。"杨轻舟脸不红心不跳。

"高二啊，那很合适啊，现在报名早了点，但也可以了解一下。"女老师更热情了。

杨轻舟一笑，扭头看着江群群："那真是太好了，我和我女朋友想报同一个班级。"

江群群脸上发烧，默默地在心里吐槽杨轻舟的定力，仗着一张脸长得年轻，装起嫩来毫不费力。

"你们想了解哪方面呢？我可以给你们介绍……"女老师将身后教室的门关上了。

杨轻舟指了指身后的"梦想画室"，问："主要是想问下学费，你们这边是统一的，还是每个画室自己定价？"

"根据老师的资质和培训内容，学费不一样的。"女老师鄙夷地瞄了眼梦想画室，"这家你们就别想了，再便宜也不能读啊！"

"为什么？"江群群好奇。

女老师压低了声音，神秘兮兮地说："因为这家画室的老板有些古怪，聘用的老师都走了，也没什么生源。"

"具体说说呢？"杨轻舟站直了身体。

江群群脑中也蹦出四个字：重点来了！

女老师用手点了点自己的太阳穴："这家画室的老师，就是那个叫苏曼的，这里有问题。"

"有点笨？"

"何止是笨，这里的人都说她是个疯子。"女老师啧啧摇头，"她有口吃，要不是聘用老师，这素质哪里能开画室？更吓人的是，她画室里所有的人像画，都……哎，不说了。"

"都怎样？"

女老师嫌恶地摇了摇头："不说了，你们才高二，我怕你们心理上承受不了这种变态。"

"你说吧，我们能接受。"

"不行，你们还是孩子。"

杨轻舟恬不知耻地笑了笑："老师，其实我们骗了你，我们是大四的学生，不是小孩子了。"

女老师看着他的目光像在看变态。

"你们太过分了吧？嘴里还有一句实话吗？"女老师有些恼火。

"有。"

女老师："……"

杨轻舟搂了搂江群群的肩膀："她是我女朋友这件事，可没骗你。"

女老师翻了个白眼，转身走回画室。江群群脸上发烧，赶紧道歉："对不起。"可是女老师已经将画室的门狠狠一关。

"她反应这样大，估计接下来不会告诉我们什么信息了。"江群群无奈。

梦想画室的窗户后面挂着厚厚的窗帘，看不到里面的环境。杨轻舟伸出两根手指，敲了敲窗户，轻笑："没人告诉我们信息，我们就自己进去看看。"

"你怎么……"江群群话刚说了一半，就看到杨轻舟伸手在梦想画室的门楣上摸了摸，然后拿下来一把钥匙。

她目瞪口呆："你怎么知道那上面有钥匙？"

"脑子不好的人，一般会在门口附近放一把备用钥匙，这样自己忘记带钥匙的时候也能进来。"杨轻舟拿起钥匙，轻松打开门锁，"我刚才上楼的时候查看过火灾急救箱，没有其他钥匙，那备用钥匙八成是在门框附近。"

"这……也太不安全了吧。"

江群群忍不住胡思乱想，这个要是被贼知道了，那她以后要怎么放备用钥匙，才能防止自己出门忘带钥匙的情况啊？

"没关系，咱们装智能密码锁。"杨轻舟似乎看穿了她的心事。

"好主意。"江群群答了一声。

杨轻舟抿唇一笑，心情似乎很好。

江群群晃了晃脑袋，忽然觉得刚才的对话十分暧昧。她瞪了一眼杨轻舟，发现他笑意更深。

"你故意的是不是？"

"是，怎么了？"他装糊涂。江群群往他的肩膀上轻捶一拳，杨轻舟顺势把她的手攥在手心里："跟我身后。"

说话间，杨轻舟已经推开画室的门，走了进去。

梦想画室的内部和名字很不符合，一进门，一股潮湿腐烂的气味扑面而来，江群群被呛得咳嗽起来。

画室应该很早没有打扫，地上都是灰尘，摆放着欧美模特的石膏像和几套画具，半灰不白的白色遮尘布盖着几幅画，像是无力颓丧的幽灵。

"这多久没开班了啊？"江群群有些担心，"苏曼还会来这里吗？"

杨轻舟没说话，而是轻轻走上前，将那些遮尘布掀开。

遮尘布下，露出了那些画作。

"群群……"杨轻舟的声音有些颤抖。

"怎么了？"江群群走上前，在看清楚遮尘布下的画作之后，震惊地捂住了嘴巴。

水彩画上的男人，正是罗小湖。他高昂着头，眼眸下垂，如同一个不可一世的王。

但他的嘴唇上，被人画上了一个巨大的灰色"X"，左右两笔，每一笔都带着巨大的恨意。

江群群犹豫地走上前，搬开了最上面的那幅画。

第二幅，第三幅……画的全部都是罗小湖，而每一张的罗小湖，嘴巴都画上了一个丑陋的"X"！

江群群和杨轻舟同时陷入沉默。

她原本以为所谓的诅咒只是罗小湖的妄想，现在她觉得——可能是真的。

11

晨光熹微，路上已经有匆匆行人，街边的早餐摊点也开始了叫卖。热腾腾的蒸笼掀开，白色的雾气飘得老远，不时有路人购买一袋早餐离开。

苏曼推了推眼镜，眼巴巴地望着摊位，眼镜后的那双明亮大眼睛里，充满了不安和忐忑。

终于，她用手拢了一下黑长的头发，犹豫地走上前，低声说："三……三个包子，一袋豆……豆浆。"

"十元，扫码支付。"早餐店摊主麻利地将早餐装好。

苏曼从口袋里掏出一张"一百元钞票"，小心地放到摊位桌上，伸手拎起那袋早餐。摊主诧异地将那张"一百元钞票"拿起，咕哝了一句："这年头，用现金的人还真不多。"

摊主拿出零钱盒，打算找钱，抬头却看到苏曼转身要走，赶紧喊她："哎，你别走啊，还要找你钱呢！"

苏曼低着头，心脏狂跳，只想快点离开这里。然而就在这时，一个人挡住了她的去路。

江群群站在苏曼面前，对着她甜甜一笑："苏曼，真巧，在这里碰见你啦？"说着，她搂住苏曼的肩膀，将苏曼重新拽到早餐摊前。

"买早餐啊？老板，给我来六个包子，两份豆浆，一共多少钱？"江群群笑眯眯地问。

"啊，二十元。"

江群群伸手将摊主手里的"一百元"拽出来塞到苏曼手里，然后拿出手机扫码支付："那行，在一起三十哈，我一起支付了，这样老板你就不用找钱给她了，哈哈哈。"

苏曼握着那"一百元"，脸色十分难看。

摊主没觉察出异样，照样手脚麻利地准备好两袋早餐。江群群拿在手里，继续亲热地跟苏曼边走边聊："你下次还是要扫码支付，带现金多麻烦啊，都不一定能找给你。"

苏曼打量着江群群，面无表情："我，不认识你。"

"我认识你呀，你就是远近闻名的画室培训班老师，苏老师。"江群群笑嘻嘻地说，低眸瞥了一眼苏曼手里的"一百元"钞票，"百闻不如一见，这一百元钞票你画得跟真的一样。"

那一百元钞票，凑到眼皮底下看，才发现居然是画上去的。

苏曼脸色惨白，嘴唇嗫嚅："你，你想干什么？"

"有如此画技，真的很可惜，这张钞票不应该成为诈骗的手段。"江群群真诚地说，"苏老师，聊聊吧，你认识罗小湖吗？"

"不……"苏曼摇头。

江群群："你们上周还见过面，在他的粉丝见面会上……"

苏曼咬了咬牙，猛然推了江群群一把。江群群被推得一个趔趄，苏曼趁这个机会，扭头跑开，转眼就消失在街角后。

"你等等！"江群群徒劳地对着苏曼的背影喊了一声。

马路上行人依旧，仿佛苏曼从来没有出现过。

12

这是筒子楼前方的一栋小楼，水泥灰墙，破败不堪。

苏曼匆匆忙忙地上了楼，一边跑一边往回看，确定江群群没有追上来，才靠着墙面休息。她弯腰，捶了捶百褶裙下的双腿，眼泪啪嗒啪嗒地落了下来。

"浑蛋……"她哽咽。

旁边伸出一只手，递过来一张洁白的面巾纸。

苏曼下意识地伸手去接，忽然怔了怔，猛然抬起头，看到的是杨轻舟居高临下，向她微笑的脸。她触电般地后退两步，闪电般地转身，想要逃走。然而，她逃了两步，立即顿住。

楼梯门口，江群群笑盈盈地看着她："苏老师，我们没有恶意，是真的想跟你聊聊。"

苏曼咬牙，忽然快速冲向江群群。江群群吃了一惊，下意识地抬起手腕挡住前方！

杨轻舟身形如电，一把将苏曼拉住。他冷冷地看着苏曼："苏老师，我们是来帮你的，你没必要躲着我们。"

苏曼挣扎："不，不要，放开我……"

"罗小湖已经受到惩罚了！他很有可能退出男团，事业跌到谷底，你还要他怎么样？"杨轻舟厉声问。

苏曼一怔。

"你有什么心结，可以和我说，我是心理咨询师。"杨轻舟递过去一张名片。苏曼怔怔地接过来，目光茫然好久，才渐渐聚焦。

"罗小湖……怎么了？"苏曼迟疑地问出一句，眼睛里渐渐有了些许神采。

她有口吃，她也是落寞的，但在问及罗小湖的时候，苏曼的话语竟然十分流畅，没有任何卡顿。

第十三章

没有救世主的世界，除了自渡，别无他法

1

　　苏曼是在一个缺爱的家庭里长大的。

　　爸爸工作忙，妈妈只知道打麻将，不怎么搭理苏曼。苏曼五岁的时候，说话还结结巴巴，妈妈才意识到事情的严重性。他们带苏曼去医院，医生说是舌系带的问题，安排做了一场手术。可是做完手术之后，苏曼的情况并没有多少改善，苏曼的爸妈就崩溃了。

　　中年人的情绪，都是对内的。他们可能在社会上是孙子，但在家庭里，是绝对的大爷。

　　于是，苏曼的爸妈面对结巴的女儿，没有采取正确的纠正方法，反而采用了一种最恶劣的方式——

　　打骂。

　　口吃是一种非常复杂的语言失调综合征，跟遗传、生理发育、心理压力有关。谁也不能确定苏曼口吃的根源是什么，苏曼就在这种充满了暴力和歧视的环境下长大了。她想过，自己与其是一个结巴，倒还不如是一个哑巴。

自卑的苏曼，从此不再开口说话。她迷上了画画，那是一种别样的表达。画画的时候，她笔触流畅，无拘无束，是一个自由的精灵。

苏曼上了高中之后，也是一贯的作风，从不开口讲话。真到了必要的时候，她也只是简单地回答——不，行，好。

上课的时候，如果有老师提问她，她就站起来，冷冷地看着老师。就算是被罚站，她也不愿意开口讲完整的一句话。

这样的苏曼，她原本是被淹没在人群里的一粒尘埃，可偏偏她有一张让人无法忽视的漫画脸。

可爱的、圆圆的漫画脸，配上一对大眼睛，在十五六岁的年纪，是挺让人注意的。

罗小湖就是在这个时候，注意到苏曼的。他是转学生，因为在另一所高中里劣迹斑斑，差点被开除，所以才转学到这所学校。

站在讲台上的罗小湖，有一张酷酷的脸，对同学们爱搭不理。但是几天后，他对苏曼产生了极大的兴趣。

苏曼一整天也说不到几个字，这挑起了罗小湖的好奇心。他故意跟别人换座位，坐到苏曼身边，问她问题。苏曼不理他，他也不生气，还是笑嘻嘻地自说自话。

直到有一天，刚来的语文老师提问，点到了罗小湖。罗小湖站起身，结结巴巴地念了一段话。

全班哄堂大笑，罗小湖涨红了脸，大声说："结结结巴怎么了？老……老……老……老子高兴！"

那一刻，苏曼也不知道为什么，也跟着抿唇笑了一下。罗小湖坐下之后，给苏曼写了一张纸条。

苏曼展开纸条，发现上面只有一句话，你笑起来很好看，以后多笑啊！

那一刻，苏曼感觉自己的心融化了。

放学路上，她不再拒罗小湖于千里之外，而是放慢了脚步，听着罗小湖在耳边唠叨。

罗小湖问她："你怎么总是不说话？"

苏曼不说话，只是看着罗小湖。

罗小湖又说："如……如如果你愿意说话，我……我……我就陪陪陪着你结巴。"

苏曼怔住了，站定之后，直直地看着罗小湖。

"你，你怎么，知……知道？"她艰难地问。

罗小湖说，他从看到苏曼的第一眼开始，就有些喜欢苏曼。刚开始他不知道苏曼为什么不搭理人，后来从别人那里听到了，就把那个人打了一顿。

"谁说你是结巴，我就把他打一顿。"罗小湖笑起来，"如果你觉得还不够，我陪你结巴。"

苏曼后退一步，说了一句"神经病"，就跑开了。

但是那天晚上，她失眠了。

十几年来，第一次有人不介意她是个结巴，反而陪她一起口吃。这种感觉就像是一颗孤独的行星，突然有了卫星追随。

她知道，行星和卫星，就像是地球和月亮，永远不能靠近。但是，她还是喜欢这种被追随的感觉。

第二天，罗小湖真的说话结巴了。

再也没有人取笑苏曼了，因为更好笑的人出现了，这个人就是罗小湖。

罗小湖笑呵呵的，也不跟人争辩。等到取笑他的人出现得差不多了，罗小湖把这些人的名字列成一个名单。

两天后，名单上的人都被揍了。

"你放心说话，以后再也没人敢嘲笑你了。"罗小湖对苏曼说。

苏曼半信半疑。但是当她试着在课堂上断断续续地说出一句话之后，她发现，同学们果然沉默着。

嘲笑结巴的人，都会被揍——罗小湖用他的拳头，将这句话牢牢地摁在每个人的脑子里。

他用肢体暴力，排除了语言暴力。

苏曼从那一天起，慢慢变得开朗起来。她第一次有了笑容，开始跟罗小湖交流，和他一起逛街、打游戏……

课业落下也不要紧，她那个时候就开始学习插画。因为网络插图的兴起，她开始在网上售卖网图，渐渐攒下了一笔钱。

她知道罗小湖家境优渥，普通的东西看不上，所以她倾其所有，为他买了一双名牌篮球鞋送给他。他感动得将她一把拥入怀里，告诉她，花钱是男生的事，下次让他来做。

"我喜欢你。"苏曼说出了人生中第一句流畅的话。

罗小湖愣了一下，忽然狂喜，将苏曼高高地抱了起来。他对着天空大喊，苏曼，我也喜欢你！

"罗小湖是我人生中的一道光，驱散了我的万年黑暗。"苏曼在日记本里这样写。

她爱上了这道光。

<h1 style="text-align:center">2</h1>

"后来呢？"画室里，江群群忍不住问。

苏曼颓丧地坐在椅子上，双眼无神地望向窗外。

"后，后来……我发现……"她艰难地说，声音有些哽咽。因为说不下去了，她干脆将自己的话在手机记事本上打了出来。

江群群拿过手机，看到记事本上的第一段是这样开头的。

"后来我才发现，只要你把一个人看作光，那么你就会变成飞蛾。"

苏曼和罗小湖的故事，并不能免俗。

罗小湖是个不良少年，但是家里有些家底，总不可能让罗小湖这样继续堕落下去。于是，罗家给罗小湖安排了一些唱跳课程。

他很有天赋，刚上课就迷上了跳舞。青春期的男孩子，手长脚长，跳起舞来魅力四射。

罗小湖在学校里人气飙升，许多女生围着他转，将他奉若神明。苏曼感到不安的时候，罗小湖已经很久没有和她说过话了。

他很少来学校，来了之后也是如众星捧月，被一群人围着。苏曼像是一粒尘埃，被他遗忘到了脑后。

她试着跟他说话，但是罗小湖很是敷衍，告诉她自己练舞很累，就趴在桌子上睡起觉来。等到他醒了，苏曼就给他写了一张纸条。她告诉他，她很喜欢他们一起走过的小路，小路上有夕阳，有轻轻拂过的微风，还有不知名的小花。

他没有回复。

苏曼不甘心，一次次地去找罗小湖。罗小湖刚开始还跟她说上几句，后来直接当着很多人的面，对她发了脾气："你到底要怎样啊？"

她怔住了。

她没想怎样，她只是想跟以前一样。

"你别整天找我，他们看到有你在，其实挺不自在的。"罗小湖指了指周围的人，"你问问他们，想不想看见你？你性格太孤僻了，你不改掉这个性格，我怎么能让你融入进来呢？"

每一个字，都伤得苏曼体无完肤。

周围的人看着苏曼窃笑，苏曼落荒而逃。她这时才明白，不知何时，她成了卫星，而罗小湖是那颗行星，她成了追随者。

为了更好地融入罗小湖的圈子，苏曼决定改掉口吃。她积极地去看医生，努力训练自己说话。终于，她的口吃有所改善，只要语速放慢，她就能够相对流畅地表达。

可是她能达到的最好水平，不及别人的二分之一。

在一次春游，苏曼试着和同学搭讪。那怪异的语速，让被搭讪的同学一怔，然后哈哈大笑起来。

苏曼被刺痛了，连正常的社交都做不到，她已经不指望去融入罗小湖那个更高端的社交圈了。

她重新缩回了壳里，再次自卑封闭。她决定远离风暴，可是风暴并不愿意放过她。有一天，苏曼去教师办公室交作业，走到拐角处听到墙后有人在谈话，其中一个声音就是罗小湖。

另一个声音是个女生。她问罗小湖："哎，你以前跟苏曼挺好的，你是不是喜欢她？"

只听罗小湖懒懒地回答："你们喜欢她吗？"

女生哧哧地笑了起来："一个结巴，谁喜欢啊？听说她上次好像被你一激，真的去练习说话了。"

"哎，愁人，我只是托词而已，不想说得太伤人。我不想跟一个结巴交朋友啊，她要怎样才能明白呢？"罗小湖的声音里有些不耐烦，"我以前接近她，只是觉得她好玩，最后我觉得她挺没意思的。"

他说得那样轻松，仿佛只是说今天吃了什么那样简单。可是苏曼分明听到了自己胸腔里心碎的声音。

苏曼将他看得那样重，结果他到头来歧视她是个结巴。而那段让她那样珍视的时光，他也只是觉得好玩而已。

就在她心碎的时候，罗小湖和女生说说笑笑走出转角，看到了苏曼。

"你怎么在这儿？你偷听我？"罗小湖的脸一下子拉了下来。

苏曼冷冷地看了他一眼，咬着牙，低声说了一句"别得意，你以为你是谁"，然后转身就走。她听到那个女生低声说："天啊，她好像说你别得意，说不定摔个大跟头，没想到她还诅咒人啊！"

这个女生故意曲解苏曼的话，只是为了讽刺苏曼的口吃。可是没想到，两天后的罗小湖，真的在跳舞的时候摔伤了，住进了骨科。全班同学都去看他，苏曼也跟着去了。

女孩子心软，她还是心疼罗小湖。在去看他之前，她避开人哭了好一会儿。可是当她和同学们走进病房的时候，罗小湖却变了脸色。

他看着她的眼神非常复杂，让苏曼也跟着有些不安。等到没人注意，罗小湖抓着她的胳膊，低声说："你放过我吧？行吗？"

"你，你什么意思？"苏曼不解。

罗小湖的眼神里带了一丝恐惧："那天你诅咒我摔一个跟头，我后来就摔伤了，这不是你咒的还是什么？"

"你！你！"苏曼说不出一句完整的话，气得哭着跑出了病房。

她再也没有和罗小湖说过一句话。

高考的时候，苏曼去做了艺术生，读了美术学院，然后毕业。而罗小湖则去了韩国当练习生，归国后参加了几档综艺节目，混得风生水起。

这几年的时间里，苏曼没有一天不恨罗小湖。

她想不明白，一个人为什么可以这样残忍，以救世主的姿态出现，再将她的世界破坏得更彻底。如果他当时没让她感到光明的美好，那她现在也不会觉得黑暗让人痛苦。

她将情绪全部发泄到画中。她找到罗小湖的媒体照片，对比着画出来后，在他的嘴巴上打下了一个浓墨重彩的 X。

同时，苏曼也试着去混入粉丝后援会，慢慢地摸清楚如何才能见到罗小湖。在罗小湖的见面会上，她本来想了很多种报复的方法，但在见到罗小湖本人之后，全部烟消云散。

那毕竟，是她深深爱过的人啊！

所以苏曼当时只是递过去一张心愿卡片，希望罗小湖给自己签名。但是罗小湖，认出了她。

"是你？你来这里干什么？"罗小湖问，然后低头仔细查看卡片，气急败坏地问，"我的天，这上面画的什么？你不会是要诅咒我吧？"

苏曼的怒火重新燃烧起来，她恼火地回敬了一句："是，我是。"

罗小湖气急败坏，将苏曼数落了一顿。苏曼昂着头走出见面会的现场，才落了泪。

他和多年前一样，觉得她是累赘，是多余，是神经病。

但是苏曼没想到的是，罗小湖还不甘心，打听到她的工作地点，居然找到了梦想画室。他在柜子里，看到了那些嘴巴打了 X 的画像之后，更加愤怒了。但这一次，愤怒中夹杂了恐惧。

"苏曼，你真恶心，你这么画我！你，你到底诅咒了我什么？"罗小湖歇斯底里地质问她。

苏曼面对罗小湖，说出了有史以来最流畅的一句话："很简单，我要你也感受到我的命运，我要你也感到我的悲惨！"

当时，罗小湖脸色如灰。

苏曼面对罗小湖，将这些年的憋屈、愤怒和失落一股脑儿地发泄了出来。她出奇地没有结巴，十分流畅地表达了对罗小湖的诅咒。罗小湖当时什么也没说，他惊恐地逃走了。

在手机上写完这个故事，苏曼将手机收了回来。江群群看得眼底发酸，心里无限唏嘘。

"罗小湖果然隐瞒了许多事情。"杨轻舟沉吟，"这段他倒是没说，如果他说了，我倒是能理解他为什么口吃。"

苏曼挑了挑眉毛，嘲讽一笑："我……还真的不知道，我居然真有诅咒的能力。"

她轻轻长舒一口气，似乎要放下心结一般："你们……是来帮，罗小湖的吧？需要，我做什么？"

苏曼语速很慢，尽可能地把话讲得完整。江群群注意到，苏曼眉目平和，目光半静如湖面。

可能将这个故事讲述出来，她就真的将这些过往都放下了吧。

杨轻舟看了她一眼，郑重其事地说："不，我打算帮助你。"

苏曼一愣。

"在我看来，你更需要帮助，而不是罗小湖。"杨轻舟说，"长久以来，你忍受着父母的语言暴力，忍受着这个冷漠世界给你的隔阂，忍受着内心的撕裂与痛苦，那个真正得病的人是你，而不是罗小湖。"

苏曼静静地听着，眼底闪出一点泪光。

"我会让罗小湖给你一个交代。回见。"

杨轻舟和江群群告别，走出了画室。江群群回头，从窗玻璃看到苏曼坐在椅子上，怔怔地看着竖在墙角的那些画。

苏曼的青春，太短暂，也太残酷了。

江群群心里一阵阵难受，扭头问杨轻舟："爱的确是会消失的，而且是不打招呼就消失，对吗？"

"物理学的熵增定律告诉我们，任何事物发展到最后的结局，就是灭亡。"杨轻舟说，"所以爱这种东西到底有什么特殊，会逃避掉熵增定律？"

爱的确没什么特殊的。

它只是某一个时间段的，对某个人的心动，仅此而已。

江群群点点头，默默地跟在他身后。忽然，他将手往后一伸，将她的手完完全全地包裹在自己的手心。

她抬头，看到他的眼睛亮晶晶的。

"可是，为了你，我想对抗一下熵增定律，直到我的肉体消亡。"杨轻舟笑了笑，勾起手指在她鼻梁上一刮，"所以，你不许因为别人质疑我。"

江群群微微一笑，心里有些甜。

"不过，你要怎么让罗小湖给苏曼一个交代呢？"江群群好奇地问，"依他的性格，应该不答应吧。"

"他肯定不答应，没有体会过痛苦的人生，不会理解别人的痛苦。"杨轻舟冷笑一声，"所以，需要你配合我表演。"

江群群翻了个白眼。

她知道，戏精杨轻舟，上线了。

3

休息室里，罗小湖正在焦躁地来回走着。肖博在旁边坐着抽烟，双目阴沉。

江群群和杨轻舟刚走进去，罗小湖就快步迎了上来。他今天穿了一身练功用的白衣黑裤，身材修长，走过去的姿态都带着优雅的气质。

"你……你……你们怎么几天都没，没有出现？"罗小湖说话还在磕磕巴巴。

肖博听到罗小湖还在结巴，头疼地捏着眉心。

从他的脸色上看，罗小湖这几天应该没有太大的改善。

"这几天我偷偷带他去看医生了，没什么大的用处。"肖博满脸愁容地吐出一口烟圈，"眼看好多通告都飞了，再这样下去，罗小湖只能单飞了。"

杨轻舟没搭理罗小湖，而是走到肖博面前："肖老师，抱歉了，我决定把钱退给你。"

肖博震惊，手中香烟掉下一截烟灰："不是，你之前不是说能搞定吗？"然后他又问，"你不会看我们走投无路，想加钱吧？"

罗小湖也如同一头暴躁的狮子："你你你你什么意思？"

"意思就是，"杨轻舟眼中出现了一抹哀伤，"我的女朋友也中了那个人的诅咒。"

杨轻舟看了江群群一眼，江群群痛苦地捂住自己的喉咙，发出咿咿呀呀的声音。肖博和罗小湖吓了一跳："她怎么了？"

"昨天我们去找苏曼，但是苏曼拒绝沟通，并且和我女朋友发生了冲突。回来后，我的女朋友就失声了，医生怎么检查都没检查出来问题。"杨轻舟表情严肃，"这件事到此为止，从现在开始，我不会给你做任何咨询。"

江群群眨巴着眼睛，拼命挤出了两滴委屈的眼泪。

"不会吧？她跟你们是什么仇，什么怨？"肖博质疑，拿出手机，"要不然我报警。"

罗小湖一把将他的手机挡住。

"干什么？"肖博有些气愤，"这种人就应该让警察去查她！"

罗小湖没回答肖博，而是用怪异的眼神看着杨轻舟和江群群："你们知道她叫苏曼了？"

江群群猛然记起，罗小湖刚开始是隐瞒许多内情的。她装作懵懂的样子，看向杨轻舟。

杨轻舟面不改色地回答："我们当然要调查清楚，才能更好地针对你的情况，怎么？你以前做过对不起苏曼的事，才不想让我们查她？"

罗小湖目光躲避，没回答。

肖博疑惑地看着罗小湖，目光里多了一丝探究。

"我们跟苏曼沟通了，她说，如果要解除诅咒，除非你承受当年她所承受的痛苦才可以。"杨轻舟说，"但是，这个痛苦具体是什么，恐怕只有罗小湖你自己才知道吧？"

肖博看向罗小湖："你跟那个诅咒你的人早就认识？"然后又问，"那个人当年受到的痛苦是什么？"

罗小湖铁青着脸，一句话不答。

杨轻舟还想说什么，罗小湖已经开了口："想让我承受……她……她……她的痛苦？那……那……那不可能！"

这拒绝，在杨轻舟和江群群的意料之中。

"言尽于此，我也没其他要说的，再见。"杨轻舟也不多纠缠，拉着江群群就往外走。

江群群慢慢往门口处走去，感觉到罗小湖的目光盯着她的后背。

但是罗小湖并没有喊住他们。

就在这时，江群群的手机突然响起，她装作茫然无措的样子拿出手机，眼巴巴地看着杨轻舟。

杨轻舟拿过手机，面无表情地听完，才说："你好……我是群群男朋友……她过几天就会恢复，请你们别辞退她……"

他表情一滞，将手机放下递给江群群："挂断了。是剧组的电话，说你……失声了，所以这份工作给别人做了。"

江群群再次"影后"上线，大眼睛里眼泪吧唧，然后偷偷瞟了一眼罗小湖。

按照他们的预判，肖博和罗小湖目睹江群群的窘状，会被触动，应该追上来服软，答应他们提出的解决办法。

但是让江群群意外的是，罗小湖呆呆地站着，肖博只顾低头抽烟，他们似乎真的放弃了和他们的合作。

"工作丢了就算了，我再陪你去医院。真不行，我去求苏曼，她一定能让你继续开口说话。"杨轻舟按照剧本，表面上安慰江群群，其实是添了一把火。

罗小湖和肖博还是没有太多反应。尤其是罗小湖，他垂着头坐在椅子上，一副破罐子破摔的架势。

江群群心里有些急，使劲摇头，然后故意让自己绊到门槛，整个人往前一扑，重重地倒在地上。

"群群！"杨轻舟赶紧上前扶她。

水泥地面很硬，江群群感到膝盖和胳膊上火辣辣一片，应该是破了皮。她直接闭上眼睛，装作晕倒的样子。

"你醒醒！"杨轻舟晃她。

江群群被他摇得七荤八素，但坚决不肯睁开眼睛。罗小湖和肖博仿佛刚刚清醒回神，赶紧围了上来，紧张地问："她怎么样？怎么了？"

"这诅咒的能量，太强了。"杨轻舟满脸愤懑，伸手掐着江群群的人中。他的力道很大，江群群被掐出了眼泪，不得不睁开眼睛。

杨轻舟将她顺势抱在怀里，声音发抖："你醒了！我们走……我去找苏曼，无论如何都要让她收回诅咒……"

他搀扶起江群群，江群群一瘸一拐地往楼下走。肖博看着两人，忽然开了口："等一下，杨先生，要不然，你给我们出个主意，看怎么去解除罗小湖受到的诅咒？"

罗小湖不甘心："肖博！"他气急败坏，"你，你你你……"

"现在还有别的办法吗？"肖博恼火道，"我不知道你跟那个苏曼有什么过去，但是你再没工作可接，公司要雪藏你！"

罗小湖愤愤地扭过头。

江群群心中窃喜，忍不住看了杨轻舟一眼，彼此眼睛里透露一丝笑意。

拼上这波演技，总算拿到了想要的结果。

4

和罗小湖谈妥出来，杨轻舟扶着一瘸一拐的江群群下了楼。

网约车恰好到了，停到两人面前。江群群刚拉开车门，杨轻舟却伸手过来，一把将江群群拦腰抱起，然后将她整个人后背往里地放到后座，正好避开了胳膊和腿上的伤口。

这突如其来的亲密，让她满脸通红。

"你……"江群群惊讶。

她试探地看了前排司机一眼，发现司机虽然戴着口罩，但耳朵臊得通红通红的。

"年轻真是好啊，哈哈哈！"司机哈哈一笑。

杨轻舟面无表情，"砰"的一声将车门关上，然后坐到了副驾驶。江群群皱了皱眉头，她感觉他在生气。

简直莫名其妙。

她今天发挥了最好演技，他居然还生气？

江群群瞪了杨轻舟一眼，而杨轻舟也回敬了她一个不悦的眼神。司机可能感受到了来自小情侣之间的肃杀，随手拧开了车载 DV。

"甜蜜蜜，你笑得甜蜜蜜……"极富年代感的歌声悠扬传来。

等到两人下车，车里的音乐已经切换到了更有年代感的劲歌。

"你就像那冬天里的一把火！熊熊火焰温暖了我……"

江群群觉得，这歌词太符合她的心境了，她现在浑身烧着一把怒火。

也许是不忍看到她一瘸一拐的，杨轻舟面色稍缓，主动上前扶她，却被她推开。

江群群翻了个白眼："杨轻舟，我自己有腿。你扶着我进校门，被同学们看到怎么办？"

杨轻舟脸色铁青："既然跌伤自己会让你行动不便，那下次就不要给自己加戏。"

江群群顿时火了，她故意跌那一跤是为了谁？还不是为了刺激罗小湖，让罗小湖低头？

"你以为我愿意加戏？还不是为了你？"

"为了我，就好好保重自己，你以为我在意那点咨询费？"杨轻舟更生气了。

生气的杨轻舟，气质中的高冷疏离喷薄而出，浑身散发"生人勿近"的气场。江群群不想理他，自顾自地往学校里走去。杨轻舟停顿数秒，追上来说："你先回工作室，我去超市买菜。"

江群群哼了一声。

她没回工作室，而是回到宿舍，找出创可贴，一个人将伤口处理了一下，就窝在床上，用电脑看起了电视剧。

周溪正好从外面回来，看到床上的江群群，随口问了一句："什么剧啊？好看吗？"

"不知道。"江群群叹气。

周溪心想，这人莫非是傻了？

周溪噔噔噔地上了床，凑到江群群身边，瞄了一眼电脑，顿时两眼放光：“这剧好看的，是我偶像演的。”

江群群叹了口气，将笔记本电脑给周溪：“那给你看了。”

周溪凑到她身边，用屁股拱了拱她的胳膊：“到底怎么了吗？跟杨轻舟吵架了？”

她不小心碰到了江群群的伤口，江群群痛得嗞了一声。周溪眼神怪异又暧昧：“你们别太激烈啊！”

江群群满额头黑线，推周溪下床：“不小心跌的，不会说话就少说话！”她拿起身旁的手机，往床铺上轻摔一下：“手机跟坏了一样。”

周溪实诚地拿过她的手机，检查了一下：“你的手机没坏。”

江群群勃然大怒，手机没坏，杨轻舟的短信为什么还没来？

她恼火地将手机夺过来，往床尾一扔：“还不如坏了！”

周溪心想，恋爱中的女人，都是神经病。

江群群等了足足一个晚上，手机还是没有迎来杨轻舟的道歉短信。

第二天早晨，江群群气呼呼地起床，报复性地从衣柜里拿出一件百褶小短裙。周溪看了她一眼：“去心理咨询室吗？”

“去酒吧。”

周溪无语两秒：“酒吧白天不开门。”

江群群轻咳两声：“那我去咨询室。”

周溪白了江群群一眼，司马昭之心，路人皆知。

5

江群群气呼呼地来到心理咨询室门口，想敲门，犹豫了一下，直接推门进去。没想到，刚进门，她就嗅到一股诱人的香气。

江群群蹑手蹑脚地走到厨房门口，伸头往里面张望，顿时两眼发直。

灶火上炖着猪蹄汤，汤汁奶白，咕嘟咕嘟冒着泡，散发着诱人的香气。自动炒菜锅里，被翻炒的酱汁排骨油亮油亮的。杨轻舟穿着围裙，小心地将三片培根放到三个蛋上。油水吱吱作响，粉红色的培根在煎锅上慢慢蜷缩。

江群群擦了擦口水，正在琢磨要怎样才能做到厚脸皮地叼走一块猪蹄，杨轻舟忽然回过身。

她大吃一惊，下意识地往后一躲，结果脚下一滑，整个人失去了重心。眼看她要跌倒，腰部被人猛然一搂，惯性让她扑进一个坚实的胸膛。

江群群抬眼，眼巴巴地看着杨轻舟。他一手扶着她的腰，一手按着她的后背，两人的姿势有一种说不出的暧昧。

他蹙紧眉尖："你能不能小心点，差点旧伤添新伤。"

他的胸膛非常温暖，隐约还能听到他的心跳声。江群群挣开他，掩饰地整理头发："我来工作室拿个东西。"

杨轻舟没说话，转身重新回到厨房关火，盛了一碗猪蹄汤放到桌子上。

"喝吧。"他乜斜着她。

"不是，我真的只是来拿个东西，不是来吃饭的……"江群群辩解。

"拿什么？"他问。

江群群大脑卡壳两秒，下意识地摸着自己的耳垂，四处寻找："我的耳钉不见了，前几天我还有的……"

她四处转悠着找耳钉，结果刚一抬头，一只炖猪蹄就被塞到她的嘴里，猪蹄上的汤汁甚至流到了她的下巴上。

杨轻舟恶作剧一笑，江群群恼火地拿下猪蹄，愤怒："杨轻舟！"

"你是找这个吧？"

江群群咬牙切齿，但最后乖乖屈服，啃起了猪蹄。

杨轻舟将她按到椅子上，将做好的饭菜放到她面前："把这些都吃完，补补身体。"

江群群扭头撒娇："哪里就那么严重了，还要补？"

"都破皮了，而且你跌倒的地方，距离楼梯很近，万一你滚下去了怎么办？"杨轻舟语气里带着后怕。

江群群心头暖暖的，想起苏曼，又有些寥落："我只是觉得，对苏曼必须有一个交代。毕竟，她才是那个需要被治疗的人，不是吗？"

"她是需要被治疗，但是我也不希望我的人受伤。"杨轻舟斩钉截铁。

这句话里有一个重点，我的人。

江群群感觉这三个字如同一个燥到极致的炮弹，倏忽点燃了四肢百骸，于心头炸响了绚烂的霹雳。

她赶紧低头喝汤。

所幸手机适时响起一声推送，江群群如同被解救，放下啃了一半的猪蹄，拿起一看，顿时震惊得倒抽一口凉气。

"罗……罗……罗……罗小湖，要隐退？"江群群震惊得都结巴了。

杨轻舟没太多表情，低眸瞄了一眼："有悟性，让他卖惨给苏曼看，他倒是选了一个最惨的。"

江群群上了微博，发现网络上的超话已经沸腾，大部分粉丝追问罗小湖究竟是得了什么病，更多的人质疑经纪公司不作为。猛然，一条微博跃到眼前："从上次演唱会的表现来看，我觉得他是江郎才尽了。"

这条微博被许多评论顶起，有人质疑，但也有人同意，热度逐渐高涨。还有的评论说："看发布会，罗小湖连话都说不顺溜了，可能他真的状态很差，不适合这个唱跳团队。"

发布会的视频里，罗小湖还是那个英俊少年，只是褪去了一身骄傲。

他拿着稿子，面对话筒，低着头一字一句地念稿子："因为身体原因，我决定暂时退出公司安排的工作……"

下面有人问："那你还会出现在生日会吗？"

罗小湖点了点头，将稿子收了起来。队长谢峥然在旁边一直面无表情，此时才走上前，将罗小湖拥抱在怀里，轻轻拍了拍他的后背。团队其他几名成员也都上前，将罗小湖围在中间。

为了团队的发展，兄友弟恭的戏码此时还是要演一演的。只是镜头一晃，江群群明显看到除了谢峥然，其他几名成员迅速离开罗小湖，仿佛他是一个不吉利的瘟神。

江群群看着视频，不知道该说什么好。

"非要做到这一步，苏曼才肯原谅罗小湖吗？"江群群问。

杨轻舟脸上没有一丝同情："群群，有时候治愈一个人的，不一定是鸡汤，而是仇恨的发泄。"

只有经历痛苦，才能明白他人的痛苦。那么多年的委屈和愤恨，不是一碗鸡汤就可以解决的。

江群群皱了皱眉，总觉得哪里不对劲。她一边吃饭，一边刷着超话。杨轻舟头疼地捏了捏眉心："吃饭要专心。"

他伸手过来，要将手机拿走，江群群却在此时头皮发麻，拿着手机的手不停地颤抖："我天……"

杨轻舟感觉不妙，将手机拿起，顿时也是面色肃然。

这是一段偷录的视频，镜头有些摇晃，只照到了地面，但是一段对话清晰地出来——

"我来说吧，罗小湖得了口吃，没办法负责 RAP 部分。"

"我……我……我，我……真……真的，唱唱唱唱不了……"

……

这是演唱会那天，在休息室里的对话，明明白白地透露出了罗小湖的症状，就是口吃。

杨轻舟点开发视频的账号，发现是一个营销号。营销号说，是有人给他投稿，他才发的，看来这个视频可以回答，罗小湖隐退的原因究竟是什么。

杨轻舟微微皱眉，将视频做了下载。

"杨轻舟，当时房间里不就我们几个人吗？为什么会有偷录视频啊？"江群群急了。

杨轻舟没说话，只是脑海中闪现出一块记忆碎片。

他和江群群去艺术小楼找苏曼的时候，有一个人在对面的楼上默默地观察他们。当时他就感觉自己被跟踪了，但他始终想不明白，那个人是谁，动机是……是……什么？

没等他想出个子丑寅卯，肖博的电话气急败坏地传来："杨轻舟，你这个人是不是太不厚道了？居然偷录我们？"

"不是我做的。"

"不是你们还有谁？我们分析了视频，那个方向差不多就是你们那边。演唱会的时候，你们早有预谋了吧你们？"

仿佛是被提示到了关键信息，大脑中某个环节电光石火般地亮了一瞬，已经照亮了真相。杨轻舟冷笑："肖博，你们被做局了。"

"什么意思？"

"镜头摇晃，方向在我们这边，你就觉得是我们偷录的？万一这是一个可移动的摄像头呢？再说，演唱会的当天，我的确是遇到了一些不寻常的事情……"杨轻舟说。

那天的演唱会开始之前，大屏幕的镜头一直对着他和江群群，当时他就觉得有些不妥，但并未细想。现在想想看，可能从一开始，演职人员里就混进了目的不明的奸细。

肖博听了，并未继续质问，而是挂了电话。江群群忐忑不安："我们是不是被人盯上了？"

"有我。"杨轻舟眸光锐利。

他们在明，那人在暗，不知何时还会露出獠牙，但他绝对不会退缩。

6

视频事件持续发酵，黑粉们挖出了许多罗小湖之前唱跳的视频，怀疑是不是假唱。

罗小湖那句"我……我……我，我……真……真的，唱……唱……唱……唱不了……"在网络上迅速走红，居然成了一句流行语。还有恶作剧的博主，甚至剪辑了一段视频，对罗小湖加以嘲讽。虽然公司公关删了那个视频，但影响还是很坏。

那个曾经的"神颜四美"之一，有一天也会被万人踩踏。

肖博那边传来消息，他经过调查，发现休息室的扫地机器人上，居然被人安装了一个隐秘的摄像头。但是这个是谁安装上去的，查监控已经没用了。肖博只能开除了团队里的一些新入人员。

"这个我倒是不担心，只要防范到位，那个人就没法兴风作浪。"肖博在手机里说，"关键是，罗小湖能不能改掉口吃？"

目前关于罗小湖的黑料，其实不算是真正的塌房。他没有假唱，所以只要公司澄清，专业音乐人进行鉴定，这个问题就不是一个问题。关键问题是口吃，这是罗小湖安身立命的东西，他要尽快调整好状态，出来唱上一两首歌，所有的黑料都会烟消云散。

到时候公司还会进行解释，罗小湖这段时间是因为练舞压力太大，粉丝们肯定会率先心疼一波，说不定还能上个热搜。

"可以，你带他来找我。"杨轻舟说。

肖博满口答应，和杨轻舟约了时间。挂上电话，杨轻舟才说："和苏曼联系吧，时间提前一个小时，到时候让她也见见罗小湖。"

"会出问题吗？"江群群有些拿不准。

"有些关卡，没法躲开。"

江群群点头，联系苏曼。苏曼大概也是看到了新闻，犹豫了很久才问："他，会不会，恨我？"

"可能会，也可能不会。"

苏曼沉默两秒，决定见面。

两天后，终于到了见面的日子。

江群群将地点约在心理咨询室，并且将桌椅打扫得干干净净。毕业在即，这应该是她接下的最后一个咨询案例。眼看这个案例要结束，她的青春也会跟着结束，想起来还蛮唏嘘的。

苏曼提前半个小时到了，她画了一点淡妆，手里提着一个大画包。江群群疑惑："这是什么？"

苏曼打开画包，拿出了三幅画。那些都是罗小湖的人像画，只是不同的是，以前画中的罗小湖，嘴巴上被打了一个大大的 X，而现在画中的罗小湖，嘴巴上是一朵花。

"他是看到这些画之后，才口吃的，所以我这两天……把画修改了。"苏曼笑了笑说。

这是江群群第一次看到苏曼的笑容，温柔如春风。

"你还是喜欢他。"

苏曼脸红一瞬，迅速恢复常态，然后摇了摇头。

"不喜欢了，只是……"她歪着头，眸光里居然流露出一丝向往，"喜欢，那段，岁月。"

只是喜欢那段岁月罢了。因为在那段岁月里，她曾经爱过一个人。那份心意，让那段岁月变得不平凡。

杨轻舟静静地听着，忽然说："你是个好姑娘，你会遇到更好的。希望这件事结束以后，你能好好地生活下去。"

苏曼点头。

门口忽然发出响动，江群群循声望去，只见罗小湖怔怔地站在门口，目光复杂地盯着苏曼。

苏曼猛然手足无措，结结巴巴地问："你，你来了？"

江群群心里咯噔了一下，没想到罗小湖也提前到来，两个人在毫无铺垫的情况下碰上了。她下意识地看向杨轻舟，他也是满脸凝重。

果然，罗小湖指着几个人，一张俊脸因为愤怒涨得通红："你……你……你们……联合起来，玩我是吧？"

"你误会了，不是的！"江群群赶紧解释。杨轻舟走过去，不由分说地将罗小湖拉过来，指着那些画："罗小湖，其实苏曼没有诅咒能力，她也把那些画都修改了！"

罗小湖两眼通红，死死盯着苏曼："我，我不信！当当当年，我那样伤害过你，你居然还能原谅我？"他呵呵冷笑，"你，你要多少，钱？"

苏曼怔住，大眼睛里盈盈有泪。

"罗小湖，你冷静一点！"杨轻舟低吼，"你觉得她不会原谅你，是不是因为你体会到她有多痛了？苏曼现在这样原谅你，是不忍心你痛苦。相信我，事情会解决……"

"你们……一个个的，都是救世主，是吧？"罗小湖如同被激怒的猛兽，指着他们，摔门而去。

"罗小湖！"苏曼追了上去。

杨轻舟和江群群也赶紧追出门外。此时，杨轻舟的手机响了，他一边跑一边接听，手机里传来了肖博的声音："杨轻舟，罗小湖在你那儿吗？这臭小子一转眼不见人了……"

"在，我给你抓回去。"杨轻舟挂了电话。

罗小湖跳舞出身，身形矫健，在杨轻舟上前就要抓住他衣领的瞬间，他动作麻溜地跃坐上楼梯，嗖的一声就滑了下去。

"罗小湖！"杨轻舟冲着楼梯大喊。

苏曼急得说话又有点磕巴："他他他会不会做傻事？"

"你在楼上看罗小湖去哪儿，我和苏曼下楼。"杨轻舟跟江群群说了一句，扭头往电梯处跑去。两个人走进电梯，心急如焚地下了楼。

楼外，罗小湖早已不见了踪影。杨轻舟此时接到江群群的电话："他往东门那边去了！"

"走！"杨轻舟赶紧往东门的方向跑去，苏曼也紧跟其后。

紫辰大学的东门往外不远处，有一处公园，公园里有个人工湖。杨轻舟想到了某种可能性，回头看苏曼，她也是脸色煞白。

所幸，他们看到了罗小湖的身影，他压低鸭舌帽，戴着黑色口罩，箭一般地冲向东门。

可能是一前一后的追赶引起了人们的注意，有人开始认出了罗小湖。

"这个人是不是罗小湖？上次来我们学校开演唱会的？"

"不是吧？戴着口罩你都能认出来？"

"我见过他本人的！"

……

而平时冷僻的东门，此时也围着十几个男人。他们看到罗小湖，立即围了上来。

"罗小湖先生是吗？方便现在回答一下问题吗？"

"听说你是因为口吃才隐退，是不是真的？"

"你怎么看待假唱问题？"

七嘴八舌的问题，一个比一个犀利。罗小湖的冷汗立即就流了下来。现在的娱乐公众号接受投稿，一旦发现明星的蛛丝马迹，会立即派人去附近盯梢。只是罗小湖没想到，他的擅自行动这么快就引起了动静。

"让开！现在他不接受任何问题！"杨轻舟冲了上去，将罗小湖护在身后。那些男人并没有放过罗小湖，而是抛出了更犀利的问题："请问你所有时间都会口吃吗？"

"你会接受治疗，并且公布治疗进程吗？"

"罗小湖先生，请问你现在看到其他成员的唱跳，会不会感到自卑呢？"

罗小湖被这最后一个问题戳到了心窝。

他一张脸面无血色，两眼充血，右手握紧的拳头上青筋暴起。而还有更过分的问题抛向他："你觉得成员其他人会鄙视你吗？"

罗小湖只觉得一股热血冲向了天灵盖。

"够了！"苏曼的声音愤怒地响起。

众人一个激灵，纷纷望向苏曼。这个漫画脸的姑娘，此时如同一只被激怒的小兽，怒目相视。

"你们是不是觉得，刺痛一个病人会显得自己的基因很完美？恰恰相反，这样做只会显得你们的大脑并未进化到现代文明社会，会暴露你们卑劣的三观和人品！你们肯定自己会一辈子健康吗？你们肯定自己没有生老病死的那一天吗？你们讥讽刺伤着一个病人，就是在嘲笑你们的明天！你们不心寒吗？不感到脸红吗？你们还配做一个人吗？"苏曼一股脑儿地吼了出来。

罗小湖怔怔地看着苏曼。

泪水从苏曼的脸上滑落，她摘下眼镜，擦了擦眼睛，哽咽着说："我，从很小的时候就有口吃，受尽了冷眼和嘲笑。我想问，我口吃，伤害到你们高贵的耳朵了吗？我口吃，让你们的人生更上一个台阶了吗？我曾经以为我低微到尘埃，现在我才明白，拿疾病妄加揣测、肆意伤害的你们，比任何人都要低微！因为你们卑鄙！"

苏曼在说这些话的时候，一气呵成，没有任何卡顿。

男人们怔住，只有一个方形脸愤愤不平："说谁卑鄙呢？"

方形脸举起拳头，杨轻舟去拦，有一只手从身后伸出，一把攥住方形脸的拳头。

那个人是罗小湖。

他摘下口罩，眸光锐利如刀，盯着方形脸，一字一句地说："说你卑鄙，怎么了？"

接着，他一把将苏曼拉到身旁，警告地扫视四周："谁敢动她一根手指头，我卸他全身骨头！"

众人沉默，忽然散开，方形脸狼狈地被同伴拉走。

杨轻舟回身看罗小湖，他眸中有光，英俊果敢，保护苏曼的姿态，一如多年前的那个少年。

7

苏曼和罗小湖戏剧性地达成了和解。

心理咨询室里，苏曼将那些画送给了罗小湖，苦笑着说："其实我真的没有诅咒的能力，还有，就算我有，我也不忍心诅咒你。"

罗小湖点了点头，又挠了挠头。

"谢谢你，原来一切，一切都是我的妄想。"罗小湖摸了摸自己的喉咙，试探地看向杨轻舟："我我，我现在还有一些口吃，是不是在你这里慢慢调理，就会好了？"

杨轻舟淡淡一笑："我的建议是，你先不要说中文，先说韩语，唱歌也用韩文歌，等你习惯了流畅表达之后，再说中文就会流畅了。"

罗小湖点了点头，忽然想起了什么："你，你你最开始的时候，给我的就是这个建议啊？"

"是的。"

"就这些？"

杨轻舟笑着点了点头："就这些。"

罗小湖张口结舌，反应过来后霍然起身："你耍我？"

"我本来就没说后续还有其他的治疗手段啊？"杨轻舟看他，"反正你也达到了自己的目的，不是吗？"

罗小湖往他肩膀上捶了一拳："你这个家伙，我都有些喜欢你了。"

"别这样，我女朋友在。"杨轻舟拉起了江群群的手。罗小湖白了他一眼，用韩语说："别自以为是，我喜欢的人，不是你。"

"那你喜欢的人是谁？"江群群问。

罗小湖小心地看了一眼旁边的苏曼。她在认真整理画包，仿佛没有听到这段暧昧的对话。

"喀喀，我今天约了中介，要去找房子了。"江群群随便找了个理由。杨轻舟也起身："是啊，再不去就晚了。你们走的时候把门带上啊！"

两人不等罗小湖和苏曼回答，就走出了心理咨询室。教学楼外面，阳光浓烈，将大地照得白花花。

江群群戴上遮阳帽，忍不住回头看了一眼："你说，他俩能再续前缘吗？"

"会做好朋友吧。"杨轻舟一边看手机，一边说。

江群群怀疑："你怎么确定？"

杨轻舟微微一笑，弯腰低声说："你亲我一下，我就告诉你为什么。"

江群群脸红，左右张望了一下，发现没人注意，快速地在杨轻舟的脸上亲了一下。杨轻舟弯起嘴角，眼神变得宠溺。

"现在你可以告诉我，为什么了吧？你是不是做了什么心理分析？"江群群问。

"不是，我看的监控。"杨轻舟将手机横到江群群面前。

手机里很清晰地呈现出监控画面，苏曼和罗小湖并排坐在桌子上，两人身边放着两罐啤酒，看上去像在把酒言欢。

"谢谢你的吻，我会好好收着。"杨轻舟一脸无耻，"顺便我要告诉你，心理学不是万能的。"

江群群："……"

她的男朋友好像有点可恶。

我爱你这件事不会反转，
我们一生一世也不会是小概率事件

1

毕业那天，江群群等人在郊区租了一套两室一厅的房子，江群群、周溪住一间，杨轻舟单独住一间。

第一天搬家，江群群才体会到什么叫作"烂船也有三千钉"，大学四年读下来，行李足足有五个大包。她和杨轻舟喊了搬家公司，几个人上楼下楼好几次，才将东西全部搬完。

"你们怎么住？这个东西是不是要放这里？"搬家公司人员搬运来杨轻舟的行李包，就要往江群群的房间走。

江群群赶紧指了指另一个房间："你放那个房间，这是他的东西。"

杨轻舟淡淡点头，打开自己的卧室门。

周溪坐在沙发上，一边吃双皮奶一边说："什么你的我的，过两天你们还要搬到一起，干吗那么麻烦？"

气氛尴尬一秒，江群群劈手拿过周溪的勺子，挖了一大块双皮奶，狠狠地填到她嘴里。

周溪愤怒地瞪着江群群，嘴里发出呜呜的声音。

"恭喜入住！Surprise！"姜礼浩拎着一袋小龙虾，兴奋地出现在门口。

姜礼浩就租住在隔壁的单间，当初这房子也是他介绍的中介推荐的。按照他的话说，如果四个人住得近，就会让人觉得没有大学毕业，只不过换了个宿舍，青春永不老。

三个人已经因为搬家疲惫至极，没有人理睬姜礼浩。姜礼浩快快地摸了摸鼻尖："我说，你们能不能给点面子啊？看到我不高兴，看到小龙虾也应该兴奋起来啊？"

塑料袋里，小龙虾们正在死命挣扎。

江群群挤出一个苦笑："啊哈哈哈哈，你要请我们吃小龙虾，太棒了！"

"改天吧，今天真的好累啊！"周溪拿出大小姐的架势，懒洋洋地回答。

而杨轻舟则一语中的："你那边没有厨房，想借用我们这个整套的厨房做麻辣小龙虾是吧？"

姜礼浩被戳中心事："杨轻舟，少说两句能死啊？"

"行了，我们今天忙了一天，想好好休息，小龙虾改天再吃。"杨轻舟下了逐客令。姜礼浩一边哼哼唧唧，一边被杨轻舟推出了大门。

临走时，他还不忘最后咕哝了一句："周溪，群群，杨轻舟这厮要是欺负你们，随时联系我，我就在隔壁——"

"砰"的一声，门关上了，将姜礼浩后半句话生生截断。杨轻舟回头看两人，江群群和周溪都有些尴尬："那个，现在不早了，我们先去休息了。"

"好。"

江群群拉着周溪进了房间。

一进房间，周溪就翻了个白眼："我说，你烦不烦？我本来要自己租一个单间，你非要我过来跟你合租。"她上下打量了江群群，语气里有些嫌弃，"没想到你还挺保守啊？"

"他马上要读研究生了，我不能打扰他。"江群群低头收拾东西。

本来，杨轻舟去紫辰大学入职，就只是为了治愈她的心理疾病。现在她的心理状况好了许多，他也应该有自己的人生。

杨轻舟从小就是读书的料，江群群很难想象他为了谁去放弃学业的样子。那不是她认识的人。

所以如果真正同居了，她会觉得哪里怪怪的。因为杨轻舟的生活，就应该以书本为主，不能掺杂其他元素。

周溪哼了一声："就算你矜持，杨轻舟也应该主动一点，我看，他在羞辱你没有魅力。"

话音刚落，一只抱枕就砸到了周溪脸上："我的魅力不需要羞辱！"

"江群群，你敢砸我！"周溪放下双皮奶，扑过来和江群群笑闹成一片。两个女孩子倒在懒人沙发上，笑着抱在一起。

江群群被她挠得腋下痒痒，正要求饶，忽然猝不及防地打了个喷嚏。

几乎是一瞬间，两个人僵住了。

"我，我……"江群群摸着自己的鼻子，有些心虚，"我肯定是感冒了，你别介意啊！"

周溪头发蓬乱，手脚并用地从懒人沙发上爬起来，想说什么，又碍于情面没有说，最终，她露出一个比哭还难看的笑容。

江群群知道，周溪是忌惮她打喷嚏就会发生反转这件事。可是……

她无奈地看了看挂在胸前的黑色眼罩。每次打喷嚏，她总是来不及戴上眼罩，她也不能总是蒙着眼睛不是？

"无事发生，无事发生……"周溪开始了碎碎念。

江群群又想砸过去一只抱枕，但想了想，她将抱枕捂在胸前，生出一丝侥幸心理。

也许，什么事都不会发生呢？

然而到了半夜，江群群被周溪晃醒了。她迷迷糊糊地揉着眼睛，翻了个身还想继续睡，没想到周溪凑上来，声音发抖："群群，醒醒，有动静，你听……"

江群群没被鬼吓醒，被周溪的语气给吓得一个激灵。

她睁开眼睛，看到周溪这个没出息的趴在她肩膀上，浑身瑟瑟发抖。房间里非常昏暗，只有窗帘露出一条缝，外面透进来一道光。屏气息神地听着，外面果然传来了一种奇怪的声音。

像是有人在客厅蹑手蹑脚地行走。

江群群也被吓得寒毛直竖，但是越是这种情况，越是不能退缩。她哆哆嗦嗦地摸出手机，给杨轻舟打了个电话。

杨轻舟没有接听，可能已经睡着了。

"我出去看看。"江群群咬了咬牙。

周溪吓得嘤咛一声，搂住她的脖子："不行，万一是小偷怎么办？"

"乐观点，如果是杨轻舟呢？"

周溪使劲摇头，死死抱住江群群的脖子不放。江群群想了想，觉得是杨轻舟的可能性也不大。从门缝底下看，客厅黑黢黢的，如果是杨轻舟半夜起来找东西，不至于不开灯吧？

江群群扫视房间一周，发现桌子上有个电炖锅，于是推开周溪，蹑手蹑脚地拿着炖锅走到门前。

外面的声音还在继续，像是有人轻手轻脚地在翻阅纸张。

江群群盘算着，自己这会儿冲出去大喊一声，不说勇斗盗贼，至少能吵醒杨轻舟。于是，她无声无息地将卧室房门打开，然后心一横，冲了出去——

"谁！！来人啊！救命啊！"

到底还是没底气，一句话里已经从质问直接跳到了呼救环节。江群群闭着眼睛，举着炖锅一通胡乱挥舞。

"群群！"灯光大亮。

江群群气喘吁吁地停手，发现客厅里空无一人，而杨轻舟和周溪则各自站在卧室门口，惊讶地看着她。刚才的动静已经消失，客厅通往阳台的门窗都关得好好的，什物整齐，一切并无不妥。

"没人？我刚才听到有动静啊？"江群群尴尬地放下炖锅。

杨轻舟微微蹙眉："我也听到动静了。"

他穿着一件男士睡衣，看起来也是刚起床，领口往下两粒扣子敞开着，露出漂亮的锁骨。江群群强迫自己的目光从他脖子下挪开，艰难地说："这到底怎么回事？"

房门外忽然传来姜礼浩的敲门声，接着他的声音响起："大半夜的，鬼叫什么，还让不让人睡觉了？"

杨轻舟开门，姜礼浩打着哈欠进来，看到面色惨白的周溪，赶紧靠着她坐下。"怎么了？"

周溪搂住双臂，都快哭了："我们听到了奇怪的动静，不知道来源……还有，群群今天晚上打喷嚏了。"

杨轻舟皱了皱眉："我说过，群群的喷嚏不会再影响什么了。"

"这，这不是你们说了算的啊！"周溪委屈。姜礼浩挠了扰乱成鸡窝的头发："是什么样的动静啊，把你们三个人吓成这样？"

"两个人，我不算。"杨轻舟冷冷的。

姜礼浩从鼻子里哼了一声，突然想到了什么："对了，杨轻舟，这房子是租的？"

杨轻舟点头："我让你们来看，你们都没时间，所以我一个人来租的。"

"这就是根源，你总是能碰上小概率事件，所以这房子说不定是，是鬼宅呢？"周溪艰难地说出了那两个字。

江群群听得浑身发毛，赶紧往杨轻舟身边凑了凑。杨轻舟抿唇一笑："鬼宅？你确定这是鬼宅？"

"啊啊啊你不要说！"江群群捂住他的嘴。

他的嘴滚烫滚烫，睫毛低垂，深邃的眼眸看着江群群。江群群仿佛心头被击中，赶紧将手放开。

"这样吧，我们找一下声音来源，明天安个监控。"姜礼浩从沙发上站起来。

杨轻舟抬头指了指天花板："我装了。"说完又补了一句，"早在签租房合同之后，我就装好了。"

众人一秒惊诧。

"警惕性挺高的，那你有什么发现？"姜礼浩问。

杨轻舟掏出手机，开机后检查了下监控，摇头："什么也没有。"

"不会吧？"周溪从沙发上一跃而起。

江群群毛骨悚然，往杨轻舟的手机屏幕上望去。果然，在有动静的那个时间段里，手机里的监控画面里没有拍到任何人。

"这，这是怎么回事？"姜礼浩面无血色。

杨轻舟面不改色地说："要不你们今天先住宾馆，我一个人留在这里观察一下好了。"

"这个点，去哪里啊？"周溪为难。姜礼浩轻咳一声："我那个单间里有个沙发，你们两个要是信任我是君子的话，我就先在沙发上窝一晚上。"

杨轻舟皱眉："两个？"

"那行，周溪我负责，你的女朋友你负责。"姜礼浩拉开门，冲着周溪挤挤眼睛，"放心，我那单间里不闹鬼。"

周溪咬着下唇："群群，那我……先在隔壁凑合一晚？"

江群群无力地点点头。周溪不情愿地跟着姜礼浩离开。客厅里只剩下她和杨轻舟。

这个空间，忽然静得有些可怕。

杨轻舟突然扭过头问她："咱们，怎么睡？"

言下之意是，他让她跟他待在一起。但是这话一说出来，她就觉得哪里怪怪的。

江群群在心里念了一遍"富强、民主、敬业、诚信、友善"，确定自己心如止水，才说："咱俩睡一间吧。"

杨轻舟点头。

江群群装作若无其事地进了杨轻舟的卧室。卧室整理得干干净净，只有床被凌乱，他的确是刚起来。她主动坐到床上，指了指两边："被子给你，我睡这边，你睡那边。"

杨轻舟走到桌子前坐下，将抱枕放在桌子上："那个，我靠着被子睡一下就好了。"

江群群突然觉得他有些好笑，又有些可爱，走过去扯了扯他的衣袖："都睡床吧，都这个点了，还闹鬼，我相信你有心无力。"

她原本准备了三千字的说服理由，没想到这句话话音刚落，杨轻舟就站起身说："好。"

江群群："……"

她真的是高估他的定力了啊！

下一秒钟，江群群只觉得面前出现一片阴影，阴影瞬间压顶，身体猛然失去了平衡，是杨轻舟将她一把推到了床上。

他在她身边趴着躺了下来，胳膊压着她的锁骨，语气还很淡定："睡觉。"

江群群震惊地扭头看他，他的身体近在咫尺，她甚至能看清楚他的睫毛有几根。这让人怎么睡啊？

但是面子工程还是要做足的，她不能表现得像一个不经世事的少女，所以江群群决定表现得自然一点。

她把腿跷在杨轻舟的腰上。

杨轻舟："群群。"

"嗯？"

"我想告诉你，我有心也有力。"

江群群震惊。

杨轻舟凑过来，呼吸有些急促。江群群想要收回大腿，却已经来不及。他翻了个身，上半身悬空在她上方，然后就吻了下来。

事实证明，没事干还是不要瞎装淡定。

这样的夜晚，江群群只觉得灵魂里有一只小仓鼠在跳跃。蓦然，杨轻舟停住了动作，怔怔地看着江群群。

"怎么了？"嘴唇上还留着他的温度，江群群现在是真的不淡定了。

杨轻舟低声说："那个声音又来了。"

江群群心头一紧，听到客厅方向传来了奇怪的声音。那声音窸窸窣窣，像是有人在角落里翻阅报纸，令人毛骨悚然。

她吓得一个激灵，将头埋进了杨轻舟的怀里。

"我去看看。"杨轻舟摸了摸她的头。

江群群抓着他的衣领，使劲摇头，眼神里充满了拒绝。杨轻舟低笑一声："冒险的事让男生来，我总不能白亲吧？"

江群群脸上一红。

杨轻舟轻手轻脚地起身，打开卧室的门，走了出去。很快，客厅里传来了搬弄家具的声音，不知道杨轻舟在做什么。

江群群恐惧地望着卧室门口，头脑里天人交战，最后还是决定出去看一看。然而，她刚站起来，杨轻舟就走了进来。

"找到了。"他举起手里拎着的东西，"就是它！"

那是一只龙虾，还在张牙舞爪。

白天发生的片段立即冲进脑海里——

"恭喜入住！Surprise！"姜礼浩拎着一袋小龙虾，兴奋地出现在门口。

……

"姜礼浩！这个浑蛋！"江群群咬牙切齿，然后又和杨轻舟相视一笑。不管怎么说，新租的房子不是鬼宅，这的确是一件值得庆祝的事情。

2

第二天，姜礼浩得知昨天"闹鬼"的真相，像个做错事的小学生一样，委委屈屈地请他们吃了一顿火锅。

"怪我怪我，害你们半夜睡不着。为了给你们压惊，今天肉管饱！"火锅店里，姜礼浩对几个人热情地招呼。

杨轻舟面不改色，看着菜单来了一句："我看，火锅就别点龙虾肉了，看着硌硬。"

姜礼浩脸上的笑容僵了一秒，周溪则很自然地接过话题："我觉得龙虾肉挺好，我要点两份。姜礼浩，你再看看其他有没有什么好吃的？"

两人的头凑在一起看菜单，讨论哪个羊肉卷好吃，气氛重新活跃起来。有一瞬间，江群群觉得自己成了电灯泡。

"这世上本来就没有怪力乱神，以后遇到这种事，还是不要大惊小怪。"周溪点完菜单，认真地说。

江群群看了她一眼："说得好像你当时很淡定，没有趴在我肩膀上哭一样。"

"喀喀，我那不是刚醒吗？"周溪还在强撑。

姜礼浩适时丢来一发彩虹屁："其实周溪，你已经很勇敢了。"

周溪的脸红了。

说话间，他们点的火锅食材已经准备好，开始上菜了。这间餐厅是一部分人工，一部分用智能机器人送餐的。一个四轮机器人慢慢地走到他们的餐桌前，开始提示食客们取下食材。

"取餐了！哎？这个造型还蛮独特的。"周溪指着机器人最上方的那个餐盘说。

江群群只看了一眼，脑子就轰的一声炸了。

他们点了一份鸡心，这份鸡心被放到一个餐盘里，餐盘里有一个小丑玩偶。小丑笑起来的嘴巴中间原本有一颗红心的，只是如今那颗红心被挖了个洞，洞里放满了鸡心。

这个小丑玩偶的造型，她曾经见过，就是那个骗子——顾捷衣服上的logo。

与此同时，杨轻舟也认出了这个小丑。他脸色微变，一把搂过江群群："你没事吧？"

江群群摇头，心里却慌乱不已。她紧张地四处张望，虽然只看到了油腻的食客和白腾腾的火锅蒸汽，但是那天的可怕遭遇还是浮现在脑海里……

顾捷最后那个阴险的眼神，穷凶极恶的歹徒，她在山上绝望地跋涉……这些片段一股脑儿地涌来。她尖叫一声，捧住了脑袋。

"怎么了？"周溪震惊。

江群群浑身发抖："杨轻舟，是，是那些人回来了……"

她感到整个人都要虚脱了，尽管非常恐惧，但她还是不安地观察周围的食客。也许，顾捷就隐藏在这些人当中。

群群，群群。

杨轻舟的声音渐渐清晰，将她整个人拉回到现实。他急得声音都不稳了，抱着她一个劲儿地晃："你冷静一点，没有人要害我们。"

"是吗？可是，可是……"江群群六神无主地指着那个小丑。小丑一直咧着嘴巴，仿佛在嘲笑她。

周溪和姜礼浩赶紧倒了一杯热水，塞到江群群手里："群群，你别怕，也许是你想多了呢。"

"你们在这里陪着她，我去问问。"杨轻舟起身离开。

江群群将热水捧在手里，双手抖得厉害，让她只能小口地喝水。

大概十分钟后，杨轻舟回来了，身后还跟着一个服务员。服务员向江群群笑了笑，说："这位顾客，这个是我们后厨最新做的一个摆盘，您是不喜欢这个造型吗？"

　　江群群愣了愣："你们店里本来就有？"

　　"是的，最近电影《藜麦》很流行，里面就有一个小丑造型。我们想要迎合顾客口味，就设计了这个摆盘。如果您不喜欢，我们可以换成别的。"

　　"电影？"

　　"是的。"服务员从围裙口袋里掏出一张杂志，指了指上面，"就是这个造型。"

　　那是电影《藜麦》的剧照，里面果然有一个小丑，画着红红的脸蛋，笑得十分惊悚。

　　江群群扭过头，不想再看。

　　杨轻舟坐到她身边，轻声安慰："群群，没事了。"

　　"是啊，咱们该吃饭了，好多人在看我们。"周溪不安地看了看左右。因为这番动静，好多食客在好奇地观察他们。

　　江群群渐渐镇定下来，这个小丑造型，除了《藜麦》，其他很多电影里都出现过，也许真的只是巧合。

　　"吃饭吧，这家的小肥羊是必点。"姜礼浩开始将羊肉下锅，服务员也笑了笑离开。江群群努力让自己的心情舒缓一些，用勺子搅拌着面前的料盘，向杨轻舟挤出一个笑容。

　　这顿火锅吃完之后，江群群彻底恢复了情绪。

　　结账的时候，姜礼浩刚要去前台买单，被杨轻舟一把拉住："我来结账。"

　　"那我就不跟你客气了，大佬！"姜礼浩乐滋滋地收回了钱包。杨轻舟指了指门口："你们先去外面等我。"

　　这个时段的出租车很难喊，所以江群群也没有怀疑，和周溪、姜礼浩一同往门口走去。

　　江群群不知道，从她转过身的那一刻，杨轻舟的眼神里的笑意，瞬间荡然无存。

　　他面色有些阴沉地看向前台。前台后，刚才那名服务员已经在等候，旁边还站着火锅店的经理。

其实，那盘鸡心的摆盘造型，的确不是小丑。不知道是谁半路拦截，将那个小丑造型放到盘子里。

经理见到杨轻舟，温和一笑："先生，我们调出监控记录查看了，因为后厨的人都戴着口罩，所以那个给你们换摆盘的人，我们也无法辨认。"

"我不管你们能不能认出，我要看监控记录。"杨轻舟面色肃冷，语气不容置疑。

经理有些无奈："可是你的女朋友，情绪不是已经被我们安抚下来了吗？而且除了换摆盘造型，那盘鸡心并没有任何问题。"

"我说了，我要看监控。"杨轻舟加强了语气。

经理无奈，只能将他往监控室的方向去带："那你这边请。"

监控室里，那段录像已经调了出来，是一个穿着厨师服，高高瘦瘦的，扎着辫子的女人。她从厨师服的口袋里掏出了小丑玩偶，快速将鸡心放到小丑嘴巴里，然后放到了智能餐车上。

杨轻舟皱起眉头。

女人？

难道顾捷还有其他的同伙？

"这个女厨师，我们刚开始还以为是张姐，但后来我们给张姐打电话，她说生病了在家养病。本来我们还奇怪呢，张姐请假了怎么还来餐厅了？没想到混进了外人，这的确是我们监管的问题。"经理非常抱歉地说。

杨轻舟蹙眉，问："还有没有其他的影像？"

"有，这段。"经理让监控人员调出了另一段视频。

视频里，这个女厨师走出了后厨，很快消失在了店内的监控区。她甚至在走向门口的时候，还张望了江群群等人一眼。

杨轻舟只觉得，自己后背的汗毛都竖了起来。

这个女厨师的身影再出现的地方，就是餐厅的门口。她没有选择任何代步工具，而是快步离开。

"这就是我们所有的监控权限，其实不应该给你看这些的，毕竟那些食物没有出问题。但是因为那个小丑玩偶让你的女朋友产生不适，我们再次道歉，并且这顿饭免单。"经理诚恳地说。

杨轻舟将所有的监控用手机录下来，点点头说："我理解，但是能把张姐的地址和电话给我们吗？"

"张姐跟这个没任何关系……"

"我知道，我只是想问她一些事。"

经理再次摇头："对不起，我们不能提供，这涉及了员工的隐私。"

"好的，我知道了。"杨轻舟转身离开。身后，经理、服务员和监控室员工都松了口气。

然而，出了门，杨轻舟才微微一笑，打开手机。

手机上，一张员工信息表赫然在目，第五行的"张贵夏"，应该就是经理口中的"张姐"。

走出火锅店，江群群和周溪两人还在路边等出租车。姜礼浩正要往里走，迎面看到杨轻舟，愣了一下："奇怪了，你结个账结这么慢？我正要进去找你呢！"

"让他们开张发票，有点慢。"

看到杨轻舟出来，江群群迎了上去："排队 21 个才打到车，还有 2 分钟就到了，你来得刚刚好。"

她笑起来，像这是一件让人无比得意的事情。

杨轻舟低头看江群群。路边霓虹，将她半边身子照出了一层弧光。她微微仰头看他的眼睛，亮晶晶的。

"我希望，我每次都来得正好。"他意有所指地说完，忽然将她一把抱住。

"喂喂，你们干吗啊？突然秀恩爱，也没个预警。"姜礼浩和周溪猝不及防地吃了一把狗粮，在旁边嚷嚷起来。

江群群在他怀里，不好意思地说："他们都在看我们呢……"

"群群，群群。"杨轻舟几乎是将她按在自己怀里，生怕失去了她。在这个世界上，每个行人，每个角落，每一扇门的后面，都有可能藏着一个人，那个人想要伺机而动，将他的江群群夺走。

"怎么了？"江群群终于感到了他情绪的异常。

杨轻舟看着她，一字一句地说："我会保护你，任何人，都别想伤害你。"

3

小丑玩偶事件之后，生活又恢复了平静。

杨轻舟在出租屋里安装了监控，并没有发现什么异常。与此同时，他们的创业也忙忙碌碌地开展起来。他们租用了附近的一个版房，将设计的衣服进行打版、剪裁和制衣。

第一批原创服装的定位是改良的日常汉服，姜礼浩写了一个小脚本，然后四个人挑了个周末，拿着一台手机和手持稳定器就进行了拍摄。没想到视频放到账号上之后，点击量非常可观。

"求小群群开购买账户，我要下单！""多出几个颜色，我打算都入手，哈哈这样换着穿很不错！"

无数粉丝在评论区留言，江群群仿佛又回到了当初人气的鼎盛时期。

他们很快就联系工厂下单，经过几轮的对比、面料测试，以及修改调整，总算是把第一批货发出去了。

紧接着，江群群设计了其他几套衣服，如法炮制，账号的人气很快就冲到了同类账号的第一名。

第一次创业，没想到成绩还不错。只是开头打响之后，他们也要考虑招募成员，构思新的视频主题等问题。

虽然现在问题不少，但江群群现在干劲十足，每天都在看服装秀，关注各大品牌的新款设计思路，同时自己也在构思新的款式。

人红是非多，网络人气飘升的同时，许多黑粉油然而生。

"什么人啊，居然评价我们的设计思路抄袭，还脏话连篇！"周溪每天晚上都会刷评论，刷到差评就会告诉江群群。

江群群总是左耳朵进，右耳朵出。说实话，网络上人人都可以畅所欲言，也给了许多人发泄恶意的机会，肯定不会每一条评论都动听。

所以周溪这样说，她也只是埋头画图，笑了笑没说话。

突然，周溪顿了顿，声音有些发抖："这个人……这个人说，他每天都在看着我们？说我们今天去买了衣服。这个人什么意思？"

江群群实在忍不住了，扭头看周溪："黑粉太多了，你不用理就是了。"

"可是我们的确是买了衣服的啊！"周溪将笔记本拿过来，让江群群看微博下面的评论。江群群随意看了一眼，心里顿时"咯噔"了一下。

那条微博的头像，是一个小丑。小丑的嘴巴里，有一颗红心。

顾捷？

江群群惊得一跃而起，椅子"啪嗒"一声倒了。

杨轻舟在客厅听到动静，赶紧敲门进来："怎么了？"

江群群指着笔记本电脑，一句话也说不出来。周溪还算镇定，将事情的来龙去脉都说了一遍。

杨轻舟听完，笑了笑："如果我没猜错，你会发现这个人还有其他的评论，什么说你们今天没出门，说你们今天去打了高尔夫，说你们今天去游泳了……总之，撞对一个，就能吓到你们。"

"是，是吗？"江群群惊魂未定。

"当然了，网上这样的人太多了，就是想引起你们的注意。"杨轻舟语气轻松，看向周溪，"你以后少刷评论，以免影响心情。"

周溪快快地答："好。"

杨轻舟揉了揉江群群的头发，然后出去了。江群群本来想扑到他怀里撒撒娇，但碍于周溪在，还是克制住了。

周溪倒是看出了她的想法，撕开一张面膜，问："你们什么时候住一个房间啊？现在三人住一套房子，总感觉有一个电灯泡。"

"只要你不亮，就没人说你是电灯泡。"江群群说。

周溪踢了江群群的凳子一脚，吐槽："哼，杨轻舟才是那个电灯泡吧！"

江群群放下笔，回头看周溪："如果你和姜礼浩组 CP 的话，那杨轻舟的确是个电灯泡。"

"你你你，你说什么呢？我和姜礼浩没事啊！"周溪支支吾吾。

江群群扭过头，继续画图。周溪把心事都写在脸上，她才不信周溪的托词。

"我真的不喜欢姜礼浩，毕竟都没谈几次恋爱就确定是他，多亏啊！"周溪整理面膜，"所以我最近在玩剧本杀。"

"剧本杀？"

"最近剧本杀很火，有时间我带你去玩，可以认识很多人。"周溪来了兴趣，开始讲起来。

所谓的剧本杀，就是推理凶手的解密游戏。比如一个 5 到 6 人的剧本杀游戏，每个人都会拿到一套属于自己的故事线剧本，经过阅读后，按照剧本上的提示开始表演。真凶会藏匿，其他人则开始追凶，在剧本杀进行过程中，会不时掉落一些线索和道具，最后猜中凶手的人，或者成功瞒天过海的凶手，会赢得这场剧本杀。

这是风靡各大城市的一种玩法，现在推理环节被弱化，以情感本、搞笑本、哭哭本为主，体现的是一种社交的功能。

"没兴趣，我只想把衣服赶紧做出来。"江群群面对着设计图纸冥思苦想。周溪哼了一声："你才刚大学毕业，就这么封闭自己，活得根本不像个年轻人！再说，谁说剧本杀跟我们这个没关系了？"

她走上前，低头看了一眼桌上的设计图："就你现在设计的这个旗袍，我上次玩的剧本杀就是个民国题材，当时店主还发服装，有个男生扮演大帅，我穿旗袍，可好玩了！"

江群群脑中"叮——"地亮起了一盏小灯泡。

既然剧本杀这样火，那他们是不是可以往视频内容里加入剧本杀的元素？

"周溪，你说，视频肯定都是要做内容的，如果我们做一个小型剧本杀的视频账号，是不是能区分其他账号？"江群群止不住兴奋，"带我去玩剧本杀，还要喊上杨轻舟和姜礼浩。"

周溪翻了个白眼："得了吧，叫上巧合大神去玩剧本杀，到时候你跟其他玩家在一个房间里交换信息，他吃醋都吃够了，还让你去玩？再说了，我们几个那么熟悉了，他要是拿到凶手剧本，绝对提前剧透给你，我们几个还怎么玩啊？"

江群群觉得言之有理。

周溪兴冲冲地拿出手机："我先给你约上，有一家店装修得特别有氛围，老板挺帅的，还给我打折呢！"

江群群答应着，继续埋头设计图纸，很快将那条评论的事情忘到脑后。

这个社会里，总是有一些无聊的人，开一些无聊的玩笑。江群群想，也许那个神秘的评论，可能真的是一个玩笑。

4

这家剧本杀的店面是在一处写字楼的 27 楼。

江群群和周溪来到店里，发现这家店虽然门面不起眼，但走进去却别有洞天。内里装修奇特，有古堡主题、皇宫主题、龙门客栈主题、韩剧主题，居然还有侏罗纪主题。

"这些主题房间都跟剧本有关吗？"江群群问。

"当然，我们店主打沉浸式体验，方便玩家更好地入戏。"店主是一个微胖的文艺青年，留着两撇小胡子，笑起来眯眯眼，"你们来得正好，今天刚好就几个人预约。"

"几个人？那就我们这一局？"周溪兴奋。

店主点头："是的，你们可以选择 4 到 5 人的本，如果有看上六人本的，我可以加入。"他冲周溪暧昧地笑了笑，"还有，今天预约的帅哥我加了微信，很帅哦。"

周溪哼了一声："我又不是冲着帅哥来的。"但话虽如此说，她脸上的笑容已经暴露了小心思。

江群群只想着尽快熟悉剧本杀的规则，并没有将店主的话放在心上。店主将几张广告单放到她们面前："这些都是最近到的本，很受欢迎，你们可以闭着眼选择，保证好玩。"

"哇，每个都想玩，要不你推荐吧。"周溪看着那些广告单，有些眼花缭乱。

店主挤了挤眼："我们新开了一个主题房间，特别炫酷，但目前只有简单剧本和简单人设，其他的全靠玩家发挥，你们要不要？"

"啊？剧本都不全，能好玩吗？"周溪有些犹豫。

店主很有自信："你们看到这个主题房间，保证感兴趣。"

周溪扯了扯江群群的胳膊："那我们去看看？"

江群群点头，跟周溪一起站起来。店主将她们往楼上引："在楼上，这个主题房间特别好。"

这家剧本杀的店铺，是挑高的，所以楼上也有一层。江群群没在意，跟着店家往楼梯口走去。只是刚走了没几步，她忽然鼻子痒痒，打了个喷嚏。

周溪脸色一变："你怎么又打喷嚏了！"

江群群无奈地看着自己脖子上的眼罩，喷嚏来得太突然，根本防不胜防。

"难道今天的玩家根本就没你说的那么帅？"周溪开始胡思乱想。店主干笑："帅，保证帅啊！"

周溪这才拽着江群群往楼上走："你别打喷嚏了，知道吗？"

主题房间就在楼梯口往里的第二间。店主走到门口，将门打开，神秘兮兮地说："你们自己进去，保证让你们惊喜。"

周溪走进去，江群群跟在她身后。这个主题房间大概是刚装修好，空气里有一股略微刺鼻的味道。在看清楚眼前场景之后，周溪大失所望地喊了出来："什么啊，这就是校园场景啊？"

眼前的主题房间，一半是教室场景，隔断上有绿色窗框的窗户，里面是排排座椅。而房间的一半，居然是一个保安室。

这个保安室，非常眼熟……

江群群怔怔地看着那个保安室，忽然心口像被什么东西重重一击。她悚然回头，发现店主站在她们身后，露出了阴恻恻的笑容。

"我，我觉得这个主题不好玩，我想玩其他的剧本。"江群群因为紧张，有些结巴。

她想起了自己刚上楼时打的喷嚏，心里顿时七上八下。难道那个喷嚏，是预示这个反转？

周溪也变了脸色，瑟瑟发抖地靠在江群群身后："店主，我也……我也不喜欢这个场景。要不，我们先下去……"

"这个主题的剧本杀，最适合你们了。"店主冷冷地说，抬起手腕看了看手表，"哎呀，算算时间，那个预约的玩家应该到了。"

他语气不善，江群群和周溪下意识地往后退，并掏出手机。但是手机里居然没有信号！

这个房间有屏蔽器？

江群群陷入了一阵绝望。周溪带着哭腔说："你，你们到底要干什么？"

"干什么？等拿到剧本，你们就知道了。"一个瘦高的人影从店主身后走出，向她们露出了一个诡异的笑容。江群群在看清楚那个人的面容之后，如坠冰窟——这个人，就是顾捷！

周溪也认出了顾捷："是你？"

"是我，几个月前，我差点当了你小爸，没想到在这里见面了。"顾捷满脸无耻的表情。江群群注意到，他穿的那件 T 恤衫上，有那个嘴巴含心的小丑 logo。

在餐厅里换了鸡心摆盘的人，是他？

"你，你早就跟踪我们了？"江群群盯着那个小丑造型。

顾捷咧嘴一笑："你这么迟钝，刚知道啊？"他环顾四周，展开双臂，"为了引你们入局，我可是颇费了一些心思！喜欢我为你们设计的现场吗？"

"你这个变态！你到底想干什么？"周溪惊恐万分，却强撑着不让自己倒下。顾捷阴森一笑，看向店主："咱们这是个五人本是吧？现在我们有四位玩家，还差一个。"

店主从裤子口袋里掏出匕首，一步步走向江群群和周溪："你们两个，把杨轻舟约出来。"

"你别想。"江群群想也不想就拒绝了。

店主一脚踢在江群群的肚子上，江群群被踢倒在地，痛楚让她额头上冒出了冷汗。店主又看向周溪，用刀尖对着她："你呢？"

"我约，我约。"周溪满脸是泪，跪在地上扶着群群，"你们别伤害我们，要多少钱我们都给你……"

顾捷笑了起来："没演完这场戏，怎么能伤害你们呢？"他看向店主，"我看让她们用正常语气去约，也不大可能。要不然，就给他们一点刺激。"

说着，他掏出手机，拍下江群群倒在地上的虚弱模样："检测你爱情的时刻到了，江群群，你的青梅竹马，到底有多喜欢你呢？"

"你……你别想伤害他！"江群群咬着牙，去夺手机。顾捷将手机挪开，抬了抬眉毛："你最好祈祷他别报警，他那边一报警，你们两个都活不成。

他要是敢反抗，你们会死得很惨。"

江群群还想挣扎，周溪暗中拉了她一把，摇了摇头。

店主和顾捷将她们的手机收走之后，又用绳索将她们五花大绑，然后将房门关住，扬长而去。整个房间，立即陷入了一片黑暗。

周溪哭起来，江群群突然一阵烦躁："别哭了！还是想想怎么自救吧！"

"不要反抗，他们有刀，我们的力量太悬殊了……"周溪的声音里充满了恐惧，"江群群，为什么我总是摆脱不掉顾捷？这就是命。"

江群群心里五味杂陈，莫名就记起了杨轻舟曾经对自己说过的话。

"你大概以为，命运是太阳，我们是蜡烛，无法和太阳相抗衡。"江群群喃喃地说，"但是你要知道，蜡烛被吹灭了，我们还能继续点亮。太阳要下山，谁也挽回不了。这世上没有绝对的输赢，只有时机的选择。"

这句话是安抚周溪，也是给她自己一点信心。

她不知道顾捷和店主到底想做什么，但直觉告诉她，这个主题房间设置在校园里，一定有其他的隐情。

5

这个主题房间里没有灯光，只有门缝下漏进来的一点点光亮。江群群使劲挣扎，终于将手上的绳索蹭掉。因为绳索很粗很糙，她的手腕上蹭掉了一层皮。

脚踝上的绳索绑得很紧，她没办法解开，只能一蹦一跳地四处查看。她好不容易来到保安亭，努力往里看，忽然看到地上有一个白色的东西，顿时吓得尖叫一声，瘫坐在地上。

"群群，怎么了？"周溪颤声问。

江群群心乱如麻，大着胆子继续往里看，依稀看到那个白色的东西是个身高大概一米七的人！

她吓得嘴唇颤抖，双腿软了，坐在地上，一句话也说不出来。这个可怕的场景和那些封存的回忆发生了重合，她全都记起来了。

七年前，她还在读高一，也是这样的学校，也是这样的保安亭。那天早晨，她经过保安亭的时候，忽然打了个喷嚏。

当时周溪和其他几个女生调侃江群群："天啊，反转小姐打喷嚏了，会不会有坏事发生啊？"

江群群当时脸红了，但是没说话。

保安老蒜头听到声音，打开窗户，耷拉着脸跟她们说："你们别整天邮寄那么多快递，我这儿都堆满了！"

"先放着，第二节课有体育课，我到时候取走。"周溪喜欢网购，她经常用"周老师"的名义从网上买衣服和化妆品，地址就写保安室。

老蒜头翻了个白眼："就猜到有你的快递！好好学习，别整天上网！"

周溪笑嘻嘻的。

一场玩笑话，就这样轻轻翻篇。当时，并没有人认为江群群的喷嚏真的能导致悲剧。但是等到了放学，同学们看到学校门口停着救护车，两名医护人员抬着盖着白布的担架，才都蒙了。

"怎么会这样？蒜头爷爷不是中午的时候还好好的吗？"

"听说是心肌梗死，救护车赶到的时候已经不行了……"

"蒜头爷爷人很好啊，瞒着老师帮我们收快递，呜呜……"

同学们纷纷议论。

江群群站在人群里，望着沉默离去的救护车，身体一阵阵发冷。平日里叽叽喳喳的周溪也沉默地站在一旁。

不知道谁说了一句："好像，江群群，上午的时候打了一个喷嚏……"

江群群吃惊地看着四周，但她没有发现这句话是谁说的，只是发现大家以她为圆心，默默地后退一步。

只有杨轻舟走过来，站在她身旁，冷冷地反驳了一句："打喷嚏怎么了？很奇怪吗？"

众人散开，杨轻舟低头看江群群，似乎是看穿了她的心事："你别害怕，这件事跟你没关系。"

江群群抬起眼睛看他，那个少年的影像在自己眼前变得朦朦胧胧的时候，才恍然发觉自己哭了。

这件事，真的和她没有关系吗？

许多个深夜，江群群都会这样问自己。这件事成了她最不可言说的秘密，成了她深埋在心底的伤痛。

而现在，在一个剧本杀的主题房间里，这个可怕的场景再次重现了！

江群群一边摇头，一边往后退缩。周溪在她身后呜咽着问："到底怎么了？你说话呀！"

"蒜……蒜头爷爷，好像，好像在里面……"江群群艰难地讲出这句话，然后看向周溪，"你还记得吗？"

周溪浑身战栗，忽然尖叫起来："什，什么？你说什么？不，不可能！"

江群群忽然感觉周溪的反应有些过激，刚想问什么，房门就在这时候打开了，光亮瞬间泻入。

杨轻舟站在门口，身影挺拔，面目冷峻。江群群见到他，并没有开心多少，而是心头如坠冰窟，瞬间冰冷！

他还是来了。

这是一个魔窟，顾捷和那个店主不知道要用什么手段折磨并杀死他们，而杨轻舟居然只身犯险？

果然，顾捷和店主从杨轻舟身后走出，两人手里都拿着一把明晃晃的刀，对准了杨轻舟。

"杨轻舟！你走啊！"江群群疯狂地大喊。

杨轻舟轻轻地摇了摇头，似是认命地闭上了眼睛。店主扑哧一笑，对江群群说："剧本杀正式开始，谁要是当了逃兵，谁就是真正的凶手，要被处决！"

他怪异的语气，让江群群和周溪立即起了一身鸡皮疙瘩。

主题房间的正中央，放着一张长形桌子。杨轻舟走过去，挑了一把椅子坐下，淡淡地说："我们快开始吧。"

"对嘛，好好配合，说不定你们能捡回一条命呢？"顾捷阴阳怪气地说着，掏出绳索，走过去将杨轻舟绑在椅子上。

店主毫不客气地拉起江群群和周溪，将她们两人按在杨轻舟身边的椅子上，才说："现在，我宣布，《血色记忆》正式开始！"

他像是觉得十分滑稽一般，笑着看周溪："是不是没玩过这么刺激的剧本杀？小概率事件吧？"

周溪吓得哭了起来："你们到底要干吗？我，我可以给你们钱！"

"哐——"的一声，一把匕首被插在桌子上。

顾捷眼神凶狠，咬牙切齿地说："当然是——玩剧本杀啊！"

"只不过，有一条最重要的规则，就是……"他兴奋起来，盯着杨轻舟，"你扮演探长，发现真凶之后，你要亲手把凶手杀掉！否则——"

店主哈哈大笑："否则，你们都要死！"

江群群紧张地看向杨轻舟，杨轻舟只是微微点头，态度冷淡，并没有过多表示。

周溪疯狂地摇头："我不知道，我什么都不知道！"

"别害怕。"杨轻舟突然开了口，"那边保安亭里的人，只是一个硅胶假体而已。"

周溪还在哭："我不是害怕这个，我……"

"闭嘴，都闭嘴！"顾捷生气地大叫起来，恶狠狠地警告杨轻舟，"你别剧透，否则我可没耐心继续玩下去了！"

他手里的刀子，就在杨轻舟的脖子附近来回晃动。江群群强迫自己冷静下来，尽量声音平稳地说："我准备好了，开始吧。"

越是崩溃，歹徒就越是兴奋。

情绪是会传染的，既然杨轻舟都这样淡定，她也要控制自己的情绪，这样他们三个人才不至于太危险。

"准备好了，那我就开始自我介绍了。"顾捷笑眯眯地说，"我，名叫顾捷，是一个十五岁的少年。父母离婚后，我就跟着妈妈一起生活，我很想我爸爸，所以有一天，我瞒着妈妈，偷偷来到爸爸工作的学校。"

他走到保安亭的门口，眼眸里蒙上了一丝哀伤："爸爸是学校里的保安，我只要走到校门口就能见到他。可是那一天下午，他死了……"

江群群震惊地看着顾捷。

她没想到，顾捷居然是老蒜头的儿子？

顾捷扭头看她，眼神里充满了冷意："医生说，爸爸死于心肌梗死。我原本以为，这就是故事的真相。可是我后来发现，故事还有其他的可能！

这个事故里，可能存在一个凶手！"

店主咳嗽了一声，装模作样地在江群群、杨轻舟和周溪面前摆上剧本，然后温柔地说："你们也开始吧。"

江群群低头看剧本，艰难地念出了剧本上的内容："我，名叫江群群。我有一个怪癖，一旦打喷嚏，事情就会发生反转。那一天早晨，我经过保安亭的时候，打了一个喷嚏……"

她痛苦地闭上眼睛，才继续念了下去："当时的老蒜头爷爷，身体非常健康。可是就因为我这个喷嚏，蒜头爷爷才会发生反转，心肌梗死。"

她的剧本，到这里就结束了。

顾捷指着周溪："你，也把自己的剧本念一下。"

周溪还在哭，但明白反抗也没有作用。她颤抖着身体，断断续续地念了出来："我，我叫周溪，从小到大我都很漂亮，我是校花……那一天早晨，我听说我的快递到了保安室，我打算在体育课上取走。"

说到这里，她停顿了一下。顾捷冷冷地说："念下去。"

周溪恐惧地继续念："当时我拿快递的时候，蒜头爷爷不小心碰到了我……于是我愤怒地喊了出来……我告诉他，我要将这件事告诉，校长。"

江群群震惊地看着周溪。她没想到，当年的事情还有这样一层隐情。

怎么会？

周溪念不下去了，低着头啜泣："我不是故意的，我当时年纪小……"

"你年纪小？你想过我爸爸吗？"顾捷愤怒地喊，"我爸爸的心肌梗死，到底是因为什么？还不是因为你要举报他，所以他压力大，才发病的？你以为全部男人，都对你有意思？"

"对不起，对不起！"周溪嘶吼。

店主走过去，用刀子抵住了周溪的颈动脉。江群群急了："你要干什么？别这样……"

"你还是关心关心你自己吧。"顾捷盯着杨轻舟，"现在，轮到你了。"

杨轻舟还是没什么表情，低眸看自己的剧本，念了出来："我叫杨轻舟，十六岁，是一名高中生。有一天，学校的保安蒜头爷爷因为心肌梗死去世了。我知道江群群有一个特异功能，那就是打一下喷嚏，事情就会发生反转。蒜头爷爷很可能是被江群群的喷嚏害死的。可是我没想到，当时蒜头爷爷被校花周溪威胁举报，所以他也可能是被周溪害死的。"

念到这里，他顿了顿，才继续念："我必须做出一个抉择，凶手到底是江群群，还是周溪？我要选出真正的凶手，才能活着走出这个房间。"

念完，江群群和周溪都惊呆了。

"听说，你容易遇到小概率事件啊？"店主笑起来，"有意思，有意思！所以你无论选谁，都不会选到凶手，是吗？"

杨轻舟冷冷地看着他。

店主将压在周溪脖子上的刀子拿起，压到江群群的脖子上："你选吧！选哪个人是凶手？"

顾捷阴沉着脸，走到杨轻舟身后，用刀子抵着他的后背："选！"

杨轻舟淡淡一笑："无论我选谁，你们都会把另一个杀掉，对吗？"

"少废话！"

杨轻舟低头沉吟了一下，说："我选择……"

江群群紧张地闭上眼睛，无数记忆片段如同电影一般飞过脑海。她不知道今天是不是人生的终结，她只确定一点，无论杨轻舟做出什么样的选择，她都会很爱杨轻舟。

"我选择，你。"杨轻舟说，"顾捷。"

顾捷一怔，愤怒地喊了出来："你说什么？你要我？怎么可能是我？我爱我爸！"

他说着，手中的刀子在空中乱戳。

江群群紧张不已："杨轻舟，选我！"

杨轻舟紧紧看着江群群，摇了摇头。他略微侧脸，目光沉静地看着顾捷："你说你爱你爸爸，可是蒜头爷爷一生正直勤恳，他肯定也希望自己的儿子积极上进。而你，布下"杀猪局"欺骗感情，你觉得你是真的爱你爸爸吗？"

顾捷气得将刀子压到他的脖子上："你给我闭嘴！"

"现在是剧本杀时间，我要演下去，对吧？"杨轻舟看着店主。店主愣了愣："死到临头还嘴硬，不过，你是要演到最后一刻。"

杨轻舟点了点头，继续说："顾捷，当年的事情，还有其他真相。"

"什么？"

"七年前的那一天，你，顾捷说是去找爸爸，可是你走到一半，就被队友喊去一起打游戏了。于是，你走进了网吧，并未去学校。"

顾捷怔怔地看着杨轻舟，手中的刀子略微松开。

"你的妈妈，很快就接到了班主任的电话，说你逃课。你妈妈猜到你可能去找爸爸了，气急败坏地来到学校，找到蒜头爷爷询问。蒜头爷爷知道你逃课，又是伤心，又是难过。这个时候，距离蒜头爷爷病发的时间，仅仅一个小时。"

顾捷大喊："你闭嘴！"

"被我说中了？"杨轻舟冷笑，"如果你不信，你可以回去问问妈妈。顾捷，你为什么要把责任都推到别人身上呢？这世上有许多人遭遇不幸，但是他们会反省，会补救，会依旧善良！而你，却将怒火发泄到我们身上，你……"

"别说了！"顾捷眦眦目裂，高举刀子，眼看就要刺到杨轻舟身上。江群群忽然伸脚踢中店主的膝盖，店主痛苦地后退。在这一刻，她如同利箭一般冲了出去，撞到了顾捷的肚子上。顾捷被撞得后退两步，手中的刀子也掉落在地上。

江群群摔倒在地，却挣扎着起身："杨轻舟，快跑！"

杨轻舟没有任何犹豫，忽然身上绳索一松，他将所有的绳索都扯开，从地上捡起了刀子。

顾捷冷笑："原来你还有这一手。"

在被绑的时候，杨轻舟瞒过他们的眼睛双手反转，绳索就不可能真的将他绑住。

杨轻舟用刀子割断江群群的绳索，将江群群护在身后："悬崖勒马吧，顾捷！"

"呵呵，你以为你们可以逃出去吗？"顾捷眼神疯狂，从裤兜里掏出了一个小遥控器，"凭什么你们是天之骄了，我却是一个骗子？命运根本不公平，不公平！"

那个小遥控器，上面有一个红灯在闪烁。

这下子，店主也愣了："你要干什么？顾捷，你什么时候弄了这个？"

周溪吓得花容失色："炸弹？"

"没错！"顾捷表情扭曲狰狞，"有你们几个陪我死，我也不亏！"

"你疯了，你怎么没告诉我？"店主放开周溪，踉跄着往顾捷的方向走，声音里也开始恐惧，"你别乱来，你把东西给我。"

顾捷将手一扬，拒绝之意十分明显。

杨轻舟忽然将江群群往"教室"的方向拉，然后将她紧紧抱在怀里。顾捷看见这一幕，哈哈大笑起来："没用！你们躲到哪里也没用！"

尽管这是一间搭建的教室，但江群群还是感觉到心安。

她想起和杨轻舟的许多过往，那些隐秘又甜蜜的心事，那些千回百转的话语，那些青春懵懂的瞬间……

她紧紧抱着杨轻舟，声音绝望："杨轻舟，下辈子……"

"我们不会死。"他的声音混杂着心跳，传入她的耳中，"江群群，我们先过完这一辈子。"

与此同时，顾捷按下了手中的黑色遥控器。

轰隆——

炸响在耳边接二连三地响起，江群群将头埋进杨轻舟的怀里。如果要死，她也要跟他一起死。

可是，预想中的灼热和死亡，并没有到来。

江群群怔怔地看着"教室"的黑板，那不是黑板，而是一块 LED 屏幕，现在上面正在播放着绚烂的烟花场景。

"漂亮吗？我亲手安装的。"杨轻舟问。

顾捷怔住，使劲按手中的遥控器："不可能，不可能！"

店主冲上去，和顾捷扭打在一起。一边扭打，店主一边气愤地喊："老子拿你当朋友，你倒是要拖老子去地狱？"

就在这时，房门被人撞开，许多警察冲了进来，将店主和顾捷双双制伏。顾捷还是难以置信，坐在地上死命挣扎，血红的眼睛盯着杨轻舟。

杨轻舟望着他，这一次眼中都是怜悯："不好意思，我两个星期前遇到了小概率事件……我在同城软件上有一个电工账号，而接的一个单子，就是你这间主题房间。"

　　"你事先布局好的炸弹，在我进来之前，就被排查出并且开始拆除。顾捷，坐牢期间，我希望你——"杨轻舟嘲讽一笑，"好好学习，天天向上，遇到停电可以运用自己的电路知识，不至于在同城软件上下单。"

　　"啊——我要杀了你！"顾捷如同困兽。

　　一个中年妇女从外面冲了进来，狠狠地扇了顾捷一巴掌。那是在餐厅里打工的张姐，跟顾捷的身形和容貌有几分相似。

　　顾捷不再挣扎："妈，你怎么来了？"

　　张姐只是低头哭泣。

　　江群群似乎明白了所有的逻辑链，问杨轻舟："餐厅的小丑摆盘，是张姐换的？张姐是顾捷的妈妈，所以张姐才会……"

　　"是顾捷，假冒张姐。"杨轻舟简单地说，掰过江群群的肩膀，"行了，不要看这些丑恶，多看看美好的事情，这是我为你准备的。"

　　屏幕上，绚烂的烟花如梦似幻。

　　江群群怔怔地看着烟花，忽然哭笑不得。这个人，到底有没有分清楚状况啊？他们现在刚刚经历了绑架事件，劫后余生……

　　但是，她也惊讶地发现，命运刚才发生了剧烈的反转，而她没有打喷嚏。

　　原来，治愈是一件小事，不知不觉中，就已经发生。

　　江群群抬头，望着杨轻舟。而他此时面上浮着笑容，语气里有掌控一切的底气。

　　"你想说什么？"

　　"我想说……"

　　我爱你这件事不会反转，我们一生一世也不会是小概率事件。

　　我们，将会永远在一起。

【全文完】